Laura Bondi

Il Diario di una Cameriera… a Londra

Copyright © 2015 *Laura Bondi*
Tutti i diritti sono riservati

Questo romanzo è un'opera di fantasia.
Ogni riferimento a fatti e personaggi è puramente casuale.

Disegno copertina: *Antonella Cedro*
Realizzazione Grafica: *Alessandro Bianchini*

*"Quando ami qualcuno non hai nessun controllo.
È questo l'amore: è essere impotenti."*
(Raymond "Red" Reddington in **The Blacklist**)

30 Aprile 2012, Lunedì

Pomeriggio

Caro Diario,

sono in volo verso Londra insieme a Viola. Ovviamente, non è un viaggio di piacere, ma, come al solito, ci sarà da lavorare. Intanto, mi prendo una pausa fino all'arrivo, dato che in questi mesi ho avuto tantissime cose da fare.

Appena rientrata da Parigi, mi sono trasferita dalla nonna. Giacomo e Roberto mi hanno aiutato a portare via le mie cose dall'appartamento di Arianna – anche se ho dovuto impedire a Roberto di usare il furgone delle pompe funebri! - e a sistemarmi nella camera in cui da piccole dormivamo spesso io e Angela, mia sorella. Insieme a Figaro, il gattone della nonna, che ha gradito molto il mio arrivo, distendendosi in pianta stabile in fondo al letto. Avevo deciso di fare questo 'trasloco' quando Arianna non c'era, così che fosse meno doloroso per entrambe. Al suo rientro a casa, però, mi ha telefonato in lacrime, accusandomi bonariamente di essere una vigliacca. Persino sua nonna, la signora Agnese, mi ha tenuto il broncio per un paio di giorni. A ogni modo, è stato meglio così. In fondo, Arianna doveva pensare al suo matrimonio con Federico, e io al mio rapporto con Giacomo. Anche se non vivevamo più insieme, avremmo dovuto essere comunque felici, e amiche più di prima.

Giacomo è rimasto con me per due settimane, siamo riusciti ad andare in piscina, alle terme, abbiamo fatto dei picnic in Casentino e in Pratomagno, e siamo stati al mare per due splendidi giorni. La magia non si è esaurita lontano da Parigi, e questo è già un buon segno. Forse, stavolta, è davvero la volta buona.

Anche Tommaso era venuto ad Arezzo per quasi una settimana, come aveva promesso a Viola. Le ha fatto una corte serratissima, e si vedeva chiaramente che erano cotti entrambi, ma lei ha continuato a tenerlo sulle spine.

Inoltre, è successo qualcosa di veramente sorprendente. Insieme a Giacomo e Tommaso è tornato anche Andrea, che ha ricominciato a gironzolare intorno a Carla. Non me lo sarei mai aspettato da lui. Questo significa che le interessa parecchio, molto più di quanto avesse creduto. Purtroppo, Carla ha alzato di nuovo le sue barriere anti-sofferenza, e si è dimostrata piuttosto fredda nei suoi confronti. All'inizio, Andrea è rimasto spiazzato, poi ha cominciato a fare finta di niente, pur non mollando la presa, così, lentamente, si sono riavvicinati.

L'evento che ci ha riuniti tutti insieme è stato il matrimonio di Arianna e Federico, che è stato celebrato sabato 10 settembre 2011 in pompa magna nella Cattedrale della città. Arianna ha voluto che fossi la sua testimone di nozze, insieme al fratello, Nicola, e non riesco ad esprimere tutte le emozioni provate in quel giorno. Nel momento fatidico del 'sì', gli occhi azzurri di Giacomo si sono persi nei miei, e per la prima volta in vita mia ho immaginato di essere al posto della sposa. Un improvviso senso di panico si è insinuato nella gioia, è stato solo un attimo, ma è bastato per frenare l'entusiasmo. Sinceramente, non so da cosa derivino le mie paure, però, visto che stanno comprometttendo tutto quello che faccio, cominciano proprio a infastidirmi. Tanto più che mi è rimasto addosso un certo disagio, una nuvola nera nel cielo limpido del lieto evento. Comunque, la festa è proseguita tranquillamente fino a tarda notte, anche se ero provata per la mattinata al lavoro, per preparare il rinfresco e la torta per il ricevimento. Il giorno dopo è stato anche peggio alzarsi presto e affrontare una domenica di fuoco al locale.

In compenso, tutta questa fatica ha portato più soldi nelle mie tasche, ed è meglio così, nonostante non paghi più l'affitto, perché ormai mi devo rassegnare. Infatti, come aveva preannunciato Tommaso, da settembre è arrivato Christian De Rossi allo studio legale Grandi. Lui e suo fratello Gianluca hanno rilevato la quota di maggioranza, e fanno il bello e il cattivo tempo. Hanno assunto neo avvocati, ovviamente loro amici, hanno cambiato perfino la disposizione degli uffici, e Claudia è stata affiancata da una specie di modella impettita, Ginevra, che è la moglie di Gianluca. All'inizio, io e Francesco siamo rimasti nella nostra zona vicino all'archivio, finché Francesco, a gennaio del nuovo anno, ha trovato un impiego presso uno studio più piccolo, in cui ha delle mansioni di rilievo. Insomma, ha cominciato a fare davvero l'avvocato, e non il factotum di turno. Così, sono rimasta solo io, nel piccolo ufficio, a sbrigare il lavoro scomodo delle scartoffie.

Comunque, a dispetto di quanto avevo temuto, Christian non si è mai avvicinato, e non mi ha mai guardata in faccia, tutte le volte che ci siamo incontrati per caso. Da un lato, mi sono sentita sollevata, perché almeno non dovevo preoccuparmi e cercare un altro posto. Dall'altro, però, se rimanevo confinata in quello sgabuzzino, avevo ben poche speranze di fare carriera.

Finché un giorno è successo l'inevitabile. Era tardi ed ero ancora chiusa in archivio a riporre delle pratiche, quando mi sono voltata e Christian era davanti a me. Non ho potuto fare a meno di trasalire, e mi sono caduti dei documenti per terra. Senza parlare, mi sono chinata per raccoglierli, ma lui mi ha preceduto, e mi sono ritrovata la sua brutta faccia a pochi millimetri dalla mia. Mi ha osservata con odio, gli occhi ridotti a due fessure, la solita aria arrogante, e un sorrisetto pieno di sarcasmo dipinto sul volto. Ho provato ad alzarmi, ma la sua mano mi ha stretto forte il polso fino a farmi male. In quell'istante, ho pensato con orrore che avrebbe potuto fare di me quello che voleva, anche uccidermi, tanto nessuno ci avrebbe sentito. Ho provato a divincolarmi, senza riuscire a muovermi.

«Dunque, siamo alla resa dei conti, non è così?» ha sibilato con aria di sfida.

Non ho risposto, tentando di trasmettergli con lo sguardo tutta la rabbia che provavo.

«Adesso, se tu sarai carina con me, io potrei far finta di dimenticare quello che è successo qualche anno fa...» ha insistito con decisione.

Senza mollare la presa, con l'altra mano ha iniziato ad accarezzarmi il viso, poi il collo, e quando è scivolato più giù, ho dato uno strattone e sono caduta a terra. Lui è stato più veloce, in un baleno era sopra di me e non potevo muovermi. Avrei voluto urlare, ma un forte senso di nausea mi impediva di farlo.

«Non ci sentirà nessuno, se ne sono andati tutti... Rimarrà fra me e te...» ha mormorato, mentre provava a baciarmi.

Con il cuore in gola, ma con la mente incredibilmente lucida, ho deciso di assecondarlo.

«Ok... Ma io che cosa ci guadagno?» ho sussurrato in tono provocatorio.

Lui si è scostato appena, e mi ha guardata sorpreso.

«Non pensavo che sarebbe stato tanto facile, visto quanto te la sei tirata al liceo. E poi, sei così innamorata di quel bel fusto biondo...»

Come faceva a sapere di Giacomo?

«So tutto di te, tesoro. Quello che fai, con chi stai, dove vai... Non perdo mai di vista i miei obiettivi!» ha risposto con un sorriso di auto-compiacimento di fronte al mio stupore.

«E ti vuoi vendicare?» ho chiesto con aria di sfida.

«Perché no?» ha risposto, iniziando a mettermi le mani addosso.

A quel punto, d'istinto, gli avrei voluto rifilare un bel calcio negli 'attributi', ma mi sono fatta forza e ho insistito.

«Dovrei diventare la tua amante?» ho domandato con un sorriso.

«Non direi proprio 'amante'. Piuttosto, la mia puttana!» ha risposto, con la volontà di infierire.

«Proprio come la tua Debora, allora!» ho aggiunto, con apparente noncuranza.

Prima l'ho visto impallidire, poi si è alzato quanto bastava per guardarmi in faccia, e ha aperto la mano come per picchiarmi:

«Come ti permetti...?»

Ci sono dei grandi vantaggi a lavorare in un luogo pubblico, specialmente in una città piccola come Arezzo. Al locale tutti sanno tutto di tutti, e a trarne beneficio stavolta sono stata io. Infatti, Debora è la fidanzata e futura moglie di Christian. Ragazza frivola e leggera, al liceo era contesa dalla popolazione maschile, perché si concedeva facilmente, e altrettanto facilmente passava da un figlio di papà all'altro, approfittandone per scroccare vacanze, regali costosi, serate in ristoranti di lusso. Non troppo bella, ma vestita e truccata sempre oltre i limiti della decenza, alla fine era quasi riuscita a farsi impalmare da uno dei rampolli più ricchi della città, Christian, appunto – nonostante lui la conoscesse benissimo di fama, ma forse si era illuso di essere talmente attraente da averla fatta innamorare sul serio!

Insomma, il destino stavolta mi veniva incontro alla grande, perché la pollastra, nonostante le nozze imminenti, si era invaghita nientepopodimeno che di Samuele, il mio ex ragazzo, il fedifrago che mi aveva tradita con la sorella di Giacomo, quando stavamo per andare a convivere! Negli ultimi tempi, infatti, si erano fatti vedere spesso insieme al locale, e avevano l'aria di essere molto intimi. Poi, in un giorno di pioggia, mentre attraversavo il parco, li avevo visti che si baciavano sotto l'ombrello, in maniera piuttosto appassionata.

A quell'occasione, ne erano seguite altre, e parevano proprio una coppia affiatata. Perfino Debora, stavolta, sembrava fare sul serio. Naturalmente, avevo usato a dovere la fotocamera del mio smartphone per raccogliere le prove da usare al momento opportuno. E ora quel momento era arrivato.

Con calma, mi sono ricomposta, ho tirato fuori il telefono, e, con due tocchi leggeri, ho aperto la cartella con le foto dei due piccioncini. Christian prima è diventato pallido, poi rosso fuoco. Mi ha strappato il telefono di mano e mi ha fulminato con lo sguardo.

«Adesso questo lo prendo io!» ha sibilato a denti stretti.

«Come vuoi, ma ne ho una copia sul portatile e una sulla chiavetta USB. Oltre che nel mio archivio di Google!» ho ribattuto, ostentando indifferenza.

«Tu non oseresti...» ha iniziato a minacciare, avvicinandosi pericolosamente.

«Se mi lasci in pace, quelle foto restano dove sono. Se ti azzardi a intralciare la mia carriera, o se mi accorgo che cerchi di farmi fuori in qualche modo, con un tocco delle dita queste foto andranno in rete!» ho replicato, senza farmi intimorire.

Lo so, mi sono comportata da iena, ma se non avessi approfittato di questa occasione, sono sicura che mi avrebbe sbattuto fuori dallo studio e mi avrebbe reso la vita impossibile, proprio come aveva promesso. La vocina della mia coscienza continuava a non farmi sentire a mio agio, per essere scesa tanto in basso, fino al ricatto, così ho iniziato a pensare di andarmene dallo studio, a costo di rimandare ancora l'esame di ammissione all'albo. Sapevo che, prima o poi, Christian avrebbe trovato il modo di rovesciare la situazione a suo favore, quindi era meglio sfruttare il vantaggio, per trovare subito una soluzione.

Così, a febbraio di quest'anno, sono approdata allo studio Bianchi. Mirko Bianchi è un neo avvocato ed è il cugino di Giacomo – alla faccia del nepotismo! In teoria, dovrei essere al sicuro dalle ire di Christian, almeno per ora. Mi è dispiaciuto molto lasciare Claudia, la segretaria, che, comunque, ogni mattina, quando viene a fare colazione al locale, mi tiene aggiornata sulla situazione. A quanto pare, non sembra che ci sia una bella atmosfera in ufficio, a causa dei dissidi tra Christian e il fratello.

E a proposito del locale, finalmente siamo riusciti a scrollarci di dosso il nome storpiato in francese. Viola e Margherita si sono decise, una volta per tutte, e hanno convinto il signor Mario e la signora Caterina. Dall'inizio dell'anno, il locale si chiama semplicemente "Bar Pasticceria Mario". Rimangono come simboli i fiorellini tipici, che lo hanno sempre contraddistinto, ma non ci sono più errori. D'altronde, tutti lo hanno sempre chiamato così, in maniera semplice ed efficace.

Il comandante ci sta avvertendo che siamo prossimi all'atterraggio all'aeroporto di Heathrow. Sbircio attraverso il finestrino, accostandomi a Viola, e vedo solo una spessa coltre di nuvole grigie. Il grigio è il tipico colore di Londra e anche del mio umore – nei momenti migliori!

Notte

Appena arrivate all'aeroporto, abbiamo trovato Tommaso ad aspettarci con una lussuosa Mercedes e l'autista.

«Sareste dovute venire con il mio aereo privato, invece che con un semplice aereo di linea. Vi sareste risparmiate una lunga attesa,» ha detto appena ci ha viste.

Mi ha abbracciata e baciata sulle guance, chiedendomi come stavo. Poi è passato a Viola e, senza esitazioni, l'ha stretta a sé e l'ha baciata fino a farla rimanere senza fiato. Intanto, ne ho approfittato per mandare un *sms* alla mamma – altrimenti ricomincia con le solite storie! – ho chiamato la nonna, e infine Giacomo, che da Firenze si è spostato a Roma, per due giorni, insieme ad Andrea.

«Ciao amore! Siamo arrivate!» ho sussurrato, allontanandomi di qualche passo dai due piccioncini.

«Anche noi siamo arrivati. Come stai?» ha chiesto con la sua voce sensuale.

«Sono stanca e ho bisogno di farmi una doccia. Visto che domani è festa, abbiamo saltato il turno di riposo e abbiamo lavorato quasi fino alle due, così siamo arrivate all'aeroporto all'ultimo minuto!» ho sospirato esausta. Poi ho aggiunto in tono più dolce: «E tu come stai?»

«Senza di te, malissimo, lo sai. Non vedo l'ora di raggiungerti!» ha risposto con un sospiro.

Un brivido mi ha attraversato la schiena, ripensando alla notte trascorsa insieme, prima di salutarci. Lui è rimasto a dormire a casa della nonna e si era sistemato nella camera accanto alla mia, come al solito. So che può sembrare antiquato, ma mi sento in dovere di portare rispetto alla nonna, anche se non mi ha mai detto una parola in proposito. In pratica, però, non appena tutti si sono addormentati, Giacomo è sgattaiolato nel mio letto... Addormentarsi e svegliarsi tra le sue braccia è una delle più belle sensazioni che abbia mai provato. Sarà dura rinunciarci, anche se solo per un paio di giorni!

«Salutami Giacomo e digli che lo aspetto per giovedì. Ci sono delle carte da rivedere!» ha esclamato all'improvviso Tommaso alle mie spalle.

Il progetto di Tommaso - il grande centro per accogliere e curare le vittime delle guerre e delle malattie - è andato felicemente in porto, e dall'inizio di quest'anno a Londra sono iniziati i lavori di edificazione, curati dallo studio per cui lavorano Giacomo e Andrea.

«Hai sentito? Tommaso ti reclama!» ho esclamato, sorridendo.

«Solo lui?» ha chiesto Giacomo, in tono di scherzosa delusione.

Non ho potuto trattenere un risolino di compiacimento.

«Quando arrivi, potrai verificare di persona...» ho mormorato, mordendomi le labbra al solo pensiero della sua presenza accanto a me.

Appena ho terminato la chiamata, Tommaso ci ha accompagnato in uno dei suoi residence. Non ha voluto assolutamente farci pernottare in hotel, come aveva chiesto Viola.

«Vi ho chiamate a Londra per lavorare per me, quindi le spese di vitto e alloggio sono a mio carico!» ha ribadito per l'ennesima volta, dinanzi alle proteste di Viola.

Eh, sì, caro Diario. Siamo volate a Londra per preparare il ricevimento di nozze per un caro amico di Tommaso. Nonostante ci sia una famosa wedding-planner ad organizzare l'evento, lui ha voluto che fosse la nostra pasticceria a curare il rinfresco prima della cerimonia, l'aperitivo dopo la cerimonia, e, ovviamente, la torta nuziale. Viola è l'anima creativa del locale, ed è venuta qualche giorno prima per occuparsi dei dettagli del ricevimento, vedere la location e decidere come pianificare il lavoro. Antoine e Margherita arriveranno giovedì, due giorni prima del matrimonio, che si terrà sabato prossimo, in una delle residenze di Tommaso, nel lussuoso quartiere di Chelsea. Naturalmente, qualche tempo fa Antoine aveva mandato delle bozze per la torta, e gli sposi hanno già fatto le loro scelte. Anche se sono in contatto da tempo, Viola deve accordarsi con la wedding-planner per gli ultimi particolari sulle decorazioni, gli addobbi e gli invitati.

Non ho avuto il coraggio di confessarlo direttamente a Viola, ma credo che questo sia un pretesto da parte di Tommaso per poterle stare accanto, e, forse, chissà, cercare di conquistarla definitivamente. Viola, dal canto suo, mi ha voluta con sé ad ogni costo, con la scusa di aver bisogno di aiuto. Mario ha provato a protestare, ma alla fine ha dovuto cedere di fronte alla determinazione della figlia. Così, Carla rimarrà al mio posto domani, e sua cugina Rita, che sta studiando all'università, aiuterà Margherita e Antoine in pasticceria. Poi, il locale chiuderà per ferie fino alla prossima settimana, così, come sempre, Caterina e Mario ne approfitteranno per fare i lavoretti di manutenzione necessari.

Dopo aver attraversato la città, nascosta dal buio e da una pioggia fitta e insistente, siamo arrivati nell'elegante quartiere di Mayfair, davanti a un palazzo imponente, con un'entrata a dir poco regale. Tommaso ci ha accompagnate in un appartamento al decimo piano, uno spazio enorme con cinque camere, due sale da pranzo, un salotto più che ampio, tre bagni e una cucina grande, quasi quanto la nostra pasticceria.

«Questo è l'appartamento in cui di solito abito, quando sono a Londra. Fate come se foste a casa vostra! Ci sono il maggiordomo, la cuoca e la governante. Per ogni necessità, non avete che da chiedere.»

Tommaso ci ha mostrato tutta la dimora, arredata con gusto, ma senza eccessi smodati.

«E tu dove andrai allora, se questa è la tua residenza?» ha chiesto Viola, con una leggera inquietudine.

Lui ha sorriso, accarezzandole la guancia con il dorso della mano.

«Questo è solo uno dei miei appartamenti…»

Il tono suadente lasciava presagire qualcos'altro. Probabilmente, si aspettava che Viola lo pregasse di rimanere. Ma lei non lo ha fatto. E lui non si è scomposto.

«Allora, adesso riposatevi. Helen vi preparerà qualcosa da mangiare, mentre Stewart e Anne vi hanno già sistemato le camere. Ci vediamo domani mattina, manderò il mio autista a prendervi e poi andremo insieme a Chelsea, dove ci sarà anche Miss Sweety.»

Viola non ha potuto fare a meno di alzare gli occhi al cielo, e Tommaso ha sorriso con aria divertita.

«Non te la prendere. È una persona molto pedante, è vero, ma è il suo lavoro. È la migliore sul campo, e incassa cifre da capogiro, proprio perché il suo operato è ineccepibile. Il fatto che io abbia preteso la vostra presenza le crea problemi, dato che non siete sotto il suo diretto controllo, e lei non può permettersi errori. Quindi, cerca di essere comprensiva, ti prego!» le ha sussurrato, stringendola con affetto a sé.

Le ha sfiorato le labbra con un bacio, poi ci ha salutato in fretta, mentre il telefono continuava a vibrare.

Miss Sweety è la wedding-planner che deve organizzare il matrimonio. Ovviamente, in base alle scelte e ai gusti degli sposi, lei avrebbe preferito una pasticceria di sua fiducia. Invece, Tommaso gli ha rotto le uova nel paniere. Poiché si è offerto di pagare il ricevimento come dono di nozze, le ha imposto anche la pasticceria da scegliere, cioè la nostra. Posso capire che, giustamente, la signora abbia delle riserve, perché non ci conosce, e, se qualcosa non funzionasse a dovere, ne andrebbe della sua carriera. Ma ogni volta che ha contattato Viola è stata incredibilmente acida e scortese. Non che Viola sia stata da meno, però devo ammettere che non si prospetta un lavoro facile, con una tipa del genere tra i piedi.

«Dice bene, lui! Tanto sono io, che devo far fare bella figura alla 'Signorina-Mi-Faccia-Parlare'!» ha borbottato Viola, mentre Stewart ci guidava verso le nostre camere.

In effetti, Miss Sweety ha sempre condotto conversazioni a senso unico, rifiutandosi di ascoltare Viola.

«Comunque, guadagnerai un sacco di soldi, e, se la signorina ti rende la vita impossibile, puoi sempre gonfiare il conto e far pagare l'extra a Tommaso. Non credo che a lui importi!» ho replicato ridendo. Poi, ho aggiunto: «Credo che a lui interessi solo una cosa...»

Viola si è girata, e mi ha fulminata con lo sguardo.

«Senti, neanche volevo accettare questo lavoro e lo sai. L'ho fatto solo perché, con la crisi che c'è, non possiamo permetterci di rifiutare una cifra del genere. Ma se Tommaso pensa di avere l'occasione per convincermi a cedere alle sue lusinghe, io...»

Il tono deciso con cui aveva iniziato ha perso all'improvviso energia e convinzione.

«Viola, ti posso chiedere una cosa?» ho azzardato, approfittando della sua momentanea esitazione.

Mi ha guardata con i grandi occhi azzurri e ho continuato:

«Lo ami, Tommaso, vero?»

Per un istante non ha risposto, ha abbassato lo sguardo, e temevo che stesse per piangere. Il maggiordomo ci ha lasciate sole, dopo averci indicato le nostre stanze e aver portato dentro i bagagli.

«Sì...» ha ammesso con un filo di voce. «Non ho mai provato per nessuno quello che provo per lui, ma non posso... È bello, ricco, potente: lo sai meglio di me che gli uomini del suo rango non si innamorano di ragazze qualsiasi come me! Non può durare, Elisabetta! Non può!»

Senza che me lo aspettassi, mi ha gettato le braccia al collo, e ha cominciato a piangere a dirotto. Era scossa dai singhiozzi, ed era disperata. So quanto possa essere terribile aver paura di soffrire, sentirsi inadeguati e rifiutati. D'altronde, o si chiudono le porte del cuore, respingendo tutte le offerte, o si deve provare, anche a costo di patire le pene dell'inferno. Oppure, bisogna accontentarsi, scegliendo una specie di compromesso. A un tratto, mi sono chiesta che cosa ho scelto io, accettando di stare con Giacomo: ho voglia di provare, costi quello che costi, o, in maniera inconsapevole, ho deciso di accontentarmi? Ho scacciato questo pensiero, che mi è sembrato assurdo, e mi sono concentrata di nuovo su Viola.

«Se non provi, non lo saprai mai,» le ho detto, accarezzandole i capelli, e cercando di calmarla.

Non avrei mai creduto di dover consolare Viola. Lei che si mostra sempre sprezzante, dispotica, arrogante e sicura di sé, in fondo è piena di paure, come ogni altro essere umano. Il fatto che io sia diventata praticamente la sua migliore amica è ancora più stupefacente, ma non me ne faccio un vanto, anzi, ho imparato a contare sul suo appoggio.

Ha alzato la testa, con gli occhi rossi, gonfi e pieni di lacrime. Mi ha guardata in maniera inespressiva, con la bocca piegata in una smorfia di dolore. Ho deciso che eravamo troppo stanche per discutere, e che era meglio dormirci su.

«Facciamo una doccia, e poi vediamo che cosa ha preparato la cuoca. Dopo andremo a riposarci, e, come diceva Rossella O'Hara in *Via col Vento*: "*Domani è un altro giorno*"!» ho concluso sbrigativa.

Viola ha accettato di buon grado la mia decisione. Si è asciugata gli occhi con il dorso della mano, ha abbozzato un timido sorriso, e ha mormorato un altrettanto timido «Grazie».

Per oggi è stato abbastanza.

1 Maggio 2012, Martedì

Mattina

Anne mi sveglia alle otto in punto, chiede se voglio la colazione a letto, ma preferisco alzarmi e andare direttamente in cucina, dove Helen ha preparato di tutto. Mi accorgo di avere fame, tanto che mangio perfino le uova con il bacon di prima mattina, così il mio stomaco può considerarsi a posto per tutto il giorno.

Viola mi raggiunge ancora assonnata, gli occhi rossi e la faccia sconvolta. Sembra più vecchia di quello che è in realtà, e l'insolita mancanza di energie la rende perfino più brutta.

Il mio telefono inizia a vibrare e sono felice che qualcosa mi distragga.

«Ciao sorellona! Come va a Londra?» chiede Angela tutta pimpante.

«Sta piovendo e dobbiamo andare alla residenza di Chelsea. Ma siamo in un appartamento di Mayfair da urlo!» esclamo con entusiasmo.

«Tommaso vi tratta bene, eh?» ha ribattuto con enfasi.

Mia sorella si sposerà a luglio. Lei e Gabriel hanno finito di restaurare il casolare vicino a Siena, dove sono già andati a vivere. Quando ormai Angela non se lo aspettava, e si era rassegnata a non dover mai ricevere una proposta tradizionale, Gabriel le ha preparato un regalo speciale di Natale, impacchettando scatole dentro scatole, fino a quella più piccola con dentro l'anello di fidanzamento, poi si è inginocchiato, e le ha chiesto di sposarla, proprio come lei aveva sempre sognato.

«Hai sentito il babbo?» chiedo con una certa ansia.

A gennaio Tania, la compagna di nostro padre, ha partorito un maschietto, Damian, che è il nostro nuovo fratellastro. Siccome vivono a Milano, e non sono ancora tornati ad Arezzo, io e Angela non siamo riuscite a trovare né il tempo, né la voglia per andare a trovarli. Sembra orribile a dirsi, ma non è neanche facile da accettare, dato che dovremmo adeguarci a una situazione, senza che nessuno ci abbia mai chiesto cosa ne pensiamo, e come ci sentiamo.

«No!» risponde secca Angela.

«La mamma? Ieri le ho mandato un *sms* per avvisarla del mio arrivo…» insisto.

«Mi ha chiamata due giorni fa. È in vacanza con il suo Pierluigi!» replica mia sorella, con disprezzo.

«E tu a che punto sei con i preparativi?» cambio definitivamente discorso.

«Devo fare un'altra prova dell'abito, ma ho fissato l'appuntamento per la prossima settimana, così ci andiamo insieme...» risponde, felice.

Eppure la sento esitare. Da diversi giorni, ho la sensazione che voglia dirmi qualcosa, ma è come se non ne avesse il coraggio. Ho pensato che forse è incinta, però sarebbe talmente contenta che non me lo terrebbe nascosto. Così, decido di essere diretta, e puntare sul fattore sorpresa.

«Angela, devi dirmi qualcosa? Ti sento strana...» confesso, un po' inquieta.

Mia sorella ha ancora un istante di esitazione, e questo conferma i miei dubbi. Ora sono certa che mi nasconde un segreto.

«Non è niente di importante, ne parleremo quando torni!» risponde, sforzandosi di essere convincente.

«Dai, non tenermi sulle spine...» insisto.

Sento il telefono squillare e la voce di Gabriel in sottofondo.

«Scusa! Devo andare. Un bacio a presto, Eli!» mi saluta in fretta.

Termino la chiamata con un gesto di stizza. Odio lasciare i discorsi in sospeso. Magari mi preoccupo per nulla, ma non è da Angela piantarmi in asso così.

«Che voleva tua sorella?» chiede Viola, mentre beve del succo d'arancia.

«Niente di particolare. Soltanto, mi è sembrata un po' strana negli ultimi giorni...» confesso con sincerità.

«Cosa pensi che ti nasconda?» aggiunge, mordicchiando un muffin al cioccolato.

«Non lo so,» ammetto, stringendomi nelle spalle. «Si sposa con Gabriel, ha una bella casa, ha un lavoro... Anche se fosse incinta, non sarebbe altro che una bella notizia!»

«Infatti,» concorda Viola. «Forse ti sbagli, magari è solo agitata per il matrimonio! Noi non siamo esperte, ma deve essere un'impresa abbastanza stressante!»

Ridiamo, mentre mi concedo una tazza di tè caldo, e accantono tutti gli spiacevoli dubbi.

«Hai intenzione di sposarti con Giacomo?» mi chiede a un tratto, scrutando la mia reazione con la coda dell'occhio.

A parte quell'attimo, durante la cerimonia di Arianna e Federico, non avevo più pensato al matrimonio. E anche adesso, come allora, mi assale la stessa strana sensazione di panico e disagio insieme.

«Se devo essere sincera, l'idea mi spaventa parecchio. Non so se è normale. In genere, tutti dicono che lo è. Forse l'esperienza con Samuele ha in qualche modo inibito la mia naturale predisposizione a mettere su famiglia. Forse è solo paura. D'altronde, non me ne va mai bene una, quindi i miei timori sono fondati!»

Ridiamo di nuovo.

«Giacomo è un ragazzo meraviglioso. Farebbe qualsiasi cosa per renderti felice!» aggiunge Viola, con una punta d'invidia.

«Lo so, e a volte mi sembra di non essere alla sua altezza, di non dargli abbastanza...» ribatto, adirata con me stessa.

Viola mi osserva per un lungo istante, apre bocca come per dire qualcosa, poi si trattiene e abbassa lo sguardo.

«Non l'hai più rivisto, né risentito, vero?» mi chiede, alla fine, con un filo di voce, tornando a guardarmi.

Sappiamo entrambe di chi sta parlando, e il mio cuore fa un balzo.

«No,» ammetto, con la voce rotta dall'emozione.

Le ferite sono ancora aperte e fanno male, eccome!

«Hai mai provato a chiamarlo?» insiste.

«Ci ho pensato tante volte, ma non ho avuto il coraggio,» rispondo con un sospiro. «E poi non voglio più fare del male a Giacomo...»

Viola finisce il succo d'arancia, e sta per aggiungere qualcosa, ma il suo telefono inizia a squillare. Tommaso ci avverte che entro mezz'ora passerà a prenderci. Così lasciamo cadere il discorso, e ci affrettiamo a vestirci e truccarci a dovere. Ovviamente, scegliamo abiti comodi: jeans, maglioni – perché fa abbastanza freddo! – giubbotti impermeabili e stivali.

Quando usciamo all'aria aperta, non sembra neanche mattina, perché è praticamente buio, l'aria è grigia e densa, una pioggerellina fitta avvolge tutto il paesaggio, nel classico colore 'fumo di Londra'. Entriamo volentieri nell'abitacolo caldo della Mercedes di Tommaso, che è vestito di tutto punto, con un elegante completo scuro. Dopo aver salutato Viola con un bacio delicato, la fa sedere accanto a sé e la stringe, osservandola con gli occhi verdi che brillano.

«Avrei voluto restare con voi tutto il giorno, ma è subentrato un imprevisto. Nel pomeriggio mi aspettano a Glasgow, così dovrò andarmene, non appena abbiamo fatto il punto della situazione con Miss Sweety. Mi dispiace, tesoro!» sussurra con aria afflitta, senza staccare gli occhi da Viola.

«Avremo talmente tanto da fare! Mancano pochi giorni al matrimonio, e non possiamo permetterci pause o errori!» ribatte Viola, con il tono abituale che usa quando è al lavoro.

«Miss Sweety ha annunciato che, stamattina, ci saranno anche gli sposi, così potrete discutere dei dettagli insieme a loro,» ha aggiunto Tommaso.

«Spero davvero che questa Miss Dolcezza non mi crei tanti problemi. Mi è sembrata un osso duro!» sbotta Viola, scuotendo la testa, con aria scettica.

«Perché, tu sei forse morbida?» le chiede con un sorriso. «Non ti preoccupare. Lei è una professionista come te: organizzerete un matrimonio strepitoso!» la tranquillizza, sfiorandole la guancia con una carezza.

Impieghiamo più di mezz'ora per arrivare, districandoci nel traffico caotico della mattina, mentre la nebbia e le nuvole sembrano ingoiare completamente il resto del mondo, tranne la breve striscia nera d'asfalto davanti a noi.

Quando l'auto finalmente svolta in un vialetto, ci troviamo di fronte a un imponente edificio con un sontuoso ingresso. Se l'esterno è grigio e opaco, in perfetta simbiosi con il paesaggio, l'interno è caldo e accogliente, con grandi saloni arredati in maniera sfarzosa, ma senza eccessi, con colori vivaci e brillanti. Anche qui, come nell'appartamento di Mayfair, il gusto di Tommaso nella scelta degli accessori riflette la sua personalità. E non posso evitare di farlo notare a Viola, mentre lui rimane indietro per parlare al telefono:

«Questo posto, come l'altro, è l'espressione del carattere di Tommaso: aperto, caloroso, avvolgente, delicato, ma anche deciso e vigoroso. Non credi?»

Viola si stringe nelle spalle, poi si volta a guardarmi:

«Che vorresti dire? Che è l'uomo ideale?» chiede, con un ghigno ironico.

«Forse. Ma, soprattutto, sembra davvero sincero, alla facciata fa sempre corrispondere anche il modo di essere, quindi...» aggiungo, lasciando il discorso volutamente in sospeso.

Viola alza gli occhi al cielo, e si porta l'indice della mano destra alle labbra, facendomi segno di tacere. In quell'istante, Tommaso ci raggiunge, insieme a una ragazza sui trent'anni, alta e magrissima, capelli corti, biondi e lisci, carnagione chiara, occhi azzurri, fasciata in un tailleur giacca e pantaloni color smeraldo, con un paio di stivali eleganti. Ha un'espressione grave, ci squadra da capo a piedi con aria critica, e stringe una cartellina plastificata, che trabocca di documenti.

«Viola, Elisabetta, vi presento Miss Sweety,» annuncia Tommaso con entusiasmo, lanciando un'occhiata indagatrice a Viola, che tende la mano e sorride a denti stretti.

Miss Sweety, Pam, come vuole che la chiamiamo, ci saluta in italiano con voce bassa e atona. Tommaso ci toglie subito dall'imbarazzo, intavolando il discorso degli addobbi, delle decorazioni sui vassoi del rinfresco, che devono tenere conto dei fiori, e di come verrà sistemato il resto della dimora. Insomma, deve essere tutto a tema. Ma questo lo sapevamo già.

Ci accomodiamo su un divano color porpora, mentre Pam appoggia il fascio di fogli su un tavolino di legno intarsiato, adagiato su un tappeto persiano.

«Maggio è il mese delle rose, quindi abbiamo scelto rose, calle, gerbere bianche e gialle,» annuncia Pam con aria solenne, porgendoci uno schizzo dei vari tipi di addobbo. «Appena arriveranno gli sposi, andremo a vedere anche la cappella sul retro, dove si terrà la cerimonia. Accanto, verrà allestito il ricevimento prima della cena. Invece, prima della cerimonia, il piccolo rinfresco sarà preparato nella sala grande, all'entrata.»

Continua a scartabellare fogli su fogli, disegni su disegni, schemi su schemi. Viola osserva in silenzio, ma, dalla sua espressione, mi sembra che si stia trattenendo a fatica dall'esplodere. Infatti, dopo qualche istante, interrompe la cantilena di Pam, alza lo sguardo su di lei, e sbotta in tono deciso, contando sulla punta delle dita:

«Quello che devo sapere è: tipo e colore dei fiori, luogo di allestimento, guarnizioni dei tavoli, tipologie di vassoi e zuppiere, aggiornamento definitivo del menù, e numero esatto degli invitati. Al momento, non mi serve altro.»

Pam arrossisce appena, e apre bocca per replicare. È visibilmente contrariata dai modi spicci di Viola, e non tollera che le venga dettata legge, laddove è sempre lei a comandare. Da un lato, la capisco, perché la responsabilità è sua, e vorrebbe gestire le cose, in modo che tutto sia come deve essere. D'altro canto, potrebbe mostrarsi meno rigida e incline al dialogo, invece di imporre i suoi schemi in maniera dittatoriale. In fondo, ha davanti a sé una professionista del settore, non un'inesperta apprendista, e dovrebbe trattarla come tale.

«Credo che dovresti sapere anche che...» comincia, con il tono di chi fa fatica a restare calma.

«Sono arrivati gli sposi! Venite, ragazze, così ve li presento. Anzi, credo che li conosciate già!» esclama Tommaso, balzando in piedi, e interrompendo una conversazione, che sta diventando pericolosa.

Quando la porta si apre, ho l'impressione di essere scaraventata brutalmente dentro un incubo. Il cuore schizza nel petto e temo possa uscire, mentre il pavimento sembra sprofondarmi sotto i piedi.

«Viola, Elisabetta, questi sono gli sposi, Adriana e Alessandro, i due medici che guideranno il nuovo ospedale in costruzione a Londra, per le vittime della guerra e della povertà! Conoscete già Alessandro, non è vero? È un vostro concittadino!» annuncia Tommaso, facendo gli onori di casa.

Non riesco a stare in piedi, le gambe tremano, e mi viene da piangere. Viola si volta, pallida e incredula quasi quanto me. Stringo appena la mano di Adriana con un timido sorriso. Non ho il coraggio di alzare lo sguardo su Alessandro, che tende la mano e sfiora appena la mia, in modo freddo e formale. Il contatto con la sua pelle provoca una scossa elettrica, che improvvisamente fa tornare a galla i ricordi più belli. Non dice nulla ed io nemmeno, anche perché non riesco a ingoiare, un nodo mi serra la gola. Perfino Viola è ammutolita. Vorrei uscire da qui di corsa e mettermi a urlare. Perché non lo sapevo? Perché nessuno mi aveva detto niente? E perché devo essere qui, proprio io?

«Allora, mettetevi pure a vostro agio. Purtroppo, non posso rimanere, altri impegni mi reclamano. Credo, comunque, che ve la possiate cavare egregiamente anche senza di me. In fondo, devono essere gli sposi a prendere le decisioni!» aggiunge allegramente

Tommaso, mentre Pam ha già iniziato a parlare affabilmente con Adriana.

«Scusa, hai cinque minuti?» chiede Viola a Tommaso, afferrandolo per un braccio.

«Ma certo!» risponde, prendendola per mano. «Ci vediamo presto! Buon lavoro!» aggiunge poi rivolto a noi, prima di sparire insieme a lei.

Resto sola sul divano accanto a Pam, che parla con Adriana, seduta davanti a me, insieme ad Alessandro. Non riesco a sentire una parola di quello che dicono, ormai la mia mente è completamente persa dietro foschi pensieri, mentre sto cercando di trovare una scusa per alzarmi e andarmene.

Alessandro si sposa. Alessandro si sposa. Alessandro si sposa.

Queste tre parole battono nel cuore e nel cervello con una violenza inaudita, e mi sconvolgono più di quanto avrei mai immaginato. In fondo, cosa mi importa di Alessandro, dal momento in cui le nostre strade si sono separate? Invece no, accidenti! Mi importa, eccome! Siamo stati amici per ventotto anni, migliori amici, e venire a sapere in questo modo che si sposa è davvero triste.

Ma è solo per questo? No, certo! È anche una questione d'orgoglio. Con me, non era stato capace di mantenere un impegno, di portare avanti una relazione in maniera costante. E ora si assume un onere vincolante come il matrimonio? Forse Adriana lo accetta così come è, instabile, ribelle, indomito. Forse lei lo ama davvero. Oppure lui si è innamorato seriamente, ed è disposto a cambiare per lei. Quest'ultima ipotesi mi provoca un dolore insopportabile, anche se non riesco a capirne la ragione. Io ho Giacomo, e Giacomo corrisponde esattamente al tipo di uomo che desidero avere accanto. Quindi, perché fa tanto male sapere che Alessandro si sposa con un'altra?

Adesso capisco perché tutti facevano i misteriosi con me, mia sorella per prima, e poi mia madre, mio padre e... Giacomo? No, lui me lo avrebbe detto, se l'avesse saputo. Di sicuro, Andrea non ha potuto informarlo, perché suo fratello glielo ha impedito. Alessandro non voleva che io venissi a conoscenza delle sue nozze, eppure adesso sono qui. Dunque, Viola e Tommaso erano d'accordo? Sperano forse che, se lui mi vede, possa cambiare idea? Sarebbe stato veramente meschino da parte loro, e, soltanto il pensiero di un tale complotto, mi mette addosso tanta rabbia, ma anche delusione, per aver mal riposto la mia fiducia in Viola, e averle aperto il cuore.

Trascorrono lunghi interminabili istanti, in cui continuo a fissare i disegni geometrici del tappeto, imponendomi di non alzare gli occhi, e fingendo di ascoltare cosa sta dicendo Pam.

«Ci eravamo conosciute la scorsa estate a Parigi, vero?» mi chiede a un certo punto Adriana, con il suo accento spagnoleggiante.

Alzo lo sguardo, mettendo a fuoco solo la sua faccia, pur senza vederla, e annuisco con un sorriso.

«Come dono di nozze, Tommaso ha voluto prestarci questa magnifica dimora, e ha insistito per offrire il ricevimento, prima e dopo la cerimonia. Come dice Pam, è convinto che la vostra pasticceria sia una delle migliori al mondo, e lui se ne intende!» aggiunge, cercando lo sguardo della wedding-planner, che continua a mostrarsi piuttosto perplessa, perfino diffidente.

«E poi, siete di Arezzo, come il mio Alex! Da quella terra vengono i frutti migliori!» sussurra in tono mieloso.

Stringe il braccio di Alessandro e lo guarda con adorazione. Lui si volta verso di lei, la osserva con tenerezza, e si scambiano un bacio.

Non faccio in tempo a distogliere lo sguardo, e mi ritrovo gli occhi di Alessandro nei miei. Ho come la sensazione di essere con l'acqua alla gola, sul punto di affogare. Mi fischiano le orecchie. Il cuore è impazzito. Mi accorgo con orrore che si notano benissimo le mie mani e i miei piedi che tremano. L'espressione di Alessandro è indecifrabile, anche se sembra un po' pallido.

Nonostante la paura di cadere come una pera cotta, preferisco comunque alzarmi e andarmene, almeno per calmarmi un po', respirando l'aria umida e fredda all'esterno.

«Scusate,» dico, con un filo di voce.

Mi alzo a fatica, e mi avvio, acquistando più sicurezza man mano che mi avvicino alla porta. Quando raggiungo il pianerottolo, in cima alle scale, mi getto a sedere sugli scalini, con la testa fra le mani, e le lacrime che scendono senza controllo. Poi, mi rendo conto che qualcuno potrebbe vedermi, così inspiro ed espiro forte, mi alzo di nuovo, e scendo al piano di sotto, cercando un bagno. Chiedo a un inserviente, e, dopo una serie di corridoi, finalmente mi chiudo dentro e sfogo la mia rabbia. Me la prendo con la porta, riempiendola di calci e pugni, impreco a denti stretti, e, alla fine, piango, mentre lo specchio rimanda la mia immagine devastata.

Perché? Se non è stato un piano architettato, perché il destino si diverte a farmi del male, adesso che ho trovato un po' di pace? Dentro di me, l'ho sempre saputo, c'è sempre rimasto il rimpianto, c'è sempre stato il pensiero. Solo adesso, mi rendo veramente conto che non è passato un giorno, senza che non abbia pensato ad Alessandro almeno una volta, senza che non abbia avuto la tentazione di chiamarlo, di sentire la sua voce. Sarei stata disposta anche a umiliarmi e a chiedere scusa, pur di riconquistare almeno la nostra vecchia amicizia. Però, non ho mai avuto il coraggio di provare, perché temevo di fare del male a Giacomo, e al nostro rapporto. Forse, in realtà, ho sempre avuto paura di essere respinta da Alessandro.

Adesso, però, che cosa dovrei fare? Dovrei fingere indifferenza, o addirittura essere felice per lui? In effetti, se davvero gli voglio bene, dovrei sotterrare l'ascia di guerra e dimenticare il passato. Ora, lui ha Adriana, io ho Giacomo, così dovremmo accantonare quello che è stato, per tentare di imbastire almeno un rapporto civile.

Ma io non ce la faccio. Non so perché, ma non sopporto quella Adriana. Secondo me, non è la ragazza adatta a lui. È troppo dolce, appiccicosa, tenera, accondiscendente, pende dalle sue labbra. Ale ha un carattere forte, io lo conosco, e ha bisogno di una donna con più carattere, spessore e determinazione, per tenergli testa, e per non farlo stancare.

Magari mi sbaglio. Forse è cambiato. Oppure, era sempre stato così, ma io non l'avevo capito.

Una profonda disperazione mi impedisce di smettere di piangere, anche se mi rendo conto che devo darmi una calmata e cercare di rimediare il trucco. Prima o poi, dovrò uscire da qui, e non posso certo farmi vedere in queste condizioni!

Il telefono vibra nella borsa. È Viola.

«Dove sei?» chiede, con noncuranza.

«In bagno, al piano di sotto,» rispondo, tirando su con il naso.

«Ok,» replica sibillina.

Di certo è tornata nella sala, ma davanti agli altri non ha voluto far trapelare alcuna emozione.

Passano pochi istanti e sento bussare alla porta.

«Sono io! Apri!» sussurra Viola a denti stretti.

Me la ritrovo davanti piuttosto sconvolta. Si mette di fronte allo specchio e si sistema i capelli.

«Sapevo che saresti stata in queste condizioni!» sbotta con rabbia. «Sappi che io non ne sapevo niente, proprio come te!» Si volta a guardarmi, e noto un'ombra nei suoi occhi. «Tommaso ha voluto fare un regalo e una sorpresa agli sposi, e anche a me, chiedendomi di preparare il ricevimento. Ha detto che l'ha fatto, perché ritiene Antoine e la nostra pasticceria di altissimo livello, ma anche per poter stare un po' con me!» Arrossisce e abbassa gli occhi, per tornare a guardarmi con aria preoccupata. «So che è una domanda stupida, ma... Come ti senti?»

Scuoto la testa, e mi viene ancora da piangere.

«Non avrei mai creduto di stare così male,» ammetto con un filo di voce.

All'improvviso, è come se le forze mi venissero meno, mi sento stanca, e non riesco neanche a tenere gli occhi aperti. Viola mi abbraccia, senza aggiungere nulla.

«Non sei tenuta a rimanere, se non te la senti. Per qualche giorno vedrò di cavarmela da sola...» mormora.

La tentazione è forte, e, il solo pensiero di andarmene, mi fa sentire meglio: uscire da quella porta adesso, e salire sul primo volo per l'Italia, sarebbe la soluzione migliore. Però, mi rendo conto che Viola si troverebbe in enorme difficoltà, a dover sbrigare tutto da sola, specialmente con Pam tra i piedi. Perciò, mi convinco che questo è il mio lavoro, e lo devo svolgere al meglio. Per di più, Viola è mia amica, e non posso abbandonarla nel momento del bisogno.

«Non ti preoccupare,» le dico, guardandola negli occhi con determinazione. «Devo solo superare la sorpresa. Siamo qui per preparare un ricevimento e lo faremo, come sempre.»

Viola sorride e mi stringe la mano. Poi, mi aiuta a sistemare il trucco e i capelli, che ho mantenuto con lo stesso taglio di Parigi.

«Ok, allora, fai un bel respiro, pensa al tuo Giacomo e torniamo di sopra. Che ne dici?» mi chiede, facendomi l'occhiolino.

Giacomo. L'avevo completamente dimenticato! Il vortice dei pensieri aveva ribaltato il mio normale equilibrio – se mai ho avuto un equilibrio! Giacomo mi aveva mandato un messaggio, e non me ne ero neanche accorta.

Per domani non ce la faccio. Arriverò giovedì sera. Mi dispiace. Ti amo.

Tutto sembra cospirare contro di me, ma non voglio lasciarmi intimorire.

Anch'io devo pensare solo a lavorare. A giovedì. Ti amo anch'io.

Mentre rientriamo nella sala, il cuore inizia di nuovo a battere in maniera irregolare, ma stringo i denti e mi impongo un contegno decoroso. Mi siedo accanto a Viola, intanto che finisco di mandare un messaggio a Roberto. Infatti, con il suo abituale tono scherzoso, mi ha chiesto se ci saranno quattro matrimoni e un funerale, come nel celebre film, ed io gli ho risposto che se vuole può venire e aspettare.

Lo sposo è carino?

Insiste.

È Alessandro.

Non passa neanche mezzo secondo, e subito arriva la risposta:

Stai scherzando!

Neanche per sogno!

Ok, ti chiamo dopo e ne parliamo. Tvb.

Grazie. Anch'io tvb.

Scriverlo è anche peggio che dirlo. Sembra tutto così irreale, inverosimile e assurdo. Una serie di coincidenze mi ha portata fin qui, per venire a sapere ciò che non avrei dovuto sapere. Penso che, anche per Alessandro, deve essere frustrante, con tutti gli sforzi che ha fatto, perché non fossi informata del suo matrimonio. Così, comincio a sentirmi un po' meno in svantaggio nei suoi confronti, e ho finalmente il coraggio di guardarlo. È bellissimo, come sempre, il mio Ale, con i capelli ribelli, il volto regolare, gli occhi scuri profondi, il fisico atletico, e le mani con le dita sottili. Conosco ogni angolo della sua pelle, ogni espressione del suo viso, ogni gesto, la sua voce profonda, lo sguardo determinato...

Come se avesse sentito su di sé il peso del mio sguardo, si volta, e i suoi occhi sono nei miei. A quel punto, mi sento sciogliere, perché ritrovo tutta la dolcezza, la luminosità, l'affetto che c'è sempre stato tra noi. Abbozzo un sorriso, sforzandomi di apparire calma, mentre ho un vulcano che mi esplode dentro. Lui non ricambia, come avevo sperato, e distoglie immediatamente l'attenzione, spostandola sulla sua compagna.

Dire che sono delusa, è poco. Anzi, mi sento stupida, per aver abbassato la guardia, e avergli permesso di snobbarmi gratuitamente. Ma chi si crede di essere? È stato lui a lasciarmi sola per oltre un anno. È stato lui a mettere la carriera prima di me e di tutto il resto. È stato lui a non accettare neanche la mia amicizia. E adesso fa anche l'offeso? Per me, la nostra storia è morta e sepolta, se mai mi dispiace per l'amicizia, ma, visto come si comporta, a questo punto non credo di perdermi granché.

«Dunque, ci vedremo domani mattina, verso le dieci, nel residence di De Angeli, dove alloggiano anche gli sposi,» conclude Pam, rivolta verso Viola.

Che cosa? Siamo nello stesso residence? Questo mi rende piuttosto inquieta, anche se lo stabile è quasi un grattacielo, e non ci dovrebbero essere grandi occasioni per incontri casuali, al di là del lavoro.

«Adesso andremo a vedere la cappella e la sala dove sarà allestito il ricevimento!» aggiunge Pam, mentre si alza, seguita da Adriana, Viola, me e Alessandro.

Non sopporto che lui cammini alle mie spalle, così mi fermo, e faccio finta di cercare qualcosa nella borsa, per farlo passare avanti. Non si scompone, appare tranquillo e perfettamente a suo agio, anche se continua a ignorarmi. Ho comunque notato che, stranamente, non ha parlato molto, né ha usato i soliti modi cordiali, né il suo abituale entusiasmo. È apparso composto, pacato, sereno, mite: se non lo vedessi con i miei occhi, non ci crederei. Probabilmente, è merito di Adriana, che è riuscita a domare il suo spirito ribelle.

«Allora, Alessandro, ti sposi. Che bella sorpresa!» interviene Viola, con un sorriso, nella sua direzione.

«Già! Volevamo una cerimonia semplice, ma i genitori di Adriana prima, e Tommaso poi, hanno deciso di fare a modo loro!» sbotta Alessandro, con una punta di sarcasmo.

«Papà è italiano, mamma portoricana, e sono molto religiosi. Inoltre, sono la loro unica figlia, e pretendono una festa in grande stile!» aggiunge Adriana, prendendo Alessandro sotto braccio.

Dio, quant'è appiccicosa! Non lo molla un secondo, lo guarda continuamente con adorazione, insomma, non lo fa respirare. Ma da quando a lui piacciono le ragazze così? Diceva sempre che voleva accanto una donna capace di lasciargli i suoi spazi, invece questa occupa tutto, senza concedere uno spiraglio.

«Alex è così buono e comprensivo, e li ha lasciati fare. L'importante è che ci amiamo…» sussurra lei con un sospiro, mentre lui le accarezza il viso, e le sfiora la punta del naso con un bacio.

Probabilmente ho le traveggole, oppure mi ha preso in giro per ventotto anni. Oppure, qualcuno lo ha sostituito con un clone. Accidenti, non può essere il 'mio' Ale!

«E tu, come te la passi, Viola?» chiede, più per educazione che per reale interesse.

«Oh, beh, non è cambiato nulla. Faccio sempre le solite cose, e sono ancora single!» risponde Viola con aria scanzonata, per mantenere la conversazione su un piano leggero.

«Tommaso sembra piuttosto preso da te, non è vero?» insiste lui, con un risolino malizioso.

Ecco, adesso comincio a riconoscerlo.

«Ma… Io… Non credo, sinceramente…» replica Viola confusa, arrossendo appena. «Adriana, dove hai intenzione di mettere i tavoli?» chiede poi, per sviare il discorso.

«Per quello ci sarà il nostro arredatore, insieme all'architetto,» interviene Pam, con la sua aria saccente.

«Credevo che dovesse decidere la sposa, mi sembra che spetti a lei la scelta!» ribatte Viola in tono polemico.

«Non ti preoccupare! Ho tante cose a cui badare, e preferisco lasciare questi dettagli tecnici a chi è più esperto di me!» replica Adriana, con un sorriso disarmante, e la voce angelica.

È sempre pacata, dolce, mite e gentile, a differenza di me, che sono costantemente agitata, nervosa e irritabile.

Il mio telefono inizia a vibrare, e mi fermo, mentre gli altri proseguono.

«Ciao splendore! Come stai?»

La voce calda e sensuale di Giacomo mi giunge strana e inaspettata, in quest'atmosfera gotica, resa ancora più cupa dalla presenza di Alessandro.

«Siamo con la wedding-planner e con gli sposi in una faraonica villa di Tommaso, nel quartiere di Chelsea. Sta piovigginando e non si vede assolutamente nulla!» rispondo, cercando di non far trasparire il mio turbamento.

«Com'è lo sposo? È carino?» chiede in tono divertito.

Non è carino, è meraviglioso più di quanto ricordassi, vorrei dire. Ma non permetto neanche al mio cervello di formulare un pensiero simile, e lo scaccio via, indispettita.

«Non ci crederai. Alessandro si sposa con Adriana!» mormoro, con l'aria solenne delle grandi rivelazioni.

«Dai, non scherzare! Chi è lo sposo?» insiste Giacomo, con un risolino nervoso.

«Giacomo, tesoro, non sto scherzando. Se vuoi, ti faccio parlare con Viola...»

Sento un silenzio pesante dall'altra parte.

«Guarda che è tutto ok,» mi affretto ad aggiungere. «Nessun problema... Davvero!»

Effettivamente, dopo i primi attimi di smarrimento, adesso dentro di me la situazione comincia a normalizzarsi, anche se appare tutto ancora irreale.

«Non so perché Andrea non te l'abbia detto...» aggiungo esitante.

Giacomo continua a tacere. Sembra molto più turbato di me da questa notizia.

«Va bene. Cercherò di arrivare prima possibile. Mi manchi tanto!» sussurra con voce roca.

Un brivido mi attraversa da capo a piedi al solo pensiero delle labbra di Giacomo sulle mie, delle sue mani, della sua pelle...

«Anche tu mi manchi. Adesso devo andare o rischio di perdermi in questa specie di castello stregato!» ribatto, dopo essermi accorta di aver perso di vista la comitiva.

«Buon lavoro, splendore!» conclude alla fine, senza riuscire a nascondere una nota di apprensione.

Cerco di seguire il percorso che gli altri hanno fatto, ma temo di essermi perduta. Almeno riuscissi a trovare qualche inserviente, invece nulla! Anche se chiamassi Viola, come farei a spiegarle dove sono e a capire dove devo andare? Mi sono infilata in un corridoio stretto e poco illuminato, e, ad essere sincera, lo trovo piuttosto inquietante. Provo ad affacciarmi a una finestra, ma fuori si vede solo nebbia fitta e grigiore. Un sudore freddo comincia a scorrermi addosso, anche se mi sto sforzando di tenere a bada la paura.

A un certo punto, mi pare di udire dei passi dietro di me. Mi volto, ma non c'è nessuno. Vorrei gridare, però la voce si è come incollata alle pareti della gola, e si rifiuta di uscire. Senza accorgermene, accelero il passo, nel timore di essere inseguita. Ma tu guarda in che razza di posto sono andata a finire, e in che guaio mi sono cacciata! E tutto per colpa di Alessandro: sempre lui!

Sono arrivata all'incrocio di due corridoi, così decido di andare a sinistra, senza un motivo o una logica apparenti, anche perché sono tutti uguali. Mentre svolto l'angolo, vado a sbattere contro qualcosa, o meglio, qualcuno, e stavolta non riesco a trattenere un urlo di puro terrore. Mi sento afferrare, con una presa dolce, ma decisa, poi vengo inondata da un profumo familiare. Ho il cuore che pare uscire dal petto, sto tremando, e sembra che il sangue sia evaporato all'istante dal mio corpo per lo spavento. Senza che me renda conto, mi ritrovo tra le sue braccia, proprio come ai vecchi tempi. Posso sentire il calore del suo corpo, il suo respiro vicino al mio, perfino il suo cuore che batte forte, troppo forte... Mi lascio cullare da questa magnifica sensazione, mentre lui non accenna a muoversi. Così, scopro che ha ancora al collo la collana d'oro, con il pendente a forma di Cupido, che gli avevo regalato per i suoi venticinque anni. E, all'improvviso sono vittima di un'irrazionale euforia, perché questo mi sembra un chiaro segno che lui tiene ancora a me, in qualche modo. Almeno per qualche istante, riacquisto la sicurezza necessaria a ricompormi, staccandomi da lui senza guardarlo.

«Mi dispiace! Ero rimasta indietro e mi sono persa... Questa casa è così grande e inquietante, ho avuto paura!» confesso, alzando appena lo sguardo.

Il suo volto è impenetrabile, i suoi occhi evitano i miei, intanto che si passa una mano tra i capelli. Poi si volta e mi fa strada, senza parlare. Attraversiamo diverse stanze, e scendiamo due rampe di scale, proseguiamo ancora, e usciamo nell'aria gelida e umida.

Mentre cammino in silenzio dietro di lui, non posso fare a meno di ripensare al suo abbraccio, a quei gesti così familiari che tanto mi sono mancati in questi ultimi due anni. È venuto a cercarmi, probabilmente su consiglio di Pam, ma, quando mi ha vista impaurita, ha agito d'istinto, e si è comportato come aveva sempre fatto. Adesso, invece, si è rimesso la maschera, e finge di non conoscermi, o meglio, di non accettarmi.

Anche se solo per un attimo, ho avuto la prova che, dentro di sé non è cambiato, che non mi sono sbagliata sul suo conto. Ma allora, perché ostentare indifferenza? Poteva farlo prima, quando aveva motivo di risentimento nei miei confronti, perché avevo scelto Giacomo al posto suo. Però, adesso che lui ha Adriana, potrebbe lasciare da parte questi giochetti infantili, e comportarsi come il vecchio, caro Ale.

Sarei tentata di approfittare del fatto che siamo soli, e affrontare la questione a quattr'occhi, ma il suo atteggiamento gelido inibisce il mio già scarso coraggio. Chiudo gli occhi e faccio un bel respiro, sto per aprire bocca, mentre allungo una mano per afferrargli il braccio, e catturare la sua attenzione, quando delle urla bloccano definitivamente il mio spirito d'iniziativa. Riconosco la voce di Viola, che supera di non so quanti decibel il limite di sopportabilità, alternata a quella di Pam, acuta e stridula. Lo sapevo: stanno litigando!

Affretto il passo, e supero Alessandro, senza dire nulla, finché trovo le due contendenti con le facce rosse, vicinissime l'una all'altra, in posa ostile. Viola sta digrignando i denti, Pam stringe i pugni, fino a far diventare le nocche bianchissime.

«Che succede?» chiedo a voce alta, rivolta a entrambe.

In un angolo c'è Adriana, pallida e preoccupata. Mi avvicino a lei, perché so che nessuna delle due antagoniste saprà darmi una risposta esauriente.

«Stavano... stavano discutendo delle salse per le tartine, e poi delle decorazioni...» balbetta Adriana. «Stava filando tutto liscio, quando all'improvviso Pam ha cominciato a urlare prendendosela con Viola. Se devo essere sincera, non ne ho capito il motivo!»

Mi avvicino a Viola, le afferro il braccio, e cerco di trascinarla via. Lei si volta verso di me, fa fatica a mettermi a fuoco, poi sibila a denti stretti:

«Lasciami stare!»

«Viola, per favore, calmati!» le intimo, cercando di essere convincente.

«Pretendo le tue scuse, altrimenti me ne vado!» urla Pam, agitando una mano davanti al viso dell'avversaria.

«Accomodati pure! Non abbiamo bisogno della tua 'professionalità'!» ribatte Viola con un sorriso sarcastico, disegnando con le dita le virgolette nell'aria.

«Se è questo che vuoi, allora addio!» sbotta Pam, prima di girare sui tacchi, e avviarsi velocemente verso la porta.

Mio Dio, che disastro! Devo cercare di correre ai ripari, non possiamo fare una figura del genere davanti a Tommaso! Inseguo Pam, mentre imbocca uno stretto corridoio, e non riesco ad affiancarla.

«Senti, scusa! Perdona il mio capo! È un po' sotto pressione, ultimamente, sai com'è... Le tasse non danno tregua ed è sempre più difficile lavorare! Inoltre, tiene molto a questo matrimonio, visto che Tommaso è un suo caro amico!»

Il mio tono implorante è dettato dalla disperazione, ma Pam non si lascia commuovere.

«Il tuo capo è una maleducata! Ha messo in discussione tutte le mie proposte, ha avuto da ridire perfino sui centrotavola che ha scelto la sposa. E, come se non bastasse, mi ha dato dell'incompetente! Ho sopportato finché ho potuto, ma, se devo lavorare tutta la settimana accanto a una persona tanto asociale e non collaborativa, arrogante, presuntuosa, prepotente... beh, allora preferisco mollare, anche se è la prima volta che mi capita. Ho organizzato i matrimoni più eleganti d'Inghilterra, e ho affrontato le situazioni più complicate. Ma, a queste condizioni, è impossibile proseguire!»

Si ferma davanti a me, il suo volto è teso per la rabbia e la frustrazione.

«Siete partite con il piede sbagliato, ma potete rimediare. Tu sei una persona intelligente, abituata a trattare anche con i caratteri più difficili. Se ti garantisco che non succederà più, saresti disposta a rimanere?» chiedo, con l'espressione di un gattino abbandonato.

Pam sta ponderando i pro e i contro, mentre mi fissa con i suoi occhi gelidi. Tommaso è un cliente importante, troppo importante per lasciar perdere.

«Ok,» sibila dopo qualche istante, a denti stretti. «Ma, se accade di nuovo, non esiterò ad andarmene, e, stavolta, non avrò ripensamenti!»

Mi sento incredibilmente euforica, e sto quasi per gettarle le braccia al collo, ma la sua espressione ancora adirata mi frena.

«Grazie,» le dico comunque, stringendole la mano con sincera riconoscenza. «Viola è un po' scontrosa, ma non è cattiva!» aggiungo con convinzione.

«Spero che sia davvero come dici, per il bene di tutti!» borbotta Pam con aria scettica.

Mi volto, e faccio per ritornare indietro, quando mi accorgo che Alessandro è a pochi passi da me: ha ascoltato tutto. Si limita ad osservarmi con un'espressione indecifrabile, ma non dice nulla. Abbasso lo sguardo, e gli passo davanti, come se non ci fosse, anche se il cuore mi batte all'impazzata.

«Pam, ti posso parlare un attimo?» chiede poi in tono cortese.

Lei sorride con educazione e si ferma ad ascoltarlo, mentre io proseguo alla ricerca di Viola, che intanto è rimasta con Adriana. Le trovo a ridere e scherzare sotto un gazebo, fuori dalla cappella.

«Viola, ti posso dire due parole in privato, per favore?» domando con premura.

«So di cosa vuoi parlarmi, e puoi farlo tranquillamente davanti alla sposa!» risponde con un sorriso rilassato, mentre un cameriere serve loro dei dolcetti, insieme al caffè.

Faccio un respiro, mi siedo accanto a lei, e comincio, con aria grave:

«Non puoi permetterti di trattare così Pam, solo perché sei la ragazza di Tommaso!»

Adriana rimane a bocca aperta, spalanca gli occhi, e rimane con la tazza di caffè a mezz'aria.

«Tu sei la ragazza di Tom?» chiede incredula.

Viola è diventata di un bel colore paonazzo tendente al blu. Si alza in fretta, e mi costringe a seguirla in disparte. Lo sapevo che in questo modo avrei avuto veramente la sua attenzione!

«Io non sono la ragazza di Tommaso! Che cosa ti viene in mente? Sei impazzita?» sibila irritata.

«Siete sempre appiccicati, mi pare evidente!» replico con candore.

«Macché evidente! Lo sai che non è una cosa seria!» sbotta, sempre più nervosa.

«Insomma, Tommaso è nostro amico e ci ha chiesto di preparare questo ricevimento, a cui tiene molto. Pam è la wedding-planner, è lei la responsabile, quindi a lei fa capo tutto, anche il nostro lavoro. Perciò, non possiamo comportarci in questo modo, per quanto sia antipatica e detestabile!»

Mi sembra di essere come quei politici che usano i toni suadenti, per convincere gli elettori, anche se in realtà non credono neanche loro a ciò che dicono. Infatti, se dovessi seguire il mio istinto, manderei tutti al diavolo, e me ne tornerei subito a casa. Però, dobbiamo lavorare, e questo è un incarico di prestigio, che porterà un notevole incasso, e, probabilmente, altri clienti.

«Lei sarà anche la responsabile, ma non può dettare legge nel mio campo. E neanche usare quell'aria di sufficienza, come se fossi una povera idiota! Io sono disposta a rispettare il suo lavoro, solo se lei rispetterà il mio!» ribatte Viola, con determinazione.

«Lei farà lo stesso con te. Le ho parlato. Dovete solo cercare di non alzare i toni, e dialogare senza inasprire la discussione. È una questione di professionalità, e noi abbiamo bisogno di lavorare! Giusto?» chiedo, con altrettanta determinazione.

«Giusto! Ma...» prova a protestare.

«Niente 'ma'!» la interrompo, con un gesto secco della mano, e con l'aria di chi vuole chiudere definitivamente la questione.

Ora sembro io, il capo! Per essere più convincente, vado incontro ad Adriana, che nel frattempo è stata raggiunta da Pam e Alessandro. Pam tende la mano a Viola, ed entrambe si sorridono, forzatamente, ma si sorridono.

«Allora, Viola, sei davvero la ragazza di Tommaso? È così misterioso, negli ultimi tempi!» insiste Adriana, con il viso angelico e gli occhi verdi che brillano.

Pam s'irrigidisce all'istante, e getta un'occhiata di fuoco a Viola, che arrossisce di nuovo.

«No! Elisabetta stava scherzando... Siamo solo buoni amici!» risponde senza convinzione.

Non riesco a trattenere un risolino, e, mentre distolgo lo sguardo, per non farmi vedere, non posso fare a meno di notare lo stesso risolino, dipinto sul viso di Alessandro. Abbiamo le stesse reazioni, proprio come un tempo. Questo pensiero mi fa sobbalzare lo stomaco, come sulle montagne russe, e sono invasa da un improvviso calore. Tento di distrarmi, fingendo di controllare i messaggi sul telefono.

«Non credo che questo sia un tema rilevante, ora. Pam, per favore, spiega a Viola ciò che deve sapere, così domani mattina potremo discuterne con più calma,» interviene Alessandro, in tono determinato, togliendo tutti dall'imbarazzo.

Alzo lo sguardo, e, sul suo viso vedo aleggiare delle ombre, che mi sono sconosciute. Non so a cosa stia pensando, ma, sicuramente, non è niente di positivo. Sto per tornare a badare ai fatti miei, quando i suoi occhi mi feriscono tanto, quanto le parole che rivolge al mio indirizzo:

«Non è necessario che ci sia anche lei, domani mattina. Può prendersi del tempo libero, non è vero, Viola?»

Viola arrossisce per la sorpresa. Non si aspettava certo una richiesta del genere, e proprio da lui! Mi getta una rapida occhiata, poi risponde in tono professionale:

«Deciderò io, se sarà il caso di tenere con me Elisabetta, o lasciarle sbrigare delle commissioni.»

«Ritengo che sia del tutto superfluo. Ormai siamo a buon punto...» insiste, fissando lo sguardo su Viola.

«Vedremo!» ribatte lei, con il tono asciutto di chi non ammette repliche.

Mi viene da piangere. Non mi vuole tra i piedi!

Fino a poco tempo fa era il mio migliore amico, anzi, era diventato molto di più, e adesso vuole sbarazzarsi di me, come farebbe con un sacchetto dell'immondizia. Certo, si è prodigato in ogni modo per non farmi sapere che si sposa, quindi la mia presenza casuale ha scombussolato i suoi piani, e lo ha irritato parecchio. Ma, almeno per educazione, potrebbe fare finta di nulla, accidenti! Se davvero fosse felice con la donna che sta per portare all'altare, non dovrebbe accanirsi tanto contro di me!

Alla sofferenza per questo ingiusto trattamento, si sostituisce lentamente il dolore per l'umiliazione, e poi la rabbia, tanta rabbia, che comincia a ribollire dentro. Come si permette di comportarsi così? In fondo, dovrei essere io, quella offesa! È lui che se n'è andato in America, e mi ha lasciata per più di un anno! È lui che ha inseguito la carriera, prima di tutto! È lui quello che ha voluto fare di testa sua, senza preoccuparsi dei miei sentimenti! E ora pretende di ignorarmi, si mostra infastidito dalla mia presenza, quando invece dovrei essere io ad essere disgustata dalla sua faccia tosta!

«Viola, ti aspetto fuori! Devo fare una telefonata!» dico decisa, rivolta verso il mio capo.

Viola fa un cenno di assenso, senza distogliere l'attenzione da Pam: sta facendo uno sforzo enorme per tenere a freno la lingua, ed è troppo occupata a stare in guardia, per badare al mio stato d'animo.

Mentre mi avvio verso l'uscita, mi accorgo con orrore che Alessandro è dietro di me. Fingo di ignorarlo, ma lui riesce a superarmi e a sbarrarmi il passo, appena fuori dalla cappella. Mi costringe in un angolo, sotto una grossa querce, mentre scende una pioggia lenta e gelida, poi sospira, e sentenzia, senza guardarmi:

«La tua presenza qui è molto imbarazzante, per tutti e due...»

Che cosa? Ma tu guarda che tipo!

«Io sto lavorando, non sono qui per divertirmi. Più che imbarazzante, direi che la situazione è sgradevole!» sibilo gelida, sperando di ferirlo.

«Dobbiamo evitare di incontrarci per non creare momenti di tensione. Io e Adriana abbiamo bisogno di serenità!» aggiunge in tono sprezzante.

«Non ho la minima intenzione di turbare la quiete di nessuno, soprattutto la mia! E, sinceramente, il problema è solo tuo, perché la tua presenza mi è del tutto indifferente!» ribatto a denti stretti.

La voce sta per incrinarsi, e sto tremando per la rabbia, mentre il cuore batte all'impazzata. Avrei voglia di dargli uno schiaffo, per togliergli di dosso un po' della sua superbia e della sua arroganza. In parte, comunque, devo aver colpito nel segno, perché finalmente alza gli occhi, e mi guarda con quella sua espressione impenetrabile. Sostengo il suo sguardo, ostentando una sicurezza che non ho, e mi impongo un sorriso di aperta sfida.

«Non mi è neanche passato per la testa il pensiero di attaccare briga in qualche modo. Sei solo un cliente, come tutti gli altri. Se ritieni inopportuna la mia presenza, beh, non so cosa potrei fare!» insisto, con aria di sufficienza.

Per un breve istante, si crea un silenzio pesantissimo tra di noi. Ci stiamo studiando, come due animali che stanno per attaccarsi. Un lampo strano balena nei suoi occhi. Il viso è pallido e teso. Sta cercando di dominarsi, per non esplodere. Io, invece, sto tentando disperatamente di trattenermi, per non piangere.

«Va bene. Ho preferito chiarire...» mormora, senza però accennare a muoversi.

«D'altronde, io convivo con Giacomo e tu stai per sposarti...» aggiungo, prima di pensare a quello che dico.

Accidenti! Ma perché ho rovinato tutto? Ero riuscita a mantenere un self-control perfetto fino ad ora, e poi vado a sparare una sciocchezza del genere! Oltre tutto, non è neanche vero che convivo con Giacomo, e forse lui lo sa già, magari ne ha parlato con Andrea, ma lo verrà a sapere comunque.

Mi sento avvampare per l'imbarazzo e la vergogna. Lo sguardo di Alessandro perde all'improvviso la determinazione e la freddezza, per un istante mi pare di scorgere la sorpresa, ma anche qualcosa di simile al dolore e alla rabbia. Si riprende subito, lasciandosi però sfuggire una smorfia, si schiarisce la voce, e si passa di nuovo una mano tra i capelli, che, come i miei, si stanno bagnando sotto la pioggia.

Non riesco a stare qui un minuto di più, perciò mi volto e faccio per andarmene senza dire nulla, un groppo mi serra la gola, il cuore batte così forte che sembra uscire dal petto. Chiudo gli occhi e, per un attimo, ho l'assurda, inspiegabile sensazione che lui voglia trattenermi... Ripenso a poco fa, quando mi ero persa e sono finita tra le sue braccia: non mi ha rifiutata, mi ha tenuta stretta a sé per lunghi istanti, finché io non mi sono scostata. Allora mi vuole ancora un po' di bene? Oppure ha agito d'istinto, e si sarebbe comportato allo stesso modo con chiunque altro?

Ho freddo. La pioggia mi penetra nelle ossa e mi fa stare male. La ghiaia del sentiero scricchiola sotto i piedi nel silenzio immobile di questo paesaggio lugubre. Più che un matrimonio, sembra la location per un funerale!

Entro nel grande salone, in cui il fuoco scoppietta allegramente nell'enorme camino, che occupa gran parte dell'immensa parete. Mi avvicino, e cerco di scaldarmi, intanto che aspetto Viola. E solo ora mi accorgo che due grosse lacrime sono sfuggite al controllo. Le asciugo in fretta, proprio mentre sento dei passi provenire dall'esterno. Adriana, Pam e Viola stanno ridendo come vecchie amiche, e, almeno questo, è un gran sollievo.

«Tommaso ci ha lasciato l'auto con l'autista a disposizione per tornare a Londra,» dichiara Pam con enfasi, per rimarcare l'importanza del suo cliente.

«Alex è dovuto scappare per un'emergenza. Posso venire con voi?» chiede Adriana, con la sua voce soave.

Ho un tuffo al cuore. Se n'è andato. Forse ha avuto davvero un imprevisto, ma qualcosa mi dice che, da ora in poi, farà di tutto per evitarmi. Mi ha cancellata definitivamente dalla sua vita e non sopporta la mia presenza, neanche per un secondo. Questa è la realtà. Devo prenderne atto e accettarla, che mi piaccia o no. Una fitta allo stomaco mi fa quasi gemere di dolore. Dio quanto vorrei tornare a casa!

Pomeriggio/Sera

Siamo tornate al residence per il pranzo, ma, se Helen continua a cucinare in questo modo, a fine settimana io e Viola saremo ingrassate di almeno venti chili! Menu tutto italiano, con lasagne al forno, arrosto misto, insalatina, patatine, e degli squisiti dolcetti inglesi al cioccolato. Quando abbiamo finito, non riuscivamo quasi ad alzarci da tavola!

Ci siamo sistemate nel salone, dove abbiamo cominciato a buttare giù numeri e occorrente. Poi, Viola ha fatto qualche disegno per le decorazioni, e, dopo un paio d'ore, abbiamo deciso di uscire, per andare in un negozio di tessuti e oggettistica in Oxford Street, che ci ha indicato Pam.

Non ha smesso di piovere, e l'aria sembra ancora invernale. Ma troviamo una magnifica atmosfera nel lussuoso negozio, pieno di colori caldi e articoli pregiati. Facciamo delle foto, chiediamo dei cataloghi, e la disponibilità di alcuni oggetti, che piacciono a Viola, come certe statuine di porcellana a forma di Cupido, delle rose in vetro colorato, delle tovagliette damascate... Mentre passiamo in rassegna tutto questo splendore, Viola mi sorprende con una domanda:

«Come vorresti che fosse il tuo matrimonio?»

Lo stomaco mi salta in gola, ma cerco di sdrammatizzare.

«Devo proprio sposarmi?» ribatto, ridendo.

Mi guarda con aria seria.

«Perché no? Se ami davvero qualcuno, penso che sia naturale, anche se hai paura, come mi hai detto,» aggiunge convinta.

Per un lungo istante, non so cosa dire.

«Da piccola, sognavo un principe azzurro, vestito di azzurro, con gli occhi azzurri, che mi teneva per mano, e mi guardava con amore. Io indossavo un pomposo abito bianco, con il velo lunghissimo, così come lo strascico, in mano reggevo un mazzo di rose bianche, ed ero tanto felice. Tutto il mondo era felice con me!» rispondo, lasciando che i pensieri più nascosti escano allo scoperto.

«Beh, non credo che tu possa trovare un principe più azzurro di Giacomo!» ride Viola. Poi aggiunge: «Se questo era il tuo sogno da bambina, adesso che cosa sogni?»

«Non lo so,» ammetto, scuotendo la testa. «Forse una cerimonia intima, con al massimo dieci persone, su una spiaggia assolata!»

«Wow! Sarebbe così romantico... E, comunque, sempre meglio di questo grigiore orribile!» commenta Viola, afferrando con delicatezza un piccolo vaso di cristallo.

In quel mentre, il suo telefono inizia a vibrare, e, per poco non le sfugge l'oggetto di mano.

«Ciao! Sei arrivato?» chiede con un sorriso.

Ovviamente è Tommaso. Mi sposto di qualche passo per lasciarla parlare in pace con il suo amore, quando mi volto, e quasi vado a sbattere addosso ad Adriana.

«Ehi! Cosa ci fate voi qui?» chiede, sorridendo.

È felice di tutto, anche di vedermi. Non so se Alessandro le abbia mai parlato di me, e come ne abbia parlato, ma mi sembra troppo ben disposta nei miei confronti, per essere a conoscenza di tutta la storia. O magari è così innamorata, così sicura di sé e del suo uomo, da non preoccuparsi di nient'altro.

«È Pam che ci ha detto di venire!» rispondo quasi sulla difensiva.

Non penserà mica che mi fa piacere incontrarla? Ad essere sincera, seppure contro la mia volontà, Adriana comincia a piacermi: è gentile, sorridente, sincera, e ha quei modi pacati che vorrei tanto avere, ma che, purtroppo, non mi appartengono.

«Abbiamo ordinato qui le bomboniere e gli articoli per le decorazioni. È uno dei migliori negozi di Londra!» aggiunge, senza la minima ombra di presunzione o alterigia.

«Si vede! Sono tutti pezzi artigianali e di grandi firme. Davvero meravigliosi!» ribatto convinta.

«Nonostante detesti lo shopping, questo è l'unico negozio in cui Alex riesce ad entrare senza innervosirsi!» esclama, ridendo. Poi, me lo indica, qualche scaffale più in là. «Sembra addirittura che si diverta! Incredibile, vero?»

Già. Incredibile. Ed è altrettanto incredibile che, più lui cerchi di evitarmi, più sia costretto a sopportare la mia presenza. Adriana lo chiama, e lo vedo avvicinarsi lentamente, di malavoglia.

«Guarda chi c'è, tesoro!» cinguetta lei, prendendogli la mano.

Mi saluta con un cenno del capo, e mi guarda appena.

«Purtroppo, per questa settimana, dovrete sopportare la nostra presenza!» dichiaro, cercando di fare una battuta.

In realtà, lui ha capito perfettamente il significato neanche tanto sottinteso.

Viola mi raggiunge, togliendomi dall'impaccio di una conversazione imbarazzante.

«Allora, domani mattina vi faremo vedere le nostre bozze e le nostre proposte. Non c'è molto tempo, quindi, entro domani sera, al massimo domani l'altro mattina, dovrò sapere quali sono le vostre scelte definitive!» sentenzia, con l'abituale tono professionale.

«Va bene. Ci sarò solo io, perché Alex è di turno domani mattina,» precisa Adriana, guardandolo per cercare conferma.

«Ok. Poi deciderete insieme e ci farete sapere,» ribatte sbrigativa Viola.

«Quello che andrà bene per lei, andrà bene anche per me!» aggiunge Alessandro in tono neutro.

Adriana lo guarda con adorazione. In realtà, non so fino a che punto le sue parole siano una dichiarazione d'amore nei confronti della futura moglie, o, piuttosto, sia solo la voglia di scrollarsi di dosso impegni che ritiene superflui. Specialmente se io sono tra i piedi.

Sinceramente, sapere di dargli fastidio comincia a piacermi. Probabilmente, è una specie di inconscia rivalsa nei suoi confronti, visto quanta sofferenza mi ha inflitto. Mi sfugge un sorrisino di compiacimento, a cui lui risponde con un'occhiata sprezzante.

Ci salutiamo, e usciamo di nuovo in una Londra ancora prigioniera di questa cappa grigia. Scendiamo nella metropolitana e ci dirigiamo verso Mayfair, dove Tommaso ci aspetta per portarci nel nuovo locale di un suo amico. Provo a insistere per rimanere a casa con Helen, ma Viola è irremovibile. Tento di spiegarle che non me la sento di stare a reggere la candela a lei e a Tommaso, però non faccio altro che irritarla.

«Tommaso porterà un suo cliente e amico. Non sarai da sola!» sbotta, alla fine, esasperata.

«Peggio ancora! Cercate di trovarmi un marito? Non ho bisogno di compagnia! E credo di aver avuto abbastanza esperienze, non credi?» obietto indispettita.

Ma non riesco a spuntarla. Sono costretta a cambiarmi e a mettermi in ghingheri, per entrare in un locale di lusso, dove devo stare composta e impettita, quando vorrei buttarmi su un divano in tuta, a leggere qualcosa di divertente! Inoltre, come previsto, nonostante si sforzi di parlare educatamente anche con me, le attenzioni di Tommaso sono tutte per Viola.

Quando arriva Colin, la situazione diventa insostenibile. Alto, biondo, con gli occhi scuri, i lineamenti tipicamente anglosassoni, il sorriso magnetico, Colin mi mette a disagio fin da subito. Non è un abile conversatore, si limita a fissarmi, come se dovesse valutarmi per mettermi all'asta.

«Sei molto carina, Elisabeth!» mormora a un certo punto.

Ma che fa? Ci prova così, su due piedi, e in questo modo tanto originale? E poi, sentirmi chiamare Elisabeth mi fa ricordare la brutta faccia di Edward!

Rispondo con un sorriso tirato, mentre tento disperatamente di chiedere aiuto a Viola. All'improvviso, la mano di Colin è sulla mia gamba. Mi irrigidisco, e lo fulmino con lo sguardo, ma lui si avvicina con l'aria di chi è sicuro di sé.

«Scusate, devo andare alla toelette!» annuncio a voce molto alta, alzandomi rumorosamente, e attirando l'attenzione anche delle persone circostanti.

Viola dovrebbe capire al volo e seguirmi. Invece, non capisce niente e rimane seduta. Accidenti! Io l'ho sempre sostenuta, quando aveva paura di restare da sola con Tommaso, perfino stasera sono qui perché mi ha costretta a venire! E lei, invece, non si accorge di nulla!

Mentre chiedo a un cameriere dove si trova la toelette, incrocio lo sguardo di Alessandro, seduto a un tavolo lì vicino, insieme ad Adriana e ad altre due coppie. Tento di cambiare strada, ma è troppo tardi. Adriana si alza, e mi viene incontro con un sorriso.

«Che piacere incontrarsi di nuovo! Sei con Viola?» domanda con gentilezza.

«Sì, insieme a Tommaso e a un suo amico!» rispondo, sperando di svignarmela alla svelta.

«Colin. Sono Colin Wade,» aggiunge una voce profonda alle mie spalle, mentre mi sento cingere la vita da una mano invadente.

Adriana si presenta a sua volta, e mi lancia un'occhiata interrogativa, che fingo di ignorare.

«Dopo, io e Alex verremo a salutare anche Tommaso e Viola,» propone con un sorriso.

«Volentieri!» aggiungo io cortesemente.

Odio questi salamelecchi e queste formalità. Odio ancora di più sentirmi strizzata in un abito troppo elegante, e avere addosso le mani di uno sconosciuto.

Mi avvio verso la toelette, liberandomi finalmente dai tentacoli di Colin. Sarà anche un importante manager, come dice Tommaso, ma a me sembra solo un manichino presuntuoso e arrogante, che dà per scontata la mia disponibilità. Non sa che la mia borsetta è così pesante da distenderlo al primo colpo, e, stasera, giuro, è la serata adatta per sfogarmi. Già è insopportabile essere venuta fino a Londra, e aver scoperto che dobbiamo preparare il matrimonio di Alessandro. Oltre tutto, continuo a ritrovarmelo sempre fra i piedi, più scorbutico e antipatico che mai. Se poi ci si mette anche Colin, beh, credo che sia proprio lui a farne le spese!

«Sei capitato in un brutto momento, caro Colin!» borbotto, mentre mi guardo allo specchio.

Ho un tuffo allo stomaco, quando noto con orrore una ruga all'angolo degli occhi. Non c'era fino ad ora, accidenti! Forse sono le luci! O magari è il trucco! Mi avvicino per osservare meglio, piego la testa, cambio angolazione, ma non c'è niente da fare. Mi devo rassegnare all'evidenza: l'orologio biologico mi ricorda che sono prossima ai trent'anni, e il tempo per pensare e indugiare è scaduto.

Con quest'altro peso nel cuore, esco e trovo Colin ad aspettarmi. Ora sono anche più arrabbiata di prima, così, quando cerca di mettermi di nuovo un braccio intorno alla vita, mi divincolo e mi allontano da lui.

«Per favore, non toccarmi!» gli intimo a denti stretti.

Lui sorride con un'espressione spavalda, e si avvicina di nuovo.

«Perché, non ti fa piacere?» sussurra con aria lasciva.

«No!» ribatto secca, allontanandomi e affrettando il passo.

All'improvviso mi afferra per un braccio, e mi costringe a guardarlo. Sfodera il suo fascino e cerca di ammansirmi con uno sguardo, che dovrebbe essere conquistatore, invece è solo prepotente.

«Hai intenzione di ipnotizzarmi?» chiedo con aria di scherno.

Immediatamente, i suoi occhi si riempiono di rabbia. Ho ferito il suo ego. Accidenti! Quanto mi dispiace! Lui che è un uomo importante, ed è abituato ad avere tutto ciò che vuole, senza neanche domandare, stavolta viene rifiutato! Quale affronto, poverino!

«Lasciami andare, per favore!» insisto, cercando di divincolarmi.

Ma lui non molla.

Sto preparando la borsetta per sferrare il colpo decisivo, quando, all'improvviso, una voce riecheggia imperiosa alle mie spalle, tanto familiare, quanto inaspettata.

«Ti ha chiesto di lasciarla andare!» sibila Alessandro a denti stretti.

Colin è colto alla sprovvista, e ha un attimo di smarrimento. Ma si riprende subito, e osserva l'altro con aria di sfida.

«Non sono affari che ti riguardano!» sibila di rimando, tentando di essere minaccioso.

Alessandro mi prende per mano e cerca di trascinarmi via, ma Colin mantiene la presa.

«Lascia stare mia sorella, o vado subito a parlare con Tom, e da domani sarai il nuovo fattorino della sua azienda!» lo minaccia Alessandro in tono fermo e pacato, guardandolo dritto negli occhi.

Proprio come ai vecchi tempi, quando eravamo amici per la pelle, e lui mi aiutava a sbarazzarmi di tipi invadenti e appiccicosi come Colin, spacciandosi per mio fratello! Sento il suo profumo, il calore della sua mano sulla mia, e un brivido mi attraversa la schiena. Ho la pelle d'oca ed è ben visibile, perché non posso nascondere il braccio, tenuto a metà da Colin. Mi sento avvampare per la vergogna, e prego Dio che la mia reazione venga imputata alla paura.

Per un lungo istante, Colin e Alessandro si guardano in cagnesco, poi Colin lascia lentamente la presa, e si avvia verso la sala. Non riesco a trattenere un sospiro di sollievo. La mano di Alessandro indulge sulla mia, ma il contatto è così piacevole che faccio finta di non badarci, finché lui si ritrae, lentamente. Il cuore rimbalza felice nel petto, e una strana euforia mi annebbia la mente.

«Non so cosa gli sia preso! E non so cosa gli abbia detto Tommaso! Comunque, grazie!» mormoro con lo sguardo abbassato.

Senza neanche rispondere, mi volta le spalle, ed entra nella toelette degli uomini, facendo dissolvere all'istante la meravigliosa sensazione di piacere, e lasciandomi un'altra volta a metà tra l'adirato e il frustrato.

«Guarda che non eri tenuto a intervenire! Non ti avevo chiesto nulla! E me la sarei cavata anche da sola, Signor Prepotente!» urlo, aprendo appena la porta per farmi sentire.

Un distinto signore sta uscendo, e mi guarda con curiosità. Abbasso la testa e mi scuso, quindi torno nella sala. Dagli specchi noto che il mio viso è arrossato e teso per la rabbia, così cerco di assumere un'espressione più rilassata, anche se ho l'inferno nel cuore. Perché si è intromesso, se non mi può sopportare? Perché non mi ha lasciato tra le braccia di Colin? Che gli importa di me, dato che si ostina a ignorarmi? Vuole farmi pesare la sua assenza, ed esibire quello che mi sarei persa? Vuole forse dimostrarmi che lui è una specie di dio, e che non ha alcun difetto?

Viola si accorge della mia agitazione, e mi chiede se sto bene. Colin impallidisce ed è nervoso, mi guarda con timore, perché crede di essere lui la causa del mio tormento, e probabilmente si vede già con l'uniforme da fattorino addosso.

«Alessandro!» rispondo sibillina a Viola, che corruga la fronte, e mi guarda stupita. «Te lo spiego dopo!» sussurro, per evitare di farmi sentire da Tommaso.

Viola si guarda intorno nella sala, finché lo vede. Scuote la testa con aria di disapprovazione, mentre continua a parlare, anche se io sono troppo assorta nei miei pensieri, per seguire il filo del loro discorso. Colin sta zitto e composto, intanto che mangia.

Sto cercando di ingoiare un piccolo pezzetto di pollo, anche se un groppo mi serra la gola, quando nella sala la musica rilassante lascia il posto a ritmi festosi da discoteca. Molti si alzano per andare nell'apposita pista, e cominciano a ballare. Viola mi trascina letteralmente insieme a Tommaso, che, dapprima appare piuttosto riluttante. Colin mi guarda come un cagnolino bastonato, così gli lancio un'occhiata condiscendente, e gli permetto di unirsi a noi. Ovviamente, mantiene una distanza quasi esagerata, non mi guarda negli occhi, e si muove come un robot, impacciato e legato nei movimenti. Sinceramente, non vedo l'ora di tornarmene a casa e infilarmi a letto, specie quando vedo Viola che si stringe e si struscia addosso a Tommaso in maniera quasi indecente.

«Ehi, voi due, questo non è un lento, e non si balla come fate voi!» urlo al loro indirizzo.

Tommaso ride, mangiando Viola con gli occhi, mentre lei si avvinghia a lui, completamente persa nel suo sguardo e nel suo abbraccio. Accidenti, ma che ci faccio io qui, con questo manichino davanti?

Sono sul punto di andarmene, quando, accanto a me, vedo Alessandro che balla con Adriana. Si tengono per mano e si muovono bene insieme. Per un breve istante, il suo sguardo incontra il mio e ne escono delle scintille. Sembriamo due pistoleri pronti a spararsi. All'improvviso, il mio orgoglio si risveglia e mette in moto ogni particella del mio corpo. Ah, sì? Il dottore vuole mostrarmi cosa mi sono persa? E allora anche lui deve vedere cosa si perde!

Il mio indomito spirito battagliero mi riporta ai tempi dell'adolescenza, quando mi buttavo nella mischia della discoteca per divertirmi, e scaricare la tensione accumulata con lo studio, ma anche per provocare qualche galletto impertinente, che credeva di avere tutte le ragazze ai suoi piedi. Così, adesso, faccio un bel respiro, chiudo gli occhi, e inizio a ballare in maniera sinuosa, mentre le note allegre di *On the Floor* di Jennifer Lopez riscaldano l'atmosfera. Muovo la testa e i capelli, alzo le mani e le batto insieme, infine apro gli occhi e lancio uno sguardo di fuoco in direzione di Alessandro. E ho una magnifica soddisfazione. Non stacca gli occhi da me, il suo viso è contratto in una smorfia di disapprovazione e di rimprovero. Cosa vuole fare? Venire a farmi una scenata? Impedirmi di ballare? Mi sfugge un ghigno di compiacimento, mentre mi accorgo che non vorrebbe solo sgridarmi. Infatti, a un certo punto ho come l'impressione che non resista più all'istinto di afferrarmi. E questo mi fa sentire potente e superiore. Però, con mio grande disappunto, mi rendo conto che non aspetterei altro, la mente e il corpo sono vinti, per non parlare del cuore, che sembra impazzito.

Questo pensiero mi infastidisce, e blocca all'istante il mio assurdo desiderio di rivalsa, nonostante lui si sia subito ricomposto, e abbia ricominciato di nuovo a ignorarmi. Smetto subito di comportarmi come un adolescente, e ritorno al tavolo, seguita a distanza da Colin, e poi da Viola e Tommaso.

Viene subito servito il dolce, e mi accingo a mangiarlo in silenzio, costringendomi a non alzare lo sguardo e a non interessarmi più di Alessandro. Mentre Tommaso chiede qualcosa a Colin, il mio telefono vibra. Ho tolto suonerie e musichette: in questo periodo tutto mi infastidisce.

«Ciao splendore! Dove sei?»

Giacomo. La sua voce mi scalda il cuore, e tutto il resto sparisce. Accidenti, quanto mi manca!

«Ciao! Viola e Tommaso mi hanno costretta a venire a cena in un nuovo locale alla moda! Uff!» sbuffo, alzando gli occhi al cielo.

Tommaso mi guarda ostentando dispiacere, poi sorride.

«Chissà come sei bella! E chissà quanti sguardi attirerai!» sospira Giacomo con voce desolata.

Mi alzo per continuare la conversazione nell'atrio, dove c'è meno chiasso e potrò parlare liberamente, lontano dagli altri. Colin mi getta un'occhiata piena di terrore, e, sinceramente, mi piace tenerlo sulle spine, così impara a comportarsi in maniera tanto sfacciata!

Mentre mi avvio verso l'ingresso, incontro casualmente lo sguardo di Alessandro, e, per un breve, lunghissimo istante mi sento morire. Non posso sbagliarmi, mi sta guardando proprio come il giorno in cui ci siamo messi insieme, sotto la statua di Petrarca, al Prato di Arezzo. C'è così tanto struggimento e desiderio in lui, da inibirmi quasi il movimento, al punto che sono costretta a rallentare il passo. Il cuore salta in gola, sono scossa dai brividi, e le gambe tremano. Il suo sguardo non dovrebbe farmi questo effetto, non più, non adesso che c'è Giacomo!

«Non dire sciocchezze!» mormoro al telefono, con la voce rotta dall'emozione.

Impiego un po' di tempo prima di capire quanto io sia crudele e meschina, in questo istante, nei confronti del ragazzo che ho scelto come compagno, e che mi ama con tutto se stesso. Lui crede che io frema per lui, invece... Distolgo immediatamente lo sguardo costringendo la mente e il cuore a focalizzarsi su Giacomo, anche se l'impresa appare assai difficile. Per cercare di scuotermi, accelero il passo e cammino praticamente senza guardare, così vado a sbattere contro un cameriere, che sta portando delle bottiglie d'acqua. Le bottiglie si urtano tra loro nel vassoio, si rompono, l'acqua frizzante schizza ovunque, soprattutto addosso a me, che mi ritrovo bagnata da capo a piedi, mentre gli occupanti dei tavoli circostanti urlano e si alzano, per la sorpresa, e per la doccia inaspettata.

Dire che sono in imbarazzo è troppo poco.

«Mi sono appena scontrata con un cameriere e ho combinato un disastro! Ci risentiamo più tardi!» sussurro a Giacomo, che ride divertito, ignaro della causa dell'accaduto.

«Sono spiacente, signora, non l'avevo vista!» mormora il cameriere mortificato, intanto che i suoi colleghi accorrono, per portare salviette asciutte per i clienti, e stracci per il pavimento.

«Non lo pensi neanche! La colpa è solo mia!» ribatto convinta.

So che lui deve addossarsi colpe che non ha, perché in teoria il cliente ha sempre ragione. Ma, siccome io lavoro dalla stessa parte della barricata, e conosco le regole del gioco, mi sembra giusto dare a Cesare quel che è di Cesare. Sarei tentata di infierire solo perché mi ha chiamata 'signora'. Sarà stato un caso, oppure ho davvero l'aria di una donna attempata?

«Venga da questa parte e le asciugheremo il vestito!» mi invita una cameriera giovane e carina.

«Lasci perdere!» esclamo con un sorriso. «È meglio che me ne vada. Ho fatto abbastanza danni, per stasera!»

La ragazza prova a insistere, ma la prego di portarmi il soprabito, prima di chiamare un taxi. Viola mi raggiunge, ridendo.

«Mi sembrava strano che ancora non ne avessi combinata una delle tue!» sbotta, dandomi un buffetto sulla guancia. «Comunque, vengo con te. La cena è quasi finita e togliamo il disturbo!» aggiunge non troppo convinta.

«Viola, non sei tenuta a venirmi dietro. Resta con lui, stasera!» replico con decisione, guardando in direzione di Tommaso, che non le toglie gli occhi di dosso. «Vai, ti sta aspettando!» insisto.

«Ma tu...» prova a ribattere.

Senza darle il tempo di cercare altre scuse, scuoto la testa ed esco, dato che il taxi è arrivato.

Appena rientro nel residence silenzioso, mi infilo in camera, mi spoglio dei vestiti bagnati, che, con l'aria fredda dell'esterno, mi si sono incollati addosso, congelandomi fino al midollo, riempio l'enorme vasca di acqua caldissima, profumata di vaniglia, e, dopo tanto tempo, mi concedo un bagno lungo e rilassante. Tanto rilassante che sto quasi per addormentarmi, quando il telefono vibra di nuovo. Ho paura che cada in acqua, visto quanto sono maldestra, ma, siccome sul display appare il nome di Giacomo, decido che vale la pena rischiare.

«Allora, sei ancora viva? Cos'altro hai combinato?» chiede, ridendo.

«Accidenti, sono sempre la solita! Anche adesso, non preoccuparti se non mi senti più. Sto facendo un bel bagno in una vasca gigante, ma sono sicura che prima o poi il telefono mi scivolerà di mano e finirà in acqua!» borbotto, arrabbiata con me stessa.

«In quel caso, vorrei essere al posto del telefono!» replica in tono lascivo.

Non posso fare a meno di sorridere e di avvertire un brivido di piacere.

«Mi manchi tanto, Giacomo!» confesso, stringendo l'apparecchio con forza.

«Anche tu mi manchi. Ti prometto che farò del mio meglio per arrivare prima possibile!» risponde con la sua voce profonda.

Scambiamo parole dolci e scherziamo ancora un po'.

Quando termino la conversazione, esco dalla vasca, metto il pigiama e mi distendo sul letto, che è troppo grande per me da sola. Cerco di non pensare più a nulla e di rilassarmi, perché sono esausta. Ma, all'improvviso, rivedo gli occhi di Alessandro nei miei, avverto di nuovo le sensazioni provate quando la sua mano era nella mia, sento il suo profumo, il suo abbraccio... Mi tiro su di scatto con il cuore in gola, perché la scena è così vivida da sembrare vera. Mi passo una mano sul viso e osservo l'anello che Giacomo mi ha dato qualche mese fa a Parigi. D'istinto, prendo il telefono e lo chiamo.

«Che succede?» mi chiede, con la voce assonnata e una punta di preoccupazione.

«Scusa se ti ho svegliato, ma l'aria di Londra e il bagno mi hanno chiarito le idee.» Faccio una pausa e riprendo: «La risposta è sì!»

Segue un lungo silenzio, sento Giacomo che si muove, probabilmente si è tirato su dal letto per essere certo di aver capito bene.

«Mi riferisco alla domanda che mi hai fatto a Parigi per la prima volta...» mi sento in dovere di specificare.

Ancora silenzio, poi un sospiro.

«Elisabetta, sei sicura?» chiede con un filo di voce.

«Sì, altrimenti non ti avrei svegliato!» rispondo, ridendo.

«Davvero mi vuoi sposare?» chiede di nuovo, incredulo.

«Sì, lo voglio!» dichiaro solennemente.

E sono seriamente convinta di quello che dico.

«Quando arriverò a Londra, ne parleremo con calma...» replica ancora esitante. Sto per ribattere quando aggiunge subito: «È successo qualcosa, nel frattempo, che ti ha fatto prendere questa decisione?»

So che allude ad Alessandro, non c'è bisogno che lo dichiari apertamente, perciò preferisco essere chiara.

«Non voglio sposarti perché qualcun altro si sposa e non ho più speranze, se è questo che pensi!» replico con sincerità, cercando di essere convincente. «Mi sono solo accorta che il tempo sta correndo via veloce, e non posso permettermi di sprecarlo, restando lontana da te!»

Giacomo non risponde subito, probabilmente vuole guardarmi negli occhi per essere sicuro che sia tutto vero. In effetti, a ripensarci, avrei fatto meglio ad aspettare il suo arrivo. Però, dovrebbe apprezzare il fatto che, finalmente, ho agito d'istinto, lasciando parlare il cuore.

«Ti amo!» sussurro con dolcezza.

«Ti amo anch'io!» risponde, con il tono di chi non crede ancora alle proprie orecchie.

Quando finalmente torno a coricarmi, mi lascio avvolgere dalle morbide lenzuola profumate di fresco, mentre una piacevole sensazione di gioia mi riscalda il cuore. Finalmente, anch'io mi sposo!

2 Maggio 2012, Mercoledì

Mattina

Per cominciare bene una giornata che si prospetta difficile, telefono a Roberto. Avevo promesso di richiamarlo ieri, ma non ne avevo avuto il tempo, così provvedo ora, per mantenere le buone abitudini e chiacchierare, come facciamo tutte le mattine, mentre mi accompagna al lavoro.

«Ieri mi hai fatto un bello scherzo, quando mi hai detto che il dottore si sposa!» sbotta, ridendo. «Anche se sei stata convincente, non l'ho bevuta!»

«Roby, non stavo affatto scherzando!» ribatto spazientita.

«Ma com'è possibile che tu vada a Londra, per preparare il rinfresco per il ricevimento di un matrimonio, e quel matrimonio sia proprio di Alessandro? Sarebbe uno scherzo del destino troppo feroce anche per una sfigata come te!» insiste polemico.

«Invece è proprio così. Tommaso, il miliardario, offrirà il ricevimento come regalo di nozze al futuro primario della sua clinica. E, sempre Tommaso, visto che è lui a pagare, ha voluto che fosse la nostra pasticceria a preparare il rinfresco, anche perché c'è Viola!» spiego con calma.

«Che iella! Ovunque tu vada, la sfortuna non ti molla. Dovresti lavorare per me: probabilmente mi procureresti un sacco di clienti in più!» esclama, ridendo.

«Non ci scherzerei tanto, se fossi in te! Se le cose si mettono male, sarò costretta a chiederti di assumermi!» ribatto seriamente.

«Mi dispiacerebbe per la tua carriera di avvocato, ma averti sempre con me sarebbe un sogno! Anzi, potresti lasciar perdere il lavoro di cameriera, e venire subito. So che non è molto allegro, ma ti pagherei bene!» propone in tono piuttosto serio.

«Ti ringrazio per l'offerta, ma ormai ho preso degli impegni. Viola e gli altri contano su di me, e non posso mollarli, almeno per ora...» rispondo esitante.

«La verità è che fare la cameriera ti piace troppo! E quando piace qualcosa o qualcuno, si è disposti a tutto!» sentenzia con aria solenne.

«Ehi! Non è che mi devi dire qualcosa?» chiedo in tono indagatore.

«Beh, in effetti... È ancora presto, ma ho conosciuto un ragazzo. Suo padre è morto in un terribile incidente stradale proprio ieri. Se sapessi com'era ridotto, poveraccio! Per rimettere insieme i pezzi abbiamo lavorato per ore!»

Fa una pausa, e io chiudo gli occhi, mentre rabbrividisco solo a sentir parlare di certi particolari raccapriccianti.

«Ci sei ancora?» mi chiede preoccupato.

«Sì, ma evita i dettagli. Sai che non ce la faccio... Non potrei mai lavorare per te!» rispondo afflitta.

«È solo questione d'abitudine, anche se in certi casi non ci si abitua mai. Comunque, Valerio, il figlio della vittima, sta studiando medicina, e ieri ha insistito per aiutarci a ricomporre la salma. Mi ha anche chiesto se può venire a lavorare da noi, dato che suo padre è morto, e lui ha bisogno di soldi per pagarsi gli studi. Inoltre, restando qui, può imparare molte cose, dato che si sta specializzando in medicina legale.»

«Quindi?» incalzo impaziente.

«Beh, ieri, all'obitorio, ci siamo abbracciati, e poi ci siamo scambiati un lungo sguardo. Infine, lui mi ha preso la mano... È così bello! Ha gli occhi nerissimi e così profondi! Mi ci sono perduto!» sospira.

«Certo, se all'obitorio, nel bel mezzo di una tragedia, siete stati capaci di scambiarvi certe effusioni, devo ammettere che siete fatti l'uno per l'altro!» sbotto divertita. «Sono felicissima per te, ma stai attento: per esperienza, ho imparato che i medici non sono capaci di legami stabili!» aggiungo in tono sarcastico.

«Sei sicura di stare bene, Eli?» chiede, improvvisamente serio.

«Non lo so, Roby,» ammetto con sincerità. «So soltanto che ho deciso di smettere di pensare, di crearmi problemi, di aspettare. Ti informo, in anteprima e in esclusiva, che presto mi sposerò con Giacomo!» annuncio con forzato entusiasmo.

C'è un lungo istante di silenzio.

«Non lo fare, tesoro. Non adesso. Faresti del male a te stessa e a quel povero ragazzo. Non lasciarti fuorviare dalle passioni. Pensaci bene...» mi consiglia in tono paterno.

«Roby, sono sicurissima, e non mi lascio fuorviare da nulla. Ho ventotto anni e ho bisogno di stabilità!» insisto convinta.

«Solo il tuo cuore può darti la stabilità che cerchi!» ribatte ancora. «Ti voglio tanto bene, sei come una sorella per me, e non sopporterei

di vederti soffrire ancora, Eli!» aggiunge con la voce rotta dall'emozione.
Il suo affetto nei miei confronti è uno dei capisaldi della mia vita. L'amore incondizionato di un amico come lui non ha prezzo.
«Anch'io ti voglio tanto bene! E... grazie!» rispondo con un filo di voce.
«Valerio mi sta chiamando. Devo andare!» esclama, a un tratto euforico, mentre sento un altro telefono suonare.
«Tienimi informata e... in bocca al lupo!» replico con un sorriso.
«Crepi, davvero!» risponde in fretta.
Sapere che lui è felice mi mette di buonumore di primo mattino, anche se le sue parole continuano a rimbombarmi nella testa. Eppure, io sono convinta di volermi sposare con Giacomo, e, per provarlo a me stessa, lo chiamo subito.
«Ciao splendore! Sei già sveglia?» mi chiede con dolcezza.
«Già. E tu, dove sei?» chiedo a mia volta, alzandomi finalmente dal letto, e cercando qualcosa da mettere.
«Sono nella metro, e sto andando in piazza di Spagna, per incontrare un cliente, che è già con Andrea. Sarà una lunga giornata!» risponde con un sospiro.
«Non me lo dire! Ieri Viola ha attaccato subito briga con la wedding-planner, e fra poco dobbiamo incontrarla di nuovo. Speriamo che fili tutto liscio!» replico in tono esasperato.
«Com'è andata con Alessandro?» chiede con apprensione.
«Ha continuato a ignorarmi, quindi è come se non ci fosse stato. D'altronde, è uno sposo come un altro!» rispondo, ostentando indifferenza.
In realtà, il cuore comincia a battere forte, perché non ho il coraggio di raccontare a Giacomo che Alessandro mi ha chiesto di stargli alla larga, ma mi ha anche abbracciata, quando mi ero persa, e mi ha salvata dalle pesanti avances di Colin. In fondo, però, mi convinco che, anche se fosse stato uno sconosciuto, in quelle circostanze si sarebbe comportato allo stesso modo, salvando una donzella dal pericolo. Magari non mi avrebbe abbracciato con quella tenerezza, e non avrebbe stretto la mia mano con altrettanto calore...
«Sei sicura che sia tutto sotto controllo?» insiste.
«Tutto ok. Adesso vado. Dobbiamo incontrare l'organizzatrice e la sposa! Non c'è rimasto molto tempo!» aggiungo in fretta.
«Va bene. Ci sentiamo più tardi! Ti abbraccio!» mormora.

«Anch'io!» rispondo in un sussurro.

Mi accorgo che sono quasi le nove, e devo ancora vestirmi e fare colazione. Prima, però, devo risolvere un'altra questione. Dopo essermi infilata i leggins e un maglione lungo con il collo alto, intanto che mi trucco, chiamo Angela.

«Lo sapevi, vero?» esordisco in tono brusco.

«Che cosa?» risponde assonnata.

Non mi importa se l'ho svegliata.

«Sapevi che Alessandro sta per sposarsi e non volevi dirmelo!» sbotto irritata.

«Come hai fatto a…?»

«L'ho saputo perché io e Viola siamo qui a Londra per preparare il rinfresco per il suo ricevimento di nozze!» spiego, quasi urlando.

Sono fuori di me per la rabbia. Non perdono a mia sorella di avermi tenuta nascosta una notizia del genere!

«Che cosa credevi? Avevi paura che cercassi di impedire la cerimonia? O che potesse importarmi qualcosa? Ti sbagliavi di grosso! Non me ne importa proprio niente! Mi dispiace solo che tu non me l'abbia voluto dire! Tra sorelle non dovrebbero esserci segreti!» insisto.

Ormai sono un fiume in piena.

«Mi hai deluso, Angela, non me l'aspettavo da te!» sibilo indignata.

Mi viene da piangere, così mi interrompo e aspetto la reazione di mia sorella, che però tarda ad arrivare. Infine, con un filo di voce, inizia a spiegare:

«Mi ha chiamata Andrea, qualche settimana fa. Mi ha informata dell'improvvisa decisione di sposarsi del fratello, di come abbia cercato di convincerlo a riflettere, prima di compiere un passo del genere, e della discussione che ha avuto con lui. Andrea sa che Alessandro ha un carattere difficile, ma, stavolta, sembra aver messo la testa a posto, e pare veramente innamorato di Adriana.» Fa una pausa prima di proseguire. «Alessandro ha chiesto espressamente di tenerti all'oscuro della sua decisione, perché desidera che tu stia fuori dalla sua vita.»

Le lacrime scendono copiose senza che possa fermarle, e mi metto una mano davanti alla bocca, per soffocare i singhiozzi. Dio, quanto fa male! Alessandro che non mi vuole più: questo pensiero è insopportabile, non riesco ad accettarlo. Nella mia mente riecheggiano le ultime parole che mi ha rivolto a Parigi, solo qualche mese fa: «*Non ce la faccio a starti vicino sapendo che non posso averti e che il tuo cuore batte per quell'altro!*» Come può aver cancellato quasi ventotto anni in così poco tempo, per una stupida ripicca? Posso accettare il fatto che sia innamorato di un'altra e si sposi, ma non senza di me: io sono la sua migliore amica, accidenti! La rabbia e la disperazione mi travolgono in un vortice di follia. Sbatto pugni e calci sul muro, getto per terra coperte e vestiti, digrigno i denti come una belva furiosa!

«Lo sanno tutti, anche mamma e papà sono invitati. Ma siamo stati vincolati dalla volontà di Alessandro: nessuno se l'è sentita di contravvenire al suo ordine, in occasione proprio del suo matrimonio!» mormora Angela.

«Quindi, il fatto che sono tua sorella non conta nulla, vero?» grido, singhiozzando senza più ritegno.

«Elisabetta, cosa avresti fatto tu al posto mio?» chiede Angela, piuttosto risentita.

«Di certo non ti avrei tenuta nascosta una cosa del genere. Piuttosto, ti avrei fatto promettere di fingere di non sapere nulla! E poi, perfino la mamma e il babbo! Anche loro!» Scuoto la testa per cercare di convincermi che è solo un brutto incubo. «Anche Giacomo lo sapeva?» domando disperata.

«No, il veto era per te e per lui,» risponde Angela in un soffio.

«Beh, meno male! Qualcuno ancora mi vuole bene! Che bella famiglia siete! State tutti dalla parte di uno stronzo, che mi ha mollato per andarsene in giro per il mondo! Sapete che vi dico? Siete tutti come lui!» urlo, ormai fuori di me per la rabbia e il dolore.

«Non puoi pensare che l'abbiamo fatto per proteggerti, proprio perché ti vogliamo bene? Avevamo paura che tu ti arrabbiassi, proprio come stai facendo adesso, rovinando magari anche il tuo splendido rapporto con Giacomo!» grida di rimando mia sorella.

«Ma ti rendi conto? Sareste stati tutti riuniti per il matrimonio, senza che io neanche lo sapessi!» sbotto sempre più fuori di me.

«Nessuno di noi ha mai avuto intenzione di partecipare. Io e Gabriel abbiamo spedito il regalo, ma rimarremo a casa!» risponde Angela con fermezza.

Ammutolisco, confusa e sorpresa.

«E perché non venite?» chiedo, tirando su col naso.

«Perché tu non sei stata invitata,» replica laconicamente. «Il babbo e la mamma faranno lo stesso. Nessuno di noi sarà al matrimonio per lo stesso motivo!»

Accidenti! Mi sento una stupida! Ho subito pensato di essere la vittima, credendo che tutti mi avessero abbandonata. Invece, non siamo mai stati più uniti di adesso.

«Tania non voleva neanche che il babbo facesse il regalo. Dalle sue parti, questo gesto sarebbe considerato un affronto tale, da togliere il saluto a vita!» aggiunge Angela con enfasi.

È la prima volta che nomina Tania senza insultarla.

«Scusa, io...» biascico, sinceramente mortificata.

«Sapevo che avresti reagito in questo modo. Capisco quanto possa far male, perché le nostre famiglie sono sempre state strampalate, ma eravamo come una cosa sola. Non mi sembra giusto un simile atteggiamento da parte di Alessandro!» sbotta irritata.

Mi affaccio alla finestra, e, solo ora, mi accorgo che il grigiore è scomparso, lasciando spazio ad un timido sole, incorniciato in un cielo azzurrino. Davanti a me, la splendida distesa verde di Hyde Park, in cui si muovono le persone, come tante formichine.

«Eli, va un po' meglio, adesso?» chiede Angela.

«Non lo so...» mormoro stordita.

«Pare che a Londra oggi ci sia una bella giornata di sole. Perché non esci un po'?»

«Ci proverò, ma devo lavorare,» obietto con un sospiro.

«Vuoi che ti raggiunga?» domanda con apprensione.

«No, stai tranquilla, ce la posso fare. 'Sua Maestà' mi ha chiesto di togliermi dai piedi, per evitare situazioni imbarazzanti!» rispondo sarcastica.

«Addirittura!» sbotta indignata mia sorella. «Non avrei mai creduto che sarebbe caduto così in basso! Comunque, l'importante è che tu non ti faccia condizionare dal suo assurdo atteggiamento, e pensi solo a quanto sei fortunata ad avere Giacomo!»

«Già. Hai ragione. Grazie, Angela. Ti voglio bene!»

«Anch'io te ne voglio! Ci sentiamo presto, sorellona!»

Sapere che la mia famiglia tiene davvero a me, mi fa sentire meglio, scacciando l'orribile senso di vuoto e di abbandono che ho provato per pochi istanti. Mi alzo a fatica e mi trascino in bagno. Lo specchio rimanda l'immagine di un viso deformato dal pianto e dalla disperazione, sgraziato, invecchiato e senza luce. Provo a pensare a

Giacomo, e un lieve bagliore illumina gli occhi, ma è un alone fioco, che non riesce a ridare vitalità ai contorni. Lentamente, un fuoco di rabbia feroce, qualcosa di simile all'odio, si fa spazio nel cuore e nell'anima. Lo sguardo diventa cupo e le rughe agli angoli si fanno più intense.

«Adesso a noi due, dottore dei miei stivali!» mormoro a denti stretti, lavando il viso con l'acqua gelida.

Mi trucco di nuovo, stavolta con più cura. Metto della mousse nei capelli, per renderli leggermente mossi, scelgo un paio di orecchini e una collana a forma di cuore, infilo i fedeli scarponi, e mi avvio sorridendo verso la cucina. La nonna mi ha sempre detto che, per far sparire alla svelta i segni del pianto, bisogna tenere per diversi minuti i muscoli del viso tirati in un sorriso forzato. Ed io mi sto impegnando al massimo, prima che qualcuno mi veda in queste condizioni.

Helen mi accoglie con cordialità e con una colazione faraonica, ma non ho molto appetito, lo stomaco è serrato in una specie di morsa, così prendo solo una tazza di tè con i biscottini al cioccolato appena sfornati. Sto controllando se ci sono messaggi ed e-mail sullo smartphone, quando sento dei passi leggeri alle mie spalle.

«Buongiorno, Elisabetta! Dormito bene?» chiede Tommaso a bassa voce.

Indossa una T-shirt bianca, che mette in risalto la carnagione scura e il torace scolpito, sopra a un paio di pantaloni leggeri. I capelli neri sono scompigliati, gli occhi verdi risplendono di quella che sembra felicità.

«Benissimo, grazie!» rispondo, cercando di essere convincente. «E tu?» domando a mia volta con un sorriso malizioso.

Si siede accanto a me, e si avvicina appena, per mormorare con uno sguardo eloquente:

«Non ho dormito, ma non sono mai stato meglio!»

Arrossisco per l'imbarazzo, distolgo lo sguardo, e mi concentro sulla tazza di tè. Ovviamente, so a che cosa si riferisce e sono contenta, tuttavia… Non so se sia il caso di impicciarmi, oltre tutto ho la testa occupata da ben altri pensieri, e dovrei badare a quelli. Eppure, voglio ugualmente tentare, se non altro per il bene di Viola.

«Mi sembri molto preso!» insinuo, senza guardarlo.

«Si vede, eh? Non avrei mai creduto di perdere la testa per amore in questo modo!» ammette, scuotendo la testa, e sorseggiando il caffè.

«Beh, Viola non è una ragazza comune. Non ha un carattere facile e non apre spesso il suo cuore, ma, proprio per questo, è speciale,» affermo con sincerità.

«È proprio ciò che mi ha colpito di lei. In genere, le ragazze amano il mio aspetto o i miei soldi. Lei no. Anzi, è spaventata dal potere della mia famiglia. In realtà, sono io ad essere spaventato dalla potenza dei miei sentimenti nei suoi confronti!» confessa con altrettanta sincerità.

Dopo questa splendida dichiarazione d'amore, trovo il coraggio di affrontare l'argomento che più mi preme.

«Devi sapere che, in passato, Viola ha avuto delle brutte esperienze. Una, in particolare, l'ha segnata a vita. Di certo ti avrà parlato di Edward Foster, il ricco americano, proprietario del *Beverly Hills* di Arezzo. Si era innamorata follemente di lui, credendo di essere ricambiata. Invece, lui si era solo servito di lei per i suoi loschi traffici.»

Tommaso mi guarda con aria seria.

«Conosco la storia di Foster, ne hanno parlato in tutto il mondo. Ma non sapevo di lui e Viola. Lei non mi ha detto nulla...» mormora, deluso e ferito.

Mi faccio forza e continuo:

«Viola si è lasciata lusingare dai soldi, dai modi affascinanti, dal lusso e dal potere, credendo che i suoi sogni potessero realizzarsi. Invece, quel mondo nascondeva insidie, pericoli e dolore. Ha rischiato persino la vita, e ha subìto uno shock tremendo. Da allora, associa a ogni persona ricca e potente l'immagine negativa di Edward.» Faccio una breve pausa, mentre una smorfia altera l'espressione assorta di Tommaso. «Ha paura di te, ha paura che dietro ai tuoi modi gentili, al tuo corteggiamento, al tuo amore, possa nascondersi un mostro egoista e prepotente. Ha paura che tu non possa mai amarla davvero, e che lei sia per te solo un capriccio del momento, un peso da scaricare, non appena troverai un'altra ragazza. È convinta che appartenete a due mondi completamente diversi e incompatibili, e che non potrete mai avere un futuro insieme, come una coppia qualunque.»

Tommaso mi guarda a bocca aperta, incredulo.

«Come può aver paura di me e dei miei sentimenti? Ma non si accorge che la sua sola presenza annienta tutte le mie difese? Devo sforzarmi di essere lucido, quando le sto accanto, ed evito telefonate di lavoro, perché non sono capace di concentrarmi! Non faccio altro che cercare pretesti per chiamarla o incontrarla. Sono venuto ad Arezzo, cancellando tutti gli appuntamenti di un'intera settimana, proprio quando ero nel bel mezzo di una trattativa di un grosso affare. Mio padre mi ha chiamato ed era furioso, ha perfino minacciato di diseredarmi!»

Parla e gesticola, come se per lui fosse tutto scontato ed evidente. Per Viola, invece, non lo è. Lo guardo, e penso che non sempre si può comprare tutto con i soldi. Per fortuna. Un ragazzo bello, ricco e potente è qui davanti a me, con le mani tra i capelli, la faccia sconvolta, il cuore a pezzi, perché non sa come convincere la donna che ama della sincerità dei suoi sentimenti.

«Eli, aiutami. Che posso fare?» mi chiede disperato.

Figuriamoci se non chiedono tutti aiuto a me! Tanto io sono l'esperta in materia, non ho nessun problema, e posso dedicarmi tranquillamente agli altri, dispensando consigli!

«Sto provando a persuaderla che non ci sono solo tipi come Edward in giro, ma ha troppa paura di soffrire. Stavolta è davvero innamorata, però è certa che non possa durare, perché crede che i ragazzi come te non si innamorino mai davvero!» Faccio un respiro, poi aggiungo: «Sinceramente, non so cos'altro potrei fare. Devi essere tu a convincerla...»

«Ma come?» sbotta all'improvviso, sbattendo il pugno sul tavolo, facendo trasalire Helen e me. «Non le sto facendo regali eclatanti per abbagliarla o illuderla! Le sto dando tutto me stesso! Anche quando facciamo l'amore, io...»

«Ok, ok, va bene!» lo interrompo e arrossisco, mentre alzo le mani in segno di resa, prima di venire a conoscenza di dettagli, che preferisco ignorare. «Non intendevo questo, Tom. Non so come, magari dalle tempo. Se la vostra storia riuscirà ad andare avanti, lei forse comincerà a convincersi del tuo amore.»

Sta per ribattere, poi si interrompe e si illumina.

«Forse so come fare!» esclama eccitato, stringendomi la mano.

«A fare cosa?» chiede Viola, giungendo improvvisamente alle nostre spalle, mentre si stira e si stropiccia gli occhi.

Ha addosso solo una T-shirt che le arriva quasi fino alle ginocchia.

Io e Tommaso restiamo per un istante in silenzio e ci guardiamo, cercando un pretesto alla svelta.

«Stavo parlando con Elisabetta della mia intenzione di ristrutturare la dimora di Chelsea, per trasformarla magari in un hotel!» improvvisa Tommaso, guardandomi in cerca di sostegno.

«Già. Oppure potrebbe affittarla per eventi speciali, cerimonie, feste...» proseguo con disinvoltura.

Viola sbadiglia e sta per sedersi accanto a Tommaso, quando lui l'afferra per i fianchi e l'attira sulle sue ginocchia. Poi, la bacia con dolcezza. Abbasso la testa sulla tazza e arrossisco di nuovo per l'imbarazzo, anche se mi sento inondare di felicità per loro. Siccome il bacio sta andando per le lunghe, mi schiarisco rumorosamente la voce e sentenzio:

«Tra venti minuti dobbiamo incontrare Pam e Adriana!»

Viola scatta come una molla, afferra un croissant caldo, un bicchiere di succo d'arancia e borbotta qualcosa all'indirizzo di Tommaso, che ride mentre si diverte a stuzzicarla.

«Intanto mi avvio verso la sala e preparo le bozze!» aggiungo, alzandomi e lasciandoli soli.

Viola fa un cenno di assenso con la testa.

«Cinque minuti e arrivo!» bofonchia con la bocca piena.

Sono appena entrata nella sala, che abbiamo adibito a quartier generale, quando Stewart mi informa che Pam e Adriana sono già arrivate. Le faccio accomodare e noto con disappunto che c'è una ragazza giovane con loro.

«Questa è Cassie, una delle mie aiutanti,» dichiara Pam con aria solenne.

Cassie è bassa e non tanto magra, eppure indossa dei pantaloni aderentissimi e un golfino corto, che mettono in mostra le sue curve sgraziate ed eccessive. Ha lunghi capelli, a metà tra il rosso ed il biondo, lisci come spaghetti e sfibrati. Gli occhi azzurri sono coperti da un paio di occhialoni con la montatura rosso fuoco, in tinta con le lentiggini e l'acne. Mi stupisco come Pam possa ammettere al suo fianco una ragazza del genere. Lei è impeccabile anche stamattina, con un tailleur beige, abbinato a un lupetto della stessa tinta, trucco perfetto, così come l'acconciatura.

Cassie mi tende la mano libera con un sorriso, appannato dall'apparecchio che porta ai denti. Nell'altra mano, stringe un blocco per gli appunti con una penna.

«Cassie è la migliore allieva della mia scuola!» aggiunge Pam con orgoglio.

Non avevo dubbi. Ha l'aria della classica secchiona, che sta sempre sui libri e fa da spalla all'insegnante. La tipica saputella presa di mira dai compagni e dai ragazzi.

Adriana si siede accanto a me e sorride. Ha un buon profumo di fresco, è truccata appena, ma i suoi occhioni verdi luccicano per l'emozione. Indossa un morbido maglioncino rosa tenue e dei jeans. Non posso fare a meno di riconoscere che è veramente carina, e le sue maniere gentili sono disarmanti.

«Quando arriva il tuo ragazzo?» mi chiede con voce soave.

«Probabilmente non prima di domani sera, visto che è molto impegnato!» rispondo, scartabellando tra i fogli.

«Andrea ci ha detto la stessa cosa,» aggiunge, appoggiando le mani in grembo.

«Sono una bella coppia, Giacomo e Andrea. Spesso vengono scambiati per fratelli!» aggiungo per essere cortese.

«Effettivamente, a livello caratteriale, Alex e Andrea non sembrano neanche parenti!» esclama convinta.

All'improvviso, la sua espressione cambia e un'ombra le passa sul viso.

«Non è facile entrare nel cuore di Alex!» mormora, fissando un punto imprecisato del pavimento.

Inspiegabilmente, il mio cuore inizia a battere all'impazzata.

«Ma tu ci sei riuscita!» ribatto, con aria forzatamente allegra, in attesa di conferme.

Mi sento un serpente, che si insinua viscidamente ai piedi della vittima, prima di sferrare il morso mortale. Quando, però, Adriana si volta a guardarmi, mi si stringe lo stomaco: un'infinita tristezza vela i suoi splendidi occhi, e sembra sul punto di piangere.

«Non lo so. Ho come la sensazione che tra me e lui ci sia qualcosa che ci impedisce di avvicinarci completamente. Ho provato a parlargli, ma mi ha sempre assicurato che è tutto a posto e che non c'è nessun ostacolo tra noi.»

Fa una breve pausa, poi i suoi occhi si fissano disperatamente nei miei in cerca di risposte:

«Tu lo conosci da tempo, magari sai se c'è qualcosa che lo tormenta, qualcosa che è successo in passato, una storia finita male, un'altra donna...»

Mi sento avvampare, e non riesco a sostenere il suo sguardo. I fogli che tengo in mano cadono spargendosi ovunque, persino sotto i divani, mentre un groppo mi serra la gola. Non le ha detto niente di me, di noi! Non le ha detto della nostra amicizia, della nostra storia! Lei non sa nulla! Perché la donna che sta per sposare non deve conoscere il suo passato?

E poi, all'improvviso, un pensiero folle mi attraversa la mente e mi sconvolge l'anima. Adriana è convinta che lui abbia un peso sul cuore: e se quel peso fossi io? Significherebbe che lui tiene a me, più di quanto avrei mai creduto. Ma allora perché si sposa? Forse perché io sto con Giacomo? Oppure per ripicca, per ripiego? Perché far soffrire Adriana ingiustamente? O vuole soltanto andare avanti, cercando di accontentarsi?

Mi chino per raccogliere le carte, sotto lo sguardo irritato di Pam. Lei è l'efficienza in persona e non le sfugge mai nulla. In realtà, se fosse un po' meno gelida, avrebbe capito che la mia non è incompetenza, ma un escamotage per sviare l'attenzione, e impedire ad Adriana di vedere quanto sono sconvolta. Ma chi potrebbe anche solo indovinare in che razza di situazione mi trovo?

Mentre Adriana mi aiuta, sarei tentata di raccontarle tutto. È una brava ragazza, non mi sembra corretto da parte di Alessandro approfittarsi così dei suoi sentimenti. Sto per aprire bocca, ma mi fermo all'istante. Penso a quanto male le farei, al dolore che le lacererebbe l'anima e che si porterebbe dietro per tutta la vita. E penso che il matrimonio probabilmente salterebbe. Quest'ultima eventualità suscita un'assurda sensazione di sollievo mista a gioia, che imputo subito alla mia voglia di vendetta. Però, non posso fare una cosa del genere, non è da me.

Adriana continua a fissarmi, perché aspetta una risposta.

«No, non so nulla. So solo che non ha mai avuto una relazione tanto seria, da pensare al matrimonio!» rispondo, guardandola negli occhi per cercare di essere convincente.

Ho detto la verità, in fondo. Anche se Alessandro si era sposato una volta, era successo a Las Vegas, con una sconosciuta, quando era ubriaco, tanto che si era perfino dimenticato che fosse successo.

Il viso di Adriana si distende un pochino.

«Da quello che si dice, è normale essere nervosi e avere dubbi alla vigilia delle nozze!» esclamo convinta.

«Per questo ci sono io. Gli sposi non devono pensare a nient'altro che a essere felici!» aggiunge Pam con spocchia.

In quell'istante, entra Viola, già vestita e truccata di tutto punto. Pam getta un'occhiata all'orologio con aria polemica. Mi auguro che non attacchino subito briga.

«Scusate il ritardo, ma Tommaso mi ha trattenuta per discutere alcuni dettagli,» esordisce Viola con un sorriso.

In quel mentre, entra anche Tommaso, con un maglione di cashmere blu scuro e un paio di jeans.

«Già. Ho chiesto a Viola cosa ne pensava se, tra la cappella e la sala del ricevimento, mettessimo una specie di tunnel coperto, rivestito di fiori, in modo che non si vedano i teloni,» spiega con la voce profonda e decisa.

Pam si muove nervosamente sulla poltrona. Cassie inizia a scrivere sul suo taccuino, senza togliere gli occhi di dosso da Tommaso.

«Se le previsioni meteo sono esatte, come avremo conferma domani dagli esperti, sabato sarà una splendida giornata di sole, quindi sarà uno spreco coprire il giardino, che separa la cappella dalla sala. Oltre tutto, accanto alla cappella ci sarà il gazebo per il ricevimento dopo la cerimonia...» obietta Pam, sforzandosi di rimanere tranquilla.

«Sì, ma se facciamo questo corridoio, e lasciamo delle aperture laterali, che possano essere ancora più ampliate in caso di bel tempo, l'entrata in chiesa sarà più suggestiva, mentre gli sposi passeranno attraverso questo varco ricoperto di fiori. Non credi, Adriana?» chiede Tommaso, con i suoi modi gentili, ma autoritari.

«Penso che sia un'ottima idea! Un tappeto e un cielo interamente ricoperto di fiori! È così romantico! Piacerà anche ad Alex, ne sono sicura!» risponde Adriana, battendo le mani per l'eccitazione.

Il viso di Pam è teso e pallido, mentre Cassie sta fissando Tommaso a bocca aperta, probabilmente non ha mai visto un miliardario così affascinante.

«Se Pam non ha nulla in contrario, tu e Cassie potrete andare a ritirare i centrini personalizzati per i vassoi, e poi dovrete passare anche dal fornitore per prendere gli utensili, che non ho trovato in cucina. Inoltre, andrete a parlare di persona con l'altro fornitore, che deve consegnarci il pane, le uova, la farina, le salse, e tutto l'occorrente per venerdì. Questa è la copia della lista!»

Viola mi porge un pacco di fogli, dentro una cartellina trasparente, mentre mi mitraglia di ordini. Neanche la presenza di Tommaso riesce a smorzare il suo tono acido, quando lavora, né a scalfire la sua lucidità. Perfino Pam appare spiazzata per un attimo. Poi, si riprende e ordina a Cassie di seguirmi.

Sono felice di infilarmi in ascensore e uscire fuori a vedere Londra, finalmente. Avrei preferito andare da sola, ma forse Cassie non mi darà fastidio.

L'aria è fresca, il pallido sole illumina a stento i palazzi grigi e imponenti di questo quartiere di lusso, mentre, in lontananza, scorgo il prato verdissimo di Hyde Park. Cassie mi guida verso la stazione della metropolitana, dove turisti, studenti e gente comune si affollano fino all'inverosimile.

«Attenta alla borsa,» avverte Cassie senza guardarmi.

Mi sono accorta che mi sta osservando di sottecchi, e, sinceramente mi dà un po' fastidio. D'altronde, non ho affatto voglia di fare conversazione. Invece lei, come temevo, passa all'attacco.

«Conosci gli sposi?» mi chiede, mentre si infila gli auricolari alle orecchie e li collega al telefono.

«Lo sposo è originario della mia città,» rispondo laconica.

«Che tipo è?» insiste.

«Non so, un tipo comune. Non l'hai mai visto?» chiedo a mia volta, per far parlare lei.

«Ancora no. Però, sembra un ragazzo piuttosto misterioso!» ribatte, smanettando sui tasti con una velocità incredibile.

«È un medico e sta per sposarsi. Cosa c'è di misterioso?» domando, in tono polemico.

Cassie si stringe nelle spalle, e poi fa una smorfia.

«In genere, gli uomini sono piuttosto restii alla scelta dei dettagli di un matrimonio, però si fanno vedere almeno partecipi e attivi. A lui, invece, sembra che non importi nulla, lascia decidere tutto alla sposa!» replica con l'aria di chi la sa lunga.

Questa ragazzina pretende anche di fare la psicologa. Vuole emergere a tutti costi e si atteggia a donna esperta, sparando sentenze.

«Magari è un tipo che non guarda alla forma, ma alla sostanza, che vuole solo sposare la donna che ama, e lascia che sia lei a scegliere cosa desidera, perché tutto sia come lo ha sempre sognato. Secondo me, il suo è un gesto d'amore!» ribatto, accalorandomi.

Non riesco a credere che sto prendendo le difese del ragazzo che mi ha fatto, e continua a farmi, tanto male, e che detesto con tutta me stessa.

Cassie mi osserva, confusa e stupita.

«Guarda che ci si sposa in due, e bisogna essere in due a decidere. Altrimenti, che razza di rapporto è?» chiede con aria saccente.

«Mi è sembrato partecipe, ieri, a Chelsea!» obietto piccata.

«È stata la prima volta che si è presentato davanti a Pam, dopo averla contattata per l'ingaggio!» esclama, spazientita.

Già. Come se avesse saputo che c'ero io e volesse farmi un dispetto!

In quel momento, Cassie mi fa cenno di attendere con la mano, poi risponde al telefono. Mi volto quanto basta per respirare. Chiudo gli occhi, e mi lascio sballottare dai movimenti scomposti della metropolitana, che scivola furtiva nel sottosuolo. Cerco di non pensare che sono chiusa dentro un convoglio, pigiata in mezzo a una folla di persone, parecchi metri sotto i marciapiedi. Un senso di oppressione e soffocamento provoca anche un lieve sentore di panico, e comincio a sudare. Mi accorgo, con rammarico, che non è questo a farmi stare male. È qualcosa che è dentro di me, qualcosa di incomprensibile, una sensazione di inquietudine, di cui non riesco a capire la causa.

A un tratto, il telefono vibra. Non conosco il numero, non è tra i miei contatti, e sono tentata di non rispondere. Ma cambio subito idea, se non altro per occupare la mente con altri pensieri.

«Pronto, Elisabetta... Sono io... Mi riconosci?» chiede, timidamente, una voce maschile, tristemente familiare.

Ci metto qualche istante per rendermene conto, eppure non posso crederci. Non posso credere che sia lui. I fantasmi del passato hanno deciso di perseguitarmi, oggi! Respiro rumorosamente, e sto quasi per terminare la conversazione senza aprire bocca, quando lui insiste:

«Sono Samuele. Non riattaccare, per favore. Ho bisogno del tuo aiuto...» mi implora con voce contrita.

Ha sempre avuto una bella faccia tosta, ma non avrei mai pensato che, dopo oltre due anni dalla burrascosa fine della nostra storia, potesse trovare il coraggio di chiamarmi, e addirittura chiedermi aiuto. Non riesco a soffocare una risata sprezzante.

«Certo che nei hai di fegato!» esclamo con sarcasmo.

«Lo so che mi odi, e hai tutte le ragioni del mondo, ma…»

«Non cominciare con le solite smancerie, ti prego! Che vuoi?» lo interrompo bruscamente.

«Non mi sarei mai permesso di importunarti, se la questione non riguardasse una persona che ti interessa…» aggiunge in tono un po' risentito.

Immediatamente, penso che si riferisca a Giacomo, dato che quando stavamo insieme, ed eravamo sul punto di andare a convivere, l'avevo trovato a letto con Giulia, la sorella di Giacomo, appunto. Comunque, non rispondo e aspetto che prosegua.

«Ho sentito casualmente Caterina raccontare a un cliente che tu e Viola siete a Londra, ospiti di un celebre milionario, di cui non ricordo il nome. Così, ho pensato che, magari, potrei venire da te, per qualche giorno…» mormora spudoratamente.

«Puoi buttarti nel Tamigi, se vuoi, altrimenti evita il viaggio e gettati nell'Arno!» ribatto, acida, a denti stretti.

«Io e Debora siamo appena atterrati a Londra. Siamo innamorati e ci vogliamo sposare!» spara, senza che me lo aspetti.

Deve essere impazzito!

«E chi se ne frega! Ah! Ti ricordo solo che Debora sta per sposare Christian!» replico determinata.

Mi chiedo perché sto continuando ad ascoltarlo.

«Debora non lo ama, non ha mai amato quello stronzetto presuntuoso! Lui invece vuole sposarla lo stesso, nonostante sappia di noi, perché tu glielo hai detto, vero?» sibila in tono minaccioso.

«Ho solo imparato a difendermi da tipi come te e come lui!» ribatto indignata.

Sarebbe solo Christian lo 'stronzetto presuntuoso'? Ha anche il coraggio di fare l'offeso?

Nel frattempo, Cassie mi invita a scendere dalla metropolitana e a risalire sulle scale mobili.

«Non intendo litigare con te, adesso. Mi devi solo aiutare!» conclude sbrigativo.

Non posso fare a meno di ridere.

«Perché? Mi vuoi ricattare?» chiedo in tono canzonatorio.

«Christian sta venendo da te. Vuole le foto a tutti i costi, stavolta! Prima di scappare di casa, Debora l'ha sentito parlare al telefono. Era fuori di sé per la rabbia,» aggiunge, cercando di essere convincente.

«Perché non lascia pubblicamente Debora e la fa finita?» chiedo a denti stretti.

«Per non perdere la faccia. Già una volta è diventato lo zimbello di tutta Arezzo, per causa tua!» ribatte il verme, ridacchiando.

«Sono affari vostri. La questione non mi riguarda. Io non posso farci nulla!» concludo gelida, e sto quasi per riattaccare, quando tira fuori l'asso dalla manica.

«Se fossi in te, starei attenta. È capace di tutto, in questo momento! Può distruggere la tua vita e quella del tuo Giacomo...» insinua viscidamente.

Non so se sia peggio lui o Christian. Ma l'allusione a Giacomo colpisce nel segno, e mi inquieta, anche se cerco di non darlo a vedere.

«Ok! Grazie del consiglio!» sibilo, prima di interrompere la conversazione con un gesto stizzito delle dita.

Mentre riemergiamo in Portobello Road, piena di vita e di colori, nel suo chiassoso mercato giornaliero, non posso fare a meno di chiamare Mirko e metterlo al corrente della situazione. Poi cerco anche Giacomo, che, stranamente, non risponde. Provo a convincermi che magari è impegnato in qualche riunione, con il cliente con cui si doveva incontrare, e non può sentire il telefono, anche se so che non lo lascia mai, e, al limite, mi risponde con un *sms*.

Entriamo dal fornitore, che dovrà procurarci le materie prime per i dolci. Antoine ha stilato personalmente la lista degli ingredienti e delle dosi, poi, stamattina ce l'ha inviata per e-mail, raccomandando più volte di essere precisi e puntuali. Il tizio che ci viene incontro, in questa specie di enorme emporio, è alto e robusto, con i capelli rossi, gli occhi scuri e l'aria di chi è abituato a lavorare senza perdersi in ciance. Quando mi presento, la sua espressione cambia e diventa un po' meno rigida, mi ascolta attentamente intanto che scorre con gli occhi la lista. Si limita ad annuire, a chiedere dettagli, che appunta con precisione, e a confermare i tempi di consegna dei vari articoli. Sbrigativo ed efficiente. Grandioso! Se tutti i fornitori sono così, sarà un gioco da ragazzi portare a termine le commissioni.

Mentre ci spostiamo più avanti, non riesco a godermi il festoso vociare del mercato, perché ho un peso sul cuore. Giacomo ancora non risponde. Provo di nuovo. Niente. L'ansia si sta trasformando in panico, quando sento vibrare il telefono.

«Eli, scusa, sono Viola. Dovresti farmi un grosso favore, dato che sarò occupata tutto il giorno con Pam e Adriana. Adesso stiamo andando dal fioraio. Più tardi, Adriana ti raggiungerà e ti porterà una lista, che serve a me, e dei documenti, che servono al parroco, Don Pietro. Poi dovrai andare a ritirare le fedi al posto suo, ti spiegherà lei dove. Pensi di farcela?» mi chiede con il fiatone.

«Spero di sì. A che ora devo incontrare Adriana?» chiedo con premura.

«A mezzogiorno, fuori dalla stazione di King's Cross,» aggiunge, mentre parla contemporaneamente con Pam.

«Va bene. Ci aggiorniamo più tardi,» concludo, sbrigativa.

C'è una chiamata in arrivo: Giacomo, finalmente!

«Ti annoi a Londra senza di me, vero?» chiede, con la sua voce sensuale.

Non riesco a mantenere la calma e vado subito al punto.

«Senti, non è che hai ricevuto la telefonata...»

«Dell'avvocatuncolo?» mi interrompe, prima che riesca a finire la domanda.

«Dio mio! Che cosa ti ha detto?» chiedo, allarmata.

«Che devo convincerti a dargli quelle foto, altrimenti rovinerà per sempre le nostre vite!» risponde con aria annoiata. «Non sa essere convincente, il ragazzo. Secondo me, ha sbagliato carriera!» aggiunge, divertito.

«Non lo sottovalutare, anche se è stupido, ha un enorme potere, che gli viene dalla sua famiglia. Aveva già un conto in sospeso con me. Non oso immaginare quanto sia infuriato, adesso. Mi ha chiamato addirittura Samuele. È qui a Londra con Debora, e mi ha chiesto di aiutarlo, visto che anche Christian sta arrivando, per riprendersi la fidanzata e le foto!» spiego con un groppo in gola.

Giacomo resta in silenzio per un istante.

«Maledizione! Non li avrei mai creduti capaci di tanto. Io non mi posso muovere fino a domani sera! Devi parlare con Tommaso, in modo da farti proteggere da questi individui. Sono degli sciocchi incapaci, ma è meglio non trascurarli. Devi stare attenta!» mormora, sinceramente preoccupato.

«Non ho paura. Comunque, ho avvisato anche Mirko,» aggiungo decisa.

Lo sento respirare rumorosamente, e immagino i suoi splendidi occhi azzurri resi cupi dall'ansia. Vorrei stringermi a lui, per sentirmi al sicuro tra le sue braccia.

«Ho tanto bisogno di te!» sussurro con dolcezza.

Penso ai suoi baci, alle sue carezze, al suo tocco dolce ma deciso, al suo sguardo limpido, al suo corpo accanto al mio, e, per un istante, tutto sparisce e si annulla in un brivido di caldo piacere.

«Lo so, amore mio. Anch'io ho bisogno di te...» mormora, con la voce rotta dal desiderio.

Termino la conversazione con l'animo sollevato, intanto che rintraccio Viola, per spiegarle la situazione, in modo che possa mettermi in contatto con Tommaso. Nel frattempo, io e Cassie – anche lei sempre impegnata a parlare al telefono – dopo averli rigorosamente controllati, ritiriamo i centrini dei vassoi, in una specie di bottega artistica, e passiamo da altri due fornitori.

Riesco a parlare con Tommaso, quando è quasi mezzogiorno, e sto arrivando a King's Cross. Come al solito, non si scompone, e, con i suoi modi autorevoli, si impegna a risolvere personalmente la faccenda di Christian.

«Non l'ho mai sopportato, ed è ora che qualcuno gli dia una lezione!» dichiara con disprezzo.

«Grazie, Tom!» replico con sincera gratitudine.

Adesso che mi sento più tranquilla, accantono momentaneamente la 'questione Christian' e mi focalizzo sui miei appuntamenti. Adriana è in ritardo di dieci minuti. È anche vero che fuori da questa stazione c'è un enorme via vai di persone, e potremmo anche non vederci. Suggerisco a Cassie di prenderci una pausa per il pranzo, e le lascio un paio di incombenze. Quando avrà finito, mi chiamerà, e ci metteremo d'accordo sul da farsi.

Mezzogiorno e venti. Adriana non arriva, né si fa sentire. Sto impalata, con il telefono in mano, a frugare con lo sguardo tra la gente, quando si materializza davanti a me il mio peggiore incubo. Con i capelli sempre più ribelli, la barba incolta, lo sguardo acuto e penetrante, l'andatura inconfondibile, Alessandro mi viene incontro, fissando i suoi occhi nei miei con aria di sufficienza. Ha dei fogli in mano, e me li porge senza tanti complimenti, senza neanche salutarmi o spiegarmi. Con la mente offuscata dalla sorpresa e dalla rabbia, non riesco a capire a cosa servono, e cosa ci fa lui qui.

«Adriana non è potuta venire. Ha detto che dovevo portarti questi, e poi dovremo andare da Don Pietro,» spiega con pazienza, come se fossi una povera ritardata.

«Posso andarci da sola, se mi dici l'indirizzo!» ribatto, afferrando i fogli ed evitando di guardarlo.

«Purtroppo, Don Pietro ha bisogno della mia firma per il suo registro. Non è piacevole neanche per me sopportare la tua presenza!» replica sgarbatamente, a denti stretti.

«E allora portaglieli tu!» insisto altrettanto sgarbata, con il cuore che batte inspiegabilmente forte.

«Tu dovresti avere qualche altro documento per lui. Inoltre, voleva parlare con qualcuno dell'agenzia di persona. Siccome Pam non può venire oggi, magari tocca a te!» risponde, come se gli costasse un'enorme fatica.

«Io non faccio parte dell'agenzia di wedding-planner! Se mai, i documenti ce li ha Cassie! La chiamo e te la vedi con lei!» replico in tono asciutto.

Prendo il telefono, ma le mani mi tremano per la rabbia. Non voglio farmi vedere da lui, perciò gli volto le spalle e chiamo Cassie. Incredibile! Il numero è irraggiungibile! Riprovo. Nulla. Magari è in metropolitana, e non c'è segnale. Aspetto qualche istante. Ancora niente. Vuoi vedere che, per stare attaccata all'apparecchio a chattare, ha scaricato la batteria del telefono? E adesso, che cosa faccio? Non devo farmi prendere dal panico. Almeno, non devo darlo a vedere al nemico. Così, telefono a Viola e le spiego la situazione. Sento in vivavoce Viola, mentre ne parla con Pam, che prova subito a chiamare Cassie, senza risultato. La sento borbottare a denti stretti, infine, mi chiede cortesemente se io e lo sposo saremmo così gentili da attendere Cassie, dove ci troviamo.

«Io dovrei andare a ritirare...» provo a protestare.

«Lo puoi fare dopo pranzo, Elisabeth. Rimani dove sei e aspetta Cassie. Lo stesso vale per te, Alex, ovviamente se non hai impegni urgenti!» aggiunge Pam, nel suo abituale tono cortese, ma gelido.

Deve gestire l'imprevisto senza perdere in efficienza.

Sto pregando con tutte le mie forze che 'Alex' debba fare un altro turno in ospedale, sbrigare qualche commissione, andarsene al diavolo, piuttosto che rimanere qui.

«Ho un paio d'ore, prima di rientrare al lavoro. Posso fermarmi a pranzo nei dintorni,» risponde, con un lampo di sfida negli occhi.

«Elizabeth, so che non è di tua competenza, ma Cassie è alle prime armi, e, come vedi, non può essere lasciata sola, nonostante sappia il fatto suo e appaia sicura di sé. Ti prego di restarle accanto e controllarla. Puoi chiamarmi in qualsiasi momento...» chiede Pam con insolita gentilezza.

«Ehi, Elisabetta è la mia aiutante: non può mica mettersi a fare la guardia del corpo a una tua allieva imbranata, specie con tutto il lavoro che abbiamo da sbrigare!» sbotta Viola irritata.

«Cassie non è imbranata! È la migliore! Ma, in questo caso, trattandosi di documenti importanti, preferisco che siano in due a portare a termine il compito!» ribatte Pam, cercando di mantenere la calma.

«I documenti sono affar vostro!» conclude Viola sbrigativa. Poi cambia tono e chiede: «Alessandro, ti dispiacerebbe andare a ritirare le fedi? Pensi di farcela?»

«Non lo so. Dipende da Cassie,» risponde lui algido.

«Non può andarci lei, quando ritorna? Sarà capace di arrivare in negozio, prendere le fedi e portarle a destinazione? Oppure c'è il rischio che le perda?» chiedo esasperata, credendo di fare una battuta.

Il silenzio che segue mi dà la conferma che Pam non si fida di Cassie.

«Perché ti fai aiutare da una ragazza inaffidabile?» chiede Alessandro, precedendomi di qualche secondo.

«Perché una di loro si è appena messa in proprio, e una è impegnata a preparare un altro matrimonio. Purtroppo, non ci sono molte figure professionali valide al mondo d'oggi!» confessa Pam con un sospiro.

Beh, probabilmente non è neanche facile lavorare per una come lei! D'altronde, non tutte sono capaci di adattarsi e sopportare con spirito di sacrificio, come ho fatto io con Viola, Margherita e Caterina. Nonostante sia nata una splendida amicizia, con il passare del tempo, tuttavia, devo ancora subire le crisi isteriche delle padrone, quando siamo sotto pressione al lavoro. E non è affatto piacevole!

Come non è piacevole dover rimanere a pranzo con Alessandro. Non credo di riuscire a ingoiare qualcosa, con lui davanti. Dalla smorfia di disappunto che leggo sul suo viso, immagino che stia pensando la stessa cosa.

«Ok. Un'ora, non di più! Se Cassie non torna, me ne vado per i fatti miei!» concedo scocciata.

«Grazie, Elizabeth! Sei molto gentile!» risponde Pam con voce mielosa.

«Dov'è Adriana?» chiede Alessandro, puntandomi gli occhi addosso.

«È al telefono con un collega. Ti faccio richiamare?» domanda Pam con premura.

«No, la richiamo io più tardi, grazie!» replica, asciutto.

Voleva forse mettersi a cinguettare con la sua donna, usando il mio telefono in vivavoce, per farmi sentire quanto sa essere dolce e romantico?

Lo guardo con disprezzo, e sto per terminare la chiamata, quando Viola sussurra appena:

«Mi dispiace, Eli!»

È mortificata di dovermi lasciare in compagnia di Alessandro, sapendo che non posso sopportarlo, e che lui continua a infliggermi umiliazioni.

«Non preoccuparti, Viola. Sarà un piacere!» sibilo, trapassandolo con uno sguardo di sfida.

Mentre chiudo la conversazione, lui mi volta le spalle e si avvia verso il lato opposto della strada. Io proseguo dritto per la mia, semplicemente ignorandolo. Ci hanno chiesto di rimanere nei paraggi, mica di restare insieme!

Sto per rientrare dentro la stazione, per andare in un locale che mi era sembrato carino, quando mi sento afferrare per un braccio, con la solita determinata dolcezza.

«Smettila di fare di testa tua e obbedisci, per una volta!» mi rimprovera con asprezza.

Che cosa? Ma come si permette! Neanche mio padre ha mai usato questo tono con me!

Mi divincolo e mi libero con stizza dalla sua stretta. Il mio viso è a un palmo dal suo, i miei occhi sono due fessure, da cui traspare solo l'odio che provo nei suoi confronti, nonostante il suo profumo e la sua presenza mi penetrino nel sangue, come una droga a cui sono ormai assuefatta.

«Come osi mettermi le mani addosso e darmi degli ordini? Con quale autorità ti permetti certe licenze? Proprio tu mi imponi di obbedire, quando hai sempre fatto quello che ti pare, ignorando tutto e tutti?» sibilo a denti stretti.

«Io non ho mai fatto quello che mi pare! E non ho ignorato nessuno! Sei tu che adori fare la vittima, cercando di addossare le colpe agli altri!» sibila, altrettanto minacciosamente.

«Che vorresti dire? Che è tutta colpa mia? Che sono stata io a lasciarti sola per più di un anno?» sbotto, offesa.

«Ancora con questa storia? Per quanto continuerai ad aggrapparti agli specchi, senza guardare in faccia la realtà?» ribatte sarcastico.

«E quale sarebbe la realtà?» chiedo, quasi urlando.

«Devi ammettere che non vedevi l'ora di andare a letto con il tuo caro amico dagli occhi azzurri! E quale miglior pretesto della mia assenza, per portare a termine il piano?» replica con disprezzo.

Mi sento mancare il respiro e spalanco gli occhi, incredula e indignata.

«Dunque, questo è ciò che pensi di me? Credi davvero che io volessi Giacomo? Mi spieghi allora perché mi sarei messa con te? E perché sarei rimasta con te, anche quando ho saputo che eri sposato? E poi, perché, quando tu non c'eri, avrei aspettato più di un anno e mezzo, prima di mettermi con lui?» chiedo, fuori di me dalla rabbia.

«Il tuo cuore era già suo. E anche il tuo corpo!» risponde con amarezza.

«Non puoi dirmi questo, dopo quello che mi hai fatto passare! Dopo tutto...»

La voce mi muore in gola e sto per piangere, ma non voglio cedere, non di fronte a lui.

«Mi sono sbagliato su di te. Ho sempre creduto che tu fossi una persona buona e sincera, che non mi avresti mai ferito, né deluso. Invece, ti sei rivelata cinica e insensibile!» mormora a denti stretti.

«Ah, sì? IO sarei cinica? Vorresti farmi credere che mi sei rimasto fedele per tutto quel tempo negli Stati Uniti?» chiedo, intenzionata ad andare fino in fondo.

«Sì. Ti sono rimasto fedele, che tu ci creda o no!» ribatte con rabbia e determinazione.

Rido nervosamente. Questa confessione mi confonde, e smorza in parte l'odio feroce che si è impossessato di me. In fondo al cuore, sento un moto di orgoglio e qualcosa di simile alla gioia, ma lo scaccio via subito.

«No, non ci credo. Se tu mi avessi voluto bene veramente, ti saresti comportato in un altro modo, anche se eri lontano!» insisto piccata.

«E come?» chiede irritato.

Poi, all'improvviso, abbassa lo sguardo e le braccia, come se le forze lo avessero abbandonato.

«Non voglio continuare a discutere con te del passato. Ormai è tutto finito, ti ho cancellata dalla mia vita: non serve rivangare ciò che è stato!» dichiara a voce bassa, con aria risoluta.

"*Ti ho cancellata dalla mia vita*": queste parole mi arrivano dritte al cuore e lo trafiggono in maniera così brutale, da farmi avvertire quasi un dolore fisico. Mi sfugge un gemito e mi porto una mano alla bocca.

«Non credevo che tu potessi essere così crudele!» mormoro, trattenendo a stento le lacrime.

«Ed io non avrei mai immaginato che tu fossi così frivola!» ribatte, deciso ad avere l'ultima parola.

«Sei proprio uno stronzo!» esclamo esasperata.

Faccio per voltarmi, ma lui mi prende per un braccio e mi attira a sé. Le sue labbra quasi sfiorano le mie, posso sentire il suo respiro e il suo profumo, i suoi occhi ardenti scavano nei miei. All'improvviso, tutto l'odio, tutte le difese si dissolvono, trasformandosi in un irragionevole, irrazionale desiderio. Devo fare uno sforzo enorme per trattenermi. Vorrei affondare le mani nei suoi capelli, inebriarmi del suo profumo, lasciarmi baciare dalle sue labbra, sentire le sue mani, il suo corpo sul mio… Il cuore batte così forte che pare uscire dal petto, sto tremando e lui non può non accorgersene. Mi vergogno e mi pento di questa reazione insana, ma non riesco a controllarla. Cerco di pensare ad altro, ma è tutto inutile. Giacomo, Adriana, il resto del mondo, le persone e le cose scompaiono, come per magia, ed è come se non fossero mai esistite. Nessuna regola. Nessuna relazione. Nessun obbligo. Nessun legame. Nessun matrimonio. Ci siamo solo io e Ale. Il MIO Ale.

Smetto di lottare con me stessa, e mi abbandono al volere dell'istinto. Sento la stretta allentarsi sul mio braccio, ma né io né lui ci muoviamo. A differenza di me, Alessandro sta ancora combattendo una battaglia feroce con se stesso, e sto pensando di convincerlo sfacciatamente a far pendere dalla mia parte l'ago della bilancia, quando lo sento mormorare:

«È bravo a letto, il biondino? È più bravo di me, vero?»

Non riesco a credere alle mie orecchie! Il suo orgoglio è talmente smisurato, da superare qualsiasi sentimento. Per alcuni istanti, mi sono illusa che lui non avesse smesso di amarmi, quando invece devo convincermi di quello che mi ha sempre suggerito la ragione: lui non mi ha mai amato veramente, d'altronde non lo ha mai dichiarato, né dimostrato.

Mi allontano da lui di scatto, e, accecata dalla delusione e dalla rabbia, gli assesto un sonoro ceffone sulla guancia. Mi ha trattata come una prostituta, e questo non glielo posso perdonare. Né riesco più a trattenere le lacrime.

Mi allontano senza guardare dove sto andando, mentre sbatto addosso alle persone, che si affrettano sui marciapiedi. Non è possibile che sia successo davvero: lui che era il mio migliore amico, adesso è il mio peggiore nemico, anzi, un perfetto estraneo, ostile, arrogante, egoista. Non lo riconosco più. Dentro di me, si è rotto qualcosa, un pezzo importante della mia vita, che si era incrinato qualche mese fa a Parigi – un pezzo che io avevo messo da parte, sperando un giorno di farlo tornare come nuovo – è andato in frantumi e non potrà mai essere aggiustato. Mi sento vuota dentro, e non serve neanche pensare a Giacomo. Disperazione, dolore, rabbia, frustrazione. Il mio cuore si rifiuta di battere per qualcuno, è come un automa, non vuole sentire ragioni. Adesso mi rendo conto che l'amore per Giacomo, che fino a ieri mi sembrava immenso, è poca cosa rispetto a quello che ho sempre provato per Alessandro. E che, mio malgrado, provo tuttora. Anche se ho sempre saputo di non essere in grado di amare con la stessa intensità qualcun altro, non avrei mai creduto che ci fosse un divario così grande, incolmabile... Quello che è peggio è che lui non lo merita. Non merita tutto questo amore. Non merita queste attenzioni. Ed io non merito questa sofferenza.

Senza badare a quello che faccio, salgo sulla prima metropolitana in partenza e mi mescolo alla folla. Non mi importa se tutti mi guardano perché piango come una fontana. Un distinto signore mi offre gentilmente il suo posto a sedere e il suo fazzoletto. Non riesco a vederlo bene tra le lacrime, ma lo ringrazio di cuore.

In quell'istante, qualcuno riesce a saltare sulla carrozza, rimanendo quasi incastrato tra le porte che si stanno chiudendo. Mentre la metro inizia a scivolare via veloce, una mano prende la mia per costringermi a sollevare lo sguardo. Alzo la testa e mi stropiccio gli occhi con l'altra mano. LUI! Ancora lui! Sarei tentata di saltargli addosso e sbranarlo come una bestia feroce, per farlo sparire per sempre dalla mia vista.

«Lasciami stare!» sibilo a denti stretti, ritraendo di scatto la mano.

«Alzati, dobbiamo andare! Pam mi ha appena chiamato!» ordina, cercando di convincermi con le buone.

«Il matrimonio è tuo, pensaci da solo!» ruggisco, spinta da un odio, che viene dritto dal cuore.

Lo vedo esitare un attimo. È pallido, il volto teso, lo sguardo inquieto.

«Scusami. Non avevo il diritto di trattarti in quel modo!» mormora, senza guardarmi.

Che cosa? Il vice di Dio chiede scusa?

«Piuttosto, non avevi il diritto di rovinarmi la vita!» ribatto con stizza.

«Ti ho chiesto scusa. Ma adesso andiamo per favore! Portiamo a termine queste commissioni, e poi facciamola finita!» dichiara in tono autoritario.

«Io non vado da nessuna parte con te! Me ne torno a casa!» replico, con tutto il disprezzo di cui sono capace.

«E come fai? Vai al binario nove e tre quarti a King's Cross, come Harry Potter?» mi schernisce.

Lo fulmino con lo sguardo senza rispondere. Poi si china, e la sua faccia è di nuovo a pochi millimetri dalla mia:

«Hai un compito da assolvere e devi essere professionale. Ti prometto che non ti darò più fastidio, e terrò per me le mie idee!»

Mi sta quasi implorando, pur cercando di apparire formale.

«Hai paura che Adriana si faccia delle domande?» chiedo, con l'intento di fargli male.

«Sì,» ammette, senza esitare. «E non voglio farla soffrire per qualcosa che appartiene al passato e che ora non conta più nulla.»

Io non conto nulla. Che animo delicato: ha paura di far soffrire la sua sposina, ma non gli importa nulla di calpestare la mia dignità! Sto per ribattere, ma, per fortuna, la ragione si fa spazio a gomitate e mi suggerisce che è meglio tacere. In teoria, anche per me ora lui non dovrebbe contare più nulla, quindi non dovrei sentirmi offesa dalle sue parole.

«Adriana si sta già facendo delle domande!» non posso fare a meno di aggiungere, mentre mi soffio il naso.

Il suo viso si contrae in una smorfia.

«E tu come lo sai?» chiede in tono asciutto.

«Stamattina mi ha confessato che spesso ha delle spiacevoli sensazioni, come se tra te e lei ci fosse qualcosa che vi impedisce di avvicinarvi completamente. Visto che ti conosco, mi ha chiesto qual è la causa del tuo tormento: una brutta esperienza del passato, una donna…» rispondo, studiando la sua reazione.

Mi piace tenerlo sulle spine.

Sta evitando di guardarmi e resta un istante in silenzio. Poi, domanda con una certa apprensione:

«E tu cos'hai risposto?»

«Che non ne so niente, e che prima d'ora non hai mai avuto una relazione tanto seria da pensare al matrimonio,» ammetto, cercando il suo sguardo.

Mi osserva sorpreso, un'ombra gli passa sul viso, senza che riesca a capire di cosa si tratti.

«Non ho mentito, in fondo. Non mi pareva giusto farla soffrire, solo per soddisfare la mia voglia di vendetta nei tuoi confronti! Lei non ha nessuna colpa,» confesso con sincerità.

Rimane a guardarmi senza parlare per un po'. La metropolitana si ferma, ma noi non ci muoviamo.

«Mi manca tanto la mia migliore amica!» mormora inaspettatamente, mentre l'ombra di un sorriso gli increspa le labbra.

I suoi occhi brillano e ritrovo in essi tutto ciò che ho sempre desiderato.

«Anche a me manca il mio migliore amico!» rispondo, tirando su col naso.

Nello stesso momento, come se fossimo sincronizzati, lui mi tende la mano, io mi alzo e ci ritroviamo abbracciati.

«Sono stato un egoista, un mostro!» borbotta, mentre rimaniamo in piedi, in attesa della fermata successiva.

«Su questo hai ragione!» ribatto ridendo. «Non ti riconoscevo più!»

«Ok, adesso andiamo a mangiare e a brindare alla nostra ritrovata amicizia!» esclama con la familiare aria spensierata, appoggiandomi un braccio sulle spalle.

Lo guardo incredula e mi sento così felice. In pochi minuti, sono emersa dalle tenebre dell'odio e della disperazione, per ritrovare la luminosità e il calore dell'affetto sincero, proprio come la luce del sole che ci attende fuori dalla metropolitana. Mi sento esplodere il cuore dalla gioia, e penso con soddisfazione che ho finalmente recuperato tutti i pezzi della mia vita. O quasi.

Pomeriggio

Di Cassie neanche l'ombra. Nessuno sa dove sia finita. Comincio a stare in pensiero, perché potrebbe essergli capitato un incidente. Alessandro prova a chiamare l'ospedale in cui lavora per informarsi. Pam è furiosa, e, anche se è la sua migliore allieva, ha intenzione di licenziarla, non appena riesca a rintracciarla.

Alessandro si è fatto spostare il turno di lavoro, in modo da potermi aiutare con le commissioni, al posto di Cassie. In realtà, ha confessato che gli fa piacere rimanere insieme a me, dopo tutto questo tempo. Ci concediamo un pranzo veloce, brindiamo alla nostra amicizia – io brindo con del succo d'arancia analcolico, come sempre da due anni a questa parte! – e portiamo a termine il nostro lavoro. Manca solo Don Pietro, che è stato chiamato per celebrare un funerale. E i documenti che ha Cassie.

Abbiamo preso varie volte la metropolitana, passando per Notting Hill, e ritornando verso Marble Arch e Bond Street. Come se mi avesse letto nel pensiero - proprio come ai vecchi tempi - Alessandro alla fine mi ha proposto una sosta rilassante a Hyde Park. Non sognavo altro da stamattina, quando ho visto il sole.

Sarà che sono abituata alla vita all'aria aperta, saranno le mie origini contadine, ma camminare attraverso questa immensa distesa di prato verde e piante, magicamente rivestite dalla dea Primavera, mi distende e mi fa sentire a casa. Respiro a pieni polmoni l'aria fresca e profumata, mentre osservo ammirata le curatissime aiuole, e le persone di ogni età, razza, lingua che si godono questa splendida giornata.

Sarebbe bello sedersi sul prato, ma è ancora troppo bagnato, per le abbondanti piogge dei giorni scorsi. Così, ci sistemiamo su una panchina, un po' distante dai vialetti principali, e assaporiamo la ritrovata familiarità.

«Come procede il tuo lavoro allo studio?» chiede Alessandro, osservando dei bambini che giocano a calcio, indossando le maglie delle squadre londinesi.

«Mi sono spostata nello studio del cugino di Giacomo. Christian mi ha dato seri problemi!» confesso.

«Che tipo di problemi?» domanda, guardandomi negli occhi.

«Beh, all'inizio faceva finta di non conoscermi, poi un giorno ci ha provato e mi ha chiesto di diventare la sua amante, anzi, la sua "puttana", come ha detto lui, per poter continuare a lavorare e a fare carriera!» racconto con disgusto.

«Brutto figlio di...» mormora Alessandro tra i denti.

«Appunto. Per tutta risposta, gli ho fatto vedere delle foto compromettenti, che avevo scattato alla sua promessa sposa insieme al mio caro ex, Samuele!» spiego, tirando fuori il telefono e mostrando le foto. «Ho minacciato di metterle in rete, se lui mi avesse dato fastidio, in qualche modo!»

Ale è sorpreso, ma anche divertito.

«Com'è piccolo il mondo! E come sei stata abile, stavolta. Sei proprio un bravo avvocato!» esclama con orgoglio.

«O una brava criminale ricattatrice, chissà! Comunque, finora l'ho tenuto a bada. Ma stamani mi ha chiamato Samuele. Lui e Debora sono scappati e sono venuti qui a Londra. Pretendeva che li salvassi dalle ire di Christian, che sta arrivando a riprendersi la donna e anche le foto!» aggiungo con stizza.

«E adesso che cosa farai? Christian è un idiota, non è pericoloso, ma ti darà comunque fastidio!» chiede con una punta di ansia.

Mi stringo nelle spalle e rispondo con calma serafica:

«Non ho paura di lui.» E aggiungo con un sorriso: «Inoltre, ci sarai tu a proteggermi. Sei o non sei il mio migliore amico?»

Ale mette la sua mano sulla mia.

«Certo che lo sono!» sussurra, guardandomi con un'intensità, tale da farmi male.

Arrossisco violentemente, senza che lo possa controllare, distolgo lo sguardo, e tento di sdrammatizzare con una battuta:

«Bene. Cerca di non te ne dimenticare!»

In quel momento, un gruppo di ragazzi con una chitarra improvvisa un piccolo concerto. Stanno cantando *She Will Be Loved* dei Maroon 5, lo stesso motivo che avevamo ascoltato insieme a Parigi a Montmartre. Un brivido mi attraversa la schiena e sento un groppo in gola. I ricordi dei momenti felici cominciano a susseguirsi copiosi, uno dopo l'altro, torturandomi con inaudita violenza. L'emozione prende il sopravvento, le note sono così struggenti e il testo è talmente romantico, che una piccola lacrima sfugge al controllo. Provo ad asciugarla senza farmi vedere, ma lui se ne accorge e mi stringe forte la mano. Non ho il coraggio di guardarlo, il cuore pulsa nelle vene.

«Hai sentito il nuovo singolo dei Maroon 5?» chiede, lasciando per un istante la presa, per cercare le sigarette.

«No, non ancora!» mormoro, con la voce che riesco a tirare fuori.

Osservo i suoi movimenti, mentre si fa schermo con le dita, per proteggere la fiamma dell'accendino, poi aspira, socchiude gli occhi, si toglie la sigaretta di bocca, e soffia via il fumo. Conosco questi gesti così familiari, ho sempre ammirato l'agilità e l'eleganza dei suoi modi, sono parte di me. E mi sono mancati così tanto!

Si volta e sorride, con quell'espressione furba e terribilmente sexy, che adoro:

«Ho un amico che mi può procurare dei biglietti per i loro concerti, appena inizierà il tour!» dichiara con falsa modestia.

«Davvero?» esclamo incredula. «Sarebbe un sogno!»

In effetti, ho sempre desiderato andare a un concerto dei Maroon 5, il mio gruppo musicale preferito. E lui lo sa.

«Consideralo già fatto, allora!» esclama, continuando a fumare.

«Grazie!» replico, battendo le mani come una bambina.

Mi faccio trasportare un po' troppo dall'entusiasmo e sto quasi per abbracciarlo, ma mi fermo in tempo.

Intanto, i ragazzi hanno finito con i Maroon 5 e attaccano *I'm on Fire* di Bruce Springsteen, mentre una piccola folla si è raccolta intorno a loro.

Un silenzio pesante è sceso tra di noi, carico di imbarazzo e di parole non dette. Le note e i versi della canzone non fanno altro che rigirare il coltello nella piaga.

Alla fine, decido di rompere il ghiaccio, per animare la conversazione.

«Ti ricordi quando siamo venuti a Londra la prima volta con Andrea e Angela?» domando con nostalgia.

«Certo! Siamo andati ad abitare con quella famiglia strampalata, nel West End, per tutta l'estate! La padrona preparava del cibo immangiabile, e in casa c'era sempre odore di minestra riscaldata! Che incubo!» replica Alessandro, scuotendo la testa.

«Però ci siamo divertiti un sacco, no? Avevi anche trovato la fidanzata ideale!» ribatto, ridendo.

«Chi?» chiede, aggrottando la fronte, nello sforzo di ricordare.

«La cameriera del pub sotto casa!» rispondo in tono di scherno.

«Quella con i baffi e le trecce intirizzite, che sembravano finte?» domanda con un'espressione di ribrezzo.

«Era cotta di te!» sbotto, con le lacrime agli occhi.

«E tu, allora, con Pel di Carota?» obietta, altrettanto divertito.

«Ma dai! Non ho mai saputo dove guardasse, dato che era strabico!» protesto, risentita.

«Però, salutava solo te, ignorando Angela!» insiste, deciso a non mollare.

«Bah! Non sono mai stata fortunata! Ho sempre attratto i ragazzi sbagliati!» esclamo senza pensare.

Nel momento in cui le parole escono di bocca, le vorrei riportare indietro o annientare, per evitare che risuonino così rumorosamente nell'aria. Ma ormai mi sono lasciata trascinare dall'entusiasmo e la frittata è fatta. Cala immediatamente un silenzio ancora più pesante del precedente, non riesco a guardarlo, neanche di sfuggita. Per fortuna, i Deep Purple accendono il suo Blackberry, e tiro un sospiro di sollievo. Adriana lo sta chiamando per chiedergli qualcosa a proposito di un paziente, e la conversazione è piuttosto breve, ma mi offre comunque l'occasione di cambiare discorso.

«Allora, come hai conosciuto Adriana? Sul lavoro?» chiedo con tranquillità.

«Sì,» ammette, aspirando la sigaretta a lungo. «Siamo stati assunti nello stesso periodo, ma in reparti diversi. Poi, grazie a Frank, il primario che hai conosciuto a Parigi, abbiamo iniziato a collaborare, e piano piano abbiamo cominciato a frequentarci.»

Fa una breve pausa, getta la sigaretta, la spenge, calpestandola, e lascia vagare lo sguardo lontano.

«Lei si è innamorata a prima vista di me, ma io non l'avevo neanche notata. Era carina, è vero, gentile, disponibile, ma era solo una collega. Avevo altro per la testa!» mormora, con un'espressione triste.

Sento una fitta allo stomaco. Mi rendo conto che deve aver passato un brutto periodo, quando era senza soldi, senza un lavoro sicuro ed era lontano da casa, da me...

«Quando siamo arrivati a Parigi, lei mi è stata molto vicina dopo che...» la voce si spezza, e non riesce a continuare.

«... Dopo la nostra discussione!» sussurro, terminando la frase al posto suo.

Annuisce e fissa lo sguardo in un punto imprecisato.

«Col tempo, ho capito che Adriana mi fa stare bene, compensa le mie mancanze, accetta i miei difetti, e riesce a smussare i lati spigolosi del mio carattere. È dolce e comprensiva, mi ama con dedizione, e io amo lei,» conclude, passandosi una mano tra i capelli.

Questa splendida dichiarazione d'amore nei confronti della sua donna crea un vuoto inspiegabile dentro di me. Dovrei essere felice per lui, perché così deve essere tra amici.

«Mi fa molto piacere che tu abbia trovato la ragazza giusta!» rispondo con enfasi, per essere convincente, più che altro nei confronti di me stessa.

«Già,» ammette laconico.

Ancora silenzio, rotto solo dal canto degli uccellini e dalle grida dei bambini che giocano. I ragazzi che cantavano si sono allontanati.

«E tu? Come va con Giacomo?» chiede a denti stretti, come se gli costasse una gran fatica parlare, e dovesse farlo per educazione.

«Alla grande. Stiamo progettando di sposarci!» non posso fare a meno di rispondere.

Un secondo dopo mi chiedo perché ho reagito in questo modo. Sembra che vi sia una specie di gara in corso per stabilire chi si sposa per primo, chi è più felice e innamorato.

Lentamente, si volta e mi guarda, il suo viso è impenetrabile, anche se i suoi occhi sono velati da una tristezza che non dovrebbe appartenere a un uomo in procinto di sposarsi.

Non risponde, si limita a fissarmi per lunghissimi istanti, finché abbasso la testa e distolgo lo sguardo, rossa in volto per l'imbarazzo.

Il mio telefono finalmente vibra, salvandomi da questa situazione increciosa.

«Sono Cassie! Mio Dio, sono rimasta chiusa in un ascensore di Soho per tre ore! Non c'era campo per telefonare, e nessuno veniva ad aiutarci. Ho pensato di morire!» urla agitata, mentre la sento correre.

«Chiama subito Pam! È infuriata!» rispondo con premura.

«Mi licenzierà, vero?» chiede in tono piagnucoloso.

«Telefona subito, poi vedrò che posso fare!» le ordino, mentre mi meraviglio di me stessa e del mio spirito caritatevole.

Non so perché sono sempre ben disposta ad aiutare gli altri, quando in cambio ricevo solo insulti, mi caccio nei guai o, nel migliore dei casi, non ottengo nulla, neanche un grazie. Così mi ritrovo ogni volta ad affrontare i miei problemi da sola, senza che nessuno abbia qualche scrupolo di coscienza, si senta in dovere di contraccambiare, e si preoccupi di darmi una mano.

«Dove sei, adesso?» domanda ancora, ansimando.

«Hyde Park. Ti aspetto al Serpentine. D'accordo?» concludo sbrigativa.

«Ok! Volo!» urla, prima di riattaccare.

Mi alzo dalla panchina e chiamo Viola spiegandole la situazione. Mi dà istruzioni per altre commissioni e mi chiede di sfuggita come va. Sa che non posso parlare. Mi limito a rispondere che è tutto sotto controllo, anche se non ne sono tanto sicura.

Mentre termino la conversazione, mi accorgo che Alessandro è al mio fianco e mi sta offrendo una gomma da masticare.

«Non dovresti darmi una schifezza del genere! Sei un medico, e sai che in questo modo si rovinano i denti!» esclamo in tono scherzoso.

«È un modo come un altro per farsi dei clienti, non trovi?» ribatte, ridendo.

È così bello vederlo ridere. Ed è ancora più bello averlo di nuovo accanto.

Interrompo il corso assurdo dei miei pensieri e mi focalizzo sul da farsi.

«Cassie è rimasta chiusa in ascensore. Sta arrivando. Le ho detto di incontrarci al Serpentine,» dichiaro con aria seria.

«Sta bene?» mi chiede in tono professionale.

Il medico prende subito il sopravvento: la sua vocazione, la sua passione per il lavoro vengono prima di tutto il resto. Venivano prima di me, e vengono anche prima di Adriana. Forse lei riesce ad accettare questo lato della sua personalità, dato che anche lei è un medico. O, forse, semplicemente, si è rassegnata.

«Mi sembrava di sì, anche se era parecchio agitata. Ma questo è più che altro da imputare alla paura di essere licenziata,» rispondo, in tono altrettanto professionale.

«Le darò comunque un'occhiata, appena arriva. Non si sa mai!» aggiunge con aria grave.

Lo osservo per un istante, e poi confesso:

«Sai che incuti timore, quando assumi quell'espressione da luminare?»

Alessandro scoppia a ridere e mi abbraccia, baciandomi sulla testa come ai vecchi tempi.

«Davvero ho l'aria del professorone?» chiede divertito.

«Sì, giuro!» esclamo convinta. «Proprio come quel prof di scienze al liceo, come si chiamava?»

«Rossi! Quello a cui il tuo compagno di classe, Martino, bruciò la mano con l'acido cloridrico?» domanda, facendosi travolgere dai piacevoli ricordi adolescenziali.

«Lui! Proprio lui!» esclamo, piangendo quasi dal ridere.

Nel frattempo, siamo arrivati nei pressi del ponte sul Serpentine. Ci fermiamo, appoggiandoci alla balaustra, mentre i salici, mossi dalla brezza leggera, accarezzano le acque placide, su cui nuotano allegre anatre selvatiche.

«Davvero gli assomiglio? Sono così brutto?» chiede con aria di finta disperazione.

«No, tu sei bellissimo! È solo che...»

Accidenti! Le parole mi muoiono in gola, nel momento stesso in cui le pronuncio. Arrossisco e provo ad aggiungere qualcosa, per aggiustare il tiro, ma sono bloccata. L'aspirante avvocato si è lasciata sfuggire ciò che non doveva, e non riesce a rimediare. Quale futuro potrà mai avere?

Il braccio di Alessandro scivola via dalle me spalle, e immagino che lui non abbia gradito la mia uscita, tanto sincera quanto infelice. Le sue dita mi sfiorano il mento, e mi costringono ad alzare la testa e guardarlo. Il cuore rischia di uscire dal petto e tuffarsi nel lago, tanto forte è l'impatto dei suoi occhi nei miei. Non posso sbagliarmi: c'è desiderio, là dentro, un desiderio così grande e impellente, a cui non credo di riuscire a resistere, perché ha la stessa portata del mio. Non serve più a nulla pensare a Giacomo, a quanto bene gli voglio, a quanto sia dolce, carino, perfetto, forse troppo perfetto, eppure incapace di frenare la mia follia. Il mio destino è la mia dannazione, e non posso più far finta che vada tutto bene. La mia vita è una serie di sbagli, e quello che sto per fare probabilmente sarà il più grande. Ma non riesco a soffocare un sentimento che è più forte di me.

Sto tremando di desiderio, mentre le labbra di Alessandro sono vicinissime alle mie. Lo odio per avermi lasciata sola, perché ogni istante senza di lui è come essere senz'aria. Lo amo più di me stessa, ma questo l'ho sempre saputo, nonostante i difetti, le mancanze, gli errori. Non c'è altra possibilità, non posso e non devo ingannare, illudere o ferire più nessuno.

«Stiamo entrambi per sposarci...» sussurra appena, accarezzandomi la guancia fino a sfiorarmi il collo.

Il suo tocco mi toglie il respiro e non sono più capace di ragionare. Quante volte ho sognato il suo viso, le sue mani, la sua voce!

«Non mi importa niente!» ribatto sfacciata, mentre mi abbandono alla sua stretta.

«Cosa ne sarà di Giacomo?» domanda, in un ultimo, disperato tentativo.

«Cosa ne sarà di Adriana?» chiedo di rimando, con aria di sfida.

Per un breve istante, si scosta appena da me e mi guarda ancora più intensamente. Il suo respiro è irregolare, sta quasi ansimando per tenere a bada l'istinto.

«Non hai paura?» domanda ancora, con la voce rotta dall'emozione.

«Tantissima. E tu?»

«Non ho mai avuto paura, se non quella di perderti!» confessa con ardore.

Mi viene da piangere: è la più bella dichiarazione d'amore che abbia mai sentito.

«Ma tu sapresti accettarmi, così come sono? Se non hai voluto a Parigi, come puoi volerlo ora? Come puoi avermi perdonato?» insiste.

Sto per rispondere che, in questi mesi, ho capito tante cose, e sono disposta ad accettare tutto di lui, e a correre qualsiasi rischio, pur di non perderlo, quando arriva Cassie, trafelata. Io e Alessandro ci allontaniamo all'istante l'uno dall'altra, cercando di ricomporci, anche se le nostre facce e le nostre espressioni sono piuttosto eloquenti. Lì per lì, Cassie non sembra badarci molto. È sconvolta per la brutta esperienza e per la corsa. Senza fiato, riesce a mormorare che Pam al telefono era molto irritata, ma non l'ha ancora licenziata.

Alessandro, nel frattempo, ha ripreso il controllo, le tende la mano, si presenta e la invita a sedersi un istante, per verificare il suo stato di salute. Le tasta il polso, le osserva gli occhi, le fa muovere la testa e le pone alcune domande. Cassie lo guarda con stupore e ammirazione. Sembra lusingata dalle attenzioni di questo bel ragazzo.

«Lei è lo sposo, dunque?» chiede con un filo di voce, gettandomi un'occhiata interrogativa.

«Sì, ma puoi chiamarmi Alessandro, senza tante formalità,» risponde lui, con uno dei suoi sorrisi disarmanti.

L'aiuta a rialzarsi, e la invita ad andare a prendere qualcosa da bere e da mangiare.

«Cassie, hai tu i documenti?» domando, sforzandomi di essere lucida, pur con il cuore ancora in tumulto.

«Credo di sì! Non ho aperto la borsa, comunque controllo!» si affretta a rispondere.

Dà una rapida occhiata, abbozza un timido sorriso, e il viso riprende un po' di colore.

«È tutto a posto, per fortuna. Dobbiamo telefonare a Don Pietro e...»

«Puoi andare tu con Alessandro, per favore? Io devo sbrigare altre commissioni per Viola e incontrare il titolare del ristorante, che si occuperà della cena!» la interrompo, con aria sbrigativa.

Lancio una rapida occhiata ad Alessandro, che si sta accendendo un'altra sigaretta.

«Beh, ok. Possiamo farcela, giusto?» chiede Cassie, rivolta verso di lui.

Alessandro sorride e fa un cenno di assenso. Poi fissa i suoi occhi nei miei, mentre soffia via il fumo. Restiamo immobili per lunghi, interminabili istanti, parlando con lo sguardo, come ammaliati l'uno dall'incantesimo dell'altra. Nessuno di noi due accenna a muoversi. A un certo punto, Cassie ci interrompe, schiarendosi rumorosamente la voce. È in evidente imbarazzo e sta cercando di apparire indifferente, anche se mi rendo conto che non è facile. Arrossisco e fingo di armeggiare col telefono, per mascherare la tensione. Sto per congedarmi e salutare, ma Alessandro si volta verso Cassie con gentilezza.

«Ti dispiace aspettarmi un attimo, per favore?» le chiede, determinato, con un sorriso.

«No, no! Prego!» risponde lei, guardandomi confusa.

Lui si avvicina e mi tira in disparte.

«Fra un paio d'ore, dovrò rientrare in ospedale fino a tarda notte. Chiamami, appena avrai finito, così cercherò di liberarmi e potremo andare a bere qualcosa insieme,» sussurra. «Ma, soprattutto, potremo terminare il nostro discorso...» aggiunge, guardandomi con una dolcezza infinita, nella quale rischio di affogare.

Abbasso la testa e getto un'occhiata a Cassie, che finge di guardare le anatre. Meno male che non capisce l'italiano – anche se le nostre espressioni credo che lascino spazio a pochi dubbi.

«Ok, ci proverò,» mormoro.

Mi allontano a malincuore.

Mi sento così male e bene allo stesso tempo!

Mi sento male, perché i sensi di colpa mi stanno uccidendo. Soprattutto, nei confronti di Giacomo. Dopo tutto quello che gli ho fatto passare, finalmente stiamo insieme da quasi un anno, e ieri gli ho addirittura dato la conferma di volerlo sposare. Ha sempre saputo che non lo avrei mai amato tanto quanto Alessandro, ma, in qualche modo, se ne è fatto una ragione, e ora considera la storia passata e definitivamente conclusa. Non mi ha mai obbligato, né fatto pressioni di alcun genere, si è limitato ad amarmi con tutto se stesso, dedicandomi anima e corpo. E questo sarebbe il mio modo di ricambiarlo!

Mi sento in colpa anche nei confronti di Adriana: la conosco appena, ma sembra una brava ragazza e non si merita una simile pugnalata alle spalle.

D'altronde, come dice il proverbio, in amore e in guerra tutto è lecito.

E ritrovare la passione e l'amore di Alessandro mi dà la forza per superare qualsiasi ostacolo. Anche la paura di poterlo perdere di nuovo. Infatti, non mi importa più nulla della sua instabilità, del suo carattere ribelle e volubile, dei suoi difetti: stare lontana da lui è insopportabile, niente e nessuno riesce a colmare la distanza, e non posso permettermi di accontentarmi di un palliativo. Ho provato a convincermi che Giacomo potesse reggere il paragone, e che, col tempo, avrei apprezzato più lui di Alessandro. Invece, non è così. Nonostante tutto il male che mi ha fatto, non posso fare a meno di crogiolarmi nella certezza che lui mi ama, anche se a modo suo. La passione che nutre per me non si è spenta col trascorrere del tempo, come ci si potrebbe aspettare da uno come lui, ma, anzi, è cresciuta a dismisura. Ha perfino confessato di essermi rimasto fedele per tutto il tempo che era stato lontano da me! E questo basta ad annientare tutte le mie difese, a smontare tutte le accuse nei suoi confronti, a farmi perdere completamente la testa. Lui è la mia dannazione, il demone che ha corrotto irreparabilmente la mia anima e ha deviato le mie facoltà mentali, rendendo inutile ogni lotta, ogni singola battaglia. Non posso fare altro che gettare le armi e arrendermi.

Sera

Sono esausta. Eppure, sono scesa a Westminster e mi trovo davanti al Parlamento, mentre il Big Ben annuncia solennemente che sono le sette. Mi lascio cullare dalla sua dolce, inconfondibile sinfonia, e resto immobile sul marciapiedi affollato, con lo smartphone in mano, combattuta tra il desiderio incontrollabile di chiamare Alessandro per rivederlo, e la voce imperiosa della coscienza, che mi ordina di lasciar perdere.

Infatti, intanto che gironzolavo per Londra, in queste ore, la ragione ha ripreso a funzionare, anche se non a pieno regime, ancora ostacolata da un istinto primordiale e folle. Mi sono finalmente resa conto dell'avventatezza del mio comportamento. A Parigi – forse proprio perché mi sentivo tradita e abbandonata – ho scoperto di amare Giacomo, e lui ha perfino lasciato la sua compagna per me. Io sono la ragazza di cui è innamorato da anni, sono tutta la sua vita, il resto non conta. Ma io amo Alessandro, da sempre, anche se non è facile conciliare i nostri caratteri. Quindi, entrambi abbiamo cercato altrove la stabilità che ci manca. Tuttavia non basta. Non si può mettere a tacere il cuore, non si può soffocare la passione. Solo ora capisco quanto mi sia sbagliata, quanto la rabbia abbia fuorviato le mie scelte. Ma, soprattutto, quanto la paura di soffrire abbia inibito il mio spirito di iniziativa, illudendomi di poter tenere a bada un amore che supera i limiti di ogni immaginazione. Non è mai passato un giorno senza che non pensassi ad Alessandro almeno una volta, che non ricordassi qualche episodio insieme a lui, che non rammentassi il suo sguardo, la sua voce, il suo sorriso... Credevo che ciò accadesse perché mi mancava la sua amicizia, perché ormai ero abituata fin dalla nascita alla sua presenza, perché ci eravamo lasciati in maniera brusca e lui mi aveva tolto persino il saluto. Ero convinta di star male perché lo avevo deluso, mettendomi con Giacomo in sua assenza, così come lui aveva deluso me, lasciandomi sola per troppo tempo.

Il cuore che batte come impazzito mi fa capire quanto sia stata cieca e sorda ai suoi richiami. Se avessi riflettuto, se non avessi avuto paura, se non avessi coinvolto Giacomo, cercando egoisticamente un rifugio sicuro dalle tempeste dell'anima, adesso potrei anche azzardare un ultimo tentativo... Ma, obiettivamente, Alessandro si sposa tra tre giorni, io a breve. Come si può mandare all'aria tutto, e fingere che non sia successo nulla? Può una passione insana come la nostra avere ragione su tutto il resto? Sinceramente, il mio cuore continua a urlare di sì, che non posso più permettermi sbagli, a costo di seguire Alessandro in capo al mondo, pur di non perderlo. La ragione, invece, mi invita a riflettere e a ponderare bene la situazione.

Chiudo gli occhi, mentre il pollice resta sospeso sul numero da comporre. Basta un tocco. Le gambe tremano e il cuore martella nelle orecchie. Deglutisco a fatica e lascio scivolare il dito sul display. Prego che non mi risponda, oppure che non si possa liberare dagli impegni, oppure che abbia cambiato idea... Mi appello vigliaccamente a qualsiasi divinità, cercando un appiglio, un alibi, un segnale che mi aiuti a tirarmi indietro, finché sono in tempo e non sia troppo tardi.

«Dove sei?» mormora, invece, con la sua voce sensuale.

«Westminster» rispondo, obbediente come un automa.

«Prendi la Circle Line e aspettami alla stazione di Notting Hill Gate. Appena arrivo, ti chiamo,» ordina, deciso.

Scendo nel sottopasso per infilarmi nei sotterranei di Londra, bui e tortuosi come i meandri della mia anima. Quando giungo nei pressi del binario, c'è un treno in partenza, ma preferisco attardarmi e aspettare il successivo, tra pochi minuti. Mi concentro sui miei impegni, e chiamo Viola per distrarmi. Pare che lei e Pam stiano ancora discutendo sulla forma di certe tartine. La sua voce al telefono è piuttosto tesa, ma sento che riesce a controllarsi. Comunque, la giornata volge al termine, e domani potremo avere più spazio per lavorare senza bisogno della wedding-planner. Almeno lo spero, per i nervi di Viola.

Salgo su una carrozza particolarmente affollata, tanto che a stento riesco a respirare. Man mano che mi avvicino alla fermata, l'ansia mi attanaglia sempre di più, e all'improvviso mi chiedo che cosa sto facendo. Tutto mi appare inverosimile, con la parvenza trasfigurata di un sogno assurdo, di cui pretendo di essere la protagonista. Un sogno che considero reale, quando invece non lo è. Il tempo è trascorso inevitabilmente, e le cose sono cambiate, non posso fare finta di nulla.

Quando le porte si aprono, mi sembra di essere come nel film *Sliding Doors*, in cui si vedono i due diversi svolgimenti della stessa vicenda, quando la protagonista riesce a prendere la metropolitana, e quando invece non fa in tempo a salire.

La voce metallica dall'altoparlante avverte: «*Mind the gap*». Ma non è lo spazio vuoto tra il binario e il marciapiede il vero pericolo. L'odore acre dei binari mi confonde, e vengo quasi travolta dall'ondata di folla, che mi trascina verso l'uscita. Non passano che pochi istanti, e il mio telefono vibra.

«Voltati a sinistra, e guarda il cartellone del cinema in alto!» mi guida con fermezza.

Ci sono migliaia di persone qua dentro, che si muovono veloci, come tante formiche di un immenso formicaio. Eppure, il profilo di Alessandro è inconfondibile. Mi sorride e alza una mano in cenno di saluto, mentre mi viene incontro a grandi passi. Nonostante gli odori si mescolino tra loro, perdendo ciascuno la propria identità, il suo profumo mi penetra prepotente nelle narici in tutta la sua intensità, fino stordirmi. Ha l'aria stanca, ma i suoi occhi brillano, quando incontrano i miei.

«Vieni,» dice, prendendomi per mano. «Qua fuori c'è un pub dove fanno una pasta degna dei migliori ristoranti italiani!»

Scivoliamo velocemente tra la folla ed emergiamo nel marciapiedi affollato di Notting Hill Gate, la strada del quartiere residenziale. Facciamo pochi passi ed entriamo in un locale debolmente illuminato da piccoli candelieri a forma di corona, con i tavoli in legno scuro, e alle pareti immagini di partite di calcio. Si sente odore di birra e di patatine fritte, ma, nonostante ci siano molti avventori, l'atmosfera è piacevolmente rilassata, mentre scorrono le note di brani musicali degli anni '80 e '90.

Ci accomodiamo a un tavolo d'angolo, vicino a una specie di piccolo palco, dove probabilmente più tardi suonerà qualche gruppo dal vivo.

«Allora, pasta al pomodoro?» mi chiede Alessandro, quando arriva la cameriera.

«Per me va benissimo!» rispondo, cercando di mascherare il disagio con un sorriso.

«E il cheese-cake! Qui lo fanno buonissimo, sentirai!» aggiunge con l'acquolina in bocca.

Non amo il cheese-cake, ma non voglio contraddirlo. Mi limito ad annuire. Chiedo l'acqua per me, lui ordina una birra.

Quando la cameriera si allontana, scende di nuovo il silenzio tra noi, mentre Annie Lennox intona *There Must Be An Angel*.

«Mi dispiace, ti avrei voluto portare in un ristorante come si deve, ma ho poco tempo, devo rientrare in ospedale. Potrebbero chiamarmi da un momento all'altro!» si giustifica, prendendomi la mano appoggiata sopra il tavolo e facendomi sussultare.

Alzo lo sguardo su di lui e arrossisco. Il cuore, che già andava a mille all'ora, pulsa vistosamente sul mio polso a una velocità impressionante.

«Non ti preoccupare. Qui va benissimo. Sai che odio i locali sofisticati, dove bisogna stare ingessati!» rispondo, cercando di rendere l'atmosfera meno tesa.

Alessandro sorride con quella sua espressione irresistibile, e, soprattutto, senza staccare gli occhi dai miei, mentre la sua mano calda stringe con dolcezza la mia.

«Mi sei mancata, Betty!» mormora con voce roca, mentre Howard Jones canta *What is Love*.

Trattengo il respiro e un brivido mi attraversa la schiena. Sento esplodere come un fuoco dentro e avrei voglia di abbracciarlo. Lui sofferma il suo sguardo sulle mie labbra e le osserva con bramosia, prima di aggiungere:

«Non ho mai smesso di pensare a te e di sperare che un giorno...»

La voce gli muore in gola, deglutisce a fatica, abbassa lo sguardo e lascia la mia mano. Si mette a giocherellare nervosamente con il bicchiere ancora vuoto, forse aspettando che io dica qualcosa. Ma non ci riesco. Sono come paralizzata dalla sua presenza.

Quando alza gli occhi, ho un tuffo allo stomaco. Un'enorme sofferenza è dipinta sul suo volto e di nuovo appare quella ruga, che avevo visto per la prima volta a Parigi. Non sopporto di vederlo così, e farei qualsiasi cosa pur di cancellare quel velo di dolore. Stavolta, sono io a prendergli la mano, allungando il braccio sul tavolo.

«...Ho sempre sperato che un giorno saremmo tornati insieme, perché siamo fatti l'uno per l'altra,» prosegue a fatica. «Però, quando mi sono reso conto di quanto ti abbia fatto soffrire con la mia instabilità e il mio egoismo, ho deciso che ti avrei lasciata in pace per sempre, perché solo lontana da me potrai stare bene. Sei stata tu a dirmi che, quando si ama, si desidera che l'altro sia veramente felice.»

Riesce appena a parlare, ha gli occhi talmente lucidi che sembra sul punto di piangere, e lo sono anch'io. Sto per obiettare che non mi importa, quando, con enorme sforzo, aggiunge:

«Avevi ragione. Giacomo è dolce, gentile, disponibile, ti ama ed è disposto a qualsiasi sacrificio, purché tu sia al suo fianco e sia contenta. Lui è l'uomo adatto a te, perché non potrebbe mai farti del male!»

«No, Ale, non è vero!» non posso impedirmi di esplodere. «Anche se mi hai fatto soffrire, stare lontana da te è di gran lunga peggiore! Non posso vivere senza te! Non posso più fare finta che tutto vada bene! Non posso pretendere di sposarmi con un uomo per cui provo grande affetto e rispetto, quando il mio cuore, la mia anima, la mia mente, il mio corpo appartengono a un altro!» esclamo a voce un po' troppo alta.

Per fortuna i Duran Duran urlano *Wild Boys*, coprendo in parte il mio sfogo, anche se qualcuno intorno si volta a guardarmi. Non riesco a impedire alle lacrime di scorrere sul viso, mentre Ale le asciuga dolcemente con le dita e mi guarda con tristezza.

«Non sopporto di vederti soffrire per causa mia! E non sopporto di vederti piangere!» mormora con un sospiro, rievocando con le sue parole i ricordi del tempo felice, che vorrei disperatamente rivivere adesso.

«La colpa è solo mia che ti ho respinto, quando sei tornato a Parigi!» sbotto, adirata con me stessa. «Sapessi quante volte, in quei pochi giorni, ho pensato di mollare tutto e tutti e tornare da te, affrontando i rischi e scacciando la paura di perderti ancora. Quella... Quella sera al Ritz,» ricordo con dolore, «quando c'è stata la premiazione, ho rifiutato lo stage perché volevo stare lontana da te, dato che tu respingevi persino la mia amicizia. Mi sono sentita abbandonata, è venuta a mancare la parte più importante della mia vita!»

Trattiene il respiro per un istante, poi scuote la testa con un altro sospiro.

«Quella stessa sera, quando ti ho vista esitare davanti a tutti e ho incontrato il tuo sguardo, ero determinato a fare qualsiasi cosa pur di riaverti, anche un gesto plateale in pubblico. Poi, però, ho pensato che mi avresti odiato per questo, e in quel momento è arrivato Giacomo, a stringerti fra le braccia...» confessa con amarezza.

La cameriera serve la pasta, gettandoci un'occhiata di sfuggita ed eclissandosi in fretta. Non ho fame, lo stomaco è chiuso da una morsa di dolore. Ironia della sorte, i Roxette cantano *It Must Have Been Love*.

«E adesso che facciamo?» chiedo disperata.

La mano di Alessandro stringe ancora più forte la mia. Infine, un timido sorriso gli illumina il volto.

«Io direi di mangiare, finché la pasta è calda. Il nonno diceva sempre che, a pancia piena, si riesce a ragionare meglio!» risponde con la sua abituale ironia.

«Non ho fame!» ribatto, piccata come una bambina.

Mi guarda con apprensione, poi aggiunge in tono determinato:

«Elisabetta, dobbiamo farcene una ragione: abbiamo perso la nostra occasione, anzi, le occasioni che ci sono state date, e dobbiamo rassegnarci. Non c'è più nulla da fare, tranne salvare la nostra amicizia!»

«Se fino a qualche mese fa l'amicizia non ti bastava, come puoi accontentarti adesso?» chiedo adirata, come se lui non combattesse abbastanza per risolvere la situazione.

«Non mi accontento neanche adesso!» ribatte asciutto. «Ma è sempre meglio che perderti del tutto!» sussurra, abbassando gli occhi.

Le parti si sono invertite: adesso sono io a pretendere tutto, mentre lui si fa bastare le briciole.

Phil Collins canta dolcemente *One More Night*, e penso che pagherei qualsiasi cosa per avere a disposizione una sola notte, pur di allentare questa morsa di dolore che mi toglie il respiro.

Il suo *BlackBerry* inizia a vibrare. Lentamente, senza staccare gli occhi dai miei, solleva il telefono, risponde a monosillabi e termina la conversazione quasi subito.

«C'è un'emergenza e mi devo sbrigare. Avanti, mangia e poi ti accompagno!» mi esorta con dolcezza.

Prendo la forchetta e la porto alla bocca. La pasta è veramente buona, ma non riesco a gustarla come dovrei. Tengo lo sguardo sul piatto, mentre restiamo senza parlare, circondati dal vociare allegro degli altri avventori e dalle note sensuali di *Purple Rain* di Prince.

Alessandro chiede alla cameriera di portare il dolce e il conto alla svelta, dato che lo stanno chiamando di nuovo al telefono con urgenza. Assaggio appena il dolce e ci affrettiamo ad uscire, proprio mentre Craig David intona malinconicamente *Walking Away*.

Alessandro è sempre incollato al *BlackBerry*, e questo da un lato mi solleva, perché non sono costretta a parlare. A questo punto, preferisco andarmene e lasciar perdere, anche se non so che piega prenderà la mia vita, da ora in poi. Infatti, per la prima volta, so cosa voglio, anche se sono pienamente consapevole che non potrò mai averlo. Ma questa non è una novità, è una prassi ormai collaudata, quando si tratta di me e della mia felicità.

Siamo all'entrata della stazione della metropolitana, e, senza interrompere la sua conversazione, gli prendo la mano, gli sfioro la guancia con un bacio e faccio un cenno di saluto. Lui mi trattiene con decisione e mi invita ad aspettare. Invece, mi libero dalla presa e mi avvio in fretta dentro la stazione. Le lacrime scorrono di nuovo sul viso senza che possa frenarle, e mi impediscono di vedere dove sto andando. Tutto è nebbioso e confuso, nelle luci opache dei sotterranei, in mezzo alla folla che a quest'ora è un po' meno pressante. Un treno è appena arrivato e si aprono le porte. La voce metallica ripete «*Mind the gap*», ma io non riesco a sfuggire al vuoto orribile che ho nell'anima.

Sto per salire, quando una mano afferra il mio braccio con determinata dolcezza e mi costringe a voltarmi. Non faccio in tempo a rendermene conto e mi ritrovo fra le braccia di Alessandro. All'improvviso, il mondo scompare e ci siamo solo noi. La sua stretta è calda e avvolgente. Vorrei che il tempo si fermasse e potessimo rimanere per sempre insieme. Invece, la vibrazione insistente del suo telefono interrompe il momento magico. Un pensiero mi attraversa rapido la mente: potremmo scappare via, far perdere le nostre tracce e andare a vivere su un'isola deserta tutta per noi. Però, la vita reale è molto più prosaica. Con quali soldi potremmo andarcene e provvedere al nostro sostentamento? Dove finirebbero tutti i sacrifici che abbiamo fatto per le nostre rispettive carriere? Che cosa ne sarebbe dei nostri legami sentimentali? E come combattere coi sensi di colpa? Vengo assalita di nuovo da una rabbia incontrollabile, mentre mi perdo nello sguardo intenso del ragazzo meraviglioso che mi stringe a sé. La consapevolezza di suscitare in lui sentimenti così potenti riesce a darmi la forza per andare incontro al futuro, qualunque esso sia.

Lentamente avvicina il viso al mio, e l'istinto mi spingerebbe a fare lo stesso. Invece, con uno sforzo enorme, mi stacco da lui e mi allontano senza guardarlo, salendo sul treno in partenza. Le porte si chiudono alle mie spalle, come se volessero proteggermi dal dolore. Chiudo gli occhi e cerco di non farmi travolgere dall'ansia provocata dal cuore in tumulto e dalla mente in subbuglio. Che cosa farò adesso? Come dirò a Giacomo che non ho intenzione di sposarlo, anzi, che non sono in grado di portare avanti la nostra relazione, come avevo sperato?

Inspiro ed espiro per mantenere il controllo dei nervi. Dopo poco, scendo dal treno e riemergo nel tramonto tardivo di una città sempre in fermento. La luce del crepuscolo ammanta a ovest lo sfondo di Hyde Park. Il telefono vibra. *Lupus in fabula.* È Giacomo.

«Come stai, splendore?» chiede con la sua voce sensuale.

«Stanchissima,» rispondo sinceramente. «E tu?»

«Se tutti i clienti fossero come questo, l'azienda dovrebbe pagarci lo psicanalista, perché ci sta mandando fuori di testa!» sbotta spazientito.

Non posso fare a meno di sorridere. Questo è Giacomo, l'approdo sicuro dalle tempeste che imperversano nella mia anima.

«Ma tu sei già fuori di testa!» esclamo divertita.

«Sì, per colpa tua!» ribatte con malizia.

Mi sento avvampare, ma il senso di colpa si insinua malignamente a oscurare il piacere suscitato dalle sue parole. Compiacimento e voglia di essere lusingata: ecco di che cosa ha bisogno il mio egoismo per farmi sentire al sicuro. Questa consapevolezza mi spaventa, perché è la prova che sono un mostro cinico e spietato!

«Quando arrivi?» chiedo con premura, cercando di recuperare la parte migliore di me - ammesso che l'abbia mai avuta.

«Spero di partire domani pomeriggio, al massimo prendo il primo volo venerdì mattina!» risponde con un sospiro.

Tento disperatamente di convincermi che la sua presenza riuscirà a farmi ragionare e a rimettere tutto a posto. Forse ce la posso fare ad andare avanti, se lui mi sta vicino e mi protegge con la forza del suo amore. Forse non sono poi così perfida e insensibile...

Rientro nell'appartamento avvolto nel silenzio. Sgattaiolo nella mia camera e mi butto sul letto così come sono. Sono stremata dalla fatica del lavoro e, soprattutto, dal logorio psicologico. Che cosa devo fare? Che decisione prendere? Forse sarebbe meglio se sparissi dalla circolazione: potrei andare a vivere in un altro Paese e ricominciare da capo. Però, addio carriera, e, soprattutto, addio sogni. E poi, riuscirei a cancellare quello che c'è nel mio cuore? Non credo proprio! Ovunque io vada, qualunque cosa faccia, porterò sempre con me il pesante fardello che opprime la mia anima. Mi sento in trappola, senza via d'uscita e l'inquietudine cresce a dismisura, man mano che ci rimugino sopra. Alla fine, la stanchezza prende il sopravvento e mi addormento, mettendo in stand-by tutti i miei pensieri.

3 Maggio 2012, Giovedì

Mattina

Qualcuno mi sta accarezzando dolcemente per svegliarmi. Apro appena gli occhi e vedo il viso di Alessandro vicinissimo al mio, gli occhi ardenti di passione. Si china e mi bacia con dolcezza, dapprima lentamente, poi le sue labbra diventano più avide, le sue mani si allungano sul mio corpo, e io mi avvinghio a lui, affondando le dita nei suoi capelli, stringendolo a me con forza. Un piacevole languore mi solletica lo stomaco e ho tanta fame di lui. Mi sento così importante e potente, perché riesco a suscitare in lui un desiderio folle quasi quanto il mio, a dispetto di tutto e di tutti. Io voglio lui e lui vuole me...

In quel momento il telefono vibra. Chiunque sia, può andarsene al diavolo! Ma non serve ignorarlo. Il fastidioso ronzio insiste, e sono costretta ad aprire gli occhi. Solo ora mi rendo conto che sono da sola nel letto e che stavo sognando. Provo una delusione cocente, che mi compromette l'umore appena sveglia. Allungo il braccio per prendere il telefono sul comodino e vedere chi mi ha chiamato per tre volte. È un numero che non conosco e non è memorizzato. Magari è qualcuno che ha sbagliato. Altrimenti, mi richiamerà.

Prima di alzarmi, faccio mente locale e cerco di rammentarmi gli impegni di oggi. Stasera arriveranno Margherita, Antoine e Nicola, oltre a Giacomo. Stamattina, probabilmente, avrò un po' di tregua, a meno che non capiti qualche imprevisto, o che Viola abbia dei problemi con Pam. Nel pomeriggio, dovrò sbrigare un paio di commissioni con Cassie, e poi sarò libera. Potrò finalmente scorazzare per Londra indisturbata. Almeno spero.

Mi accorgo solo adesso di essere ancora vestita come ieri. Non mi ero né lavata, né spogliata, prima di andare a dormire. Mi alzo pigramente, mi libero degli abiti e mi infilo nella doccia con l'acqua bollente. Forse dovrei usare l'acqua fredda, perché il sogno di prima mi ha lasciato dentro un fuoco difficile da spengere. Le immagini erano così vivide, che sono rimaste impresse nella mente, come se fossero state reali. Cerco disperatamente di pensare ad altro, mi vesto con l'abituale sobrietà, che contraddistingue il mio look da lavoro, e mi dirigo verso la cucina.

Helen mi accoglie con il solito sorriso e un buon profumo di ciambelle e pancake. Senza che le chieda nulla, mi informa che il signor Tommaso e la signorina Viola sono usciti presto, e che la signorina Viola mi prega di chiamarla. Ringrazio Helen, faccio colazione in fretta e telefono subito a Viola, sperando invano che mi conceda una mattina di libera uscita.

«Ciao Elisabetta! Tom mi ha portato a fare un giro sul Tamigi all'alba, ed è bellissimo!» esclama entusiasta. «Dovresti farmi un favore, dato che non so se ce la farò a tornare per tempo. Devi chiamare Cassie, per chiederle di incontrarla. Deve consegnarti la lista definitiva delle scelte fatte dagli sposi, sia per le decorazioni che per tutto il resto. Così, oggi pomeriggio possiamo andare al ristorante che si occupa del ricevimento e iniziare a preparare. D'accordo?»

È talmente felice, che non riesce ad avere il tono tagliente che usa di solito al lavoro. Anche se impartisce ordini, la sua voce ha una musicalità che non ho mai sentito prima. Sorrido, felice della sua felicità, e le auguro di cuore che, almeno lei, possa coronare il suo sogno.

«Ok, provvedo subito. Buon divertimento, e salutami Tom!» rispondo in tono allegro.

Chiamo Cassie, che risponde dopo neanche mezzo squillo. Evidentemente, per paura di essere licenziata, dopo l'incidente di ieri, adesso tiene il pollice fisso sul tasto del telefono, per non farsi cogliere impreparata. Le chiedo semplicemente di incontrarla, lei sa già tutto, è pronta ed efficiente, così fissiamo per le undici nei pressi di Harrods.

Sono appena le nove. Ho due ore per godermi Londra. Non sono molte, certo, ma saprò accontentarmi. Per prima cosa, decido di fare una puntatina al British Museum. La giornata è fresca e il cielo variabile, grandi nuvoloni bianchi oscurano il già pallido sole. Mi infilo nel budello della metro, e, dopo varie fermate, scendo in Tottenham Court Road e procedo fino al museo. Mi intrufolo tra le orde di turisti di ogni parte del mondo, e consulto la piantina per scegliere quello che mi consente il poco tempo a disposizione. I resti del Partenone, la stele di Rosetta, gli ori Etruschi, statue, papiri e mummie dell'antico Egitto…

Accidenti! Sono incantata ad osservare un sarcofago, quando il telefono inizia di nuovo a vibrare. Eppure sono appena le dieci, non posso essere in ritardo! Speriamo che non ci sia qualche imprevisto!

«Ciao, tesoro! Mi riconosci?»

La voce minacciosa di Christian giunge inaspettata e sgradita, in questo momento di relax che mi sono concessa.

«Che vuoi?» ribatto bruscamente.

«Le foto e i piccioncini. Dove sono?» chiede con prepotenza.

«Non ne ho idea!» ribatto dura.

«Non fare la furba con me. Mandami subito quelle foto, o dirò al tuo biondino che te la spassi con il dottore!» sibila con perfida soddisfazione.

Resto per un istante senza fiato. Come diavolo fa a sapere di Alessandro? Mi ha forse seguita? Cerco di ragionare alla svelta e di prendere tempo. Soprattutto, devo ostentare sicurezza e non lasciarmi intimorire.

«Puoi dire a Giacomo quello che ti pare. Tutti sanno che sei un bugiardo!» ribatto con stizza.

«Allora guarda queste!» insiste in tono di sfida.

Dopo qualche istante, arriva una e-mail sul mio smartphone. In allegato, una serie di foto che ritraggono me e Alessandro a cena ieri sera, mentre ci teniamo per mano, e, addirittura, quando ci abbracciamo in metropolitana. Il cuore comincia a battere forte per l'ansia, ma mi impongo di non darlo a vedere.

«Non mi sembra che ci sia niente di compromettente, caro avvocato!» sbotto risentita.

«Neanche in questa?» insiste con rabbia.

Arriva un'altra foto che ritrae il mio viso vicinissimo a quello di Alessandro, nel momento in cui sono scappata, prima che succedesse l'irreparabile: è inequivocabile.

«Sei senza parole, adesso, vero?» ruggisce con una risata perfida.

«Quando ti avrò mandato le foto, mi lascerai in pace?» chiedo con un filo di voce.

«Girami al largo e tieni la bocca chiusa. Inoltre, guai a te se cercherai di aiutare i due fuggitivi. Non provare a fregarmi, altrimenti ti rovinerò sul serio!» minaccia a denti stretti.

«Lo stesso vale per te!» sibilo.

Schiaccio il pulsante e invio l'e-mail con le foto allegate.

«Eccoti le tue preziose foto. Quanto ai piccioncini, per me possono anche scappare sulla luna. Addio per sempre!» aggiungo con rabbia.

«Grazie, carissima! È stato un piacere trattare con te!» conclude con sarcasmo.

«Ricorda sempre che ne ho una copia. Se mi farai uno scherzo, io contraccambierò immediatamente!» ribatto in tono bellicoso.

«Che paura!» esclama, con aria canzonatoria e un feroce sarcasmo. «Tu pensi che sono io lo stronzo cattivo, vero? Invece tu, che ti diverti a saltare dall'ingegnere al dottore, tenendo entrambi sulle spine, tu saresti l'angioletto, vero? Abbi il coraggio di guardarti allo specchio e di ammettere che sei come me. Anzi, peggio di me! Io sto cercando di riprendere la donna che amo. Tu invece stai giocando con i sentimenti di due uomini. Tanto di cappello, Madame Perfidia!»

Se mi avessero accoltellato, avrei provato meno dolore di quanto ne hanno inflitto queste parole. Io salterei da Giacomo ad Alessandro? Io giocherei con i loro sentimenti? Ma come si permette questo stupido delinquente di accusarmi, quando non conosce i fatti, quando non sa quanto dolore e quante difficoltà ci sono state e ci sono tra di noi?

Riattacco senza rispondere, anche se non posso fare a meno di pensare che in quelle pesanti accuse ci sia un fondo di verità, a dispetto di tutti i problemi che la vita ci ha riservato. Un profondo e lacerante senso di colpa si sostituisce alla rabbia, e l'aria del museo diventa opprimente.

Esco alla svelta, facendomi largo tra la folla, e finalmente respiro l'aria fresca e limpida, riscaldandomi ai raggi di un tiepido sole. Scendo di nuovo nel buio della metro, per avviarmi al luogo dell'appuntamento con Cassie. Da un lato, mi sento sollevata, per aver chiuso definitivamente la questione con Christian. Dall'altro, invece, continuo a torturarmi, cercando di capire se devo seguire il cuore o la ragione.

Quando arrivo davanti a Harrods, mancano ancora quindici minuti alle undici. Chiamo Cassie, ma non risponde. Che sia rimasta intrappolata da qualche altra parte? Decido di aspettare dieci minuti e riprovare, intanto mi incammino verso uno dei luoghi più famosi al mondo, attraversando le strade caotiche di Knightsbridge. Mi fermo davanti alla prima entrata che incontro, e mi diverto a osservare chi entra e chi esce, sotto lo sguardo attento e cordiale degli inservienti, nella tipica livrea verde con i risvolti dorati.

Il telefono inizia a vibrare. È Cassie.

«Sto arrivando, Elisabetta. Dimmi dove sei esattamente!» mi chiede, con una punta di apprensione.

Guardo l'ora: sono solo le dieci e cinquantanove, è in perfetto orario. Non capisco perché sia agitata.

«Davanti alla prima entrata che trovi, venendo dalla stazione della metro!» provo a spiegare.

Non sono mai stata capace di dare indicazioni, ma l'importante è che Cassie abbia capito.

Mi volto nella direzione da cui sono arrivata, e, da lontano, la vedo camminare verso di me a passo spedito, carica di borse e cartelle piene di documenti. Forse, è per questo che mi pareva affranta.

Si ferma accanto a me, ansimando, con le guance arrossate, mi guarda con decisione senza parlare, deglutisce a fatica, poi appoggia le borse a terra, si aggiusta gli occhiali, prende un bel respiro e dichiara con voce esitante:

«Lo sposo… Alessandro… Non mi ha dato la lista. Ha detto che te la vuole consegnare di persona, perché ci sono dei dettagli che deve chiarire…»

Una vampata di calore mi investe da capo a piedi, come se le parole di Cassie mi avessero appiccato fuoco. Non so come la guardo, probabilmente i miei occhi esprimono non solo rimprovero, ma anche sentimenti forti e contrastanti che sfuggono al mio controllo. Non riesco a rispondere, sono come incollata al marciapiede.

«Io… Ho provato a convincerlo, ma non ho potuto insistere. Lui è il cliente…» si giustifica Cassie a testa bassa, sinceramente mortificata.

Ecco perché è nervosa e in ansia: teme che io possa infuriarmi per questo disguido e andare a protestare da Pam, che stavolta non la perdonerebbe certo!

«Non preoccuparti, Cassie! Non è colpa tua, e Pam non ne saprà nulla!» la rassicuro, intanto che tengo a bada la mia, di ansia.

Alza lo sguardo e appare subito più sollevata,

«Grazie, Elisabetta!» mormora con sincera gratitudine.

«Non devi ringraziarmi. Io e te siamo nella stessa situazione!» ribatto convinta.

Accenna un sorriso e sta per riprendere le borse, anche se rimane indecisa sul da farsi. Sembra che voglia aggiungere qualcosa, ma non ne abbia il coraggio. Alla fine, con l'aria più disinvolta che riesce ad assumere, chiede:

«Non sei tenuta a rispondere... Non sono affari miei... Ma... Tu e Alessandro vi conoscete bene, vero?»

«Sì, fin dalla nascita!» ammetto con una punta di nervosismo.

«Ah, ok!» esclama Cassie di rimando. «Scusa l'invadenza!» aggiunge, preparandosi a ripartire.

«Perché me lo domandi?» insisto.

Sono davvero curiosa di sapere che idea si è fatta questa estranea, che, nella sua inesperienza, pretende di sapere come va il mondo.

Si stringe nelle spalle, si aggiusta di nuovo gli occhiali, e abbozza un sorriso.

«Si vede che siete complici, che vi intendete anche solo con uno sguardo...» risponde, bloccandosi all'improvviso.

Vorrebbe aggiungere altro, ma sta valutando la sua posizione, e ritiene che dire la verità probabilmente sarebbe un gesto avventato. In pratica, però, ha già capito tutto, a dimostrazione che è fin troppo evidente. Ho un improvviso vuoto allo stomaco e non me la sento di replicare. Cassie si mostra comprensiva, e se la fila alla svelta. Trascorrono pochi attimi, poi arriva un *sms* di Alessandro.

Sto arrivando. Aspettami all'entrata di Harrods.

Sarei tentata di andarmene: a che serve rivedersi, dopo quello che è successo ieri ? A che serve rivangare e discutere, quando stasera lui darà l'addio al celibato con suo fratello e gli amici? Una piccola, debole speranza si accende in fondo al cuore. Sono così vigliacca da desiderare che lui prenda l'iniziativa e faccia una follia, abbandonando tutto e tutti per scappare via con me, lontano... Ma l'orgoglio finalmente si risveglia e mette in moto contro me stessa una rabbia più che giustificata. Adesso basta coi sogni romantici, basta con le ipotesi, i dubbi, i ripensamenti, i rimpianti. Mi devo rassegnare, essere felice per aver salvato l'amicizia con Alessandro e per avere accanto un ragazzo meraviglioso come Giacomo.

Faccio un bel respiro e mi convinco che questi ragionamenti non fanno una piega, che mi devo considerare fortunata, ma che devo anche cominciare a sistemare la mia vita, come sarebbe opportuno per una della mia età. Penso a una casa calda e accogliente, all'abbraccio di Giacomo, al profumo che viene dai fornelli, all'odore fresco di bucato, alle risate dei bambini che giocano... Senza accorgermene, mi ritrovo a sorridere di questa immagine evocata dalla mia mente.

Poi, all'improvviso, spunta il ricordo orribile del momento in cui avevo colto in flagrante adulterio Samuele, nella casa che avevamo appena comprato per andare a convivere. Scaccio subito quest'ombra dall'anima, con la certezza che Giacomo non potrebbe mai farmi una cosa del genere, non dopo tutti gli anni e i sacrifici impiegati per conquistarmi.

Ma tutti gli sforzi che il mio cervello ha fatto finora, per tenere a bada il cuore e i sensi, si annientano, non appena vedo da lontano la sagoma inconfondibile di Alessandro, e perdo completamente il controllo delle mie facoltà mentali. È incredibilmente sexy, come al solito, con il passo deciso, il fisico ben piazzato, il viso regolare, i capelli ribelli, gli occhi scuri indagatori. Il cuore inizia ad accelerare i battiti, nonostante i richiami della ragione, le mani e le gambe tremano e non riesco a sostenere il suo sguardo. È tutto inutile: l'amore che provo per lui è più forte di qualsiasi cosa e non posso pretendere di dominarlo. Non posso fare altro che arrendermi e rassegnarmi a soffrire. Ancora.

«Ciao Betty! Scusa se ti ho fatto aspettare!» mi saluta con la voce sensuale e l'abituale bacio sulla testa.

Abbozzo un sorriso e mi lascio prendere per mano.

«Hai le mani congelate e stai tremando! Accidenti! È colpa mia, che ti ho lasciata qui davanti come un baccalà!» sbotta, adirato con se stesso e sinceramente dispiaciuto.

Mi prende le mani tra le sue e le stringe per scaldarle, guardandomi negli occhi con quella sua aria scanzonata che lo fa sembrare un ragazzino in vena di marachelle. Mi sento subito avvampare e il bollore si diffonde rapidamente in tutto il corpo: quelle mani e quegli occhi sono più potenti e provocano più calore di un'eruzione vulcanica. Non voglio che si accorga del mio stato. Non deve sapere che è lui a suscitare in me queste reazioni. Per un istante, restiamo in silenzio, mentre io guardo per terra, anche se sento il suo sguardo pretendere il mio.

Lentamente, cerco di tirare via le mani dalle sue, finché il telefono mi viene in aiuto. Lo prendo subito con sollievo e rispondo. È la mamma. Il sollievo lascia subito spazio all'ansia.

«Ciao, tesoro! Come stai?» urla, come se fossi lontana anni luce.

«Bene, mamma! E tu?» rispondo, rivolgendole un'altra domanda, per evitare che inizi a farmi un interrogatorio proprio adesso.

Alzo gli occhi al cielo, e Alessandro mi osserva con aria divertita. Probabilmente, la mia espressione preoccupata deve risultare piuttosto buffa.

«Bene! Hai saputo delle nozze, vero?» domanda a bruciapelo.

Abbasso lo sguardo e mi volto.

«Sì, mamma...» replico decisa, con il tono di chi vuole evitare l'argomento.

Ma mia madre è la Regina della Mancanza di Tatto, e prosegue imperterrita:

«Mi dispiace tanto, amore! Sapessi com'è sconvolta Marina! Ha sempre voluto che tu fossi sua nuora! Sei come una figlia per lei!» esclama con aria caritatevole.

Che cosa? Marina voleva che fossi sua nuora? Ma se quando mi sono messa con Alessandro due anni fa mi ha tolto persino il saluto! Alzo di nuovo gli occhi al cielo e faccio un bel respiro. La mamma crede invece che io stia soffrendo, e continua:

«Sai, visto che il cafone non ti ha voluta neanche avvisare del suo matrimonio, abbiamo deciso di non andare neanche noi. E neanche tuo padre con la sua nuova ragazza!»

«Lo so, mamma, me lo ha detto Angela, e vi ringrazio per questo. Ma non fa nulla. Non importa, ormai!» rispondo, cercando di essere convincente senza essere esplicita.

Torno a guardare Alessandro, che continua a osservarmi, sorridendo.

«Se sei a Londra, vallo a trovare e digli che è un villano e un ingrato, anche da parte mia!» urla adirata.

A questo punto, mi rendo conto che Angela non le ha detto che io ci sarò comunque, a quel matrimonio. Ringrazio di cuore mia sorella, per aver fatto la cosa giusta: la mamma non deve saperlo, perché ne farebbe una tragedia, e non ne vale la pena. Non mi resta che reggere la parte.

«Non importa, mamma. Devo lavorare, e va bene così!» ribatto laconica.

L'espressione sul viso di Alessandro si fa più seria, e i suoi occhi scavano nei miei. Scuoto la testa e gli faccio un cenno con la mano, come per dire che si tratta di argomenti senza importanza, ma lui non sembra convinto.

«Marina arriverà domattina e ha intenzione di dare una bella strigliata a quel ribelle di suo figlio! Sai che neanche Gianfranco voleva venire? È stato Andrea a convincerlo! Non si sono più parlati, da quando hanno litigato due anni fa, e Alessandro è partito subito dopo per l'America!» insiste la mamma.

«Ok, va bene. Scusami, ma devo andare ora. Viola mi ha assegnato diverse commissioni, e ho molto da fare. Ci risentiamo presto!» concludo sbrigativa.

«Aspetta! Se vai da Harrods, mi chiami, così ti dico cosa prendermi?» chiede con la sua solita faccia tosta.

Mi viene da ridere, mentre fisso l'insegna di fronte a me e rispondo convinta:

«Non so se ne avrò il tempo, mamma, ma se posso, lo farò!»

Termino la chiamata e scoppio a ridere.

«Cosa ti ha detto tua madre di tanto divertente?» chiede Alessandro con una punta di preoccupazione.

Lo guardo ed esclamo:

«Mi ha chiesto di chiamarla, se vado da Harrods, perché vuole che le compri delle cose! E io ho fatto finta di niente!» Faccio una pausa, mentre anche lui si mette a ridere. «Se le avessi detto che ero qui, sarei dovuta rimanere dentro per un giorno intero, a mandarle foto e a spiegarle nel dettaglio tutto ciò che è disponibile. Sinceramente, non ho né il tempo, né la voglia di sobbarcarmi un impegno del genere!»

Mi prende sottobraccio ed entriamo da Harrods. Mi fa strada con passo deciso verso gli ascensori, districandosi abilmente tra la folla pressante. Scambiamo poche parole, mentre saliamo al secondo piano, fino al reparto dedicato alle lussuose decorazioni per la casa. Appena arrivati, tira fuori la lista che lui e Adriana hanno stilato insieme, mi fa vedere alcuni oggetti, poi ci viene affiancata una consulente per gli abbinamenti tra ciò che loro hanno già scelto e quello che servirà a me e Viola. La signora che ci accompagna si dimostra efficiente e capace, così in poco tempo aggiungiamo delle guarnizioni floreali da disporre intorno ai tavoli, delle candele a forma di cuore, dei centrotavola con degli inserti in pizzo, e dei simpatici bicchieri a forma di pupazzi colorati, per i bambini. Ovviamente, sono in contatto telefonico con Viola, che approva le mie scelte.

«Hai buon gusto e sei molto brava!» dichiara Alessandro all'improvviso, prendendomi alla sprovvista.

Ero talmente assorta nel mio lavoro, da essermi dimenticata del suo sguardo incollato su di me.

«Beh, ormai con l'esperienza...» rispondo, arrossendo.

«Secondo me, sei più adatta a un lavoro creativo e artistico, che a fare l'avvocato. A te non piace mentire!» aggiunge a bassa voce.

Un brivido mi attraversa la schiena, ma fingo indifferenza.

«Forse hai ragione. Non sono proprio capace di mentire!» esclamo allegramente.

Mi volto a guardarlo e rimango prigioniera dei suoi occhi. Mi sta guardando di nuovo con tanta intensità e ardore da farmi mancare il respiro. Mi sento sciogliere, e avrei una gran voglia di buttarmi tra le sue braccia, per assaporare il suo profumo e il suo calore. Quasi che mi leggesse nel pensiero, si avvicina e mi cinge la vita con un braccio. Quel contatto, seppure attraverso i vestiti, provoca l'effetto di una scossa elettrica.

«Vieni! Ti voglio far vedere una cosa!» mormora piano, mentre ci congediamo dalla consulente.

Mi trascina dolcemente verso gli ascensori, li superiamo e imbocchiamo un altro corridoio, dove restiamo pigiati in mezzo a un gruppetto di turisti giapponesi. Dal brusio composto degli stranieri emerge una voce tipicamente aretina, un urlo che fa ammutolire tutti per un istante.

«Alessandro! Vecchio trombone! Che ci fai a Londra?»

Un tizio calvo, magro, con la faccia allungata – sembra uscito da un dipinto di Piero della Francesca! - l'espressione tra il sorpreso e il divertito, si fa spazio tra le folla e si avvicina ad Alessandro, che lo saluta con l'abituale cortesia.

«Ettore! Che sei venuto a fare fin qui? A fare strage di donne, come al solito?»

«Poco, ma sicuro!» risponde con spocchia l'altro, ridendo sguaiatamente.

Ho sempre detestato questo atteggiamento da sbruffone, tipico di chi si ritiene superiore agli altri e si può permettere di guardare tutti dall'alto in basso. Infatti, si volta verso di me e sorride con aria complice.

«Anche te ti dai da fare, però!» ribatte sempre a voce alta.

«Lei è Elisabetta. Elisabetta, lui è Ettore, un mio vecchio compagno di liceo!» ci presenta Alessandro.

«Ehi! Vecchio sarai tu! Io sono ancora un giovincello, e sono a Londra per lavoro! Sono un manager di un'importante azienda di elettronica!» dichiara con superbia. «E te, che combini?» chiede, dandogli una pacca sulla spalla.

«Io sono un medico e mi sto per sposare!» replica Alessandro, laconico.

L'altro si mostra sorpreso e poi si rivolge a me, stringendomi di nuovo la mano:

«Complimenti alla donna che è riuscita a conquistare il cuore di questo irriducibile dongiovanni!» urla con convinzione.

Getto un'occhiata imbarazzata ad Alessandro, che interviene prontamente.

«Lei è la mia migliore amica. La donna che sto per sposare si chiama Adriana, e anche lei è un medico!»

Ettore non sembra affatto convinto.

«Tu sei quell'Elisabetta che stava sempre con lui, per salvarlo ogni volta dalle relazioni impegnative?» domanda, socchiudendo gli occhi, nel tentativo di ricordare, e puntandomi l'indice contro.

Non posso fare a meno di sorridere.

«Esatto! Io intervenivo quando le sue storie diventavano troppo serie, e lui non riusciva a trovare una via d'uscita!» rispondo, arrossendo divertita.

«Quello che questo testone non aveva capito è che nessuna sarebbe mai stata alla sua altezza perché, anche se lui non se ne rendeva conto, è sempre stato innamorato di te! L'abbiamo sempre saputo tutti!» dichiara, scuotendo la testa, come se questa fosse una verità universalmente riconosciuta.

Sento il viso prendere fuoco per l'imbarazzo e getto un'occhiata implorante verso Alessandro, che è anche più turbato di me. Così, mi faccio forza e cerco di togliere entrambi da questa situazione.

«Beh, non credo che sia così. Siamo troppo amici da sempre, per pensare a un diverso legame tra noi due. Lo dimostra il fatto che lui sta per sposarsi con Adriana, e io con il mio ragazzo!» dichiaro, costringendomi a essere convincente.

Ettore continua a scuotere la testa con aria scettica, ma Alessandro riprende il controllo e cambia subito argomento, chiedendo:

«Giochi sempre a golf?»

«No, purtroppo! Come faccio? Sono sempre in giro per il mondo, impegnato ventiquattr'ore su ventiquattro! Ogni tanto, quando torno ad Arezzo, faccio un salto in Casentino e ritrovo i vecchi compagni. Mi prende una nostalgia!» risponde con aria drammatica.

«Avrei creduto che tu volessi intraprendere la carriera sportiva agonistica. Eri così bravo!» insiste Alessandro.

Il mio telefono vibra e li lascio alle loro chiacchiere tra uomini, mentre Viola mi chiede altri dettagli, dato che si trova a Chelsea e sta sistemando quello che i fornitori le hanno già consegnato, insieme a ciò che le avevo procurato io.

Sto ancora parlando, camminando a fatica, quando un braccio mi afferra con delicata fermezza e mi ritrovo insieme ad Alessandro in un ambiente completamente diverso, con un'atmosfera quasi ovattata. Non c'è musica qui, solo silenzio, rotto da qualche bisbiglio e dei passi strascicati. Alzo lo sguardo e ci sono scaffali pieni di libri, spazi di lettura, e diverse persone che osservano, sfogliano e si muovono con aria assorta, per scegliere qualcosa di adatto ai loro gusti.

Alessandro mi fa strada verso un corridoio laterale, fino in fondo, dove ci sono dei testi in lingua italiana. Si ferma davanti ai classici e prende un volume con la copertina rigida, finemente lavorata, con bordature dorate. È *Il Canzoniere* di Francesco Petrarca. Il cuore fa un balzo, e la mente corre a quella fredda giornata di gennaio di due anni fa, in occasione della sua partenza per gli Stati Uniti, quando, a sua insaputa, gli avevo messo in valigia proprio l'opera di Petrarca – un'edizione preziosa, che lui stesso mi aveva regalato, quando ero stata promossa in prima liceo. Avevo voluto lasciargli un ricordo della nostra storia, iniziata solo pochi giorni prima, sotto la statua del poeta. Tra le pagine avevo nascosto una cartolina, che raffigurava il monumento a Petrarca, e su quella stessa cartolina avevo scritto le parole che mi erano uscite dal cuore: *Ti amerò per sempre*.

Mi rammento di aver conservato l'*sms* che mi aveva mandato in risposta, dopo aver letto la dedica. Sulla scia di questo ricordo, tiro fuori dalla tasca lo smartphone e lo cerco. *Ti amerò per sempre anch'io*. Mentre lo rileggo, provo lo stesso struggimento e lo stesso desiderio di allora. È stata la prima e unica volta che ha dichiarato di amarmi, e ho tenuto quel messaggio come il tesoro più prezioso.

Solo quando mi accorgo che anche Alessandro lo sta leggendo, mi sento sprofondare dall'imbarazzo. Chiudo immediatamente la cartella degli *sms* e cerco di ricompormi, anche se mi sento avvampare. Non ho il coraggio di alzare lo sguardo, mi sento troppo a disagio. Faccio per voltarmi, ma la sua mano afferra dolcemente il mio braccio e mi costringe a guardarlo. Cerco disperatamente un'ancora di salvezza dall'oceano di passione che mi travolge, ma non trovo appigli. Mi manca il respiro, lui è parte di me, non posso farne a meno. Non è solo attrazione, o amore, ma è un insieme di tante piccole e grandi cose che creano un tutto omogeneo, perfettamente amalgamato.

Con mia grande sorpresa, apre il libro e cerca qualcosa di preciso. Si schiarisce la voce e inizia a leggere:

> «*Pace non trovo et non ò da far guerra;*
> *e temo, et spero; et ardo, et son un ghiaccio;*
> *et volo sopra 'l cielo, et giaccio in terra;*
> *et nulla stringo, et tutto 'l mondo abbraccio.*
>
> *Tal m'à in pregion, che non m'apre né serra,*
> *né per suo mi riten né scioglie il laccio;*
> *et non m'ancide Amore, et non mi sferra,*
> *né mi vuol vivo, né mi trae d'impaccio.*
>
> *Veggio senza occhi, et non ò lingua et grido;*
> *et bramo di perir, et cheggio aita;*
> *et ò in odio me stesso, et amo altrui.*
>
> *Pascomi di dolor, piangendo rido;*
> *egualmente mi spiace morte et vita:*
> *in questo stato son, donna, per voi.*»

La voce profonda e dolce di Alessandro incanta tutte le persone intorno, mentre legge il celebre sonetto 134, e il mio cuore batte come mai prima d'ora. Dal suo animo scaturisce una tale passione, che pare aver creato lui stesso questi versi, sulla scia di sentimenti più forti di lui.

Appena finisce di scandire gravemente l'ultima parola, un silenzio profondo cala intorno a noi, e il suo sguardo cerca il mio. Mi sento morire. I suoi occhi sono pieni di desiderio e struggimento, una dolcezza infinita e tanto calore mi attraversano l'anima e la rapiscono, anche se sono certa che non è mai stata mia.

Lentamente, qualcuno dà il via a un timido applauso, a cui si uniscono tutti gli altri. Mi guardo intorno e vedo persone di ogni età che sorridono e ci osservano ammirate, come se avessimo interpretato alla perfezione una commedia in veste di attori. Una signora ha addirittura le lacrime agli occhi e si tiene le mani sul petto, commossa. Alessandro, invece, sembra non accorgersi affatto di quello che sta succedendo, continua a mantenere il suo sguardo fisso sul mio, il libro ancora aperto tra le mani, immobile.

Di nuovo cala il silenzio, tutti rimangono fermi al loro posto, invece di andarsene per i fatti loro. Il mio respiro è accelerato dalla tensione e dall'emozione. Restiamo a guardarci, lasciando che siano i nostri occhi a parlare e ad esprimersi per noi. Il mio cuore e tutta me stessa gli appartengono, qualunque sia il nostro destino.

Ho l'impressione che non riesca più a trattenere l'impulso di avvicinarsi e stringermi, così sto per decidermi a fare il primo passo, quando il mio telefono inizia a vibrare. Nel silenzio, quel suono sembra quasi una cannonata, tanto devastante è il suo effetto sull'atmosfera che si è creata. Per diversi istanti, non riesco a muovermi, non voglio rompere l'idillio. Alla fine, però, sono costretta a capitolare. Intorno a noi, si leva un mormorio di disappunto e le persone, deluse, cominciano a disperdersi.

«Ciao splendore! Dove sei?» chiede Giacomo in tono allegro.

Immediatamente, mi volto e mi allontano tra gli scaffali.

«Da Harrods. Devo controllare dei dettagli per Viola!» rispondo con un filo di voce.

«Sei da sola?» domanda, come se avesse intuito il mio turbamento.

Resto un istante indecisa sul da farsi, poi opto per la verità: chi dice il vero non ha nulla da nascondere. O quasi.

«No. C'è Alessandro con me. Deve spiegarmi certi particolari riguardo a ciò che hanno scelto lui e Adriana...» replico, cercando di essere spigliata.

Segue un lungo silenzio, rotto alla fine da un sospiro. Non riesco a rassicurarlo e a dirgli che è tutto ok, perché non è affatto così. Il peggio è che sono consapevole di fargli del male, ma dovrei forse far finta di nulla e ingannarlo? Dio, che situazione!

«Giacomo... Io... Sto lavorando...» biascico, senza convinzione.

«Ti ho chiamato per dirti che arriverò verso mezzanotte. L'aereo partirà alle dieci,» annuncia gelido.

Sapere che lui sarà finalmente qui, mi concede l'illusione di riuscire a superare questo momento così difficile.

«Ho tanto bisogno di te!» mormoro, mentre la voce si incrina pericolosamente.

Chiudo gli occhi e inspiro.

«Sono qui, piccola!» risponde in tono preoccupato.

Mio malgrado, sono costretta a terminare alla svelta la conversazione, perché c'è un'altra chiamata urgente in linea.

«Elisabetta! Ciao! Sono di nuovo io, Cassie! Ehm... Sei ancora da Harrods?» mi chiede tutta agitata in tono lamentoso.

«Sì. Qual è il problema?» domando a mia volta, incuriosita.

Mi volto e mi accorgo che Alessandro sta ora sfogliando dei gialli americani con aria distratta.

«Ho perso la mia borsa con tutti i documenti...» mormora con un filo di voce.

«CHE COSA?» mi lascio sfuggire un urlo.

Tutti si voltano di nuovo a guardarmi. Se continuo di questo passo, qualcuno chiamerà i servizi sociali per farmi portare da uno psichiatra.

«Come hai potuto perdere la borsa?» sibilo, infilandomi in un angolo appartato.

«Non lo so!» piagnucola. «La tengo sempre a tracolla. Poi sono andata in bagno e... ODDIO!» Tenta inutilmente di soffocare il pianto. «L'ho lasciata sul lavabo, nel bagno del ristorante, perché dovevo rispondere al telefono e...»

«Chiama subito il ristorante e vai. Ti raggiungo là!» la interrompo, prima di terminare la conversazione.

Cerco Alessandro e lo trovo davanti a uno scaffale, intento a scorrere con lo sguardo alcuni testi di narrativa per ragazzi.

«Devo andare!» sussurro piano, come se la mia voce potesse turbare i suoi pensieri.

Si volta lentamente e mi osserva per qualche istante, sembra quasi che faccia fatica a mettere a fuoco la mia immagine.

Senza dire nulla, si infila una mano in tasca e tira fuori la lista che Viola sta aspettando. La prendo con le mani che mi tremano per l'agitazione.

«Grazie! Se non c'è altro, io andrei...» mormoro impacciata.

Mi fissa con l'aria di chi vorrebbe parlare, ma non ci riesce. Mi accarezza dolcemente il viso, sorride debolmente e mi strizza l'occhio con fare amichevole, anche se gli sfugge una smorfia.

«È tutto. Vai pure...» risponde con un filo di voce.

La sua mano si aggrappa alla mia in un'ultima disperata stretta, l'ultimo contatto. Mi volto di scatto e corro via verso gli ascensori. Ho le lacrime agli occhi. Solo amici: io e Alessandro potremo essere solo amici.

Per fortuna, Cassie combina più disastri di un uragano e non ho la possibilità di stare a piangermi addosso. Mi sto infilando in metropolitana, quando all'improvviso viene annunciata una momentanea sospensione del servizio per un guasto meccanico. Provo ad aspettare per qualche minuto, ma l'attesa si prolunga. Così, riemergo e cerco di prendere l'autobus, anche se la fila di persone davanti a me sembra infinita. Nel frattempo chiamo Cassie. Non risponde. Riprovo. Nulla. Benedetta ragazza! So che è alle prime armi, ma il suo intelletto che brilla, quando si tratta della teoria, dovrebbe funzionare anche nella pratica!

Sono ancora in fila per prendere l'autobus, quando finalmente mi chiama. Sta piangendo disperatamente e non riesco a sentire altro che i suoi singhiozzi. Provo con le buone a farla calmare, e le persone intorno a me mi guardano con aria strana. Probabilmente, pensano che sia una psicologa, che cerca di dissuadere qualche paziente dal suicidio.

«Dai, non fare così. Adesso ti calmi e mi spieghi. Ne parliamo insieme, intanto che ti raggiungo, ok?» provo, tentando di assecondarla.

«NO!» urla.

«Non preoccuparti per la borsa. In fondo, abbiamo una copia digitale di tutto il materiale, basterà solo stamparlo di nuovo!» la rassicuro in tono suadente.

«NO!» geme.

«Per i tuoi documenti ed effetti personali, andremo insieme a fare la denuncia alla polizia, per stare più tranquille!» aggiungo, ancora più convincente.

«NO! NO!» ripete.

«E, soprattutto, faremo in modo che Pam non se ne accorga nemmeno. Ti aiuterò a sistemare tutto alla perfezione, vedrai!» esclamo, usando quello che mi sembra l'argomento più adatto a risollevare il suo stato d'animo.

«Non me ne frega niente della borsa, del lavoro, di Pam e del matrimonio! MARK MI HA LASCIATA!» urla così forte, da perforarmi quasi il timpano.

Chi diavolo è Mark? E cosa c'entra ora con il fatto della borsa e del lavoro? Oddio, che casino! Faccio un bel respiro, e il mio tono diventa meno condiscendente.

«Senti, non so chi sia Mark e neanche mi interessa. Siamo qui per lavorare, e dobbiamo farlo al meglio! Cosa credi, che io non abbia problemi? Credi che la mia vita sia tutta rose e fiori? Eppure devo concentrarmi su quello che Viola mi ordina di fare. Anche se questo non è affatto il mio lavoro: io voglio diventare un avvocato!» protesto, urlando a mia volta.

Sono quasi senza fiato per la rabbia, e le persone accanto a me ora mi guardano come se fossi una pazza evasa dal manicomio. Cassie non risponde: sento solo i suoi singhiozzi.

«Adesso ascoltami bene, ovunque tu sia. Hai recuperato la borsa con i documenti, sì o no?» chiedo a denti stretti.

«Sì!» piagnucola.

«Bene! Ora alza le chiappe e porta a termine i tuoi impegni, che, se non ricordo male, sono pochissimi ormai. Non importa se hai la morte nel cuore. Non servirà a nulla stare a piangere e a commiserarti, quindi tanto vale che tu prosegua col tuo lavoro, per salvare almeno la carriera!» sbotto decisa.

Cassie tira su col naso e smette finalmente di piangere.

«Hai ragione. Ti chiedo scusa. Ma non è facile...» la voce si incrina pericolosamente.

«Lo so! Ormai sono esperta in materia!» ribatto in tono pungente.

«Grazie! Posso chiederti di raggiungermi, per fare il punto della situazione e controllare che io non abbia fatto errori o omesso qualcosa?» chiede, con il capo cosparso di cenere.

«La metro è interrotta e sto cercando di prendere l'autobus. Comunque, sto arrivando!» rispondo, mentre la fila davanti a me scorre appena.

«Tutto a posto con Alessandro?» domanda ancora.

Nella foga della discussione – ma anche a causa della tempesta che imperversa nella mia anima - interpreto l'argomento a modo mio, e lascio rispondere il cuore, invece della mente.

«No, non è affatto a posto!» esclamo affranta.

«Perché?» chiede Cassie stupita.

Mi rendo conto di ciò che mi sono lasciata sfuggire, quando è ormai troppo tardi, e avvampo per la vergogna.

«No, scusami! Stavo scherzando! È tutto a posto! Con lui ho chiuso!» mi affretto a rispondere, sorridendo tra me per il crudele doppio senso delle mie parole.

«Ok. A tra poco allora!» aggiunge Cassie, soffiandosi rumorosamente il naso.

«A tra poco!» mormoro, mentre finalmente riesco a salire sull'autobus stracolmo.

Pomeriggio/Sera

Raggiungo Cassie alla stazione di Green Park, quando sono quasi le due, ed entriamo in un locale per mangiare qualcosa. È pallida e sconvolta, ha i capelli scompigliati, gli occhi rossi, e sembra sul punto di scoppiare di nuovo a piangere. Si sforza di masticare, anche se ogni boccone pare strozzarla, così cerco di distrarla, facendole domande sugli addobbi e sulle commissioni che ha sbrigato. Lentamente, un po' di colore le torna sulle guance e abbozza perfino un timido sorriso, mentre esprimo il mio parere riguardo alla scelta di Adriana di mettere le tartine con salsa di tartufo insieme a quelle con il salmone.

«Viola salterà su tutte le furie per un abbinamento del genere! Sai che razza di odore verrà fuori da questa combinazione!» sbotto, ridendo.

«Sì, ma alla sposa piace l'accostamento dei colori!» replica Cassie, scuotendo la testa.

«Oddio: grigio e arancione sarebbero un accostamento gradevole alla vista?» ribatto con aria disgustata.

«Effettivamente, questa è l'unica nota stonata, altrimenti Adriana ha dimostrato di avere un ottimo gusto! Anche nella scelta del partner!» ammette Cassie con sincerità.

Arrossisco senza capirne il motivo. Il complimento non è rivolto a me, eppure sentire nominare Alessandro, seppure indirettamente, provoca lo stesso un effetto devastante nel mio cuore, che inizia di nuovo a battere come un tamburo.

Evito di rispondere e mi limito ad annuire, infilando in bocca una bella forchettata di spaghetti al pomodoro. Cassie, invece, li sta arrotolando con grazia, e ha l'aria assorta.

«Secondo me, però, lei non è la donna giusta per lui...» dichiara, esitante. «Voglio dire, io non sono un'esperta come Pam, che riesce a giudicare con una semplice occhiata. D'altronde, anche le coppie che sembrano inossidabili possono collassare. Eppure, ho l'impressione che, nonostante lei sia innamorata persa di lui, lui non lo sia altrettanto di lei!»

Improvvisamente, gli spaghetti che ho in bocca sembrano aumentare di volume mentre cerco di ingoiarli, e mi sento soffocare. Accidenti! Inizio a tossire e mi sforzo di riprendere il controllo della masticazione. Cassie mi osserva con aria preoccupata, e si sporge dalla sedia per darmi una pacca sulle spalle. Prendo un sorso d'acqua e mi schiarisco la voce. Infine, torno a respirare quasi regolarmente.

«Ho forse detto qualcosa che non va?» chiede Cassie stupita.

Tento di sorridere con disinvoltura.

«Ma no! È solo che ho la brutta abitudine di mangiare troppo in fretta, così ogni tanto capita che rischi di strozzarmi!» dichiaro allegramente.

«Non vorrei aver detto qualcosa di spiacevole riguardo agli sposi, visto che tu li conosci…» insiste Cassie.

È più perspicace di quanto avessi pensato.

«Io conosco solo lo sposo, e comunque sono d'accordo con te che non si può prevedere come andranno le cose tra loro. La vita di coppia può riservare molte sorprese!» replico, cercando di chiudere in fretta l'argomento.

Cassie si rabbuia all'improvviso, e le lacrime le offuscano gli occhi.

«Già! Come con Mark. Io credevo che lui fosse quello giusto, invece mi ha mollato con un messaggio su Facebook!» piagnucola, lasciando cadere la forchetta sul piatto.

«Beh, se ti può consolare, io stavo per andare a convivere con il mio ragazzo, dopo quattro anni che stavamo insieme, quando l'ho trovato a letto con un'altra, nella casa che avevamo appena comprato!» ribatto, cercando di risollevarle il morale e ricominciando a mangiare con disinvoltura.

«Davvero?» chiede Cassie, sgranando gli occhi e asciugandosi le lacrime.

«Certo!» esclamo, come se fosse risaputo. «Ma non è finita qui, perché dopo…» mi blocco prima di proseguire, abbasso lo sguardo, e ora è a me che viene da piangere. «Poco dopo ho capito che il mio migliore amico era l'uomo della mia vita, ma proprio allora è dovuto partire per terminare gli studi e risolvere delle questioni in sospeso. A Las Vegas, in una notte di bagordi, si era sposato con una ragazza appena conosciuta, che poi aveva dichiarato di essere rimasta incinta. In realtà, non era vero, ma c'è voluto del tempo per chiarire la situazione. E poi lui non aveva i soldi per tornare in Italia: doveva studiare, non aveva un lavoro fisso, e aveva rifiutato l'aiuto del padre per via di un litigio. Ci siamo tenuti in contatto, ma alla fine la lontananza ha creato troppi dubbi, c'erano troppe cose non dette tra di noi, così, dopo più di un anno e mezzo, ho ceduto alla corte di un altro ragazzo, che è innamorato di me da sempre. Lo avevo conosciuto tanto tempo fa, in vacanza, poi, per uno stupido equivoco, ci eravamo persi di vista, finché ci siamo ritrovati, e lui mi ha spiegato come erano andate veramente le cose in passato. Ha avuto la pazienza di starmi accanto e di rispettarmi, infine, ci siamo messi insieme l'estate scorsa, a Parigi. Esattamente il giorno prima che tornasse l'altro ragazzo, che avevo aspettato invano per tanto tempo. Da allora, quest'ultimo non è voluto essere più neanche mio amico, e mi ha tolto perfino il saluto. Adesso, si è rifatto una vita, e gli auguro sinceramente di essere felice!»

Alzo lo sguardo, e riemergo dal flusso doloroso dei ricordi. Mentre racconto, sembra tutto così assurdo e distante, che non mi pare neanche di averlo vissuto veramente.

Cassie mi sta osservando a bocca aperta, incredula.

«Dio, che disastro!» esclama, appena si riprende dallo stupore. «E adesso come stai? Sei sempre innamorata del ragazzo che credevi quello giusto, o l'altro te lo ha fatto dimenticare?»

Brava Cassie: bella domanda! Ma è inutile che mi prenda in giro. La risposta è solo una, senza ombra di dubbio.

«Non posso dire di stare male. Giacomo non mi fa mancare nulla, è dolce e comprensivo. È l'uomo che tutte le donne vorrebbero sposare: bello, intelligente, con una brillante carriera avviata e follemente innamorato di me.» Sorrido, e Cassie alza gli occhi al cielo con aria sognante. «Ma, per quanto gli voglia bene, so che non potrò mai provare, né per lui, né per qualcun altro, quello che provo per il mio migliore amico. Non sono io a deciderlo, è il mio cuore, e, per quanto mi ribelli, non c'è nulla da fare. Questo conflitto interiore e il senso di colpa nei confronti di Giacomo non mi fanno vivere serenamente. Voglio molto bene a Giacomo, e sono certa che, se non ci fosse stato l'altro, non avrei mai amato nessuno come lui. E lui lo sa, ne è consapevole, eppure si accontenta di quello che riesco a dargli.»

Cassie si porta una mano al cuore e mi guarda a bocca aperta.

«Deve essere terribile! Come puoi stare con un ragazzo, sapendo di amarne un altro?» mi chiede, scuotendo la testa, con aria di disapprovazione.

«Amo Giacomo, anche se non quanto vorrei. Dovrei solo scrollarmi di dosso il passato, per poter andare avanti con più serenità!» rispondo con amarezza.

«Ma perché non sei tornata insieme all'altro?» domanda ancora.

«Perché non mi fidavo più di lui. È un tipo indomabile, fuori dalle regole, e la sua instabilità mi spaventa. Ho avuto paura che un giorno mi potesse lasciare di nuovo sola, per inseguire la sua carriera, o cambiare idea per qualsiasi altro motivo!» replico con decisione.

«Allora, non ti ha mai amata veramente?» chiede Cassie, ormai appassionata alla vicenda a tal punto, da essersi momentaneamente dimenticata del suo Mark.

«Non lo so. Forse ci siamo illusi entrambi. Comunque, adesso è troppo tardi. Negli ultimi tempi, stiamo cercando di recuperare la nostra amicizia, ma, ogni giorno di più, mi convinco che sia un altro grosso sbaglio,» ribatto, delusa, bevendo un sorso d'acqua.

«Perché?» insiste Cassie, fissandomi con la forchetta a mezz'aria.

«Boh, non lo so! Forse perché è sbagliato cercare di rimediare agli errori del passato. Forse perché in questo modo rischiamo di rovinare anche il presente e il futuro…» rispondo, scuotendo la testa, con tristezza.

«Certo che è davvero una gran brutta situazione: amare qualcuno così tanto, ed essere costretta a rinunciarci!» mormora Cassie con disappunto. «Io sarei disposta a sopportare qualsiasi cosa, pur di stare con Mark!» aggiunge poi, arricciando le labbra e ricominciando a piangere.

Per fortuna, il suo telefono si mette a suonare, così si asciuga alla svelta le lacrime, si schiarisce la voce e si ricompone, mentre risponde a Pam con sicurezza e precisione.

Quando riattacca, le spalle si afflosciano e pare di nuovo uno straccio.

«Ok, devo finire in fretta, e poi devo andare. Pam vuole che la raggiunga in ufficio,» dichiara con un sospiro.

«Anch'io devo andare. Tra poco, dovrebbe arrivare il pasticciere con la moglie e il figlio!» replico, dando un'occhiata all'ora.

«Ah, il famoso Antoine, di cui il signor De Angeli parla così bene!» esclama Cassie con un sorriso.

«Proprio lui. È davvero molto bravo!» aggiungo con un moto d'orgoglio.

«Chissà come mai un pasticciere così quotato non è rimasto a Parigi, avviando una brillante carriera!» sbotta Cassie, spostando rumorosamente la sedia e raccogliendo le sue scartoffie.

La guardo e le sorrido.

«Per amore, Cassie. Antoine ha messo l'amore davanti a tutto, anche alla carriera!» ribatto con una punta d'invidia.

Cassie mi osserva da sotto le lenti spesse, con un'espressione incredula.

«Certo che è proprio vero che gli italiani e i francesi sono degli inguaribili romantici!» esclama con ammirazione.

Annuisco, e mi avvio con lei verso l'uscita. Saliamo insieme sulla metropolitana e ci separiamo nei pressi di Hyde Park. Intanto, chiamo Viola, che mi chiede di andare all'aeroporto a prendere sua sorella, suo cognato e suo nipote con l'auto che Tommaso ha lasciato al residence. Così, mi affretto e raggiungo la destinazione in venti minuti.

L'autista mi saluta e apre gentilmente la portiera della lussuosa Mercedes nera per farmi salire. Accidenti: mi potrei anche abituare a questa vita! Scivoliamo nel traffico caotico del pomeriggio, mentre cerco di concentrarmi sul paesaggio. Non voglio pensare a niente, eppure l'immagine di Alessandro continua a tormentarmi, la sua voce calda riecheggia ancora nelle mie orecchie, intanto che legge i versi di Petrarca. Il cuore inizia a battere forte e la mente si scatena. Che cosa aveva intenzione di fare? Perché proprio Petrarca, e proprio quel sonetto? Non posso fare a meno di pensare che volesse rievocare l'inizio della nostra storia di due anni fa, sotto la statua del poeta, oltre alla dedica che avevo scritto nella cartolina dentro al *Canzoniere*, quando lui era partito pochi giorni dopo: '*Ti amerò per sempre*'.

Vengo assalita contemporaneamente dallo struggimento e da un disperato senso di impotenza, che mi lacerano l'anima. E, nella mente annebbiata dal rimpianto, cominciano a susseguirsi i *se*: che sarebbe successo se lui non fosse mai partito per l'America? E se non avesse rifiutato i soldi del padre, e fosse tornato qualche volta a trovarmi? E se fossi andata via con lui, mollando tutto? E se fosse arrivato a Parigi un giorno prima? E se non avessi avuto paura del suo spirito ribelle? E se quella sera a Parigi, davanti a tutti, fossi tornata da lui, saremmo ancora insieme? La ragione accorre in aiuto della mia sanità mentale, e interrompe questo flusso assurdo di ipotesi. Mi rammento una di quelle perle di saggezza antica, che mio nonno mi aveva regalato: di *se* e *ma* è pieno il mondo, ma sono i fatti che contano. E i fatti restano questi, inutile macerarsi nel rimpianto.

Devo solo cercare di trarre insegnamento dai miei errori, per evitare di farne ancora.

Mi asciugo le lacrime con il dorso della mano, controllo il mio aspetto nello specchietto della cipria, e mi accingo a scendere all'aeroporto in perfetto orario. Chiamo Margherita al telefono, ma non risponde. Mi avvio verso il desk, per chiedere informazioni su un eventuale ritardo del volo, quando mi sento afferrare per le gambe, così forte che rischio di cadere per terra.

«Tia Betta! Tia Betta!» urla Nicola, ridendo, attaccato alle mie ginocchia.

Il cuore si scioglie. Lo prendo e lo faccio volteggiare per aria, prima di riempirlo di baci. Mi lascio cullare dal suo abbraccio, mentre lo stuzzico, facendogli il solletico, solo per sentire la sua risata argentina.

«Piccola peste!» urla Margherita, arrivando di corsa, tutta rossa e accaldata. «Ha cominciato a correre così veloce, che non siamo riusciti a stargli dietro! Non ci eravamo neanche accorti che ti aveva vista! Ci ha fatto prendere uno spavento terribile! Come sempre!»

Nicola si allunga verso la mamma, e, con la sua aria da ruffiano, si tuffa tra le sue braccia e la chiama con voce mielosa. Ovviamente, la rabbia di Margherita evapora all'istante. Si protende verso di me e mi saluta con affetto, poi mi osserva per un lungo istante.

«Allora, come va?» chiede con aria indagatrice.

«Mancate solo voi, ma Viola ha già fatto molto!» rispondo, fingendo di non capire.

«Lo so, anche tu hai avuto il tuo da fare con quella Cassie, vero?» aggiunge Margherita con un risolino.

Alzo gli occhi al cielo, sbuffando:

«Non me ne parlare! Poche ore fa, ha addirittura perso la borsa con i documenti! E ho anche dovuto consolarla, perché il fidanzato l'ha lasciata!»

«Mio Dio, che catastrofe! Ma non doveva essere l'assistente di una delle wedding-planner più quotate d'Inghilterra?» domanda Margherita, con aria divertita.

«Già! Figuriamoci come sono le altre!» commento, con sarcasmo.

Nel frattempo arriva Antoine con due grossi trolley al seguito. Mi saluta con un bacio sulla guancia e mi chiede se è tutto a posto.

«Adesso che ci sei anche tu, mi sento più tranquilla!» rispondo, sorridendo.

«No, Elì. Tu come stai?» insiste, fissandomi con i suoi occhi scuri e penetranti.

«Cerco di sopravvivere,» confesso con sincerità, stringendomi nelle spalle.

«Ho chiesto a Viola di farti tornare a casa, ma dice che non hai voluto...» aggiunge Margherita con rammarico.

«È il mio lavoro, e non potevo lasciare sola tua sorella con quella Pam. Di certo, a quest'ora, si sarebbero sbranate!» replico con un sorriso.

Margherita mi prende per mano, mentre Nicola tenta di scendere dalle sue braccia.

«Neanche per sogno!» lo ammonisce. «Altrimenti chissà dove andresti a finire!»

Nicola si divincola ancora, ma, quando vede l'auto di Tommaso con l'autista, resta sorpreso, e, per qualche istante, si calma. Appena salito, inizia a divertirsi come se fosse al luna park: preme pulsanti, allunga, tira, apre, salta, si rotola, sbatte, urla, finché Antoine lo prende in braccio e lo intrattiene con una canzoncina in francese, a cui lui risponde battendo le manine.

Intanto, informo Margherita su quello che abbiamo portato a termine con Viola, quello che c'è da fare, cosa hanno deciso gli sposi, e da dove dobbiamo cominciare domani mattina. Margherita chiede di questo e di quello, infine torna alla carica con la domanda esplicita:

«Che effetto ti fa questo matrimonio?»

La guardo di sottecchi, con un sorriso amaro.

«È stata una grossa sorpresa, e il destino ha giocato con me: Alessandro non voleva che io lo sapessi, eppure mi sono ritrovata per caso a preparare il rinfresco!» esclamo, scuotendo la testa con disappunto.

«Come si sta comportando con te?» chiede ancora, con l'aria di una mamma preoccupata.

«Beh, abbiamo avuto dei momenti di forte tensione, ma adesso sembra tutto risolto. Stiamo provando a essere di nuovo amici!» rispondo, cercando di convincere più che altro me stessa.

Margherita fa una smorfia.

«Non ho mai creduto all'amicizia tra un uomo e una donna. Però, a questo punto, se lui domani l'altro si sposa, non dovrebbe essere un problema...»

Fa una pausa, e mi guarda con affetto.

«Da quando ti conosco è la prima volta che ti vedo serena e tranquilla. Giacomo ti ama davvero, ed è l'uomo giusto per te. Non permettere a niente e a nessuno di rovinare questo dono del Cielo!» afferma convinta.

Annuisco e la ringrazio della sua premura.

Lei dice che mi vede 'serena e tranquilla'. All'apparenza. Forse perché mi sono rassegnata. Forse perché Giacomo merita tutto il rispetto e l'amore che riesco a dargli - anche se non è abbastanza. Forse perché, alla soglia dei trent'anni, ho bisogno di cercare un punto di riferimento stabile. Forse perché ho imparato a ripararmi dal dolore, segregandolo negli anfratti nascosti del cuore. Forse perché mi sono convinta con l'esperienza che l'Amore vero non esiste, se non nei sogni dell'adolescenza. In realtà, credo che l'amore sia piuttosto una specie di compromesso, prima di tutto con se stessi, e poi con gli altri.

"E che cosa sarebbe allora questa passione folle, questo struggimento così forte, che ti fa battere il cuore, ti fa sudare, ti fa provare un calore insopportabile, ti toglie il controllo del corpo, e ti annebbia il cervello, ogni volta che nomini soltanto Alessandro?"

La voce della mia coscienza è sempre stata invadente, ma, ultimamente, è diventata insopportabile. Sembra che si diverta a rimettere in discussione tutto quello che ho faticosamente costruito. Stavolta, però, decido di ignorarla.

L'autista si ferma davanti al residence e ci apre gli sportelli. Nicola parte come un razzo, e, prima che possiamo raggiungerlo, passa davanti al portiere e si infila nell'ascensore. Margherita urla per cercare di fermarlo, mentre due o tre signore distinte, che transitano nell'atrio, la guardano con biasimo.

«Vorrei vedere loro, al posto mio, se non avessero tate, baby-sitter e governanti varie!» borbotta Margherita adirata.

«Sei tu che non vuoi le baby-sitter!» ribatto, senza avere intenzione di essere polemica.

«Non sono io a non volerle: è lui che le fa scappare tutte! Ti ricordi cosa ha combinato a Parigi, questo impiastro?» sbotta Margherita, che si sta arrabbiando sempre più.

Come potrei dimenticarlo? Mi ha fatto sudare sette camicie, e mi ha fatto stare in pena come non mai. Lei non sa che lo avevo addirittura perso nei corridoi dell'Hotel Ritz, e, se non fosse stato per Luca, il pasticcere romano, chissà dove sarebbe finito!

L'ascensore si chiude un attimo prima che riesca a fermarlo. Ci sono quindici piani in questo palazzo, e non so quanti appartamenti. Dove andrà a finire Nicola adesso? Decido di avventurarmi nell'altro ascensore, lasciando Margherita con Antoine, che è appena arrivato con i bagagli in mano, accompagnato da uno degli inservienti. Mi fermo al primo piano, ma non vedo nessuno. Vado al secondo e chiamo Margherita, perché lei riesce a controllare sul display dove sta andando l'ascensore con dentro Nicola.

«Si è fermato al terzo piano, adesso!» urla, come se potesse afferrarlo al volo.

Proseguo nella mia folle corsa contro il tempo, e giuro a me stessa che, non appena troverò la piccola peste, non mancherò di spolverargli il didietro, stavolta!

Quando le porte si aprono al terzo piano, spero di vederlo sul pianerottolo, ma niente.

«Quinto!» urla di nuovo Margherita al telefono.

Ma, anche stavolta, nessuna traccia di Nicola. Decido di azzardare, e premere il pulsante dell'ultimo piano, in modo da avere la possibilità di tornare indietro e andargli incontro... forse.

«Decimo! Si è fermato al decimo, e non riparte! Decimo!» urla Margherita, disperata.

Sono all'undicesimo piano, quando mi fermo. Mi getto nel corridoio e giù per le scale. Ho il cuore in gola per la corsa e l'ansia: un bambino di neanche due anni non può andarsene in giro da solo per gli ascensori di Londra!

Sto correndo come una pazza, e comincio a sentire delle voci. Lo chiamo disperatamente per nome, mentre tento di non farmi prendere dal panico. Mio Dio, fa' che il piccolo non sia capitato tra le grinfie di un malvivente, che magari pretenderà un riscatto, credendo che sia il rampollo di qualche ricca famiglia - dato che questo è un residence di lusso!

Svolto nel corridoio a tutta velocità, abbandonando le scale in direzione degli ascensori del decimo piano, e vado sbattere violentemente contro qualcuno. Prima che riesca a vedere chi è, riconosco il profumo, e l'adrenalina, già in circolo, sembra esplodermi dentro.

«Nicola!» urlo come un ossesso.

Il piccolo birbante sorride in braccio ad Alessandro, e mi fa vedere, con orgoglio, una caramella. Senza pensarci su, lo afferro quasi con violenza e lo rimprovero aspramente.

«Devi smetterla di andare per conto tuo e disobbedire! Potevi esserti fatto male, o avere incontrato l'uomo nero, che ti portava via per sempre dal babbo e dalla mamma! Non si fanno certe cose!» urlo, fuori di me per la rabbia.

Nicola, che non mi ha mai vista infuriata, mi guarda serio serio, poi arriccia il labbrino, e inizia a piangere disperatamente, divincolandosi per liberarsi dalla mia presa. Ma, stavolta, non mi faccio commuovere dalle sue lacrime, né ho intenzione di lasciarlo andare, a costo di staccargli un braccio. Margherita e Antoine stanno salendo, e, finché non arriveranno loro, lo terrò stretto, che lui lo voglia o no.

«Nico, non piangere,» sussurra Alessandro con dolcezza, nel suo orecchio. «La zia ti ha sgridato, perché ha avuto paura che ti fossi perso o fatto male. Ma lei non sa che io e te abbiamo stretto un patto: se ti comporterai bene e obbedirai al babbo e alla mamma, lo zio Ale ti porterà al luna park e ti comprerà i dolcetti che vuoi. Però, devi essere buono e obbediente sempre, non una volta sola, ok?»

Nicola lo ascolta attento, sgranando i suoi occhioni neri pieni di lacrime, fa' cenno di aver capito con la testa e abbozza un sorriso. Poi, si volta verso di me e mi lancia un'occhiataccia. Io, di rimando, guardo Alessandro di traverso. Lui scoppia a ridere.

«Sei così buffa, quando sei arrabbiata!» esclama, cogliendomi di sorpresa.

«Non c'è nulla da ridere! Ho avuto paura!» ribatto adirata.

Lui e Nicola si scambiano un'occhiata, come se fossero amici per la pelle. La solidarietà maschile sembra non avere età: gli uomini nascono già preconfezionati!

«Beh, Nico voleva solo divertirsi un po' in ascensore,» aggiunge, con la sua abituale aria scanzonata. «Però, la prossima volta lo farà con il babbo, la mamma, i nonni, gli zii, ma non da solo. Giusto?»

Nicola dice di sì, e si danno il cinque, come due compagni di squadra molto affiatati. Mi sento privata della mia autorità di tutrice, e non mi piace affatto. Anche se quello che non mi piace, in realtà, è restare qui, accanto ad Alessandro. Ho il cuore che batte più forte di prima, quando correvo per le scale. La sua presenza e il suo profumo mi tolgono la lucidità. Vorrei scappare, e, allo stesso tempo, devo ammettere che mi piace stare qui con lui con la scusa di Nicola. Il mio destino è quello di auto-infliggermi dolore in maniera del tutto gratuita.

«Allora, la zia e Nico adesso fanno la pace, così Nico smette di piangere,» gli asciuga il viso con il dorso della mano. «E la zia sorride, così è ancora più bella!» aggiunge rivolto a me, sfiorandomi la guancia con le dita.

Ho un improvviso vuoto allo stomaco, non riesco a reprimere un brivido, e distolgo lo sguardo dai suoi occhi, che mi stanno incendiando, mentre arrossisco per l'imbarazzo e il complimento inaspettato.

Le porte dell'ascensore si aprono provvidenzialmente, e le urla di Margherita rompono un silenzio altrimenti insopportabile.

«Sei una peste! Un bambino cattivo! Adesso sarai in punizione per una settimana!» grida, prendendo il piccolo per un braccio e strattonandolo, come se fosse un pupazzo.

Nicola si mette di nuovo a piangere, ma interviene Antoine, che lo prende e lo porta via con sé, sgridandolo con dolcezza.

«Ale, sei stato tu a fermare il mio piccolo demonio?» chiede Margherita, rossa in viso per la rabbia.

Alessandro sfodera il suo sorriso sornione, che lo rende così intrigante.

«È stato un caso. Ero appena uscito dall'appartamento e stavo per prendere l'ascensore, quando è saltato fuori Nicola. All'inizio, non l'avevo riconosciuto, poi ho sentito le urla di Elisabetta per le scale e ho capito!» risponde con aria divertita, lanciando un'occhiata nella mia direzione.

«Meno male che c'eri tu! Poteva incontrare chiunque, o cadere, oppure... Non ci voglio neanche pensare! Grazie! E grazie a Dio, che ti ha mandato qui proprio ora!» replica Margherita, che è sul punto di piangere, per lo scampato pericolo e lo spavento.

Alessandro si schermisce con un cenno della mano.

«Non so più cosa fare con lui! È un bambino terribile! Tra qualche anno ci caccerà fuori di casa, se continua così!» si lamenta ancora Margherita.

«Non dirlo nemmeno! A quell'età tutti i bambini sono vivaci. Appena imparano a camminare, hanno il mondo intero da scoprire, e le loro menti sono pronte a rispondere a tutti gli stimoli che ricevono. Sono in continuo fermento, perché l'intelligenza è come una cartella vuota, pronta per essere riempita di dati, mentre il corpo trova infinite espressioni di movimento,» spiega Alessandro in tono professionale.

Accidenti, è così sexy, quando si comporta da medico! Forse perché traspare tutta la passione che riversa nel suo lavoro... O forse perché la mia mente è deviata dalle ragioni impellenti del cuore.

Margherita scuote mestamente la testa, poi, all'improvviso, è come se si ricordasse una cosa importante.

«Ora che ci penso, Viola mi ha detto che sei tu quello che sta per sposarsi! È a te che dobbiamo preparare il rinfresco per il matrimonio!» esclama con allegria.

Alessandro annuisce senza convinzione, e si lascia abbracciare da Margherita, che si congratula per il lieto evento.

«Sono davvero felice per te! Sposare chi si ama è la cosa più bella che possa capitare nella vita!» prosegue con enfasi, stringendogli affettuosamente la mano.

Alessandro mi getta un'occhiata penetrante, che mi ferisce come una spada.

«Hai ragione. Non si può vivere accontentandosi, si deve pretendere il massimo!» mormora, come se fosse un monito nei miei confronti.

«Eh, già! D'altronde non tutti hanno la fortuna di incontrare la persona giusta!» ribatte Margherita.

«C'è anche chi incontra la persona giusta, ma se la lascia sfuggire...» aggiunge lui in un soffio, puntando i suoi occhi nei miei.

È come se mi succhiasse via l'anima e mi privasse della mia essenza. Sento un altro vuoto allo stomaco e distolgo lo sguardo. Un silenzio imbarazzante è sceso tra noi. Margherita si schiarisce rumorosamente la voce.

«Beh, io vado, adesso. Ci vediamo, Alessandro!» saluta, avviandosi nella direzione in cui sono spariti Antoine e Nicola. «Noi ci sentiamo più tardi, Eli!» borbotta, lanciandomi uno sguardo preoccupato.

Cerco di sorridere per tranquillizzarla, ma so di non essere convincente.

Margherita si allontana lentamente, e io resto immobile, a fissare il pavimento del pianerottolo, mentre si aprono di nuovo le porte dell'ascensore. Ne esce un distinto signore con una valigetta di pelle, probabilmente un uomo d'affari della City, che parla concitatamente al telefono.

«Scendi anche tu?» chiede Alessandro con un filo di voce, un guizzo come di speranza negli occhi ardenti.

«No,» rispondo con cortesia. «Sono appena tornata. È stata una lunga giornata, e non so se sarà ancora finita!» esclamo, alzando gli occhi al cielo.

Si passa una mano tra i capelli, e sospira.

«Mi dispiace! Tutto questo lavoro è per colpa mia!» replica con una smorfia.

«L'hai detto tu: si tratta di lavoro, e sono pagata per questo. Oltre tutto, sono a Londra!» ribatto allegramente, cercando di smorzare la tensione.

Alessandro abbozza un sorriso e indugia ancora qualche istante.

«Allora, non vuoi scendere a prendere qualcosa da bere, in nome della nostra vecchia amicizia?» insiste, scrutando la mia reazione.

Sarei tentata di andare, perché mi piace stare con lui, ascoltarlo mentre parla, sentire il suo profumo, perdermi nei suoi occhi, ammirare i lineamenti del viso, i capelli arruffati, le mani lisce... Ho un attimo di esitazione, e lo guardo sorridere. Sto per accettare, assecondando il mio cuore, che fa salti di gioia, ma la mia coscienza ricomincia a presentare l'elenco dei sensi di colpa.

Poi, il suo telefono vibra. È Adriana. Intuisco che lei è al lavoro e gli sta chiedendo non so quale favore. E capisco anche che questo è un chiaro segnale, proveniente dall'Alto, per farmi desistere, per cui decido di girare sui tacchi e andarmene.

Sono quasi arrivata alla soglia dell'appartamento, quando mi sento afferrare dolcemente per le spalle, e sono costretta a voltarmi. Il viso di Alessandro è vicinissimo al mio, tanto che posso sentire il suo respiro.

«Non hai risposto alla mia domanda: vieni con me a prendere qualcosa da bere?» insiste, con un sorriso disarmante.

Non so come dirgli di no senza sembrare scostante. Così, decido di essere sincera.

«Preferisco rimanere a casa. Non te la prendere, ma non è il momento adatto per uscire. Io sono stanca, e tu fra poche ore avrai l'addio al celibato!» rispondo con un groppo in gola.

«È Andrea che ha voluto organizzare la serata. Mi ha chiamato poco fa per avvisarmi che l'aereo è appena atterrato a Heathrow!» replica, scuotendo la testa con aria di disapprovazione.

«Allora era certamente insieme a Margherita, Antoine e Nicola!» dico, tanto per chiudere la conversazione, facendo tintinnare rumorosamente le chiavi, passandole da una mano all'altra.

Si limita ad annuire, senza smettere di fissarmi.

Cerco disperatamente di guardare altrove, gli angoli del soffitto, gli interruttori alle pareti, le mattonelle del pavimento, ma i suoi occhi pretendono la mia attenzione. E, quando catturano i miei, sono perduta. Restiamo per lunghi istanti immobili, l'uno di fronte all'altra, a pochi centimetri di distanza, mentre il mio cuore batte così forte, che mi sembra di sentirlo rimbombare, nel silenzio che incombe. Mi prende dolcemente la mano, e avverto la solita scossa elettrica in tutto il corpo.

«Ti prego,» mi implora con voce strozzata.

Le sue labbra sono vicinissime alle mie, e il suo profumo mi stordisce.

«Che cosa vuoi da me?» chiedo, senza riuscire a frenare le lacrime.

Non credo di aver mai provato un dolore così forte e lacerante, come in questo momento. Avere di fronte a me il ragazzo che amo più di me stessa, ed essere consapevole che appartiene a un'altra, provoca una sofferenza insopportabile. Adesso capisco come si è sentito lui a Parigi!

Vorrei scappare e non vederlo mai più, anche a costo di perdere la sua amicizia. Forse ha ragione Margherita: un uomo e una donna non possono essere amici.

Alessandro mi prende delicatamente il mento con una mano, e mi asciuga le lacrime con l'altra.

«Non sopporto di vederti piangere,» mormora appena.

Queste parole mi suonano così dolci e familiari, ed evocano uno dei ricordi più belli: la sera in cui lui mi aveva portato a casa ubriaca dal *Beverly Hills*, ed eravamo finiti a letto insieme, per la prima volta.

Rido e piango insieme, mentre mi bacia dolcemente una guancia. E poi ancora, come se volesse esplorare ogni centimetro del mio viso. Chiudo gli occhi, e mi dimentico perfino di essere sul pianerottolo.

«Che stai facendo?» chiedo, in un ultimo disperato tentativo, da parte della mia razionalità, di salvarmi dall'abisso.

«Non sopporto di vederti piangere,» ripete, avvicinandosi pericolosamente alle mie labbra.

Dallo stomaco si diffonde uno sfarfallio che invade tutto il corpo, e ho una voglia irrefrenabile di gettargli le braccia al collo, stringermi a lui, e mandare al diavolo il resto del mondo. Sento il suo respiro diventare affannoso, le sue mani mi accarezzano il collo, eppure continuo a stringere forte le chiavi fino a farmi male...

«ELISABETTA! Che cosa fai lì, impalata davanti alla porta? C'è qualche problema? Ci sono i ladri?» chiede Viola con apprensione.

Mi riscuoto all'improvviso dallo stato di torpore. Mio Dio! Da quanto tempo sono qui a fissare la soglia senza entrare, e, quel che è peggio, a sognare ad occhi aperti? Sì, perché Alessandro non mi ha affatto raggiunta, ma ha preso l'ascensore ed è andato per i fatti suoi. La mia è stata solo una suggestione, creata da un desiderio irrazionale. Sinceramente, comincio ad essere preoccupata della mia sanità mentale: restare immobile, a fantasticare su qualcosa di assurdo, è un fatto inquietante.

«Niente, ero solo assorta nei miei pensieri!» biascico, evitando di guardarla.

Il mio viso deve essere paonazzo per la vergogna.

«Alessandro, vero? L'ho incontrato nell'ingresso, era appena uscito dall'ascensore!» commenta, contrariata.

Mi sento come una bambina, che è stata colta in flagrante, mentre faceva qualcosa di proibito.

«Che cosa ti ha detto?» mi chiede in tono aggressivo.

So che vuole proteggermi, ma non può riuscirci, se sono io a infliggermi il dolore da sola.

«Niente! Ha trovato Nicola, che era scappato in ascensore, senza che fossimo riusciti a fermarlo!» rispondo a testa bassa.

Alla notizia dell'ennesima marachella del nipote, Viola per un attimo dimentica la mia situazione, e comincia a borbottare delle critiche nei confronti di sua sorella e di suo cognato. Poi, infila nervosamente le chiavi nella porta, ed entriamo nell'appartamento.

«Insomma, tutto a posto?» mi chiede con l'aria stanca.

Deve essere stata una dura giornata anche per lei.

«Credo di sì. Fra qualche ora dovrebbe arrivare Giacomo. O al massimo domattina!» rispondo, cercando di convincermi che sto bene.

Viola mi osserva, mentre ci avviamo verso le nostre stanze.

«Meno male! Vedrai che, quando ci sarà lui, tornerà tutto come prima!» replica, con un'espressione di sollievo.

Evito di dirle che lo spero con tutto il cuore, anche se la mia coscienza ha delle riserve e non mi lascia in pace.

«E tu? Come va con Tommaso?» chiedo, per cambiare definitivamente discorso.

Viola si illumina e sorride, come solo gli innamorati sanno fare.

«Tommaso è un ragazzo meraviglioso. Questi giorni con lui sono stati i più belli della mia vita, nonostante il lavoro, e nonostante Pam!» esclama con compiacimento.

Poi, solleva lo sguardo, e un'ombra di tristezza vela i suoi grandi occhi azzurri.

«Bisogna sapersi accontentare e cogliere l'attimo, con la consapevolezza che tutto è destinato a finire. Almeno, mi rimarranno degli splendidi ricordi!» aggiunge con amarezza.

Io so che non è così: Tommaso era sincero ieri mattina, quando mi ha confessato di essere innamorato sul serio, per la prima volta in vita sua.

«Non sempre le favole diventano realtà, ma a volte può succedere...» insinuo con un sorriso.

Viola scuote la testa con convinzione.

«Preferisco non illudermi, per non soffrire. Ho imparato a prendere quello che mi viene dato, senza pretendere di più. E ho imparato a dare, senza aspettarmi niente in cambio. Almeno per ripararmi dalle batoste!» sentenzia, mentre apre la porta della sua stanza.

«Uscite stasera?» chiedo, prima di salutarla.

«No, lui ha la festa di addio al celibato dello sposo, e io sono esausta! Stamattina, mi ha fatto alzare all'alba, ho sgobbato tutto il giorno, e ora non ce la farei a cambiarmi di nuovo... Inoltre, domani sarà una giornata d'inferno!» ribatte, alzando gli occhi al cielo.

È felice, e la sua felicità è contagiosa.

«Anch'io andrò letto, e voglio dormire dodici ore di fila!» aggiungo convinta, scacciando il pensiero di quella dannata festa.

«Buon riposo allora!» mi saluta, sorridendo.

Mi chiudo in camera, mi spoglio, entro nella doccia, e assaporo il piacere dell'acqua calda e del profumo delle essenze. Mi asciugo e infilo il pigiama. Poi, mi dirigo verso la cucina, dove Helen ha preparato delle deliziose polpette insieme alle verdure. Aggiungo una mela e mi ritiro di nuovo in camera. Giacomo mi ha mandato un messaggio: prenderà l'aereo successivo, anche se ci sono dei ritardi nei voli. È ancora in riunione con dei clienti e non può chiamarmi. Mi avviserà, non appena si sarà liberato.

Mia sorella mi ha mandato delle foto di alcuni regali, che le sono arrivati dai parenti di Gabriel, e di un cucciolo di cane abbandonato, che hanno deciso di adottare, per iniziare a mettere su famiglia.

La mamma mi ha tempestato di messaggi, chiedendomi se sto bene: quando si mette a fare la madre premurosa diventa insopportabile. Quasi quasi, la preferisco quando si comporta da madre negligente!

Il babbo ha inviato un video del mio nuovo fratellino: devo ammettere che è proprio carino e mi sono commossa. D'altronde, che colpa ne ha lui, poverino, se abbiamo un padre spensierato e farfallone? Non possiamo fare altro che condividere questo peso!

Infine, telefono alla nonna. Scambiare due chiacchiere con lei mi aiuta a risollevarmi il morale e a sentirmi meglio.

Così, quando sono solo le otto, ora di Londra, mi distendo sul letto e inizio a leggere un giallo, che mi ha regalato Arianna. Ma, sarà per la stanchezza, o per la scarsa abilità dello scrittore, fatto sta che, dopo poche righe, il libro mi scivola di mano e mi addormento profondamente.

Notte

Il telefono vibra, ma io lo sento in lontananza, non riesco a muovermi, né a svegliarmi. Il fastidioso ronzio insiste senza tregua, così alla fine sono costretta ad aprire gli occhi. Sono quasi le due di notte. Santo Cielo! Che succede a quest'ora?
Rispondo con il cuore che batte all'impazzata per la paura.
È Alessandro. Ha la voce impastata dall'alcool e sta urlando, come se fossi all'altro capo del mondo e non potessi sentirlo.
«Betty, ho bisogno di vederti. ADESSO!» ordina, imperioso.
«Alessandro, sei ubriaco! Cosa vuoi da me?» chiedo, cercando di riprendermi dalla sorpresa e dal sonno.
«Ho detto che ho bisogno di vederti! Per favore!» mi implora.
«Ma sono le due di notte, e non so dove sei!» protesto.
«Ho mandato un taxi a prenderti!» replica soddisfatto.
«Dunque, non ho scelta?» ribatto in tono polemico.
Non risponde, si limita a ridacchiare in maniera piuttosto sguaiata.
Sarei tentata di riattaccare e mandarlo al diavolo, ma sono sicura che sarebbe capace di venire fin qui e fare un gran casino. Per evitare il peggio, decido di assecondarlo, almeno per ora.
Mi metto a sedere sul letto e inizio a spogliarmi: non posso certo andarmene in giro per Londra, di notte, in pigiama!
«Va bene! Va bene! Arrivo!» rispondo asciutta.
Mi riservo di fare le domande al momento opportuno, e allora pretenderò delle risposte esaurienti, che possano giustificare il fatto di avermi praticamente buttata giù dal letto, in maniera tanto improvvisa e brusca, nel cuore della notte.
Mentre mi infilo i jeans, ricordo finalmente che dovrebbe essere in corso la sua festa di addio al celibato. Ha forse combinato qualcosa? Ma, anche se fosse, io che c'entro? Non dovrebbe chiamare la sua futura moglie? La curiosità diventa insopportabile, e non vedo l'ora di arrivare a destinazione, anche se la piccola parte razionale rimasta continua a chiedermi perché mi sto prestando a questo gioco assurdo. Ovviamente, la scusa dell'amicizia è inossidabile e non ammette repliche.
Infilo la giacca pesante, stendo sul viso un velo di cipria, per dare un po' di colore alle guance pallide, pettino i capelli in fretta, metto le scarpe, allacciandole appena, e mi precipito fuori. L'ascensore mi

sembra incredibilmente lento, e, quando arrivo nell'atrio, corro verso l'uscita. Mi tremano le mani, e l'agitazione aumenta, quando il taxi si ferma davanti a me. Il taxista è assonnato e taciturno, e gliene sono sinceramente grata. Devo tenere a bada mille pensieri e mille sentimenti contrastanti, non ho tempo per le chiacchiere inutili.

La notte londinese è piuttosto animata, nonostante l'ora tarda. Il tragitto pare interminabile, ma non riesco a orientarmi, e la mia mente è troppo concentrata a elaborare ipotesi, per concentrarsi sul paesaggio. Mi agito sul seggiolino, e guardo di sottecchi il taxista dallo specchietto, cercando di capire quanto manca, per arrivare a destinazione.

Dopo un tempo che mi sembra infinito, ci fermiamo davanti a un locale dall'aria elegante, di cui non riesco a leggere l'insegna.

Scendo, ed entro in un club di lusso, dai colori caldi e accoglienti. Un enorme gorilla in smoking si avvicina e mi chiede se può aiutarmi. Sto per rispondere, quando scorgo Tommaso, che mi viene incontro a grandi passi, con l'aria sorpresa e preoccupata.

«Che cosa ci fai qui? È successo qualcosa?» chiede con ansia.

«Alessandro mi ha chiamata, perché vuole vedermi!» rispondo senza fiato.

Ringrazia il gorilla con un cenno del capo, mi prende per mano e mi trascina con sé senza parlare. Ho il cuore in gola, non riesco neanche ad aprire bocca.

«Mi dispiace! Avrei dovuto evitarti il disturbo e questo orribile spettacolo...» mormora a denti stretti.

Entriamo in una sala privata con le luci soffuse, la musica rilassante in sottofondo, alcune ballerine semi-nude, che si dimenano qua e là, i tavolini con i calici di champagne, diversi uomini in piedi, che stanno guardando qualcosa o qualcuno. Riconosco Andrea, che si volta verso di me, mi saluta con un abbraccio frettoloso, e mi chiede anche lui perché sono lì. Poi, scuote la testa e mi indica un piccolo palcoscenico rialzato, dove, seduto in un angolo, con una bottiglia di whisky in mano, c'è Alessandro, ubriaco fradicio.

È irriconoscibile. Il suo viso è una maschera deformata dall'eccesso di alcool, i capelli sono spettinati, la camicia è spiegazzata e ciondola fuori dai pantaloni, si è tolto anche le scarpe, e il suo equilibrio è molto precario, nonostante sia seduto. Sinceramente, vederlo così, mi inquieta, ma mi lascio guidare dall'istinto, e mi faccio coraggio. Tolgo la giacca e la appoggio su una sedia, salgo sul palco e mi avvio nella sua direzione a passi lenti, per dargli la possibilità di mettermi a fuoco, ammesso che ci riesca.

Mi siedo davanti a lui e cerco il suo sguardo. Ma, quando lo trovo, mi ferisce come un pugno sullo stomaco. Nonostante l'ebbrezza, i suoi occhi si riempiono di struggimento e di passione. Poi sorride, con una specie di ghigno.

«Sei venuta, finalmente!» biascica, appoggiando la bottiglia per terra.

«Che diavolo stai combinando?» gli chiedo, in tono di rimprovero.

«Volevo offrirti qualcosa da bere, ma non hai voluto!» risponde adirato.

«E ti sembra un buon motivo per svegliarmi alle due di notte e farmi venire fin qui?» domando, alzando gli occhi al cielo, con lo stesso tono condiscendente con cui mi rivolgo a Nicola.

«Sei una stronza!» sibila a denti stretti, senza smettere di fissarmi.

«Anche tu!» rispondo con un sorriso.

Allunga la mano per accarezzarmi la guancia e mi sento sciogliere.

«La mia principessa sta per sposare un altro,» mormora, mentre deglutisce a fatica. «Non puoi farlo!»

«Perché non dovrei? Non sei forse alla tua festa di addio al celibato? Non sei tu quello che si sposerà domani l'altro?» chiedo, ostentando sorpresa, prendendo la sua mano tra le mie.

«Allora ti sposi per ripicca!» ribatte con aria trionfante.

«Non farei mai una cosa del genere!» protesto adirata.

«Non puoi amare sul serio quel damerino!» sbotta con disprezzo.

«Giacomo non è un damerino, e mi vuole bene davvero!» replico convinta.

«E tu gli vuoi bene davvero?» chiede in tono di sfida.

Per essere ubriaco, è anche troppo lucido. Sono sinceramente in imbarazzo, ma non voglio che se ne accorga.

«Certamente. Altrimenti perché sarei sul punto di sposarlo?» rispondo con voce troppo acuta.

Poi, cerco subito di sviare l'attenzione.

«Tu perché sposi Adriana?»

Scuote la testa.

«Ho creduto di amarla. Da quando... Da quando ti ho visto con quell'altro, a Parigi, ho capito che ti avevo perduta per sempre, e che avrei dovuto farmene una ragione. Adriana mi è stata vicina, in quel periodo difficile, e ho pensato di riuscire ad andare avanti insieme a lei. Credevo di avere il controllo, ma non è così...»

Le sue parole sono cariche di amarezza, la sua espressione è piena di angoscia e tristezza. Non ha più nulla del ragazzo pieno di vita, affascinante, che non si ferma davanti a nulla.

«Quello che è peggio è convivere con i sensi di colpa. Non solo ti ho perduta, ma è successo per causa mia, e non potrò mai perdonarmelo!» aggiunge, con la voce strozzata dal dolore.

I suoi occhi sono velati da una sofferenza atroce.

«Ho raggiunto gli obiettivi che mi ero prefissato nel lavoro, mi sembravano tanto importanti, ma ora chissà cosa pagherei, per poter tornare indietro e rivedere la lista delle mie priorità!»

Ho un groppo in gola, e mi viene da piangere. Alessandro è irriconoscibile: è sempre stato una roccia, e, vederlo in questo stato, mi lacera l'anima.

«Non mi hai mai detto che mi ami, tranne quando hai risposto con un *sms* alla dedica che ti avevo scritto sulla cartolina, dentro al volume di Petrarca, quando sei partito!» protesto in un sussurro.

«Non te l'ho detto, ma l'ho sempre saputo dentro di me, anche se non ho mai voluto ammetterlo neanche con me stesso!» risponde con aria abbattuta, provando ad alzarsi senza riuscirci.

Andrea si avvicina, e cerca di tirare su il fratello, prendendolo per un braccio. Mi alzo anch'io, insieme a lui, e lo aiuto. Tommaso e un altro uomo, piuttosto robusto, si avvicinano. Alessandro si regge in piedi a fatica, nonostante l'appoggio di Andrea, ma non stacca gli occhi dai miei. All'improvviso, si mette a ridere, ma è un riso forzato e sguaiato.

«Guarda che faccia da funerale che hai! Allora ho ragione io: tu non sei innamorata del biondino!» esclama, con un'espressione trionfante.

Mi sento una stupida. Mi ha ingannata, la sua è stata solo una patetica messinscena, per dimostrare al suo solito ego smodato che lui è sempre il vincitore!

La rabbia subentra con irruenza nel mio cuore, e, senza pensare, gli mollo un sonoro ceffone.

«Andiamo via!» suggerisce Andrea, cercando di trascinare il fratello giù dal palco, con l'aiuto di Tommaso.

«Lasciatemi andare!» urla Alessandro, che ora sembra una furia.

Non mi fa paura. Non importa se è ubriaco: non deve permettersi di trattarmi in questo modo, perché non sono una sua proprietà, di cui lui può disporre a suo piacimento.

«Dovrei forse amare uno stronzo egoista come te?» sibilo al suo indirizzo, avvicinando minacciosamente il viso al suo.

«Tu sei altrettanto egoista: siamo fatti l'uno per l'altra!» ribatte con arroganza.

«Continua a illuderti! E grazie per avermi fatto alzare alle due di notte, per partecipare a questa inutile conversazione con te!» aggiungo in tono pungente.

Mi volto e sto per andarmene, ma lui riesce a liberarsi dalla presa di Andrea e Tommaso, e mi afferra per un braccio, costringendomi a guardarlo.

Allontano il viso dal suo, mostrando il mio ribrezzo.

«Puzzi come una distilleria!» lo rimprovero.

«È colpa tua!» ribatte polemico.

Mi sta stringendo troppo forte, e mi sfugge una smorfia di dolore. Però non mi lascia. Un senso di impotenza e di disperazione si impossessa di me, oltre alla sofferenza che mi sta infliggendo in maniera gratuita con il suo atteggiamento.

«Lasciami andare, ti prego,» lo supplico con la voce che si incrina, mentre cerco di trattenere le lacrime.

Di fronte al mio sincero sconforto, la sua espressione dura e sprezzante lascia spazio a un mare di dolcezza infinita, quel mare in cui ho sempre sognato di navigare. La presa su di me si allenta, e un'ombra di rimorso offusca il suo sguardo. I miei occhi indugiano ancora un istante nei suoi, per fargli capire quanto dolore stia infliggendo al mio cuore. Siamo vicini, troppo vicini, e stiamo ansimando, nello sforzo di tenere a bada delle emozioni, che non siamo in grado di controllare.

In quell'istante, il telefono comincia a vibrare nella tasca dei miei pantaloni, ma non ho la forza per prenderlo. Sono tentata di spengerlo senza rispondere, ma il suono è insistente, urgente. Guardo e... Non ci posso credere: è Cassie! Mi ha chiamata quattro volte! Mi allontano appena da Alessandro, voltandogli le spalle, faccio scorrere l'indice sullo schermo con un gesto nervoso, e rispondo.

«Che succede?» chiedo, esausta e con il cuore in tumulto.

Nessuna risposta. Sento solo il fruscio della brezza notturna sul microfono del telefono.

«Cassie?» insisto.

Ancora niente.

Comincio a pensare che tutti si stiano approfittando della mia gentilezza e disponibilità, per fare i propri comodi, a qualunque ora del giorno e della notte, come se fossi un centro di accoglienza. E, sinceramente, sono stanca di questo trattamento.

«Cassie? Perché mi chiami alle tre di mattina e poi non parli?» domando in tono risentito.

Mentalmente, mi impongo di aspettare e contare fino a cinque, prima di riattaccare. Dopodiché, non permetterò alla mia coscienza di torturarmi con i sensi di colpa. In fondo, io Cassie neanche la conosco, e ho già abbastanza problemi per conto mio. Non posso badare anche a lei!

Uno. Due. Tre. Quattro...

«Mi voglio buttare nel Tamigi,» mormora, proprio quando sto per terminare la chiamata – neanche mi avesse letto nel pensiero!

Si può essere più egoisti di così? Perché deve telefonare a me, una perfetta sconosciuta, alle tre di notte, alla vigilia di un evento importante, per il quale dovrò lavorare senza tregua tutto il giorno, per comunicarmi che vuole buttarsi nel fiume? Non ha una sorella, un'amica, una madre? E cosa dovrei fare io, ora? Cercare di dissuaderla? Andare da lei e convincerla che le sorti dell'intero universo dipendono dalla sua decisione? A nessuno, dico, NESSUNO, viene in mente – anche solo di sfuggita! – di chiedere come sto io?

Inspiro rumorosamente e chiudo gli occhi.

«Dimmi dove sei!» borbotto, adirata con me stessa.

È inutile: c'è chi nasce vincente e chi perdente. Io non farò mai parte della prima categoria!

Cassie non risponde.

La rabbia, la stanchezza, la sofferenza, e tutto il peggio che sento dentro, risvegliano alla fine il mio lato aggressivo e dispotico.

«Non ho intenzione di discutere con te! E smettila di comportarti come un'adolescente! Sembri una ragazzina, che si dispera perché non riesce a sposare uno degli One Direction!» urlo come una forsennata.

«Westminster Bridge...» sussurra tra le lacrime.

«Non ti muovere! Sto arrivando!» le ordino.

Mi volto solo per incontrare lo sguardo pieno di passione e disperazione dell'uomo che amo, ma che non potrà mai più essere mio.

«Devo andare,» mormoro senza forze.

«Aspetta!» intima, afferrandomi il braccio.

Una nuova scossa elettrica mi attraversa da capo a piedi, e sto lottando con me stessa per non guardarlo. Ma lui mi attira di nuovo a sé e non mi lascia scampo. I suoi occhi catturano i miei, poi mi prende il viso tra le mani, e non riesco più a trattenere le lacrime.

«Sai che non sopporto di vederti piangere!» sussurra con dolcezza, proprio come due anni fa, anche se la situazione è completamente diversa.

«E allora lasciami andare!» rispondo con un filo di voce, ingoiando a fatica i bocconi amari di dolore.

«È davvero questo che vuoi?» chiede con il viso a pochi millimetri dal mio.

Annuisco e chiudo gli occhi, inspirando forte. Quando li riapro, mi tiene ancora prigioniera dei suoi occhi ardenti e penetranti, le sue mani accarezzano le mie guance fino al collo, provocandomi dei brividi, ai quali non credo di poter resistere a lungo. Ho paura di non riuscire a sfuggirgli, anche se ormai sono consapevole che la mia vita gli appartiene da sempre, e continuerà ad essere così per l'eternità.

«Devo andare,» ripeto, più che altro a me stessa. «Cassie è nei guai,» aggiungo, per essere convincente.

Tento di staccarmi da lui, ma non ce la faccio. La sua presa è dolce e salda, come al solito, non posso liberarmi.

«A cena, ieri, hai detto che l'amicizia non ti basta...» insiste con voce roca.

«Alessandro, ti prego. Lasciami andare!» lo supplico disperata.

Prima che riesca a rendermene conto, le sue labbra sono sulle mie, dapprima delicate, poi avide e senza controllo. Tutta me stessa riconosce all'istante la droga di cui sono dipendente, e lotto per allontanarmene, anche se ogni sforzo è vano, perché solo avvelenandomi in questo modo terribilmente dolce, riesco a sentirmi viva. Mentre mi stringe forte a sé, annebbiando la mia mente e annientando le mie difese, una dopo l'altra, come in un domino, uno spiraglio di lucidità mi scuote, ricordandomi che ci sono Giacomo, Adriana, il matrimonio, e tutto il resto. Così, in un ultimo disperato tentativo di salvezza, trovo la forza per staccarmi di scatto da lui, scendo dal palco, afferro la giacca e scappo via di corsa, con le lacrime che mi offuscano di nuovo la vista.

«ELISABETTA! TORNA QUI!» urla Alessandro alle mie spalle, provando disperatamente a trattenermi. «È DAVVERO QUESTO CHE VUOI?» insiste con rabbia.

Non mi fermo, finché non sono fuori dal locale. Respiro affannosamente, e tento di darmi un contegno. Diverse persone, che sono uscite a fumare, mi guardano con compassione, e bisbigliano tra loro.

«Quell'italiano sembra impazzito. Eppure, dovrebbe essere felice. È la sua festa di addio al celibato e sta per sposarsi!» mormora una ragazza, vestita in maniera vistosa, con l'aria di chi la sa lunga.

«Oddio, come sono melodrammatici questi latini!» ribatte la sua amica, alzando gli occhi al cielo.

«Io, invece, li trovo così romantici!» commenta un'altra, con un sospiro.

Sto per replicare che dovrebbero pensare ai fatti loro, prima di andare al diavolo, quando mi raggiunge l'autista di Tommaso.

«Il signore mi ha appena chiesto di accompagnarla, se lo desidera,» chiede con aria preoccupata, offrendomi gentilmente un fazzolettino di carta.

«Grazie,» rispondo con sincera gratitudine, lasciandomi condurre fino all'auto.

Solo ora mi rendo conto che siamo a Piccadilly Circus, e che ci sono tante persone in giro per locali. Ma il caos nel mio cuore è più assordante del traffico, della musica, del rumore della folla.

Quando mi siedo al sicuro nell'abitacolo, mi costringo finalmente a non pensare più, per evitare di soffrire ancora. Domani dovò lavorare, con me ci saranno Viola e anche Margherita, Antoine e Nicola, non ci sarà tempo da perdere. Ma non riuscirò a dormire abbastanza, né ad essere altrettanto tranquilla, per essere in forma come dovrei.

«Scusi, dobbiamo fare una deviazione, e andare a Westminster Bridge, in fretta! Avviserò io il signor De Angeli!» dico rivolta all'autista, che si limita ad annuire, gettandomi quella che sembra un'occhiata di compassione.

Chiamo subito Tommaso, mentre l'auto sfreccia veloce per le strade di Londra piuttosto sgombre: anche nelle metropoli la gente va a dormire, ma io devo sempre fare eccezione!

«Tommaso, sono Elisabetta! Perdonami, ma devo andare da Cassie, la ragazza che lavora per Pam! Dice che vuole buttarsi nel Tamigi!» lo informo.

Mi sento a disagio, perché mi sembra di abusare della sua disponibilità e della sua auto. E non ho il coraggio di chiedergli notizie di chi mi preme...

«Accidenti! Che pasticcio, Eli! Comunque, non preoccuparti per me! Sto tornando a casa con Andrea. Stiamo riaccompagnando Alessandro...» risponde Tommaso con voce tranquilla, anticipando la mia domanda. «Adesso dorme, finalmente!» aggiunge in tono esasperato.

Deve aver fatto sudare loro sette camicie, prima di lasciarsi convincere a uscire dal locale, anche se ormai l'alcool lo aveva completamente stordito.

«Meno male! E grazie...» mormoro, un po' sollevata dalla notizia.

«Hai bisogno di aiuto? Come stai?» chiede con premura.

Alla fine, qualcuno si ricorda che sono anch'io un essere umano!

«Non credo di avere bisogno d'aiuto. Ho solo bisogno di dormire!» protesto.

«A chi lo dici! Sono in piedi da quasi ventiquatt'ore!» esclama, sbadigliando. «Comunque, fatti aiutare da Jason: è un ragazzo in gamba!»

«Ok. Grazie, Tom! E buonanotte... O forse dovrei dire buongiorno?» concludo, senza trattenere un sorriso.

In effetti, il cielo si sta schiarendo parecchio, nonostante non sia proprio sereno.

«Beh, se il buongiorno si vede dal mattino, non oso pensare che cosa potrà capitarci oggi!» dichiara con enfasi.

Scoppiamo a ridere entrambi, prima di salutarci.

Nel frattempo, Jason mi avvisa che siamo nei pressi di Westminster Bridge. Lo sta percorrendo lentamente, mentre sto cercando di individuare Cassie. Alla fine la vedo, dalla parte opposta della strada, dove finisce il ponte. È seduta per terra, quindi non credo che abbia tanta voglia di buttarsi di sotto.

Scendo nell'aria fredda del mattino, e rabbrividisco. Ma tu guarda che cosa mi tocca fare!

«Avanti, Cassie, andiamo a dormire! Sono esausta!» la incito in tono lamentoso, cercando di convincerla con le buone.

Ma lei non si muove, e neanche mi guarda. Lì vicino, c'è una bottiglia vuota di birra. Ha cercato di affogare il dolore nell'alcool: è proprio senza fantasia! Anche se non è la sola, stanotte, a quanto pare!

In quel momento, il Big Ben annuncia, con calma anglosassone, che sono le quattro e mezzo di mattina.

«Potresti provare a mostrare un po' di gratitudine, lasciandoti condurre a casa, visto che sono venuta qui apposta per te, quando dovrei essere a dormire, dato che tra poche ore inizierà una giornata di fuoco?» chiedo, mettendomi le mani sui fianchi, tentando la carta dei sensi di colpa.

A quanto pare, però, quest'ultimo trucco funziona solo con me.

«Lui ha un'altra...» mormora alla fine, come in trance.

Oddio! Non dovrò mica portarla in ospedale, perché è sotto shock?

«Senti, adesso alzati,» la incoraggio, prendendola per un braccio e riuscendo a rimetterla in piedi. «Se vuoi posso portarti a casa con me, così ne riparliamo con calma, dopo una bella dormita!» propongo, più che altro per risparmiare tempo.

Non ce la faccio più!

«Lui ha un'altra da due mesi, e non mi aveva detto nulla! Io non sapevo nulla! Lui non mi ama più!» urla, mettendosi le mani nei capelli e avvicinandosi pericolosamente al parapetto.

Il fiume scorre come un serpente scintillante sotto di noi.

Mi volto e faccio un cenno a Jason, che sta aspettando in piedi, vicino alla macchina, e gli chiedo a bassa voce di aiutarmi a trascinare via Cassie, mentre provo a convincerla.

«Siamo entrambe stanchissime, e non siamo in grado di ragionare con lucidità. Andiamo a casa e domani avremo il tempo per pensare anche alla vendetta!» dico per rabbonirla.

Ma lei si libera dalla stretta di Jason e grida ancora:

«Non ci sarà un domani! Io non posso vivere senza Mark!»

E fa il gesto di arrampicarsi, ma Jason è più svelto, l'afferra per le braccia e la riporta a terra. La stringe con forza, costringendola a muoversi nella direzione opposta, verso l'auto.

«Lasciami andare, brutto stronzo! Ma tu chi sei? Ehi! Mollami!» urla, dimenandosi come un demonio.

Senza parlare, Jason la infila nei sedili posteriori, dove mi sistemo anch'io, e poi ci chiude dentro. Con calma tipicamente inglese, rimette in moto e parte.

«Dove mi portate? Fatemi uscire! Mi devo buttare nel Tamigi, l'avete capito o no?» continua a gridare, provando freneticamente ad aprire lo sportello.

«Adesso la fai finita e stai buona! Se domani avrai sempre intenzione di ammazzarti, potrai farlo con calma, d'accordo?» urlo a mia volta, arrabbiata.

Cassie si volta a guardarmi, sorpresa dal mio tono gelido. Un singhiozzo sfugge al suo controllo, è ubriaca e sfinita. All'improvviso, mi si getta addosso e comincia a piangere a dirotto. Le accarezzo la testa con dolcezza: mi fa tanta pena, non tanto perché il suo fidanzato l'ha tradita e poi lasciata, quanto perché non ha nessuno con cui sfogarsi e condividere il dolore. Tranne me, che sono ormai un'esperta!

Finalmente, quando ormai non ci speravo più, arriviamo al residence. Cassie si è addormentata e non riesco a svegliarla. Così, mi devo far aiutare da Jason a tirarla fuori dall'auto, trascinarla nell'atrio, fin dentro l'ascensore, sotto lo sguardo perplesso del portiere di notte, e su, fino alla porta, e dentro l'appartamento.

A fatica, arriviamo nel salone, e distendiamo Cassie su uno dei divani. La copro con il suo giaccone e qualche cuscino, infine congedo Jason, ringraziandolo per l'aiuto.

«Spero che adesso riesca a riposare, signorina!» sussurra con un sorriso.

«Lo spero anch'io!» rispondo, esausta.

Ma, quando entro in camera, mi accorgo con disappunto che sono già le cinque passate. Fuori è quasi giorno, e io dovrò essere in piedi al massimo alle sette. Due ore almeno me le posso concedere, accidenti, vista la nottata!

Mi getto sul letto così come sono, e sprofondo immediatamente in un sonno senza sogni.

4 Maggio 2012, Venerdì

Mattina/Pomeriggio

«Elisabetta! Svegliati per favore! Elisabetta!»
Sento Viola che mi sta chiamando, strattonandomi dolcemente per il braccio, ma non riesco ad aprire gli occhi, né a muovermi.
«Sono le nove! Dobbiamo andare! Sbrigati!» insiste con più energia.
Le nove?
Scatto su nel letto e mi metto a sedere, stropicciandomi con forza gli occhi.
Appena riesco a mettere a fuoco, vedo Viola che sorride.
«Tommaso mi ha raccontato quello che è successo. E ho visto Cassie che dorme di là, sul divano! Che nottata, vero?» chiede divertita.
«Un vero incubo! Non so come farò oggi a stare in piedi!» biascico, intanto che provo ad alzarmi.
Sono tutta indolenzita, mi fa male il braccio con cui ho trascinato Cassie, e, soprattutto, ho il cuore a pezzi.
«Tommaso ha portato qui Andrea e Alessandro. Anche loro dormono ancora!» aggiunge Viola, fingendo indifferenza.
Il mio cuore si riscuote improvvisamente dal torpore, e avverto una fitta allo stomaco. Mi avvio verso il bagno e getto acqua fredda sul viso, per tentare di sentirmi meglio.
«Come stai?» chiede Viola, affacciandosi alla porta.
«Non lo so,» rispondo sinceramente, con la faccia sprofondata nella spugna morbida dell'asciugamano.
«Giacomo non è ancora arrivato?» domanda ancora, piena di speranza.
Scuoto la testa.
«Ti aspetto in cucina. Tra mezz'ora si parte per Chelsea! Prepara qualcosa anche per stanotte, perché di certo resteremo là a dormire!» annuncia Viola, lasciandomi sola.
Evito accuratamente di mettermi a pensare a quello che è successo, anche se la presenza di Alessandro nell'altra stanza mi mette parecchio in agitazione. Prego solo che continui a dormire, finché non sarò uscita.

Indosso un paio di jeans puliti, un maglioncino blu e le fedeli Converse. Infilo in una piccola borsa il pigiama, la biancheria, qualche abito per cambiarmi e l'indispensabile per il bagno. Mi trucco quanto basta per nascondere i segni della nottata insonne, prendo la giacca e faccio un bel respiro. Mentre mi osservo allo specchio, noto un bagliore strano negli occhi stanchi, una luce che non avevo mai visto, e che, forse, risalta di più sul viso spento. Non me la sento di indagare, e vado direttamente in cucina.

Non sono neanche entrata, quando scorgo da lontano la sagoma di Alessandro, in T-shirt e jeans, appollaiato su uno sgabello, con la testa tra le mani. Accanto c'è Tommaso, e più in là Viola. Il cuore inizia a martellarmi nel petto, mi blocco senza riuscire a procedere, e sarei tentata di tornare indietro, se non fosse per Helen, che mi vede e mi saluta con un sorriso. Con il cuore in gola, le gambe che tremano e lo sguardo basso, mi siedo vicino a Viola, sperando che non mi chieda nulla e capisca che non voglio parlare.

«Buongiorno, Elisabetta! Uova e pancetta?» domanda Helen, mostrandomi la padella che sfrigola allegramente.

«Buongiorno, Helen! Stamani solo tè e i suoi favolosi biscotti!» rispondo a bassa voce, sforzandomi di sorridere.

Ormai, grazie al lavoro di cameriera, i muscoli del viso sono allenati a mostrare una faccia felice, persino quando ho l'inferno nell'anima. Anche perché non ho mai motivo di essere contenta.

Helen fa un cenno del capo e mi serve ciò che ho chiesto. La cucina è avvolta nel silenzio, rotto solo dal rumore proveniente dai fornelli e dal tintinnare insistente del cucchiaio sulla tazza di Tommaso.

«Non è abbastanza zuccherato il caffè?» gli chiede Viola, leggendomi nel pensiero.

«Non quanto te!» risponde lui in tono mieloso.

Si avvicinano per scambiarsi qualche bacio, e io alzo lo sguardo di sfuggita. In quel preciso istante, i miei occhi incrociano quelli di Alessandro, che sbucano da dietro le spalle di Tommaso. Anche se è pallido e sconvolto, con i capelli ancora umidi - deve essersi fatto la doccia per riuscire a svegliarsi - è terribilmente sexy, mentre beve il caffè a piccoli sorsi, lottando contro la nausea che segue alla sbornia di stanotte. Eppure, riesce a imprigionarmi con il suo sguardo, impedendomi di sfuggirgli. Una luce strana lo illumina, e ritrovo il volto così familiare e così amato. Il cuore sembra uscirmi dal petto, e un folle istinto sta ordinando di alzarmi e andare da lui. Il ricordo delle sue labbra sulle mie provoca di nuovo un brivido, che mi attraversa da capo a piedi.

«Mi dispiace per ieri... Non so come scusarmi... Ero ubriaco e fuori di me...» mormora, stringendo forte la tazza tra le mani, senza staccare gli occhi dai miei.

Mi sento invadere da un calore insopportabile, e non posso fare a meno di arrossire.

«Non importa...» riesco a rispondere, prima che la voce si strozzi in gola.

Viola e Tommaso si spostano silenziosamente, lasciandoci soli. Alessandro osserva lo spazio rimasto vuoto tra noi, si alza a fatica, e si trascina fino allo sgabello dove era seduta Viola, accanto a me. Il suo gomito si accosta al mio e provoca l'ennesima scintilla, ma non mi allontano.

«Elisabetta, perdonami. Non so cosa mi sia preso!» insiste, sinceramente dispiaciuto. «Non avrei dovuto chiamarti!» aggiunge, scuotendo la testa e passandosi le dita tra i capelli scompigliati.

«Non importa...» ripeto, trattenendo a stento l'assurdo istinto di prendergli la mano. «Anch'io mi devo scusare per averti dato uno schiaffo. Non avrei dovuto!» aggiungo ancora più in imbarazzo.

Lui sorride, e il mio cuore pare fermarsi.

«Non devi scusarti. Era il minimo che mi meritassi! Anzi, avresti dovuto essere ancora più dura!» replica con la sua voce sensuale.

In quell'istante, si volta, e siamo di nuovo vicini, troppo vicini... Il suo profumo mi penetra nelle vene, nonostante sia mescolato all'aroma del caffè e dell'alcool. Le sue labbra sfiorano quasi le mie, senza che nessuno dei due opponga resistenza. Restiamo immobili, l'uno di fronte all'altra, a guardarci negli occhi, finché il mio telefono comincia a vibrare, facendomi trasalire. La ragione è sollevata, il cuore protesta per questa interruzione.

«Ciao, splendore! Sono appena arrivato a Heathrow. Posso avere l'onore di vederti e salutarti a dovere?» chiede Giacomo, pieno di aspettative.

«Stiamo andando a Chelsea. Viola mi sta già aspettando!» rispondo con rammarico, mentre scendo dallo sgabello e mi avvio verso l'uscita.

«Quando ritornerai?» domanda, cercando di nascondere la delusione.

«Non ne ho la più pallida idea. Viola ha detto che rimarremo là a dormire, stanotte!» commento tristemente.

Per come mi sento adesso, nel corpo, nella mente e nell'anima, non so come riuscirò a sopravvivere, dovendo lavorare a pieno regime per tutto il giorno.

«Va bene... Fra un paio d'ore incontrerò un cliente, al posto di Andrea. Poi, ti richiamerò!» ribatte con uno strano tono: non so se è preoccupato o adirato.

«Mi dispiace...» mormoro sinceramente afflitta, anche se sono sollevata dal fatto che non possa vedermi adesso.

Infatti, prima devo cercare di riprendere il controllo di me stessa, sperando di riuscirci.

«Anche a me!» risponde con insolita asprezza. «Dovremmo parlare del nostro matrimonio, prima o poi!» aggiunge, per tastare il terreno.

Capisco che cosa sta provando: paura. Sa che Alessandro è qui, e, anche se sta per sposarsi, la sua presenza accanto a me è una minaccia costante. Giacomo è capace di leggermi nel cuore ed è consapevole che lo amo, ma non abbastanza da farlo sentire al sicuro. Infatti, ora dovrei rassicurarlo, ma non ci riesco. Sarò anche vigliacca, però non ce la faccio. Perché gli ho detto che lo voglio sposare?

«Già. Ne riparleremo con calma,» commento, tagliando corto.

Non appena ho pronunciato queste parole, mi rendo conto che contengono tanti significati sottintesi, e che il mio tono è molto evasivo.

Mi sento terribilmente in colpa per essere così crudele. Alessandro ha ragione: sono un'egoista. Ma non me la sento di fingere, anche se so di provocare tanto dolore a Giacomo. Per di più, adesso Viola mi sta chiamando e devo andare.

«Scusami! Ci sentiamo più tardi?» lo imploro, stringendo forte il telefono, come se cercassi di trattenerlo insieme all'apparecchio.

«D'accordo,» risponde, con la voce che si incrina pericolosamente.

Sento le lacrime sfuggire al controllo. Termino la chiamata con un tocco nervoso dell'indice, bevo l'ultimo sorso di tè rimasto nella tazza, e borbotto un saluto in direzione di Alessandro, senza voltarmi a guardarlo. Non ricevendo risposta, alzo lo sguardo, e solo ora mi accorgo che se n'è già andato.

Viola, nel frattempo, ha provveduto a svegliare Cassie e a ridarle un contegno, insieme a un caffè corroborante. Così, dopo poco, usciamo tutte e tre insieme a Tommaso, mentre Margherita con Antoine e Nicola ci aspettano nell'atrio. Tommaso ha noleggiato un furgone, per poter trasportare tutto il necessario. Inoltre, ha ingaggiato due baby-sitter, che ha selezionato personalmente per Nicola. Durante il tragitto, Antoine consulta il suo libro delle ricette, mentre Margherita e Viola controllano la lista dell'occorrente. Io e Cassie teniamo la mente occupata, rivedendo gli appunti che abbiamo preso insieme in questi giorni.

«Sono mortificata,» mormora Cassie, a un certo punto, con gli occhi bassi.

Non mi ha mai guardata da quando siamo partite.

Respiro rumorosamente e appoggio la testa sul pugno chiuso.

«Non ti preoccupare! Sono cose che capitano!» replico in tono neutro, senza alcuna intenzione di essere polemica, o di intavolare una discussione.

Invece, Cassie vuole affrontare la questione.

«Non dovevo chiamarti alle quattro di mattina!» borbotta, con aria di rimprovero verso se stessa.

«Non mi hai svegliata. Ero già in giro per Londra, a quell'ora!» ribatto serafica.

Mi viene da ridere: la mia vita si presta così bene allo humour tipicamente britannico! Quella che sembra una battuta è proprio la realtà!

Infatti, Cassie sgrana gli occhi, incredula, anche se per educazione non chiede spiegazioni. E io non ho certo intenzione di farmi avanti!

«Il fatto è,» prosegue esitante, «che un'amica mi ha mostrato su Facebook delle foto e dei commenti sul profilo di Mark. Il mondo mi è crollato addosso, e non ho neanche avuto il coraggio di chiamare quel verme! Ha tentato più volte di mettersi in contatto con me, ma io non ho voluto parlarci!» spiega con rabbia, mentre si sforza di trattenere le lacrime.

Non ho dormito molto stanotte, e la mia mente è attraversata da tempeste furiose di pensieri di ogni genere, ma sono lucida abbastanza, da cogliere una nota stonata, nella sinfonia di lamentele di Cassie.

«Hai detto che un'amica ti ha informata?» chiedo, aggrottando le sopracciglia, per cercare di capire qual è l'intruso, nel quadro che mi ha presentato.

«Sì. E poi ho visto il profilo di Mark su Fb...» aggiunge, mordendosi il labbro per non piangere.

«Ma tu non hai parlato con lui? Non è lui che ti ha spiegato come stanno le cose, se veramente lui ti ha lasciata, se ama un'altra, oppure...?» domando, lasciando volutamente il discorso in sospeso.

«No,» risponde, scuotendo la testa. «Sarebbe inutile: non farebbe altro che negare, e non lo potrei sopportare!» sussurra appena, mentre le lacrime sfuggono al controllo.

Le asciuga in fretta con la mano, e prende un fazzolettino.

«Cassie,» la costringo a guardarmi. «Sai che potrebbe essere tutto un brutto scherzo? Forse il tuo Mark non ne sapeva niente, e rischi di perderlo davvero, se non ci parli di persona!»

Mi sembra di essere una di quelle presentatrici televisive che elargiscono consigli da esperte, per risollevare le sorti di povere donne, afflitte da problemi amorosi. Ecco, adesso la telecamera è puntata sugli occhi pieni di pianto di Cassie, poi sulla mia espressione seria di compatimento.

«Ragiona: se avesse avuto un'altra, mentre ancora stava con te, avrebbe postato delle foto pubbliche su Fb, per di più commentandole?» chiedo, con la forza della logica dalla mia parte.

«Certo! Perché è uno stronzo!» ribatte lei piccata.

«E con te, come si è comportato negli ultimi tempi?» insisto, ostinata.

«Beh, come sempre, più o meno!» risponde, scrollando le spalle.

«Che significa "più o meno"?» domando, ancora più decisa ad andare fino in fondo.

«Ecco... Faceva un po' il misterioso. A volte riceveva delle telefonate strane, poi mi guardava in un certo modo, come se avesse voluto chiedermi qualcosa! Adesso capisco che voleva solo scaricarmi, ma, siccome è un vigliacco, non ha avuto neanche il coraggio di dirmelo in faccia!» risponde, soffiandosi rumorosamente il naso.

«Può darsi, ma rimarrai sempre nel dubbio. Perché non lo affronti, una volta per tutte, e ti fai spiegare di persona come stanno veramente le cose? Non credo che potresti soffrire più di così, ormai, e almeno conoscerai la verità!» le consiglio con aria materna.

«Di certo, farà la vittima e cercherà di convincermi che non è vero niente! Che senso ha stare ad ascoltare le sue bugie, e farmi umiliare ancora di più?» chiede adirata.

«Se davvero lui ti tradisce e ha tramato alle tue spalle, sarà lui a fare la figura del vigliacco, e sarà sempre lui a doversi leccare le ferite!» ribatto con determinazione.

Cassie sembra convincersi delle mie ragioni. Agguanta il telefono con decisione, si asciuga una lacrima con un gesto secco, e comincia a digitare freneticamente sui tasti.

«Che cosa stai facendo?» domando con curiosità.

«Gli sto mandando un messaggio. Non mi va di parlargli adesso, e poi devo lavorare. Risolveremo la questione stasera, e poi... E poi sarà tutto finito!» conclude, con la voce che si spezza e lascia spazio a un pianto sommesso, nascosto dalle lenti degli occhiali e dai capelli che le ricadono sul viso, mentre è piegata sul display.

Non aggiungo altro. Anche perché siamo arrivati a destinazione, e, per fortuna, la questione di Cassie ha tenuto occupata la mia mente fino ad ora.

Finalmente, è una bella giornata, anche se l'aria è ancora piuttosto fresca e nel cielo si inseguono spumose nuvole bianche. La villa ha un aspetto imponente alla luce del sole, le piante e i fiori sono nel pieno rigoglio della primavera, e gli uccellini cinguettano allegri, saltellando qua e là. Dentro e fuori, si muovono gli inservienti, i fornitori, i domestici, come tante formiche operaie. C'è grande fermento, il matrimonio è alle porte, e tutto deve essere al posto giusto.

Viola mi trascina subito nella cucina a noi riservata, insieme ad Antoine e Margherita, mentre Nicola viene affidato alle baby-sitter. Pam si presenta poco dopo, impeccabile come sempre, in un tailleur color prugna, che le conferisce un'aria aristocratica. Cassie trotterella accanto a lei con l'inseparabile block notes.

«Piacere di conoscerla. Sono Pam, la wedding-planner!» si presenta, tendendo la mano prima a Margherita e poi ad Antoine. «Dunque lei è il celebre pasticciere francese, di cui il signor De Angeli mi ha tanto parlato. Mi dica, di dove è lei, esattamente?» chiede con il solito tono formale.

«Vengo da *Parigì*. Ho *imparatò* da un famoso *pastisciére*...» risponde Antoine, con la sua voce profonda.

«Ah, sì? E chi è?» domanda con sincero interesse.

Non riesco a sentire la risposta di Antoine, perché Margherita ha iniziato a brontolare come una pentola in ebollizione. Sta osservando Pam con aria bellicosa, mentre mette sgarbatamente sulla bilancia una paletta di farina, provocando una nuvola di polvere.

«Se non la smette di provarci con mio marito, giuro che la infilo a testa in giù in questo sacco di farina e la chiudo dentro!» borbotta minacciosamente, senza perdere di vista la nemica.

«Se tu non fossi venuta di persona, non mi avresti mai creduto! Te l'avevo detto che è insopportabile!» sibila Viola, afferrando una cassetta piena di uova.

«Sul lavoro può dire quello che vuole, ma vorrei vedere te, se si mettesse a flirtare con il tuo Tommaso!» rincara la dose Margherita, sempre più arrabbiata.

«Guarda che ci sta provando anche con Tommaso! Lei è così sicura di sé e del suo fascino. da credere che tutti cadano ai suoi piedi e pendano dalle sue labbra, specialmente gli uomini, in particolare quelli importanti!» aggiunge Viola in tono velenoso.

Osservo Pam, e sembra veramente colpita dai modi eleganti, dalla voce profonda e dalla professionalità di Antoine. Probabilmente, è proprio la professionalità a incantarla, visto che è il suo chiodo fisso.

«Ma davvero lei ha preparato la torta nuziale del duca?» sta chiedendo, in tono piacevolmente sorpreso.

In effetti, è molto vicina ad Antoine, non stacca gli occhi dai suoi, sposta il peso da una gamba - appollaiata su un tacco improbabile - all'altra, gesticola con eleganza e sorride. Sono segnali preoccupanti per Margherita.

«Scusi, ma dobbiamo lavorare!» la interrompe bruscamente, in tono minaccioso, fulminandola con lo sguardo, mentre si avvicina, impugnando la paletta come se fosse una spada.

Per un istante Pam resta a bocca aperta per la sorpresa, poi si riprende e le rivolge un'occhiata sprezzante.

«Anch'io sono qui per lavorare, signora,» sibila di rimando. «E siccome IO sono la responsabile, devo controllare PERSONALMENTE ogni dettaglio!» aggiunge, con la solita sicumera.

«Mio marito non è un dettaglio, mia cara!» ribatte Margherita con sarcasmo.

Pam sta per rispondere, ma richiude la bocca con una smorfia, si volta verso Antoine e lo saluta educatamente, come se niente fosse, ignora Margherita e chiama Viola in disparte. Io e Cassie ci scambiamo una rapida occhiata, poi sorridiamo e scuotiamo la testa, prima di tornare a concentrarci sul lavoro.

Dovrei guardare soprattutto dove metto i piedi, dato che mi sono dimenticata di aver lasciato le confezioni di uova vicino al tavolo, quando pochi minuti fa Viola mi aveva chiesto di aiutarla. Mi aveva ordinato di spostarle SOTTO il tavolo, ma nella confusione me ne sono dimenticata. Così adesso rovino addosso alle scatole, rovesciandole e rischiando di caderci sopra, schiacciandole definitivamente. Anche così, comunque, il danno è notevole: le uova rotte cominciano a colare sul pavimento e sulle altre confezioni di cartone. Senza parlare dei miei pantaloni. Dio, che schifo!

«Ti avevo detto di metterle sotto il tavolo, accidenti! Guarda che disastro! Bisognerà ordinarne altre immediatamente! Non so come riesci a combinare sempre casini, Elisabetta!» urla Viola, che ha inserito la modalità "datrice di lavoro spietata".

Chissà come fa a dimenticarsi in un battibaleno della sua amicizia nei miei confronti - e di quanto abbia bisogno di me - per diventare il mio inflessibile "capo".

Non provo neanche a giustificarmi, perché rischierei di farla irritare ancora di più. Inoltre, sono esausta e non ho tempo da perdere. Sto già asciugando con uno straccio le uova colate, mettendo a posto quelle rimaste intere, e gettando nel bidone dell'immondizia le scatole con quelle rotte. Mentre ne sposto una, urto inavvertitamente contro una teglia di pasta frolla, che era stata appoggiata sul tavolo, pronta per essere infornata. Tento disperatamente di riprenderla al volo, ma cade lo stesso per terra con un rumore infernale. Il pavimento, così, si è arricchito di un'altra decorazione appiccicosa a base di uova, burro, zucchero e farina. Mi viene da piangere e vorrei sparire dalla faccia della Terra. Soprattutto, dovrei darmi una calmata, altrimenti la serie dei disastri sarà destinata a non finire. Le mani mi tremano per la rabbia e l'agitazione, mentre evito di alzare lo sguardo.

«Ti stai divertendo, vero? Noi cerchiamo di portare avanti il lavoro, e tu ci riporti indietro! Davvero un bel passatempo!» sbotta Margherita in tono ostile.

Con la coda dell'occhio la vedo, immobile, di fronte a me, con le mani sui fianchi e l'aria bellicosa. Probabilmente, riverserà su di me tutte le cattiverie che avrebbe destinato volentieri a Pam. Ma io non rispondo neanche stavolta. Un nodo mi serra la gola, e mi chiedo perché sono qui. Non potrebbe essere più umiliante: sto facendo la cameriera, o meglio, la sguattera, per dei pasticceri, in occasione del matrimonio del mio migliore amico - o quello che è – a Londra. Non conta la mia laurea, non contano le mie aspirazioni, non conta nulla il mio cuore a pezzi, non conta nulla il fatto che, come al solito, sono sola come un cane randagio e nessuno si preoccupa per me.

«Elì, *calmati*! Vai alla toilette e datti una *rinfrescatà*!» mormora Antoine con sincero affetto, appoggiando dolcemente la sua mano sulla mia spalla.

Sempre lui, sempre gentile in ogni momento. Non l'ho mai visto perdere il controllo, tranne quando eravamo a Parigi e aveva litigato con i suoi genitori. Ma anche allora si è mostrato ugualmente affabile con me.

Lo ringrazio con lo sguardo, e mi affretto verso il bagno. Mi chiudo dentro e faccio un bel respiro. Cerco un paio di pantaloni d'emergenza, prima di togliere questi, che già emanano un olezzo insopportabile. Tento di lavare via l'odore acre delle uova, e di dare una sistemata al mio viso stravolto. I segni della nottata insonne appena trascorsa ci sono tutti, a dispetto del trucco. E quella ruga, che avevo visto qualche giorno fa, adesso spicca in maniera decisa, alterando la mia espressione. Devo farmene una ragione: ormai non sono più una ragazzina, e, soprattutto, la devo smettere di ficcarmi in situazioni incasinate e senza via d'uscita.

Mentre tento di prendere coscienza della realtà, un pensiero si fa strada nella mente con prepotenza: Alessandro si sposa. Nonostante gli sforzi, non riesco ad accettarlo, anche se all'inizio ho creduto alla storia dell'amicizia ritrovata. Non voglio che si sposi, perché egoisticamente non sopporto che lui possa essere felice con un'altra, ma, soprattutto, non voglio rinunciare a lui, e il bacio di ieri sera non ha aggiunto nulla a ciò che sapevo già. Questa rinnovata consapevolezza mi toglie il respiro, e ho un improvviso attacco di nausea. Il cuore è impazzito ed è come se mi volesse trascinare via da qui, urlando a squarciagola quello che dovrei fare, secondo lui. Ma io non ho intenzione di ascoltarlo, non più...

«Elisabetta! Sei affogata nel gabinetto?» urla Margherita con la solita delicatezza.

«Sto arrivando!» rispondo di rimando, con la voce che riesco a trovare.

Mi aggiusto un po' alla meglio ed esco, imponendomi la calma che non ho. Le mani tremano ancora, non posso lavorare in queste condizioni. Cerco di pensare a qualcosa che mi possa tranquillizzare, e mi vengono in mente Roberto, la nonna, Figaro, Angela e... sì, persino la mamma e il babbo! Il cuore si scalda in questo abbraccio virtuale. Ho una famiglia sgangherata, ma che mi ama, a modo suo. Ho un porto sicuro a cui approdare, e questo, per ora, mi deve bastare.

Giacomo. Come ho fatto a dimenticarlo? Probabilmente è scattato il mio meccanismo di autodifesa dai sensi di colpa. Infatti, mi sento un verme nei suoi confronti, a tal punto che non so come fare ad affrontarlo. Lui mi ama così tanto, mentre io, non solo non sono in grado di ripagarlo neanche della metà, ma continuo a farlo soffrire. Per di più, ho perfino accettato di sposarlo, quando non sono affatto convinta.

«Elisabetta, smettila di dormire stamattina, e stai attenta al pan di Spagna!» sibila Viola, tutta rossa e indaffarata.

Sono davanti al forno, avevo già sentito il campanello del timer e stavo prendendo i guanti. La rabbia comincia a salire di nuovo dallo stomaco, ma la tengo a bada. Apro il forno, chiudo gli occhi per difenderli dal calore e trascino via il carrello con le teglie. Mi tolgo i guanti e mi volto, ma vado a sbattere contro qualcuno. Tommaso. Per fortuna, non ho niente in mano stavolta, e le uova sono al sicuro, almeno per ora.

«Scusa, Eli! Ti ho fatto male?» mi chiede con premura.

Ho urtato leggermente con il gomito su una teglia rovente, ma scuoto la testa in segno di diniego e sorrido.

«Non tira una buona aria, vero?» aggiunge, gettando un'occhiata in direzione di Viola, che ha la tipica espressione scontrosa e scorbutica dei momenti difficili, quando siamo sotto pressione.

Scuoto di nuovo la testa e faccio una smorfia. Chissà perché, mi viene da piangere, così distolgo lo sguardo e mi avvio verso le scatole con le decorazioni.

«Scusa, ma non è il momento adatto!» risponde frettolosamente Viola a una domanda di Tommaso. «Chiedi a Elisabetta!» Poi, si rivolge a me, senza neanche guardarmi. «Devi andare con Tommaso, perché c'è stato un cambiamento!»

Tommaso obbedisce, e viene verso di me senza ribattere. All'improvviso, Viola arriva alle sue spalle e lo cinge in un abbraccio, sporcandogli appena la giacca blu con le mani infarinate.

«Mi dispiace! Non volevo essere scortese, ma c'è un sacco di lavoro da fare e...» farfuglia, sinceramente dispiaciuta.

È la prima volta, da quando la conosco, che si scusa con qualcuno per essere stata sgarbata.

Tommaso si volta e le sorride con dolcezza. Le prende il viso tra le mani, e la osserva con un'intensità tale, da far sciogliere le pietre. Senza dire nulla, appoggia appena le labbra sulle sue e le accarezza il viso con il dorso della mano, mentre Viola lo stringe a sé. L'Amore ha infierito anche su di lei, stavolta!

Dopo qualche istante, si salutano, e lui mi chiede gentilmente di seguirlo.

«Gli sposi hanno cambiato idea riguardo alla disposizione dei fiori, sul tavolo del rinfresco prima della cerimonia,» spiega, mentre usciamo dalla cucina e attraversiamo l'enorme atrio.

«Non può occuparsene Pam?» chiedo, tentando di pulirmi le mani.

Dagli specchi, vedo che sono sporca di impasto per bignè, pan di Spagna, pasta frolla e sfoglia. Ho le guance arrossate, i capelli crespi e l'aria stanca. Ed è appena mezzogiorno.

«Mi ha detto lei di venire da voi,» risponde, come per giustificarsi.

Mi accorgo di essere stata troppo brusca e mi scuso subito.

«Perdonami, ma sono esausta, stamattina!» replico con un sospiro, passandomi il braccio sulla fronte.

«Lo credo bene!» ribatte con un sorriso ironico.

Da lontano, vedo Adriana che ci viene incontro. Ha l'aria piuttosto nervosa, ed è un fatto insolito per una come lei.

«Tutto bene?» le chiedo, con una strana ansia addosso.

«Spero di sì! Spero che tutto fili liscio!» risponde, sforzandosi di sorridere.

Tommaso le appoggia bonariamente una mano sulla spalla.

«Non preoccuparti: per domani sarà tutto perfetto!» dice in tono allegro.

Una lacrima spunta sul viso di Adriana, mentre il labbro inferiore trema pericolosamente.

«Hanno sbagliato a fare le bomboniere, il fotografo si è ammalato, un operaio si è ferito mentre stava montando il tendone, e adesso mi hanno chiamata per informarmi che il vestito si è sporcato e deve essere portato in lavanderia!» mormora disperata. «Questi sono segnali di cattivo auspicio!» aggiunge con un singhiozzo.

Tommaso la accoglie tra le sue braccia, cercando di consolarla.

«Vedrai che andrà tutto bene! È normale che ci siano degli imprevisti!» sentenzia con aria navigata.

«Non così, e non tutti insieme!» ribatte sempre più afflitta.

«Non farti prendere dal panico, Adriana! Anch'io sono appena inciampata sulle uova, distruggendone una buona quantità! Per di più, non riuscirò a togliermi quest'odoraccio di dosso per diverso tempo!» aggiungo, annusando la divisa.

Adriana sgrana gli occhi e mi osserva per un istante. Poi, torna a disperarsi.

«Un altro segnale!» singhiozza sul petto di Tommaso, che, dal canto suo, mi fulmina bonariamente con lo sguardo.

Arrossisco e cerco di correggere il tiro. Credevo di fare una battuta spiritosa per risollevarle il morale, non intendevo infierire!

«Non è un segnale! Per preparare grandi eventi, tante persone devono lavorare insieme, e non è facile, specie quando i tempi sono ristretti!» insisto con fermezza.

Adriana sembra convincersi e si asciuga in fretta le lacrime, intanto che prova a ricomporsi.

«Scusate, ma sono talmente agitata, da non riuscire a controllarmi!» mormora in imbarazzo.

«L'emozione deve essere tanta, e le aspettative molto alte, perciò è impossibile non farsi prendere dal panico!» replica Tommaso, assorto nei propri pensieri.

Credo di sapere che cosa gli stia passando per la testa: probabilmente immagina se stesso con Viola al posto di Alessandro e Adriana.

All'improvviso, mi chiedo come mi sentirei io, al posto suo, e non è un'ipotesi tanto irreale, se ho intenzione di sposarmi con Giacomo. Ho un vuoto allo stomaco così forte, che mi sembra quasi di vomitare, mentre dei brividi mi scuotono da capo a piedi. Panico allo stato puro, ecco cos'è. Solo quando si è veramente convinti del passo che si sta per compiere, si riesce a trovare il coraggio di proseguire senza ombra di dubbio. Al momento, però, la mia mente è piuttosto confusa al riguardo, così preferisco concentrarmi sul lavoro e su Adriana.

«Allora, cosa dovevi dirmi riguardo ai fiori?» chiedo in tono sbrigativo.

«Sì, scusami. Preferirei che al posto delle gerbere si mettessero altre rose bianche e gialle. Si può fare?» chiede con timore, i grandi occhi verdi pieni di ansia.

«Credo di sì, dobbiamo avvisare subito il fioraio e calcolare il numero, perché le rose occupano meno spazio rispetto alle gerbere...» rispondo, sforzandomi di apparire professionale.

Chiamo subito Viola, che mi ordina di mandare da lei il fioraio. Così, io e Adriana ci dirigiamo insieme all'esterno, dove operai, inservienti e camerieri stanno sistemando il giardino, il tendone, i tavoli e tutto l'occorrente. Il fioraio è all'entrata della cappella, intento a sistemare fiocchi di tulle giallo e bianco ai lati delle porte. È un tipo alto e robusto con i capelli rossi, il viso pieno di lentiggini e gli occhi azzurri, ma, nonostante la mole, si muove con perizia e con grazia. Appena gli spiego il problema, mi risponde con un monosillabo e un cenno del capo, chiama un aiutante affinché prosegua il suo lavoro, mentre lui mi segue in direzione della cucina. Infine, si rivolge gentilmente ad Adriana e le chiede di controllare che tutto sia sistemato come lei desidera.

Quando mi volto per ritornare dentro, il cuore fa un balzo in gola e mi manca il respiro. Alessandro sta arrivando dalla parte opposta, con l'inconfondibile modo di camminare, i capelli scompigliati, la voce decisa mentre parla al telefono. Sta per fermarsi a salutarmi, come se volesse dirmi qualcosa, ma, quando mi vede procedere a passo spedito insieme al fioraio, si limita ad alzare la mano e ad abbozzare un sorriso. Ho l'inferno dentro, mentre gli passo accanto e respiro a pieni polmoni il suo profumo. Socchiudo gli occhi un istante e tento di mantenere il controllo dei nervi. Non devo reagire così, davanti a lui, devo impedire al mio corpo e alla mia mente di scombussolarsi, ogni volta che lo incontro: lui è il mio migliore amico e domani si sposa. Dovrebbe essere chiaro ormai.

Sto per entrare in cucina, quando sento il segnale di un *sms*.

Appena puoi, raggiungimi. Ti devo parlare.

È lui, sintetico come sempre. Anche troppo, per la mia curiosità. Avevo appena rimesso in ordine tutta me stessa, ed ecco che queste poche parole mi agitano più di prima. Che cosa vorrà da me? Mille possibili risposte si inseguono, dalle più semplici alle più improbabili... Quel bacio, poi, ha definitivamente compromesso il mio già precario equilibrio psicologico. Infatti, dovrei vergognarmi solo di immaginarle, certe cose, invece, più i pensieri sono assurdi, più il mio ego si diverte a crogiolarvisi dentro.

Lascio il fioraio a parlare con Viola, e mi rimetto al tavolo ad aiutare Margherita e Antoine con la pasta di mandorle. Devo stare attenta a tutti gli ordini che Margherita mi dà, perché esige che siano eseguiti prima di subito. In fondo al cuore la ringrazio, almeno non ho il tempo per pensare. Solo ogni tanto la mia curiosità torna a fare capolino, per spingermi a uscire con qualche scusa. Decido di non assecondarla, e mi concentro su quello che faccio. D'altronde, non posso permettermi di combinare altri disastri.

A un certo punto, mentre sto preparando l'ennesima teglia da mettere in forno, una mano si posa con delicatezza sulla mia spalla, facendomi trasalire. Anche senza voltarmi, riconosco il tocco e il profumo, nonostante gli odori della pasticceria.

«Margherita, Antoine, come procede il lavoro?» chiede Alessandro, con la sua voce profonda.

Non ho il coraggio di guardarlo, perché il cuore mi è schizzato in gola e il sangue sta circolando come un bolide in una pista di Formula Uno. Provo a continuare a lavorare, ma le mani tremano di nuovo e rischio di far cadere qualcosa. Non voglio farmi vedere così. Mi devo calmare. Mi allontano di qualche passo, con la scusa di andare verso il forno, inspiro ed espiro più volte, finché riprendo il controllo parziale di me stessa.

«Tutto bene, Ale. E tu, come ti senti?» chiede Margherita, senza smettere di preparare i pasticcini con la calza.

«Non saprei. Come ci si dovrebbe sentire, in queste circostanze?» chiede lui a sua volta, con la solita aria svagata.

«*Iò* ero emozionatissimo. Mi ero persino *vestitò* al *contraire*, ma non vedevo l'ora di sposar Margrete!» risponde Antoine con dolcezza.

Margherita smette per un istante di strizzare la calza e guarda il marito con adorazione. Si scambiano un bacio veloce e si sorridono, come solo due innamorati sanno fare.

«Bene! Mi potete prestare Elisabetta per un attimo?» domanda Alessandro, evitando di rispondere a sua volta e di commentare.

Margherita e Antoine sollevano contemporaneamente lo sguardo su di me con aria preoccupata.

«Ok, ma fate in fretta. C'è ancora molto da fare!» risponde Margherita con premura.

Poi, mi lancia un'occhiata interrogativa, e io alzo il pollice della mano destra, per farle intendere che sono tranquilla e non c'è problema.

Magari fosse vero! Sono un fascio di nervi, e l'ansia mi impedisce quasi di respirare.

Comunque, mi faccio forza e seguo in silenzio Alessandro fuori dalla cucina, proseguendo verso il salone, finché lui si ferma in un angolo, riparato da una colonna.

Si volta verso di me e mi costringe a guardarlo.

«Volevo scusarmi di nuovo con te per stanotte. Non dovevo trattarti in quel modo e impedirti di andare a dormire!» mormora, passandosi una mano tra i capelli.

«Non ti preoccupare. Eri ubriaco ed era la tua festa! Ne abbiamo già parlato stamattina. È tutto ok, stai tranquillo. Non è forse questo che fanno gli amici?» domando con un sorriso, per sdrammatizzare.

«Non è detto che gli amici debbano subire di tutto, per essere considerati tali!» ribatte con calma. Poi, si fruga in tasca e tira fuori una specie di documento. «Te l'avevo promesso, comunque, per cercare di farmi perdonare, ho anticipato il regalo...» Mi porge il biglietto, ma per l'emozione non riesco a leggerlo. «È valido per il concerto che i Maroon 5 terranno a Londra, in data ancora da definire. Il mio amico me l'ha fatto avere in anteprima assoluta. È un posto in prima fila, sotto il palco!»

Oddio! Non ci posso credere! Andrò al concerto dei Maroon 5 a Londra, e sarò a pochi metri da Adam Levine! Non riesco a contenere la gioia, e neanche a riflettere, così, agisco d'istinto e butto le braccia al collo di Alessandro, con le lacrime agli occhi. Nel momento stesso in cui lo stringo a me, mi rendo conto che non dovrei permettermi certe licenze, adesso che sta per sposarsi, anche se è il mio migliore amico. Così, mi irrigidisco e mi scosto lentamente, senza smettere di ringraziarlo.

«Allora, posso sperare di essere perdonato un giorno?» chiede, con un guizzo divertito negli occhi.

«Sei già perdonato!» rispondo, asciugandomi gli occhi e stringendo incredula il biglietto tra le mani. «Grazie, Ale! È il regalo più bello che potessi ricevere!» aggiungo, con la gola serrata dall'emozione. «In realtà, avrei dovuto essere io a farti il regalo per il tuo matrimonio!» protesto, non appena mi ricordo di questo particolare.

Alessandro scuote la testa.

«La tua amicizia è il più bel regalo che possa mai ricevere!» replica con dolcezza.

Mi accarezza il viso con il dorso della mano e mi dà il solito bacio sulla testa. Il suo sguardo è limpido e senza ombre. In questo preciso istante capisco che l'ho perso, stavolta per sempre. Infatti, se riesce a starmi vicino senza punzecchiarmi, senza sentirsi in imbarazzo o a disagio, significa che il suo cuore è già impegnato, oppure rassegnato. Mi rendo conto, con amarezza, che in fondo avevo sempre continuato a sperare che lui potesse tornare da me, avevo addirittura pensato di mollare tutto e seguirlo anche in capo al mondo, senza però avere mai avuto il coraggio di farlo. A dispetto dei rimpianti, lui non ha mai rinunciato a nulla per me, e neanche io per lui. Probabilmente, mi ero solo illusa che fosse vero amore, forse a causa dell'interruzione forzata del nostro rapporto di due anni fa, forse perché non avevamo più chiarito la nostra situazione, forse perché abbiamo sempre idealizzato il nostro legame, forse perché ci siamo lasciati trascinare dagli istinti e dalle passioni del momento, come il bacio della notte appena trascorsa. Adesso provo solo un enorme senso di vuoto, una parte della mia vita, fatta di sogni e di fantasie, si è sciolta come neve al sole, e devo rendermi conto che sono una donna adulta ormai per credere alle favole.

È finita. È finita la spensieratezza – ammesso che l'abbia mai avuta! È finita l'illusione, e la realtà mi riporta bruscamente con i piedi per terra, facendomi sentire come un pulcino indifeso. È finita definitivamente la presunta storia con Alessandro, che, a pensarci bene, è sempre stata solo nella nostra immaginazione. La mia fervida fantasia ci aveva ricamato sopra chissà quali romantiche avventure! E anche lui aveva creduto di amarmi, quando aveva avuto paura di perdermi come amica. Nel tempo, il forte legame che ci unisce fin dalla nascita ha coltivato l'egoismo e la possessività, creando in questo modo dei fraintendimenti. Ci siamo semplicemente sbagliati, aggrappandoci l'uno all'altra, per cercare di trattenere un passato felice che non c'è più. L'Amore è tutta un'altra cosa, anche se, ora come ora, non saprei definirlo. Se tutte le emozioni forti che ho provato – e provo tuttora! - erano solo illusioni, dettate da presupposti sbagliati per principio, allora posso affermare di non aver mai conosciuto il vero Amore. A meno che l'affetto profondo, il rispetto, la comprensione, la pazienza e la sopportazione non rientrino nella definizione. In questo caso, potrei dire di amare Giacomo.

Le urla di Viola al mio indirizzo riecheggiano dalla porta della cucina fin nel salone, attirando l'attenzione di tutti gli inservienti. Arrossisco per la vergogna e mi affretto nella sua direzione.

«Oddio, scusami, devo andare, o manderà l'esercito a prendermi!» mormoro imbarazzata.

Accidenti! Non c'è bisogno che Viola sbraiti come un venditore ambulante! È peggio dello zio Egisto! Tutti mi guardano con compassione, o sorridono divertiti: come al solito, i riflettori sono puntati su di me, contro la mia volontà.

«È colpa mia! Ti ho fatto perdere tempo!» borbotta Alessandro, cercando di stare dietro al mio passo svelto.

«Non c'è bisogno che vieni anche tu! Ci sono abituata! E poi, avrai tante cose da fare!» aggiungo, voltandomi appena, con il fiato corto per la premura.

«Dobbiamo solo fare le prove con Don Pietro, ma ancora non è arrivato!» risponde con aria assente.

Appena entro in cucina, Viola sta per aprire bocca, ma si blocca, quando vede Alessandro dietro di me.

«Ti avevo detto di stare zitta!» sibila Margherita alla sorella.

«Problemi?» chiede Viola direttamente ad Alessandro.

«Dovevo solo consegnare un regalo a Betty. Scusa se l'ho trattenuta!» risponde lui, con la sua espressione disarmante.

Viola abbozza un sorriso.

«Sai che mi agito, quando c'è tanto da fare! E poi, questa volta ci tengo ancora di più a fare bella figura. Non è mica una cerimonia qualsiasi!» esclama in tono solenne.

«Allora posso rimanere un po' con voi, per controllare come procedono i lavori?» domanda, prendendo tutti alla sprovvista.

Antoine guarda Margherita, che guarda Viola, che guarda Alessandro, e poi si voltano tutti a guardare me. Arrossisco, e mi aggiusto nervosamente il grembiule.

«Adriana poco fa ha avuto una crisi di pianto... Sai, è molto tesa... Perché non stai con lei, così magari si tranquillizza?» chiedo titubante.

«Prima che venissi a cercarti, cioè circa un quarto d'ora fa, mi ha mandato via, perché ha detto che la mia presenza la rendeva nervosa. Il più piccolo contrattempo per lei è un cattivo segno, per cui cerca di esorcizzare in ogni modo la negatività!» spiega con aria divertita.

«Certo, se la sposa crede che la presenza dello sposo sia nefasta...» commenta Margherita, lasciando il discorso in sospeso e stringendosi nelle spalle. «Presagi o no, io ho sempre voluto Antoine accanto a me!» sbotta alla fine, lanciando un'occhiata ardente al marito.

Alessandro scuote la testa.

«Adriana è intelligente, ma c'è da capirla. È un passo importante per lei, e la sua famiglia le sta molto addosso. I suoi genitori sono religiosi e anche superstiziosi, così cercano in ogni modo di condizionarla!» ribatte, mentre si infila una divisa, appesa dentro l'armadietto.

«Appunto! Non dovresti essere tu a scuoterla e a darle sicurezza?» insiste Viola, sistemando delle terrine nella lavastoviglie.

«Ci ho provato, ma non vuole, e, se insisto, rischio di peggiorare la situazione. Vedrai che fra un po' sarà lei a cercarmi!» replica con noncuranza.

Sinceramente, non ha l'aria di uno che si sposerà domani. Non è nervoso, non si preoccupa della sposa più di tanto, e, come ha confermato Cassie, non ha seguito granché i preparativi. Avrei una domanda da fargli, ma non so se ne ho il coraggio. Deglutisco a fatica, verso la farina in un grosso calderone e mi sforzo di far uscire la voce.

«Come hai chiesto ad Adriana di sposarla?» chiedo alla fine.

Lui mi aiuta a versare la farina e senza guardarmi risponde:

«Beh, non è stato poi così romantico! Eravamo entrambi di turno all'ospedale, quando hanno portato un bambino in condizioni disperate. Il padre, ubriaco, l'aveva quasi ucciso di botte, perché l'aveva scambiato per uno strozzino che reclamava il credito.»

«Mio Dio! Che cosa orribile!» mormora Viola, rimanendo con la paletta dello zucchero a mezz'aria.

«Già! Questo è il nostro lavoro, purtroppo! Voi siete fortunati, sempre in mezzo ai dolci!» replica Alessandro con un sorriso.

«Come hai potuto fare una proposta di matrimonio in una situazione del genere?» domanda Margherita in tono di disapprovazione.

Alessandro mi aiuta con un sacco di farina, e il contatto con le sue mani calde mi provoca un brivido.

«Abbiamo operato quel povero bambino, e, mentre aspettavamo che reagisse alle terapie, Adriana ha espresso il desiderio di adottarlo. Io ho obiettato che allora dovremmo adottare tutti quelli che capitano in ospedale, dato che la maggior parte di essi sono casi disperati. Non possiamo prendere sulle nostre spalle le responsabilità del mondo intero, dobbiamo solo cercare di riparare ai danni provocati dalla sconsideratezza e dalla crudeltà altrui. In quel momento, però, la sensibilità di Adriana mi ha colpito molto, e le ho chiesto se desiderasse dei figli suoi. Il resto, poi, è venuto da sé...» taglia corto.

«E come le hai chiesto di sposarti? Ti sei inginocchiato? Le hai messo l'anello?» chiede Margherita, avida di particolari romantici.

Certo, Antoine le aveva fatto la proposta quando entrambi avevano cominciato a lavorare a Parigi!

«Le ho detto semplicemente che, se voleva, avremmo potuto sposarci, tutto qui,» risponde Alessandro a disagio.

«Neanche l'anello?» insiste Margherita incredula.

«Sì, le ho comprato un anello, qualche giorno dopo, ma è successo tutto in fretta, e poi noi medici non possiamo indossarli...» replica, con la chiara intenzione di cambiare discorso.

È praticamente in ginocchio, armeggia con le dita, per cercare di aprire un sacco di zucchero, e io penso all'effetto che farà una fede nuziale al suo anulare. Sinceramente, non ce lo vedo proprio a fare il tranquillo padre di famiglia insieme ad Adriana. Forse ha ragione Cassie, quando dice che per Alessandro ci vorrebbe un'altra donna.

«Non dovresti stare qui!» borbotto, divertita.

Lui alza lo sguardo e mi osserva con aria adirata.

«Vorresti dire che non ti sono d'aiuto?» domanda, offeso.

«Beh, non essendo del mestiere, sei un po' imbranato, e mi stai facendo perdere tempo!» ribatto, con le mani sui fianchi e l'espressione saccente.

Si alza in piedi e mi guarda, sforzandosi di rimanere serio.

«Quindi, tu saresti più brava?» chiede con aria di sfida, mettendo anche lui le mani sui fianchi.

«Sono più esperta!» obietto, non riuscendo a trattenere un sorriso. Nei suoi occhi c'è un guizzo malizioso.

«Che faresti tu, se io venissi in ospedale e cercassi di darti una mano?» rincaro la dose.

«Non avrei nulla da temere. Alla prima goccia di sangue, saresti già KO, quindi non mi saresti affatto d'intralcio. A parte il fatto che dovrei trovarti una barella, su cui lasciarti rinvenire!» replica con presunzione.

Tiro fuori la lingua per fargli uno sberleffo, e lui mi getta addosso una manciata di farina.

«No, Alessandro, ti prego! NON LO FARE! Non c'è tempo per pulire!» lo implora Viola, allarmata.

Ma ormai è troppo tardi. Prendo una coppia di uova e infierisco senza pietà. Lui tira un cucchiaio pieno di crema. Io ne agguanto uno con il miele. Antoine inizia a spruzzare panna, Margherita cioccolato, mentre Viola tenta di fermarci. Alessandro, però, la mitraglia con una calza piena di pasta di mandorle, mentre io cerco di afferrarlo per le braccia e metterlo con le spalle al muro.

Viola, alla fine, accorre in mio aiuto, e riusciamo a far finire quello scempio. La cucina è ridotta come se fossero esplosi tutti i calderoni e i forni contemporaneamente. C'è uova, crema, cioccolato, e di tutto un po' sparso dappertutto.

«Vi rendete conto che dovremo lavorare anche di notte per poter finire?» piagnucola Viola disperata.

«Ma no! È tutto *prontò*! Manca *pocò*, e poi finiremo *domatten*!» replica Antoine con il solito buonumore, passando le dita sulla faccia sporca di panna di Margherita.

«Sì! È sempre tutto facile per te! Ma c'è anche da ripulire!» sbotta Viola, che comincia ad arrabbiarsi.

«Non preoccuparti! È il mio matrimonio, e pagherò io! Vai a chiamare qualcuno nel salone, e chiedi di mandare qui cinque o sei inservienti! In mezz'ora, sarà tutto a posto!» ribatte Alessandro con tranquillità.

«Si aggiusta tutto, con i soldi, vero?» chiedo in tono pungente, mentre tolgo il cappello e tento di pulire i capelli con le salviette.

Per un istante, mi osserva con un'espressione incerta. Io fingo indifferenza. Effettivamente, la battuta era piuttosto cattiva, anche se il riferimento alle mie accuse nei suoi confronti è stato del tutto casuale.

«Non tutto...» mormora con una smorfia di disappunto.

Avverto una fitta allo stomaco, e vorrei correggere il tiro, ma non farei altro che peggiorare la situazione. Così, preferisco non rispondere e lasciar cadere il discorso.

In quel momento, entra Cassie insieme ad Adriana. Entrambe hanno un'aria così triste, che sembrano pronte per un funerale, piuttosto che per un matrimonio.

«Ma che cos'è questo disastro?» domanda Cassie, risvegliandosi finalmente dal torpore.

«Ci siamo *divertiti* un po'!» risponde allegramente Antoine, che si è già perfettamente pulito, e sta rimettendo in ordine il tavolo.

«Come se non ci fosse niente da fare!» sbotta Viola, strofinandosi le braccia appiccicose con un panno umido.

«Non bisogna prenderla troppo sul serio. In fondo, dovete preparare una festa, no?» ribatte Alessandro, con l'abituale tono scanzonato.

Viola lo fulmina con lo sguardo, ma Adriana scuote la testa.

«Sei il solito irresponsabile! Perché sei venuto qui a disturbare? Adesso resteranno indietro sulla tabella di marcia, e non sarà pronto niente, per quando lo deve essere! Non ne sta andando bene una! Sono tutti segni premonitori!» urla, sconvolta, fuori di sé per la rabbia.

Non credevo che una persona all'apparenza così mite potesse trasformarsi in una furia del genere. E non avrei mai pensato che potesse dare dell'irresponsabile ad Alessandro, visto quanto si è sempre dimostrata innamorata, accettando tutto di lui incondizionatamente.

«Adri, è stato solo un gioco! L'abbiamo fatto per smorzare un po' la tensione. D'altronde, Antoine e gli altri sono dei professionisti seri, non si fermeranno per così poco!» risponde dolcemente Alessandro, cingendola in un abbraccio, nel tentativo di rabbonirla.

Ma Adriana è ormai preda di un attacco isterico, il panico si è impossessato di lei.

«Non è vero! Domani sarà un disastro totale e non riusciremo neanche a sposarci!» grida, scoppiando a piangere.

Alessandro la stringe forte al petto e le accarezza i capelli, sussurrandole parole di conforto. Cassie è immobile davanti a loro, sembra una statua di gesso.

«Ehm... Cassie, volevi dirci qualcosa?» chiedo, schiarendomi la voce, per attirare la sua attenzione.

Cassie trasale per la sorpresa, si aggiusta gli occhiali con un gesto nervoso, poi getta un'occhiata di sfuggita a Viola, e infine sussurra:

«Posso parlarti in privato?»

Non sarebbe il momento opportuno, visto che c'è da recuperare il tempo perduto, però la seguo in un angolo e la esorto a fare in fretta.

«Beh, ecco... Pam vorrebbe cambiare la disposizione dei vassoi sui tavoli, e quindi anche delle decorazioni... Ha convinto la sposa a fare diverse modifiche, e ora... ora ci sarebbe da dirlo a Viola,» balbetta, guardando con timore in direzione di quest'ultima.

Alzo gli occhi al cielo e sospiro esasperata.

«Era proprio necessario?» chiedo a denti stretti.

Comincio a essere stufa di tutte queste complicazioni, a maggior ragione visto che sono sempre io a doverne subire le conseguenze.

«Non dirlo a me! Credo che Pam cerchi in ogni modo una rivalsa nei confronti di Viola, così a me e a te toccano i guai!» ribatte, aggiustandosi di nuovo gli occhiali, e stringendo più forte il suo block notes.

«Ok, ok, va bene! Ci penso io, ma voglio che tu venga ad aiutarmi!» taglio corto.

Cassie si limita ad annuire, e sembra che voglia farsi piccola piccola, per scomparire dalla vista. Io intanto mi avvicino a Viola, che è già sul piede di guerra.

«Senti, Adriana vorrebbe apportare delle modifiche ai tavoli,» esordisco, ostentando noncuranza. «Comunque, ci pensiamo io e Cassie...»

«ADRIANA, PER LA MISERIA!» urla Viola, cogliendo tutti di sorpresa. «Ti lamenti perché non te ne va bene una, e poi continui a cambiare idea su tutto! Quando ti deciderai, una buona volta?» chiede, con il viso rosso per la rabbia, e i pugni chiusi, appoggiati minacciosamente sui fianchi.

Adriana si scosta dalle braccia di Alessandro e la guarda stupita.

Oddio, ti prego, fa' che non dica quello che penso, o siamo fritti.

«È stata Pam a suggerirmi di fare dei cambiamenti. Io... Sinceramente, sono così confusa che non riesco più ad avere le idee chiare. Quindi, mi fido di lei, visto che è l'esperta!» risponde con candore.

Ecco. Quello che temevo è successo. Ha pronunciato il nome di Pam, e ora è la fine.

Viola, infatti, diventa ancora più rossa, gli occhi sono due sfere fiammeggianti. Senza dire nulla, parte con passo marziale ed esce dalla cucina. Io e Margherita siamo le prime a riprenderci dalla sorpresa, ci guardiamo un istante, e poi corriamo insieme dietro a Viola. Ma è troppo tardi. Appena arriviamo nel salone, sentiamo le urla di Pam, che riecheggiano in tutto il palazzo. Margherita arranca per la fatica e l'ansia, mentre io mi spremo le meningi per cercare una via di salvezza.

Viola e Pam sono in mezzo al giardino, davanti alla chiesa, e si stanno insultando pesantemente, gesticolando con aria minacciosa. Cerco di afferrare Viola, ma ne ricavo solo una gomitata nello stomaco, che mi lascia quasi senza respiro. Intanto, arriva Margherita, che prova ad attirare l'attenzione di Pam senza successo, poi, tenta di afferrarla per un braccio, inutilmente. Infine, succede tutto in un attimo: Margherita alza il pugno con una velocità sorprendente e colpisce Pam sulla guancia, assestandole contemporaneamente un sonoro calcio nello stinco. Quest'ultima si blocca all'improvviso, si porta la mano al viso e crolla a sedere sull'erba, con un'espressione di sofferenza e sbigottimento. Poi, Margherita si volta verso la sorella e le riserva lo stesso trattamento. Viola si appoggia, barcollando, a un abete, lamentandosi per il dolore. Margherita soffia sul suo pugno, come se fosse una pistola, con cui ha appena sparato, e guarda le due contendenti con aria trionfante. Infine, si volta verso la sorella e sibila, in un tono che non ammette repliche:

«Ora che lo spettacolo è finito, torna subito a lavorare!»

Viola impallidisce e sta per aprire bocca, ma la richiude subito, si avvia zoppicando verso la cucina, a testa bassa, con una mano appoggiata sulla guancia gonfia e arrossata. Solo ora mi accorgo che tutti gli operai, gli inservienti, i fornitori, si erano fermati per assistere al curioso siparietto, a cui l'intervento di Margherita ha posto bruscamente fine.

«Ma ti rendi conto di cosa mi hai fatto?» mormora Pam con orrore, guardando nello specchietto della cipria il livido, che si sta formando sullo zigomo.

«Siete voi, tu e mia sorella, che non vi rendete conto della stupidità del vostro atteggiamento! Vi state comportando come due bambine, che si fanno i dispetti, per conquistare il titolo di prima della classe, anche a costo di rovinare tutto il vostro lavoro e quello degli altri!» replica Margherita asciutta.

Pam la fulmina con lo sguardo e arrossisce, perché riconosce che l'altra ha ragione. Poi, si tira su, massaggiandosi la gamba, e se ne va senza dire nulla.

«Bel colpo, Margherita! Avrei dovuto pensarci io, a sistemare le cose in questo modo!» esclama Alessandro, mentre le viene incontro, sorridendo. «Anche se un uomo non può picchiare due donne contemporaneamente!» aggiunge divertito.

«Grazie! La tua presenza mi fa sentire più tranquilla!» aggiunge Adriana, stringendosi al braccio dello sposo.

Margherita scrolla le spalle e finalmente sorride.

«Non ho mai sopportato i battibecchi tra due donne, neanche quando sono io a litigare con mia sorella o con mia madre!» sbotta con aria scontrosa.

«È per *questò* che ti amo, *mon amour*!» esclama Antoine, giunto alle nostre spalle.

Alla vista del marito, l'espressione di Margherita si ammorbidisce e si scioglie in un mare di dolcezza.

Io e Cassie, intanto, procediamo con il nostro lavoro, dato che abbiamo perso fin troppo tempo in chiacchiere e distrazioni varie. Non so per quante ore corro dalla cucina ai tavoli, che sono già sistemati sotto i tendoni, prepariamo creme, salse e ripassiamo il menu, facciamo un cartellone, in cui Viola disegna i vassoi, la loro disposizione, le decorazioni, e cosa devono contenere. Conteggiamo di nuovo quello che abbiamo già fatto, pianifichiamo il da farsi... Infine, Antoine tira fuori il modello di plastica della torta nuziale. Si tratta di due strati di pan di spagna, a forma di cuore, sovrapposti, farciti con panna e crema, decorati con il tulle e le rose degli addobbi. In cima, la statuina degli sposi che si baciano sotto il Big Ben. Semplice e carina, come è nello stile di Adriana. Eppure, non mi sembra vero che sia per Alessandro.

Stiamo ancora ricontrollando ciò che abbiamo e ciò che manca, quando la porta della cucina si apre e... Non ci posso credere! Il cuore comincia a battere forte. Chiudo gli occhi e li riapro, per essere sicura che non sia un'allucinazione creata dalla stanchezza. Invece, è proprio lui, il mio Giacomo! In un istante siamo l'uno nelle braccia dell'altra, e mi lascio cullare dal suo immenso affetto. Si stacca appena da me, per sollevarmi il mento e baciarmi. Ma non è un semplice bacio: sento la paura e il desiderio disperato di essere rassicurato.

«Dio, quanto mi sei mancato!» mormoro con le labbra ancora sulle sue, accarezzandogli la guancia ispida per la barba incolta.

Incontro i suoi limpidi occhi azzurri e mi perdo in quel mare profondo. Non riesce a parlare, l'emozione gli serra la gola. E mi rendo conto di quanto abbia sofferto, in questi giorni di lontananza, nel timore che io potessi cambiare idea, stavolta per sempre. Lo stringo di nuovo forte a me, assaporando il suo profumo e il suo calore.

Viola si schiarisce rumorosamente la voce, e ritorno con i piedi per terra.

«Ciao, Giacomo! Ben arrivato!» saluta Margherita, posando una teglia appena sfornata su un tavolo.

«Ciao a tutti!» risponde lui con il suo splendido sorriso.

«Beh, adesso che sei qui, è tutto a posto, non è vero Elisabetta?» mi chiede Viola con aria indagatrice.

Annuisco e bacio di nuovo Giacomo, che però sfugge alla mia presa e si rivolge a Viola.

«Perché? Ci sono stati dei problemi?» domanda in tono preoccupato.

Viola arrossisce e si affretta a precisare:

«No, no, assolutamente no! Intendevo dire che Elisabetta senza di te era perduta!»

Anche questa risposta, però, non convince Giacomo. In effetti, si presta a una doppia interpretazione.

«Insomma, gli sei mancato! Quando si ama, non si può stare lontani senza soffrire!» sbotta Margherita, chiudendo la questione. «Io non so stare più di due minuti lontana dal mio amore!» aggiunge poi, abbracciando il marito e guardandolo con adorazione.

La tensione si stempera, e Giacomo appare finalmente rilassato.

«Ho dovuto incontrare un cliente di Andrea, che è venuto a conoscenza del progetto di Tommaso, e vorrebbe partecipare. Però, non è un tipo facile, è molto pignolo, e pretende tanta attenzione, così mi ha invitato a pranzo, e sarei dovuto rimanere anche a cena, se non mi fossi inventato un impegno urgentissimo per scappare via!» borbotta, appoggiandosi con aria stanca a uno sgabello.

«Perché? Io non sono un impegno urgentissimo?» protesto, dandogli un buffetto sul braccio e fingendomi adirata.

«Tu sei la mia vita!» mormora, con la voce che si incrina per l'emozione, mentre il suo sguardo è così intenso da farmi male.

Arrossisco per questa dolcissima dichiarazione davanti a tutti, e mi viene da piangere. Senza badare a dove sono e a chi c'è con noi, sento il bisogno di lasciarmi andare e di scacciare tutti i dubbi, che possano far stare male questo ragazzo meraviglioso, che mi ama senza condizioni. Così, mi accosto a lui, infilo le dita tra i suoi capelli, e lo bacio con trasporto, mentre si abbandona a me, si lascia manovrare dalla mia passione, e si rifugia nella sicurezza che riesco a trasmettergli. Il bacio e le carezze si fanno ardite, e recuperiamo un briciolo di lucidità, prima di spingerci oltre il dovuto, anche se il desiderio di possederlo e farmi possedere diventa quasi insostenibile.

Stiamo cercando di staccarci lentamente, mentre Antoine, Margherita e Viola continuano a parlare, ostentando indifferenza, intanto che definiscono gli ultimi particolari, quando mi accorgo che qualcun altro è entrato in cucina.

Appena riesco a riprendermi dall'emozione, vedo Tommaso, in piedi, accanto a Viola. Stanno parlando a bassa voce, ammiccando nella nostra direzione. Dietro di me, invece, c'è Adriana, che sorride, guardandoci con tenerezza. Accanto a lei, Alessandro. La sua espressione è impenetrabile, ma nei suoi occhi mi sembra di leggere una sorta di muto rimprovero. Anche se non capisco perché vorrebbe rimproverarmi: non ho fatto niente di male, a meno che non abbia combinato qualche disastro senza accorgermene.

«Quanto siete carini!» cinguetta Adriana con le mani giunte sul petto.

«Quando avrai recuperato la tua lucidità, potrai parlarmi del cliente di oggi?» chiede Tommaso a Giacomo, in tono di scherno.

«Mai stato più lucido di adesso, Tom! Andiamo in un posto tranquillo, e ti dirò tutto senza esitazioni!» risponde Giacomo, ostentando alterigia.

Tommaso si avvicina, mi strizza l'occhio, e prende Giacomo sotto braccio, liberandolo dalla mia stretta.

«Te lo restituisco presto! Lo prometto!» sussurra nella mia direzione.

«Speriamo! Altrimenti verrò a riprendermelo!» ribatto, con le mani sui fianchi e l'aria scherzosamente minacciosa.

Giacomo strofina la sua guancia sulla mia, provocandomi un piacevole brivido.

«Ti amo!» sussurra nel mio orecchio.

«Ti amo anch'io!» rispondo, stringendogli la mano.

Mi bacia con dolcezza le dita, prima di abbandonare la presa. Mentre si volta, incontra lo sguardo di Alessandro, e, per un istante, il suo viso si indurisce, un'ombra oscura la luminosità del suo sguardo.

«Alessandro...» lo saluta a denti stretti.

«Giacomo...» risponde l'altro, ancora più rigido.

«Adriana, tanti auguri per il vostro matrimonio!» aggiunge poi Giacomo, con un sorriso più disteso.

«Grazie! Sei molto gentile!» replica Adriana, arrossendo lievemente.

Appena Giacomo e Tommaso sono usciti, Adriana si avvicina e mormora eccitata:

«Dio, quant'è carino Giacomo! E come ti guarda! Sei la sua dea!»

Arrossisco per l'imbarazzo.

«Sì, è vero! Sono proprio fortunata!» ribatto, mentre rimetto al loro posto negli scaffali delle ciotole pulite.

«Alessandro non mi ha mai guardata in quel modo!» aggiunge Adriana, improvvisamente triste.

Mi blocco con il braccio a mezz'aria e la guardo stupita.

«Come puoi dire una cosa del genere?» chiedo in tono di bonario rimprovero.

Con lo sguardo cerco Alessandro e lo osservo, intanto che parla con Antoine. Meno male, almeno non può sentire!

Adriana si stringe nelle spalle e fa una smorfia che, improvvisamente, la fa apparire vecchia e sciupata, offuscando la sua grazia innata.

«Tu dici che non ha mai chiesto a nessuna di sposarlo, e forse è vero. Ma non so se questo è il suo modo di amare, oppure se è solo un ripiego...» mormora, con un'aria così abbattuta, da farmi stringere lo stomaco.

Adriana è fragile e non merita di essere ferita. Forse ha ragione Cassie: lei non è la donna giusta per Alessandro, perché non può tenergli testa e rischia di esserne succube.

«Beh, se ti può consolare, non è mai stato prodigo di complimenti e parole gentili, neanche come amico. Ha un carattere ribelle e indomabile, ma questo lo sai. Non è facile stare con lui, la vita e la famiglia lo hanno reso ruvido e scostante, però ha una cuore grande e un animo gentile. Non ti avrebbe mai chiesto di sposarlo, se non fosse innamorato di te!» replico con convinzione.

Lo sto guardando attentamente, mentre parla, muovendo le mani con quei gesti familiari che amo tanto, i capelli scompigliati, i lineamenti del viso che conosco alla perfezione, la bocca, le guance, il naso e gli occhi profondi... All'improvviso, come se avesse sentito il peso del mio sguardo, si volta e mi cattura di nuovo nel suo mare scuro. Vorrei sfuggirgli, ma non ci riesco, sono sua prigioniera, e lui ne è consapevole, come lo sono io. Solo la paura di venire scoperta da Adriana mi dà la forza di abbassare la testa e tornare in me, anche se ho le mani sudate e il cuore in tumulto. La ciotola di acciaio inox, che stringo tra le mani, sguscia via, e, nonostante la rincorra, tentando di salvarla, cade rovinosamente a terra, provocando un fracasso come di dieci tamburi messi insieme. Tutti si voltano nella mia direzione, e io arrossisco, scusandomi.

«Sei sempre la solita imbranata!» ridacchia Margherita, che si sta concedendo cinque minuti di riposo insieme a Viola.

Mi stringo nelle spalle con aria rassegnata, e tento di mettere finalmente a posto la ciotola, quando Adriana mi coglie alla sprovvista.

«Tu hai avuto una storia con lui, non è vero?» chiede con un filo di voce, a denti stretti.

Stavolta la ciotola mi schizza via dalle mani come un proiettile, sbatte sul tavolo, rimbalza sulla parete e termina la sua corsa sul pavimento, dove continua a rotolare con un baccano infernale, finché non corro a fermarla e a farla tacere. Il cuore sembra sul punto di uscire dal petto, e mi sento in trappola. Che cosa dovrei rispondere adesso?

«Ma che diavolo hai nelle mani?» domanda Viola in tono di scherno.

Quando vede la mia espressione stravolta, però, diventa subito seria, e capisce che c'è qualcosa che non va. Così, fa un disperato tentativo di trarmi d'impaccio.

«Puoi venire qua, a prendere anche queste pentole, così vediamo se ci diletti con un altro concerto?» chiede in tono scherzoso, facendomi l'occhiolino in segno d'intesa.

Con un cenno del capo la ringrazio, e mi avvio nella sua direzione, ma mi sento afferrare per un braccio. Adriana mi si para davanti con una determinazione e una veemenza, di cui non la credevo capace.

«Hai avuto una storia con Alessandro, sì o no?» chiede a voce troppo alta e in tono minaccioso, gli occhi verdi ridotti a due fessure.

Mi sento svenire. Tutto intorno si crea un silenzio carico di imbarazzo. Viola è pallida quanto me, e perfino Margherita, stavolta, è immobile e senza parole. Antoine guarda prima me, poi Alessandro, con aria preoccupata. Ma Alessandro non si muove. I suoi occhi sono incollati su di me, e quando li sposta su Adriana, è come se provasse una sorta di ripugnanza.

Gli sto chiedendo disperatamente, con lo sguardo, che cosa fare, ma è lui che agisce al posto mio, perché spetta a lui questo compito.

«Sì, abbiamo avuto una storia,» risponde gelido, guardandola senza vederla.

Il silenzio diventa opprimente, e Antoine si schiarisce la voce, mentre fa cenno agli altri di uscire. Ma Adriana ferma tutti con un gesto secco della mano, si volta verso Alessandro e lo redarguisce aspramente.

«Perché non me l'hai mai detto?» chiede in un soffio.

«Perché non me l'hai mai chiesto!» replica lui in tono neutro.

«Come non te l'ho chiesto? Non faccio altro che chiederti se c'è qualcosa che non va!» ribatte lei, adirata.

«Appunto! Ti ho detto la verità: non c'è niente che non va. Ma non mi hai mai chiesto se avevo avuto una storia con Elisabetta!» obietta lui, piccato.

«Stai solo cercando di farmi passare da idiota! Ma non riuscirai a fregarmi! Adesso so cosa c'è, anzi, CHI c'è tra te e me, che ci impedisce di stare vicini come dovremmo!» sibila a denti stretti, puntando l'indice contro di lui con fare accusatorio.

«Adriana, i preparativi del matrimonio ti hanno stressata, e non sai cosa dici! Dovresti cercare di calmarti, perché stai farneticando!» sbotta Alessandro in tono seccato, muovendosi nella sua direzione.

«Non ti avvicinare, e non provare a farmi passare per una sposina paranoica e isterica! Sono anche troppo lucida!» ribatte, con la voce che si spezza per la rabbia.

Poi, si volta verso di me, i suoi occhi sono pieni di dolore e di odio.

«Tu sei sempre stata tra me e lui! Sei tu, la sua spina nel cuore!» mormora, facendo fatica a prendere coscienza di questa crudele realtà.

Non riesco a rispondere, perché, inspiegabilmente, mi viene da piangere. Scuoto la testa per cercare di negare, deglutisco a fatica, ma le parole non escono. Alessandro si sposta davanti a noi, il suo sguardo fisso su Adriana.

«È una storia finita, Adri. Adesso ci sei solo tu!» mormora, con dolcezza e determinazione.

Non so perché mi sento come trafiggere da una spada acuminata e mi manca il respiro. Eppure, mi faccio forte e provo a essere convincente, perché è questo che fanno gli amici. Si deve sempre desiderare la felicità di chi si ama.

«Veramente, la storia non è neanche cominciata, dato che lui è partito subito per gli Stati Uniti, da dove è tornato dopo quasi due anni!» aggiungo, senza riuscire a impedirmi di essere polemica.

«Non la finirai mai con questa lagna!» borbotta lui, scuotendo la testa con un sorrisino ironico.

Dimentico subito tutto il resto, e la rabbia prende di nuovo il sopravvento.

«Vorresti forse dire che non è vero?» chiedo con aria di sfida.

«Non sai fare altro che la vittima!» ribatte, fulminandomi con lo sguardo.

«Davvero te ne sei andato, dopo pochi giorni che stavate insieme?» domanda Adriana, incredula.

«Sì. Dovevo terminare gli studi e trovare un lavoro! Era tutto troppo complicato!» risponde lui, tagliando corto.

Apro bocca per rifinire la storia con i dettagli del matrimonio da annullare a Las Vegas, e tutto il resto. Ma non me la sento. Non mi va di rivangare, per l'ennesima volta, una storia così dolorosa e ormai passata. Non mi va di infierire su Adriana, che ora ha l'aria smarrita di un cucciolo abbandonato. E non mi va di fare del male ad Alessandro, nonostante tutto.

«Se fosse stata una cosa seria, io sarei andata da lui, o lui sarebbe tornato da me, non avremmo fatto passare due anni prima di rivederci. D'altronde, siamo sempre stati amici, e non può esserci altro che amicizia tra noi, non è vero?» aggiungo, sorprendendo perfino me stessa, mentre cingo Alessandro in un casto abbraccio.

Mi guarda stupito, ma anche grato, mentre Adriana si scioglie in lacrime sul petto del suo amato.

«Scusatemi! Non volevo offendere nessuno! Il fatto è che ho tanta paura! Provo dei sentimenti così forti e contrastanti, che non riesco a dominare!» singhiozza, intanto che Alessandro le accarezza dolcemente la testa.

«La colpa è mia. Non riesco a darti la sicurezza di cui hai bisogno!» mormora lui, in tono di rimprovero verso se stesso.

Mi si stringe lo stomaco, perché so quanto questo lo faccia soffrire. È lui, la prima vittima della sua instabilità, e, anche se prova a lottare contro di essa, ne esce sempre sconfitto.

Sto per allontanarmi e lasciarli soli, quando i suoi occhi incontrano di nuovo i miei e ho un tuffo al cuore. Non credo di aver mai visto tanto dolore nel suo sguardo, ed è come se implorasse il mio aiuto. Un nodo mi serra la gola, e mi sento impotente, troppo piccola e indifesa per proteggere entrambi dagli effetti devastanti delle nostre mancanze.

«Elisabetta, puoi aiutarmi con queste teglie, così potremo andarcene?» chiede Viola a voce alta, facendomi trasalire.

Provo un certo sollievo, perché posso sottrarmi a quello sguardo, anche se una lacrima sfugge al controllo e scivola via, senza lenire le pene dell'anima.

Mi accorgo solo ora che Margherita e Antoine sono già andati via. E non c'è nessuna traccia di Cassie. Viola si affretta intorno agli scaffali, e mi scruta per un po', senza dire niente. Alla fine si avvicina, con aria complice, e mi chiede:

«Io e Tommaso ceneremo in un locale qui vicino. Vuoi venire anche tu, insieme a Giacomo? Non faremo tardi, promesso!»

I suoi occhi brillano per l'eccitazione, ma è anche preoccupata per me.

«No, non voglio disturbare. Rimarremo qui e ci prepareremo qualcosa...» rispondo, esitante.

«Guarda che molti degli ospiti sono già arrivati, e hanno preso alloggio. La cena verrà comunque preparata per loro, nella cucina adiacente a questa, che è più grande e riservata al catering, e sarà servita in uno dei saloni. Quindi, se non vuoi venire con noi, puoi andare di là...» aggiunge, con un'alzata di spalle.

Fa una pausa, poi prosegue, guardandomi dritta negli occhi:

«Mi farebbe piacere se ci fossi anche tu, stasera, dato che sarà l'ultima sera...»

All'improvviso, la sua espressione si fa seria, e sembra sul punto di piangere, mentre serra le labbra con una smorfia di disappunto.

«Proprio perché è l'ultima sera a Londra, non voglio esserti d'intralcio!» obietto, abbozzando un sorriso.

«Tu non sei affatto d'intralcio. Anzi... La tua presenza mi dà il coraggio, che altrimenti non avrei!» replica, scuotendo la testa.

Poi, getta un'occhiata in direzione di Alessandro, e chiede a bassa voce:

«Tutto bene con lui?»

Evito il suo sguardo, concentrandomi sulle teglie, e cerco di apparire convinta, quando non lo sono affatto.

«Tutto bene,» rispondo con un sorriso. «Siamo di nuovo amici!»

Viola mi osserva attentamente, per lunghi istanti, con aria scettica, ma non insiste.

Appena abbiamo finito di sistemare, ci dirigiamo verso gli spogliatoi.

«Allora, dai! Venite con noi! Per favore!» mi supplica Viola, con le mani giunte e l'aria di una bambina.

«Non so se Giacomo...» provo a protestare.

«Giacomo è felice, ovunque tu vada! Non trovare scuse!» insiste piccata.

Alzo gli occhi al cielo e mi arrendo.

«E va bene! Anche se non ho nessuna voglia di cambiarmi, truccarmi e mettermi in tiro!» mi lamento con un sospiro.

«Non è un locale elegante! Niente formalità, stasera!» ribatte sempre più convinta.

«Sei proprio cocciuta!» la rimprovero bonariamente.

«Eh, sì! È uno dei miei più grandi pregi!» replica, ostentando superbia.

«Figuriamoci quali sono i difetti!» sbotto, con un sorriso divertito.

Quando usciamo dagli spogliatoi, in cucina non c'è più nessuno. C'è solo la calma tipica della vigilia dei grandi eventi. Alle pareti sono appesi i cartelloni con il planning della giornata di domani. Nei forni, spenti e ormai freddi, si intravedono le teglie piene. In un angolo, ci sono vasetti, barattoli, scatoloni e pacchetti vari. Da un'altra parte, per terra, giace una pila di scatole, sulle quali sono state scritte con il pennarello varie diciture. Nel tavolo in fondo, svetta il plastico della torta nuziale.

«Non riesco ancora a credere che Alessandro si sposi!» borbotta Viola, lanciandomi un'occhiata indagatrice.

«Già! Non sembra vero che uno come lui riesca a compiere un passo del genere!» commento, con uno strano nodo in gola.

«Beh, forse questo momento arriva per tutti, quando si incontra la persona giusta!» aggiunge Viola, scrollando le spalle.

«Probabilmente è così. Qualche volta può anche capitare di incontrare la persona giusta senza rendersene conto, se non quando ormai è troppo tardi!» sentenzio con amarezza.

Il mio è un chiaro monito nei suoi confronti, però lei abbassa lo sguardo e non risponde. A ripensarci, lo stesso monito è valido anche nei MIEI confronti, ma preferisco non infierire su me stessa.

Usciamo nell'atrio, proprio mentre Tommaso si sta dirigendo verso di noi. Sorride a Viola, la cinge in un abbraccio, e le dà un rapido bacio.

«Allora, l'hai convinta, vero?» le chiede, lanciandomi un'occhiata trionfante.

«Avevi forse dei dubbi? So essere molto persuasiva, quando voglio!» risponde Viola, con espressione altezzosa.

«Lo so bene...» ribatte lui a bassa voce, in tono allusivo.

Arrossisco e distolgo lo sguardo dalle loro effusioni.

«Se avete intenzione di andare avanti così, credo che rimarrò qui, a cena!» protesto, ridendo.

«Ma se tu e Giacomo siete sempre appiccicati, come due piccioncini!» obietta Viola, puntandomi l'indice contro con aria accusatoria.

Alzo le mani in segno di resa e mi allontano.

«È inutile discutere con te! Ci vediamo nell'atrio tra un'ora!» concludo sbrigativa.

Poi mi fermo e mi rivolgo a Tommaso.

«A proposito, dov'è la mia stanza?»

«In cima alle scale, prendi il primo corridoio a sinistra. Sulla porta, c'è disegnato il cavallo rampante, il simbolo della città di Arezzo!» spiega lui, senza allentare la stretta su Viola.

«Accidenti! Dovrei essere io a rappresentare Arezzo?» chiedo, cominciando a salire le scale.

«Beh, sì! Antoine e Margherita hanno la Tour Eiffel, e Viola è con me!» commenta, pronunciando le ultime parole con una dolcezza disarmante.

Mi volto per evitare di sorbirmi ancora i loro sbaciucchiamenti, e seguo le indicazioni che mi sono state date. Trovo la porta con il simbolo della mia città e provo ad aprire, ma è chiusa a chiave. Ehi, che scherzo è questo? Mi guardo intorno per cercare almeno la stanza di Margherita e Antoine, ma non la vedo. Sto per tornare indietro e chiedere delucidazioni, quando la porta si apre alle mie spalle, e sulla soglia compare Giacomo, con una T-shirt blu, i jeans, i capelli scompigliati, la barba incolta, l'aria assonnata. È uno spettacolo meraviglioso da vedere!

«Mi dispiace! Devo essermi appisolato! Questi ultimi giorni sono stati terribili!» mormora, stropicciandosi gli occhi.

Senza pensarci, mi getto tra le sue braccia e lo bacio con trasporto, trascinandolo dentro e richiudendo la porta alle nostre spalle.

«Non potevo ricevere accoglienza migliore!» mormora, sorridendo, piacevolmente sorpreso.

Poi, mi stringe e ricambia il bacio con altrettanto ardore.

«Sei ancora troppo stanco?» chiedo in tono malizioso, staccando appena le labbra dalle sue

«Mai stato meglio,» sussurra, con la voce strozzata dal desiderio.

I suoi occhi azzurri si perdono nei miei, e il resto del mondo rimane momentaneamente chiuso fuori.

Sera

Un'ora passa troppo in fretta, accidenti! Mi piace farmi cullare dall'abbraccio di Giacomo e sentirmi di nuovo al sicuro. Ogni pensiero sembra scomparso, ogni nuvola è stata spazzata via dalla luce e dal calore della sua presenza.

Mentre facciamo la doccia e ci cambiamo, parliamo un po' dei suoi problemi di lavoro e delle disavventure che mi sono capitate con Cassie.

«Allora, che effetto ti fa questo matrimonio?» domanda a un tratto, prendendomi alla sprovvista.

Mi sto truccando, davanti allo specchio del bagno, e vedo la sua immagine riflessa di sbieco. Il tono della voce è apparentemente tranquillo, ma la sua espressione tradisce angoscia e paura. Sinceramente, non so cosa dire, visto che ancora non riesco a rendermi conto della situazione. Appare tutto così irreale! Non avrei mai pensato che Alessandro potesse sposarsi, forse per via del suo carattere, forse perché sono rimasta ancorata all'adolescenza e il mio cervello si rifiuta di accettare l'età biologica che avanza, o forse…

Mentre sto cercando di rispondere, scartando le ipotesi più improbabili, il silenzio tra me e Giacomo diventa insopportabile. Lo vedo diventare pallido, e una smorfia di dolore altera i bei lineamenti.

«Non lo so,» mi affretto a replicare, per toglierlo da questo stato d'ansia. «Non sono abbastanza cresciuta per accettare concetti così grandi come il matrimonio!» aggiungo con un sorriso.

La tensione sul suo viso si allenta appena.

«Vale anche per il tuo, di matrimonio?» chiede in un soffio, evitando il mio sguardo.

Sono talmente concentrata sulla risposta da dare, che mi dimentico di controllare il battito delle ciglia, così, inavvertitamente, il pennello del mascara viene fagocitato dalla palpebra e va a sbattere sulla pupilla. Non riesco a reprimere un grido di dolore, mentre la parte sinistra del viso si tinge della vernice nera che, dall'occhio, cola lungo la guancia. Cerco di limitare il danno, versando acqua fredda sulla parte dolorante, ma non riesco ad aprire l'occhio e a impedirgli di lacrimare. Giacomo accorre preoccupato, e chiede se può aiutarmi, ma non c'è nulla da fare. Piuttosto, mi sento in dovere di rispondere alla sua domanda, evitando di lasciar cadere il discorso.

«Il matrimonio mi spaventa, sì,» ammetto con sincerità, mentre osservo, rassegnata e con un occhio solo, la terribile immagine del mio viso, che rimanda lo specchio. «È per sempre, e non è un impegno da poco. Ho paura di non essere all'altezza...» mormoro, cercando di tamponare il trucco rimasto intatto.

Giacomo mi cinge la vita da dietro le spalle e sfrega dolcemente la guancia con la barba ispida sul mio collo, provocandomi dei piacevoli brividi.

«Tu sei sempre all'altezza! Sei più forte di quanto tu possa credere!» sussurra nel mio orecchio, rimettendo in moto i sensi. «E ti amo così tanto!» aggiunge, con la voce strozzata dall'emozione, iniziando a darmi baci lievi sul collo.

«Anch'io ti amo...» rispondo.

Mi fermo, ma è come se il discorso dovesse proseguire.

Giacomo si accorge di questo stato di sospensione, e mi guarda attraverso lo specchio. Riesco ad aprire, in parte, anche l'altro occhio, e abbozzo un sorriso.

«Dio, che disastro!» borbotto irritata, sforzandomi di apparire disinvolta.

Lui, però, rimane serio, la sua espressione è impenetrabile, anche se non dice nulla.

Il mio telefono vibra, e capisco che siamo in ritardo. Infatti, Viola e Tommaso ci stanno già aspettando, e Viola non può fare a meno di prenderci in giro con la storia dei piccioncini.

Mi affretto ad aggiustare il trucco alla meglio, infilo la giacca pesante, le Converse, e sono pronta. Mi volto verso Giacomo e lo scopro a guardarmi, come se fossi un pezzo unico di una pietra preziosa o un cristallo pregiato, così fragile da rischiare di rompersi, anche solo con uno sguardo. Mi si stringe il cuore e non posso fare a meno di abbracciarlo. Mi accarezza i capelli senza dire nulla, poi si stacca appena da me, per fissare i suoi occhi nei miei, con un'intensità tale, da lasciarmi senza fiato e farmi sentire in colpa, per l'insicurezza che gli sto trasmettendo.

«Giacomo, io...» provo a giustificarmi, senza sapere cosa dire.

Lui appoggia l'indice sulle mie labbra e scuote la testa.

«Adesso sei qui con me. Il resto non conta!» conclude, abbozzando un sorriso.

So che non è affatto tranquillo, ma si accontenta di godersi l'attimo. Nei miei occhi ha forse intravisto il lume della speranza, acceso dalla mia volontà di lottare per lui, e si lascia guidare da quello. Io cercherò di farmi guidare da lui, a mia volta.

Usciamo insieme dalla stanza, tenendoci per mano, ma, quando arriviamo in cima alle scale, delle urla ci fanno riscuotere bruscamente dai nostri pensieri. Inservienti e invitati stanno accorrendo verso il salone. Intravedo Viola con le mani giunte davanti alla bocca, mentre Tommaso si affretta nella calca. Scendiamo di corsa e cerchiamo di farci strada tra le persone.

«Tu non puoi venirmi a dire cosa devo o non devo fare!» sbraita Alessandro, agitando minacciosamente l'indice davanti al viso del padre.

«Infatti, si vedono i risultati delle tue prodezze! Un matrimonio a Las Vegas ha rischiato di rovinarti la vita, e ora hai organizzato un altro matrimonio, così, su due piedi! Stai forse cercando la donna giusta, andando per tentativi?» infierisce Gianfranco, con aria severa.

Marina sta provando a trattenere l'ex marito, mentre Andrea si sforza di calmare il fratello. Adriana si accascia su una sedia, in un angolo, sorretta da una signora elegante che le assomiglia - probabilmente è sua madre. Mi dispiace molto per lei, e avverto una fitta allo stomaco. Non doveva venire a sapere del matrimonio di Alessandro a Las Vegas, e non certo in questo modo! Ricordo ancora l'effetto devastante che la notizia aveva avuto su di me, quando Edward mi aveva aspettato fuori dalla pasticceria per informarmi. E poi, il silenzio di Alessandro dinanzi alle mie accuse, e la fuga attraverso il parco... Chiudo gli occhi, e sento ancora quel dolore con la stessa intensità di allora.

Giacomo mi stringe più forte la mano, evitando di guardarmi. Mio Dio, il cuore batte all'impazzata, e mi sento vacillare!

«È la mia vita, non la tua! E non venire a darmi consigli, proprio tu, che non sei mai riuscito a farti volere bene da qualcuno, preso come sei dalla carriera e dalla smania di mantenere alto il tuo nome!» sibila Alessandro, pallido in volto.

«Sei un ragazzino viziato e irresponsabile! Non ti rendi conto della sofferenza che infliggi alle persone, illudendole, e nascondendo il tuo egoismo dietro una maschera di ipocrisia!» ringhia Gianfranco, con lo sguardo pieno di rabbia.

«Beh, caro babbino, in questo caso posso dire di aver ereditato da te questo lato del carattere! L'egoismo è la tua caratteristica principale!» ribatte Alessandro, con un sorriso sarcastico.

«Non puoi dire questo, quando due anni fa sei stato tu, a rifiutare il mio aiuto!» sbotta Gianfranco, avvicinando minacciosamente il viso a quello del figlio.

«Ah, perché tu avevi intenzione di aiutarmi? Non l'avevo capito! Piuttosto, volevi sbarazzarti di me, perché ti vergognavi, dato che io non ero alla tua elevata altezza!» urla Alessandro con rancore.

«Non fare la vittima, per favore! Ti avevo solo ammonito, per via della tua relazione con Elisabetta! Non avevi finito di studiare, non avevi un lavoro, e ti eri messo in testa di sposare proprio Elisabetta, che è sempre stata la tua migliore amica! Oltre tutto, mi pareva un peccato mortale, dato che siete cresciuti insieme!» ribatte Gianfranco con stizza.

Sentire il mio nome che riecheggia nell'aria, crea un vuoto nello stomaco, che si allarga in una voragine sotto i piedi. Vorrei tanto scomparire, mentre Marina, Andrea, Adriana, Viola, Tommaso e Giacomo si voltano verso di me.

"Ti eri messo in testa di sposare proprio Elisabetta."

Queste parole di Gianfranco rimbalzano come un proiettile nella testa e nel cuore. Mi sento mancare il respiro. Che cosa mi ero persa, due anni fa? Alessandro aveva intenzione di sposarmi, pochi giorni dopo l'inizio della nostra storia? Perché non me ne ha mai parlato? Sì, mi aveva chiesto di portare dei vestiti a casa sua, e mi aveva colto di sorpresa, quando mi aveva detto: *"Non sono mai stato tanto sicuro in vita mia di quello che voglio, e, per quanto mi riguarda, credo che potremmo già vivere insieme, da adesso. Abbiamo aspettato anche troppo!"*

Però, sposarsi è molto più che andare a convivere!

«Tu hai sempre voluto controllarmi, perché sei un maniaco del controllo, devi tenere tutti a bada, perché hai paura che il tuo mondo perfetto possa essere compromesso dagli altri. Anche allora, non ti importava di me, né di Elisabetta, ma solo della facciata, ti preoccupavi di quello che la gente avrebbe potuto pensare del tuo sciagurato figliolo!» replica Alessandro, con la voce carica di amarezza.

«Accidenti, Alessandro! Ma sei mio figlio! Come puoi accusarmi di essere stato così meschino nei tuoi confronti, e anche nei confronti di Elisabetta? Io avevo davvero paura per il vostro futuro!» protesta Gianfranco, e sembra sincero, stavolta.

«Lascia stare Elisabetta! Tu tieni solo a te stesso: come puoi pretendere di pensare agli altri?» mormora Alessandro, a denti stretti.

«E tu, che cosa hai fatto? Hai rinunciato a lei per fare carriera e dimostrare a te stesso quanto vali come medico! Non sei migliore di me, caro figliolo!» sibila Gianfranco, con la chiara intenzione di ferirlo.

E ci riesce, perché Alessandro diventa pallido e ammutolisce, nel silenzio generale. Adriana ha il viso nascosto tra le mani, e piange sommessamente, mentre sua madre tenta invano di portarla via. Andrea allontana il fratello con l'aiuto di Tommaso, che incita allegramente gli invitati ad accomodarsi per la cena, come se niente fosse.

Lentamente, la folla si disperde, ma io non sono capace di muovermi, è come se i miei piedi fossero incollati al pavimento. Giacomo è ancora al mio fianco, la sua mano non stringe più la mia, sento il suo sguardo su di me, ma non ho la forza per sostenerlo.

Ho un solo pensiero che mi assilla ora: Alessandro voleva sposarmi. Perché non me l'aveva detto? All'epoca aveva dichiarato che sarebbe stato egoista, da parte sua, pretendere che io mollassi tutto per lui. Ma se mi avesse chiesto di sposarlo, avrei accettato senza esitazioni, e poi l'avrei seguito in America, cercando ugualmente di diventare avvocato. Allora, ero così felice di stare con lui, che avrei messo in secondo piano qualsiasi altra cosa, pur di stargli accanto, avrei accettato qualsiasi decisione. E adesso, non saremmo a questo punto, con l'anima dannata, piena di rimorsi e di dubbi.

All'improvviso, mi chiedo se davvero il mio sogno più grande, la mia massima aspirazione, sia quella di diventare avvocato. Arrivata a questo punto, scopro con orrore che le mie priorità sono cambiate, rispetto a qualche anno fa, e, ciò che desidero di più adesso, è il solido appoggio di una famiglia e l'amore dell'uomo che amo. Al confronto, la carriera e il lavoro appaiono così insignificanti, che non ricordo più perché li ritenevo tanto importanti. Eppure, quando stavo per andare a convivere con Samuele, volevo un marito premuroso, dei bambini bellissimi e una casa piena d'amore. In questo quadretto, si incastrava anche il sogno di diventare avvocato, in un insieme omogeneo, in cui erano gli affetti a prevalere e a determinare tutto il resto. In seguito, forse a causa della delusione provocata dal tradimento di Samuele, la carriera è diventata un pretesto per ripararmi da altre delusioni, perché ero certa che non sarei stata più in grado di fidarmi di qualcun altro.

Non mi accorgo delle lacrime che scendono lente sul viso, finché Viola mi prende per un braccio, scuotendomi dai miei tristi, quanto ormai inutili, pensieri.

«Andiamo via! Faremo tardi a cena, e domani mattina dovremo alzarci alle cinque!» mormora, trascinandomi fuori dal salone.

Giacomo si mette al mio fianco e mi prende la mano. Sussulto, quando sento le sue dita gelide che stringono le mie, senza l'abituale fermezza. Mi asciugo le lacrime, tamponandole con il fazzolettino che Viola mi porge, e alzo lo sguardo su di lui. Ho un vuoto allo stomaco: è pallido e sta stringendo i denti, gli occhi azzurri appaiono spenti e persi nel vuoto. Ho un nodo in gola, e non riesco a parlare, i sensi di colpa stanno urlando le loro ragioni al cuore, che, per tutta risposta, sbatte la porta, rifiutandosi di collaborare con la mente.

Per fortuna, ci viene incontro Tommaso, e rompe un silenzio altrimenti insostenibile.

«Allora, Giacomo, che notizie da Roma?» gli chiede con sincero interesse.

Senza lasciare la mia mano, Giacomo inizia a raccontare quello che è successo in questi giorni, e come sono andate avanti le trattative. Provo un momentaneo sollievo, e la tensione, dentro di me, in parte si allenta, ma, quando stiamo per varcare la soglia e uscire, qualcuno chiama il mio nome, e non posso fare a meno di trasalire. Mi volto, e dietro di me c'è Gianfranco, seguito da Marina. Ha l'aria stanca, ed è ancora molto teso. Si passa una mano tra i capelli bianchi, con quella mossa così sensuale e familiare, che appartiene anche al figlio, e si rivolge a me, in evidente imbarazzo.

«Scusa, Elisabetta, potremmo parlarti in privato? Non ti ruberemo che qualche istante!» mi chiede, senza guardarmi.

Marina sfodera un sorriso tirato, e allunga la mano per prendere la mia. Non si è mai avvicinata a me in questo modo, anche se mi conosce da una vita. E, sinceramente, l'anomalia del gesto mi rende inquieta.

Giacomo non dice nulla, mentre Viola allenta la presa su di me, e mi lancia uno sguardo preoccupato.

«Resto qui, dove puoi vedermi...» sussurra, cercando di incoraggiarmi, ma riesco a percepire la sua ansia.

Seguo Gianfranco e Marina in disparte, faccio un grosso respiro, e mi ripeto mentalmente che devo stare tranquilla, che è tutto sotto controllo. Mi volto per assicurarmi che Viola sia sempre al suo posto, e poi fisso lo sguardo sui miei interlocutori.

«Avanti! Non farla stare sulle spine!» sibila con freddezza Marina, all'indirizzo dell'ex marito.

«Sì, hai ragione... Voglio scusarmi con te, per quello che ho detto prima ad Alessandro. Non era mia intenzione usarti come un'arma contro di lui,» mormora, guardandomi con affetto e prendendo le mie mani tra le sue. «Ormai mi conosci, e posso dire di essere come un secondo padre per te. Ti ho sempre voluto bene, nonostante il mio lavoro e i miei difetti!» sorride appena, mentre Marina alza gli occhi al cielo e sbuffa.

Per un istante, mi viene da ridere. Lui sarebbe un secondo padre per me? Beh, allora detengo il record mondiale di sfiga, perché due padri non ne valgono neanche uno!

«Quando, due anni fa, Alessandro mi disse che tu e lui vi eravate messi insieme, io mi infuriai con lui, perché sapevo che, con la sua incostanza e il suo caratteraccio, avrebbe finito per farti soffrire, come poi è accaduto!» continua con un sospiro. «Quando aveva avuto paura di perderti, per via di Edward, aveva deciso di chiederti di sposarlo, prima di partire insieme per gli Stati Uniti. Ma poi venne fuori la storia del matrimonio a Las Vegas e del bambino. Così, abbiamo avuto una feroce discussione, in cui gli ho rimproverato la sua assoluta mancanza di responsabilità. Per colpa del suo orgoglio smisurato, ha pensato che mi vergognassi di lui, e ha deciso di rifiutare i miei soldi, la sua parte legittima, ed è partito per risolvere i problemi e per dimostrare di essere in grado di cavarsela da solo. E sei tu quella che ne ha fatto le spese, purtroppo...»

«Diciamo anche che tu hai sempre voluto condizionare le sue scelte, l'hai pressato sul lavoro, facendolo sentire inadeguato di fronte alla tua professionalità! Doveva per forza dimostrare di essere degno del nome che porti tu, non contavano i suoi meriti personali!» aggiunge Marina, in tono tagliente.

«Ho solo cercato di aiutarlo, non volevo umiliarlo!» sbotta Gianfranco, in un impeto di rabbia.

«Vedi, Gianfranco, Alessandro è rimasto schiacciato dal peso della tua presenza. Non è mai riuscito a sentirsi alla tua altezza, e si reputa un incapace, perché è convinto di averti deluso!» mormoro con un filo di voce.

«Ma non è così! Non gli ho mai detto di avermi deluso!» ribatte con stizza.

«Ho cercato di convincerlo che quello era il tuo modo di aiutarlo, ma, sinceramente, anch'io, a volte, ho avuto la spiacevole sensazione che tu non fossi orgoglioso di tuo figlio, e che il tuo nome contasse più dell'affetto per lui!» confesso con sincerità.

Marina fa un cenno di assenso, incrociando le braccia sul petto con aria di rimprovero. Gianfranco è ammutolito, e mi guarda come se facesse fatica a riconoscermi.

«Io non avevo intenzione di…» mormora, abbattuto.

«Tu e lui siete molto simili. Forse è per questo che non siete riusciti a comprendervi l'uno con l'altro!» aggiungo con un sospiro.

«Hai pienamente ragione, mia cara! Come ti senti?» chiede Marina, appoggiando affettuosamente la mano curata e ingioiellata sul mio braccio.

«Non lo so, ma spero di poter trovare un po' di pace, prima o poi!» rispondo esausta.

«Forse Giacomo è il ragazzo giusto. Ha una vera e propria venerazione per te, e non è facile per una donna trovare un uomo che sappia amarla in maniera così incondizionata!» replica, in tono materno.

«Già,» ammetto, mentre un altro nodo mi serra la gola.

Alzo lo sguardo e incontro gli occhi azzurri di Giacomo, che sono offuscati dall'ansia e dalla preoccupazione. Odio farlo stare così male, e odio me stessa per questo. Ha ragione Marina, senza dubbio, ma chi glielo dice al mio cuore cocciuto? Dentro di me, ci sono mille vulcani in eruzione, mille terremoti, mille tempeste tropicali tutte insieme. Non sono più capace di oppormi, e non posso fare altro che lasciarmi travolgere.

Proprio mentre sono oppressa da questi pensieri, mi sento afferrare le gambe così forte, che devo appoggiarmi alla parete per non cadere a terra.

«Tia Betta! Tia Betta!» urla Nicola, avvinghiandosi a me, come una cozza allo scoglio.

«Nico, alzati o ti sporcherai i calzoncini, e dopo la mamma si arrabbierà con te, e anche con me!» borbotto, tentando di staccarlo.

«NICOLA! Devi smetterla di scappare così! Prima o poi troverai l'Uomo Nero che ti porterà via per sempre!» urla Margherita, che arriva, correndo, tutta trafelata.

Poi, aggiunge, mortificata, verso di noi:

«Scusatelo! Ha visto Elisabetta da lontano e ha cominciato a correre, fino a che non è arrivato da lei!»

«Sei un piccolo bricconcello!» lo ammonisco, prendendolo in braccio.

Mi stringe forte, fino quasi a farmi soffocare. Sento il suo piccolo cuoricino che batte velocissimo, poi lo sento sospirare, e infine si mette a piangere sul mio collo.

«Omo Nelo, no! Paua! Paua!» strilla, terrorizzato.

«Se hai paura dell'Uomo Nero, allora non devi allontanarti dal babbo e dalla mamma! È pericoloso davvero, sai?» sussurro, accarezzandogli i morbidi capelli, che profumano di buono.

Per tutta risposta, mi stringe ancora più forte, io fingo di tossire rumorosamente, come se fossi sul punto di rimanere strozzata, e lui si mette a ridere, sgambettando e sorridendomi con i dentini appena spuntati in bella mostra.

«Sei un mascalzone!» gli dico, sorridendo e facendogli il solletico, mentre lo riempio di baci.

«E tu saresti una mamma meravigliosa!» mormora Giacomo, che è arrivato accanto a me, senza che me ne accorgessi.

Alzo lo sguardo su di lui e rimango senza respiro: mi sta osservando con un'intensità e una dolcezza tali, da farmi sciogliere, mentre accarezza le guance paffute del bambino.

«Sono pienamente d'accordo!» aggiunge Margherita, facendomi l'occhiolino. «Se riesci a tenere a bada questa peste, riuscirai in qualsiasi altra impresa!» borbotta, dando un leggero sculaccione a Nicola.

«Tia bacino tio!» incita il piccolo.

Questa solidarietà tra maschi comincia a essere seccante! Mi avvicino a Giacomo per posargli un casto bacio sulla guancia, ma lui si volta e le sue labbra catturano le mie, mentre Nicola mi saltella in braccio e batte le manine contento.

«Non vorrei interrompere l'idillio, ma è tardissimo!» protesta Viola alle nostre spalle.

Ci riscuotiamo in fretta, e, dopo aver salutato Gianfranco e Marina, dopo aver promesso a Nicola che darò tanti bacini allo zio Giacomo e a lui, saliamo sulla Mercedes e ci avviamo verso il locale.

La serata scorre via in maniera piacevole e rilassata, ma, inspiegabilmente, a un certo punto, un pensiero si affaccia alla mente, e mi chiedo che cosa sarà successo tra Alessandro e Adriana, dopo la discussione con Gianfranco. Una vocina mi rimprovera che non sono affari miei, mentre un'altra, più insistente, mi esorta a informarmi, perché si tratta del mio migliore amico. D'altronde, la prima vocina ribatte che deve essere lui, se mai, a chiamare, se ha bisogno di aiuto, perché deve vedersela da solo con quella che, da domani, sarà sua moglie. Invece, la seconda petulante vocina si ostina a fare leva sullo spirito da crocerossina.

Cerco disperatamente di tirarmi fuori da questa assurda battaglia di intenzioni, provando a distrarmi partecipando alla conversazione insieme a Viola e a Tommaso, ma nulla. Allora, tento di deviare il corso dei pensieri, e mi concentro su Giacomo, sui suoi splendidi occhi azzurri, sui capelli lunghi e sensuali, sulla barba incolta, sulle labbra schiuse, sulle mani che si tendono a cercare le mie, sul corpo caldo… Un fremito di eccitazione mi scuote da capo a piedi, e lui mi stringe a sé, piacevolmente colpito. Iniziamo a stuzzicarci a vicenda, mentre siamo ancora al dessert: lui mette il braccio sulla spalliera della sedia, e intanto mi sfiora il collo con le dita, provocandomi dei piacevoli brividi, mentre io appoggio la mano sul suo ginocchio e la muovo lentamente su e giù, facendolo trasalire. Mi sta mangiando con gli occhi, e, a un certo punto, perfino Viola e Tommaso si mettono a ridere, perché siamo talmente presi l'uno dall'altra, da non aver neanche ascoltato i loro discorsi.

«Credo che sia meglio andare, non è vero?» domanda Tommaso, alzandosi e sfiorando Viola con un bacio.

Giacomo struscia la guancia contro la mia, intanto che mi aiuta a infilare la giacca, cingendomi in un abbraccio. Sto così bene qui, al sicuro, con il viso sul suo petto, mentre sento i battiti accelerati del suo cuore. È per me che il suo cuore batte così forte, solo per me! Questo pensiero mi inonda di felicità e mi fa sentire viva come non mai.

«Non vedo l'ora di arrivare nella nostra stanza!» sussurra con aria lasciva.

«Anch'io!» mormoro, cingendogli la vita e appoggiandomi a lui, come se fosse il mio unico sostegno.

Appena siamo seduti nella Mercedes, Viola e Tommaso non si prendono la briga di intavolare una conversazione e cominciano a baciarsi con passione. Giacomo mi cattura con lo sguardo e appoggia le sue labbra sulle mie, dapprima con delicatezza, poi con foga. Le sue mani si insinuano sotto i miei vestiti, e mi scopro avida delle sue carezze, ma anche del suo corpo. Affondo le dita nei suoi capelli, poi sfioro la barba incolta, il collo e scendo sul torace, assaporando la piacevole sensazione dei suoi muscoli scolpiti, che si tendono sotto le mie dita, mentre mi diverto a torturarlo lentamente.

Quando l'auto si ferma davanti alla villa e l'autista scende per aprire gli sportelli, cerchiamo di ridarci un contegno, anche se Viola e Tommaso scappano via di corsa, senza neanche salutare. L'aria fredda della notte limpida e stellata mi fa rabbrividire, così cerco rifugio tra le braccia del mio Giacomo. Lui mi prende la mano e si concentra sull'anulare, dove brilla l'anello che mi aveva regalato a Parigi.

«Allora, sei davvero pronta?» mi chiede in un soffio, gli occhi puntati sui miei con un'intensità tale, da farmi male.

Per un istante, resto indecisa, e un terrore immotivato offusca la gioia e l'entusiasmo.

«Ho paura,» rispondo sinceramente, con la voce rotta dall'emozione.

«Lo so, ma io sarò sempre con te!» mormora, appoggiando la fronte sulla mia. «Sposami, Elisabetta, e farò di tutto per renderti la donna più felice dell'intero universo!» aggiunge, mentre deglutisce a fatica.

Non posso fare a meno di sorridere, perché sono certa che manterrà fede a questa promessa in ogni modo.

«Va bene, lasciami provare, anche se devi essere consapevole che io non sarò brava come te, a soddisfare le tue esigenze!» ribatto con convinzione.

Lui mi stringe forte e scuote la testa.

«La mia sola esigenza è averti accanto!» sussurra, abbattendo definitivamente le mie ultime difese.

Mi abbandono al suo bacio e ci affrettiamo ad entrare. Facciamo le scale di corsa, ridendo, e ci rincorriamo fino a che la porta della camera si chiude dietro le sue spalle. Il cuore batte forte e lo stomaco fa un balzo, come sulle montagne russe, quando il suo sguardo si fa improvvisamente serio e intenso, tenendomi inchiodata a lui con gli occhi azzurri che brillano di dolce lussuria, mentre io mi diverto a fare la prima donna.

Senza staccare gli occhi dai suoi, mi spoglio con studiata lentezza, gettando gli abiti per terra, prima la giacca, poi il maglione, e i jeans. Mi avvicino, e inizio a togliergli la giacca e la camicia, liberando alla fine il bottone dei pantaloni. Affondo le mani nel suo petto nudo, e assaporo le piacevoli sensazioni che il mio tocco suscita in lui. Il mio gioco viene interrotto bruscamente, quando mi afferra e mi trascina sul letto, con il fiato corto. Mi stordisce con i suoi baci e le sue carezze, e ci lasciamo travolgere dalla passione, senza controllo.

Sono le tre quando mi sveglio. Giacomo dorme profondamente, avvinghiato a me. Mi piace sentire il calore del suo corpo sul mio, ascoltare il suo respiro regolare, stare a guardare il suo viso rilassato, anche se i meravigliosi occhi azzurri sono chiusi. Provo a muovermi piano, per non svegliarlo, e mi alzo per andare in bagno. Stranamente, non mi sento stanca, è come se avessi dormito dodici ore di fila. Forse è questo l'effetto che Giacomo ha su di me, e sorrido, avvertendo un dolce struggimento.

Indosso una maglietta per ripararmi dal freddo di questa primavera inglese tardiva, e mi accosto alla finestra. La luna quasi piena illumina il paesaggio, anche se in lontananza ci sono delle rade foschie. Le ombre delle piante del parco sottostante si allungano composte, come tanti soldati in fila, mentre un uccello notturno fa echeggiare il suo canto solitario.

A un tratto, una sagoma si muove lentamente nel prato, e, per un istante, avverto un brivido di paura. Quando scorgo l'inconfondibile chiarore di una sigaretta accesa, la paura si trasforma in inquietudine e angoscia. Il cuore inizia a martellare, e i pensieri si affollano di nuovo nella mente, che era stata temporaneamente sgombrata. Senza riflettere, prendo il telefono e inizio a scrivere.

Come stai?

Mentre tocco 'invio', mi pento del gesto avventato, ma ormai è troppo tardi. Passano pochi secondi, e la leggera vibrazione annuncia la risposta.

Esausto. E tu?

Le dita scivolano da sole sulla tastiera.

Anch'io. Sei pronto?

Mentre aspetto, mi sento stranamente agitata, e l'attesa sembra troppo lunga.

Credo di sì. Ma facciamo comunque il nostro rito anti-sfiga alle sei in punto.

Sorrido e alzo gli occhi al cielo. Non è cambiato affatto, per fortuna! E, soprattutto, questo significa che con Adriana ha chiarito la situazione e il matrimonio non è compromesso. Una strana sensazione, molto simile alla delusione, si insinua nel cuore, oscurando la felicità che dovrei provare per il mio migliore amico.
Per un attimo, ripenso alle parole di suo padre, e vorrei domandargli perché non mi aveva chiesto di sposarlo, due anni fa, ma non mi sembra il momento adatto. Ormai il passato è passato, e non devo permettere ai suoi fantasmi di ossessionarmi, rovinando il presente e il futuro.

Ci proverò, anche se devo lavorare! Buona notte!

Tocco 'invio', e sto per avviarmi di nuovo a letto, quando il telefono vibra ancora.

Buona notte, Betty! Ti voglio bene!

L'emozione mi serra la gola, e lo stomaco si aggroviglia. Inspiro profondamente e rispondo l'inevitabile.

Ti voglio tanto bene anch'io!

Appoggio il telefono sul comò con le mani che tremano, finché il display si spenge, lasciandomi di nuovo nell'oscurità. Lì accanto, resta solo il debole scintillio dell'anello, che mi sono sfilata prima di dormire. Ritorno sotto le coperte, cercando il calore di Giacomo, che si muove appena, spostando un braccio sui miei fianchi. Ascolto il suo respiro lento e regolare, mentre tento di scacciare via tutti i pensieri per potermi addormentare. Sono quasi le quattro e fra poco dovrò alzarmi. Non ho dormito molto in questi giorni, nonostante le giornate siano state piuttosto intense. E oggi sarà ancora più dura, perché ci sarà parecchio da lavorare. Perché Alessandro si sposa.

5 Maggio 2012, Sabato

Mattina

Ok. Ce la posso fare. Mi sembra di essere stata appena investita da un rullo compressore, come succede nei cartoni animati, ma ce la devo fare.

Sono le cinque in punto, quando scendo in cucina, dopo essermi truccata il minimo indispensabile, per non sciogliermi come neve al sole, quando sarò sudata, ma anche per coprire le occhiaie provocate dalla stanchezza arretrata.

Restare un'ora a letto con gli occhi sbarrati, cercando inutilmente di dormire è stata una tortura. Oltre tutto, mille pensieri si sono affollati nella testa, riempiendola di dubbi, rimpianti, incertezze, congetture, e, chi più ne ha, più ne metta. Sono stata esaurita da me stessa, così alla fine mi sono ribellata e ho deciso di mandare tutto al diavolo, riuscendo finalmente ad addormentarmi. Giusto dieci minuti prima che suonasse la sveglia! A quel punto, ero così stordita e stremata, da riuscire appena a tirarmi su, senza svegliare Giacomo. Sono arrabbiata con me stessa, perché non riesco mai a controllare i miei impulsi, non sono capace di tenere a bada le passioni, specie quelle negative o inutili.

Comunque, ormai non serve piangere sul latte versato. Devo solo sforzarmi di essere lucida, per non combinare disastri. Prendo un bricco per prepararmi del tè, mentre afferro un pezzetto di pan di spagna e spedisco un po' zuccheri al mio corpo, sperando di dargli un minimo di carica.

Viola arriva poco dopo, e mi consolo nel constatare che non ha un aspetto migliore del mio. L'unico punto a suo favore è l'espressione beata sul viso. Non credo di averla mai vista così felice e appagata. Di conseguenza, è anche meno irascibile. Per questo, devo evitare di farle perdere questo prezioso equilibrio.

«Puoi farmi un caffè, per favore?» chiede, tenendosi la fronte con la mano.

«Speri che la caffeina faccia il miracolo e ti svegli?» domando a mia volta, con un sorrisetto ironico.

«Già,» risponde senza guardarmi.

In quell'istante, entrano Margherita e Antoine, entrambi in perfetta forma, mano nella mano, sorridenti e freschi come rose.

«Buongiorno, ragazze! Come state stamani? Siete pronte per il gran giorno?» saluta Margherita con entusiasmo.

«Abbassa la voce, accidenti! Non c'è bisogno di urlare!» la rimprovera Viola con una smorfia.

«Non sto urlando, sorellina! Sei tu che di notte dovresti dormire di più!» controbatte Margherita in tono allusivo.

«Non sei spiritosa!» sibila Viola irritata.

«La mia non era una battuta! Guardatevi, tu ed Elisabetta: siete più giovani di me e sembrate due stracci per il pavimento!» ribatte con le mani sui fianchi.

Arrossisco e mi volto, concentrandomi sulla bustina del tè.

«Il sesso non ha mai fatto male a nessuno!» protesta Viola, alterandosi.

Accidenti! Se perde il buon umore adesso, tutto il giorno sarà un inferno!

«Il sesso non c'entra. C'entrano la tranquillità del corpo e quella dello spirito. E voi due non ne avete affatto!» sentenzia Margherita, con l'aria di chi la sa lunga.

«*Fasciamo colasiòn* e c*ominciamò* a *lavoràr*, Margrete!» mormora Antoine con il suo tono suadente, mentre si sistema il cappello da pasticcere.

Mi lancia un'occhiata e sorride. Come al solito, sta tenendo a bada la moglie, per evitare discussioni. Non finirò mai di ringraziarlo per questo.

Sorseggio il tè lentamente, lasciandomi scaldare dalla bevanda calda, mentre indosso la divisa. Sistemo i post-it sul bancone, in rigoroso ordine cronologico: è la scaletta del mio lavoro, studiata nei minimi dettagli. Se capita un imprevisto, c'è un piano B, ed è stato contemplato un margine di ritardo. Non dovrebbe essere poi così difficile. Il fatto di avere modo e tempo per rimediare ad eventuali errori, mi tranquillizza, almeno in parte, anche se so che sarebbe comunque più complicato.

Inizio tagliando il pan di spagna, per inserire gli strati di crema e cioccolato. Allineo i vassoi e li sistemo con la carta decorata, vi appoggio i pasticcini di pasta frolla a righe trasversali alternando le sequenze delle varie tipologie... All'inizio, faccio uno sforzo enorme per concentrarmi, poi prendo il ritmo e le mani si muovono automaticamente. Perfino la mente è sgombra.

Solo, a un certo punto, un pensiero si fa strada con urgenza: il rituale delle sei! Mancano cinque minuti, quindi devo trovare un pretesto per filarmela. Il telefono vibra nella tasca, ma ho i guanti appiccicosi e non riesco a prenderlo. Sfilo il guanto a fatica, e rispondo.

«Allora, lo facciamo?» chiede Alessandro in un sussurro.

«Che cosa?» domando a mia volta, stupidamente.

Mi pento subito della mia dabbenaggine e arrossisco violentemente. Comunque, preferisco stare zitta e fargli credere che ho momentaneamente dimenticato la promessa. Il cuore è in tumulto, quando lo sento esitare.

«Il nostro rituale anti-sfiga! Oggi ne ho proprio bisogno, non credi?» risponde, dopo un tempo interminabile.

«Ah, già! Scusa! Sto ancora dormendo, devi avere pazienza!» replico, cercando di sdrammatizzare.

«Perché eri sveglia, stamattina presto?» chiede, prendendomi alla sprovvista.

Un pasticcino sta per sfuggirmi di mano, tento una manovra azzardata, lo afferro, ma lo stringo troppo forte e lo riduco a una polpetta. Ho un vuoto allo stomaco. Alzo lo sguardo, e, per fortuna nessuno s'è accorto di niente. Con una mossa fulminea, lo infilo in bocca, facendo sparire il corpo del reato. In questo modo, però, non riesco a parlare.

«Betty, ci sei?» mi chiede, dopo qualche istante.

«Mm, sì,» riesco a bofonchiare, masticando alla svelta. «Scusa, stavo mangiando...» replico evasiva.

«Dovevi far sparire qualcosa, vero? È colpa mia, ti sto facendo perdere tempo!» borbotta con aria di rimprovero verso se stesso.

«Non ho bisogno di te per combinare pasticci, lo sai!» ribatto divertita.

«Sì, questo è vero. Ma non vorrei peggiorare la situazione!» aggiunge, ridendo.

«Sei molto spiritoso, quando ti impegni, caro dottore. Vogliamo procedere?» chiedo, spostandomi in un angolo, con la scusa di aprire un'altra scatola di vassoi.

Provo la stessa eccitazione di una bambina, che sta per fare qualcosa di proibito.

«Non posso incrociare le gambe e le braccia, a meno che non riesca ad andare in bagno!» aggiungo con rammarico.

«Non funziona, se non lo facciamo per bene entrambi, lo sai!» mormora contrariato.

Mi accerto che nessuno presti attenzione a quello che faccio. Margherita e Antoine stanno preparando la forma della torta nuziale, e Viola è china sul tavolo, intenta a decorare dei piccoli dolcetti al burro con la glassa. Sgattaiolo in bagno, mi siedo sopra il water, incrocio le gambe e le braccia, e, quando sono pronta, pronunciamo insieme le parole del nostro assurdo rituale:

«*La sfiga non ce l'ha con me! Io ce la posso fare!*»

Anche se potrebbe sembrare stupido, ha sempre funzionato. Ogni volta che non l'abbiamo fatto, qualcosa è andato storto. E oggi deve essere tutto perfetto, dopo tutti gli imprevisti e gli ostacoli che ci sono stati.

«Ok, Ale, allora... In bocca al lupo e ti auguro di essere felice con Adriana,» mormoro, mentre un nodo mi serra la gola.

«Grazie, Betty!» sussurra appena.

Se non lo conoscessi bene, direi che anche lui è sopraffatto dall'emozione. E che vorrebbe aggiungere qualcosa, ma non ne ha il coraggio. Di certo mi sbaglio: non è da lui evitare i problemi, invece che affrontarli.

Per un breve istante, penso che nulla potrà essere più come prima, anche se abbiamo recuperato la nostra amicizia. Lui vivrà a Londra con Adriana, avrà il suo lavoro, le sue abitudini, i suoi amici, avrà dei figli, e, inevitabilmente, la distanza tra noi sarà sempre più grande. Finiremo per telefonarci a Natale o per il compleanno, poi basterà un *sms* o una e-mail, infine, i nostri impegni ci assorbiranno a tal punto, da far diventare tutto un punto sbiadito del passato. Il senso di vuoto, che questo pensiero mi mette addosso, mi fa stare male, e non riesco a reprimere un gemito.

«Betty, la nostra amicizia durerà per sempre, te lo prometto!» aggiunge in tono quasi disperato.

Per l'ennesima volta, sono sorpresa dal fatto che riesca a leggermi nel pensiero, e sappia cosa sto provando in questo momento.

«Lo spero, Ale, perché non potrei vivere senza...» mi lascio sfuggire, senza ritegno.

Segue un lungo silenzio, pieno di domande e risposte destinate a rimanere per sempre in sospeso. Devo andarmene, o rischio di mettermi a singhiozzare, ed è l'ultima cosa che voglio fare adesso.

«A più tardi,» sussurro, con quello che resta della mia voce.

«A più tardi,» ripete lui in tono neutro.

Appena termino la conversazione, mi asciugo le lacrime e provo a sciogliere il nodo che mi stringe la gola, impedendomi quasi di respirare. Una parte importante della mia vita sta per chiudersi, ed è estremamente crudele e doloroso. Ho sofferto per la lontananza di Alessandro, per la consapevolezza di averlo perduto. Ho sofferto per la mia famiglia, sempre più a pezzi. Ho sofferto per la mia situazione precaria, sospesa tra sogni di gloria e una realtà piuttosto deprimente. Ma, quando le persone, che abbiamo sempre avuto accanto, se ne vanno per la propria strada, si crea una sorta di frattura, e ci si rende conto dell'ineluttabile scorrere del tempo, insieme alla necessità di adattarsi agli inevitabili cambiamenti. Devo accettare il fatto di essere cresciuta, e devo assumermi le responsabilità che ne conseguono, che lo voglia o no.

Eppure, sono piena di dubbi che mi tormentano, domande alle quali non trovo risposta. Soprattutto, c'è qualcosa dentro di me che vorrebbe esplodere, ma viene trattenuto dalla ragione.

Comunque, prima di tornare al lavoro, compio il mio primo gesto da donna adulta e telefono al fioraio. Poi, mi rimetto al tavolo, e ricomincio a sistemare i pasticcini e i dolcetti nei vassoi, con i gesti meccanici di sempre. Mi chiedo cosa ci faccio qui, perché ho studiato vent'anni per finire in una pasticceria, quando avrei potuto imparare il mestiere a quattordici anni, e magari, a questo punto, avrei potuto avere un'attività tutta mia. Mi chiedo anche perché ho sempre voluto fare l'avvocato, dato che non mi sento all'altezza. Ricordo solo che desideravo diventare come il nonno, il babbo di mia madre, che era uno stimato avvocato e una persona meravigliosa, l'unico punto di riferimento che, purtroppo mi aveva lasciato troppo presto, quando avevo solo dieci anni. Lui era la sicurezza e la stabilità, la dolcezza, ma anche la disciplina, lui era tutto il mio mondo, e mi ero ripromessa che avrei fatto qualunque cosa, per diventare come lui. Alla sua morte, lo studio era passato nelle mani del suo socio, per poi essere chiuso definitivamente, dopo qualche anno. Il mio sogno era quello di portare avanti il lavoro del nonno, riaprire uno studio e avviare una brillante carriera, perché lui potesse essere orgoglioso di me.

Invece, che direbbe ora, se potesse vedermi? Credo che morirebbe di crepacuore nel constatare che sua nipote fa la cameriera per potersi mantenere, non riesce a dare l'esame di ammissione all'albo, non ha un legame serio, non ha una famiglia e dei figli, come dovrebbe essere a questa età.

«Elisabetta, sistema quei vassoi e sigillali con la carta trasparente. Poi, vieni ad aiutarmi!» ordina Viola, scuotendomi dai miei tristi pensieri.

Le sono grata per avermi liberata dalla prigione dei rimpianti, ma, mentre mi volto, scopro con orrore di aver lasciato sul fornello il riso con il latte e lo zucchero per la crema, e di essermene dimenticata. Il contenuto della pentola si sta riversando tutto all'esterno, gocciolando e creando un fumo sempre più denso. Spengo il fornello, tolgo il tegame, cercando di rovesciarlo nell'acquaio, ma il manico è rovente, così lo lascio andare di scatto per terra, facendo schizzare ovunque la poltiglia bollente e rischiando seriamente di ustionarmi.

«Stai attenta! Non potete permettervi sbagli del genere!» sbraita Pam, materializzandosi dal nulla.

Mi chino sul pavimento con una generosa manciata di fogli, che ho strappato dal rotolone di carta assorbente. Ho il viso in fiamme e sono a pezzi.

«Non c'è bisogno della tua supervisione, qui dentro!» sibila Viola al suo indirizzo.

«E invece, sì, mia cara! Dimentichi sempre che tutto fa capo a me, IO sono la responsabile, perciò devo accertarmi che tutto funzioni al meglio. Ovviamente, la mia presenza è indispensabile, visto quello che è appena successo!» obietta Pam con arroganza.

«Senti, Signora So-Tutto-Io,» sbotta Viola, avvicinandosi, mentre impugna un coltellone per il pane con aria bellicosa. «Tu puoi essere responsabile di quello che vuoi, ma non puoi venire a insegnare il mestiere a me. Elisabetta è una mia dipendente, sono IO che devo dirle cosa deve o non deve fare! Quindi, gira sui tacchi e vai a mettere in mostra il tuo culo da un'altra parte! E anche alla svelta!» aggiunge a denti stretti, gli occhi ridotti a due fessure.

«Che succede qui? Tutto bene?» esclama allegramente Tommaso, entrando in cucina con un tempismo incredibile.

Viola ha un sussulto, raddrizza la schiena, ma non può nascondere il viso rosso e il coltello stretto nella mano, all'altezza del naso di Pam. La quale, dal canto suo, appoggia le mani sui fianchi e sfodera un sorriso pieno di soddisfazione. Tommaso si blocca subito, e comincia a guardare l'una e l'altra con un'espressione curiosa, divertita e preoccupata allo stesso tempo. Nonostante sia china sul pavimento, per rimediare al disastro provocato dalla mia distrazione, mi viene da ridere. Sembrano tre statue, in attesa che qualcuno rompa l'incantesimo che li costringe all'immobilità.

«Tutto bene, Tom. Stiamo seguendo la nostra tabella di marcia e fila tutto liscio. Anche i pasticci di Elisabetta erano stati preventivati, e, anzi, ne ha combinati meno del previsto. Quindi, non potrebbe andare meglio di così!» risponde Margherita con disinvoltura, fulminandomi con lo sguardo.

Tommaso le riserva un sorriso di sincera gratitudine, senza spostare l'attenzione dalle due rivali, che sono ancora davanti a lui.

«Viola, possiamo parlare?» chiede alla fine, in tono gelido.

L'espressione di Viola si fa seria, mentre Pam la osserva con un ghigno malevolo.

«Dopo parlerò con te, Pam!» aggiunge Tommaso, ancora più gelido.

La donna annuisce, cercando di mostrarsi impassibile, ma il viso si contrae in una smorfia.

Intanto, ho ricominciato a preparare la crema di riso e non farò nient'altro, finché non spengerò il fornello. Poi, continuerò a seguire la sequenza dei post-it, con tutto quello che c'è scritto sopra, in rigoroso ordine.

Dopo qualche minuto, Viola rientra e appare molto tranquilla. Non ho il coraggio di chiederle nulla, perché, se attiro su di me l'attenzione, potrebbe ricordarsi del disastro che ho combinato e farmi una ramanzina. Dato che sembra avere la mente occupata da altri pensieri, sarà meglio che io stia zitta e non faccia più errori.

«Non riesci a essere un po' meno imbranata, nonostante tu faccia questo lavoro da tanto tempo ormai!» sbuffa Viola senza guardarmi.

Non rispondo e continuo a tagliare il pane per le tartine. Ma lei ha voglia di attaccare briga, perché insiste in tono polemico:

«Sembra che tu lo faccia apposta per farmi dispetto! Ti diverti, non è vero?»

Il cuore accelera i battiti, spinto dalla rabbia, e la calma sta cedendo il passo all'agitazione. Sono di nuovo nella condizione di combinare qualche altra frittata e non me lo auguro proprio.

«No, non mi diverto affatto,» rispondo a denti stretti.

«Allora sei proprio un'incapace, perché la pratica da sola dovrebbe essere sufficiente a non farti commettere gli stessi stupidi errori!» ribatte con una risata cattiva.

Dio, quanto la odio, quando si comporta così! Dottor Jeckyll e Mr. Hyde, ecco chi è lei. Un attimo prima è la mia migliore amica, e subito dopo diventa la mia peggiore nemica.

Respiro rumorosamente, e sarei tentata di rispondere per le rime, ma cerco di lasciar correre, ingoiando il rospo.

«Insomma, scommetto che anche Nicolino saprebbe che non si lascia il riso sul fuoco senza controllarlo!» incalza con arroganza.

Una molla scatta all'improvviso dentro di me, non so cosa mi prende. So soltanto che dopo tutti questi anni, non ne posso più di un simile trattamento. Sarà perché sono stanca, dato che in questi giorni ho dormito pochissimo. Sarà che non me ne va mai bene una, e alla lunga è frustrante. Sarà che pensare al tempo che scorre inesorabile - mentre io non ho ancora ben chiaro cosa voglio fare da grande – è irritante e deprimente. Sarà che l'idea del matrimonio del mio migliore amico mi ha scombussolato la vita. Insomma, sarà quel che sarà, ma stavolta esplodo, come non era mai successo prima, così allo sfogo si aggiunge anche l'effetto sorpresa.

«Ok, ho sbagliato, va bene! E allora? Dobbiamo scriverlo sul giornale? La mia vita deve essere riportata nei libri di scuola, come esempio di fallimento totale? Ho forse commesso un crimine, e devo essere punita per questo? In fondo, era soltanto uno stupido tegame pieno di riso, latte e zucchero, accidenti! Stavo solo cercando di rendermi utile, nel modo migliore possibile, ma, ovviamente, non ci riesco mai! Io sono sempre la solita imbranata, e non imparerò mai nulla! Non farò mai niente nel modo giusto, né l'avvocato, né la cameriera, né nient'altro!»

Mi rendo conto che sto urlando, mentre sbatto sul tavolo pentole e tegami. Viola, Antoine e Margherita mi osservano immobili, a bocca aperta. Penso che adesso è davvero finita, non conta l'amicizia, quando si tratta del rapporto di lavoro. Mi sono ribellata, e ho osato tenere testa alla mia padrona: per questo dovrò essere inevitabilmente punita con il licenziamento. Per un istante, mi sento quasi sollevata, perché questa vita sta diventando massacrante. Però, perderò lo stipendio, che mi permette di essere indipendente, così dovrò cercare un altro lavoro. E scopro anche che mi dispiacerebbe troppo abbandonare il locale, i clienti, la routine e tutte le mansioni che ormai sono diventate parte di me, perché riempiono le mie giornate. Mi pento dell'avventatezza della mia reazione, ma è troppo tardi per tornare indietro, e sento un vuoto allo stomaco, in attesa della risposta, che ritengo inevitabile.

Alzo gli occhi e vedo Margherita che mi osserva con aria di rimprovero. Antoine è di nuovo concentrato sul lavoro, apparentemente indifferente a ciò che sta succedendo, anche se mi pare di scorgere una parvenza di sorriso sotto i baffetti curati. Viola, invece, non mi guarda, continua a lavorare in silenzio, la sua espressione è impenetrabile.

«Senti,» mormoro, cospargendomi il capo di cenere, nella speranza di essere ancora in tempo per salvarmi. «Sono parecchio sotto pressione in questo periodo, ma questo non giustifica il mio comportamento. Mi dispiace per aver reagito male alle tue osservazioni, che, fra l'altro, erano giuste, perché ho davvero combinato un disastro...»

Viola continua a non rispondere, anzi, mi volta persino le spalle, così non riesco neanche a indovinare la sua reazione. Ma non reagisce affatto, e questo mi rende inquieta. Continuo a lavorare a capo basso, aspettando che, da un momento all'altro, la sua voce gelida mi ordini di andarmene. Oppure, farà finta di nulla fino a domani, quando il matrimonio sarà ormai finito, e poi mi darà il benservito. La conosco troppo bene: anche se siamo amiche, sul lavoro non si fa mai mettere i piedi in testa da nessuno.

Mi mordo le labbra, pensando a quanto sono stata sciocca e impulsiva. Non è proprio da me comportarmi in questo modo, e mi sforzo di indagare le cause che hanno scatenato la mia furia. In fondo, ho spesso dei periodi difficili, per non dire sempre, eppure non reagisco mai d'istinto, anzi, mi chiudo in me stessa e mi viene da piangere, data la mia indole da sottomessa.

Mentre mi sto arrovellando in queste elucubrazioni, badando bene però a quello che faccio, un braccio mi cinge dolcemente la vita e il profumo familiare di Giacomo spazza via, almeno in parte, le nuvole nere, che si sono addensate nella mia vita negli ultimi cinque minuti.

«Buongiorno, splendore!» sussurra nel mio orecchio, facendomi rabbrividire di piacere.

«Buongiorno, tesoro!» rispondo, voltandomi appena.

«Sei così sexy con la divisa, le guance arrossate e l'aria assorta!» aggiunge, stringendomi a sé da dietro.

«Anche tu sei molto invitante!» lo stuzzico, lanciandogli un'occhiata di fuoco. «Ma ora devo lavorare. Ho già combinato abbastanza disastri, e, probabilmente, sarò licenziata, quindi è meglio che mi lasci stare!» mormoro, voltandomi verso Viola con impazienza.

Giacomo mi osserva un istante, per cercare di capire se sono seria, poi, si scosta da me e si rivolge a Margherita e Antoine.

«Allora, ragazzi: a che punto siete?» chiede in tono allegro.

«Siamo a posto, a parte qualche contrattempo...» risponde Margherita, che mi lancia un'occhiata di rimprovero.

«Tutto *bien*, non *scè* da *preoccuparse*,» la corregge Antoine, che mi fa l'occhiolino.

È proprio un grande pasticciere, con un grande cuore. Mi mancherà tanto anche lui, quando sarò licenziata.

In quel momento entra Cassie. Probabilmente Pam, su consiglio di Tommaso, non ha osato tornare e ha mandato la sua assistente. Che stamattina è irriconoscibile. Ha tolto gli occhiali e si è messa le lenti a contatto, che danno risalto agli splendidi occhi azzurri, truccati ad arte con ombretto e mascara. I capelli sono raccolti a metà, gli altri ricadono in morbidi boccoli sulle spalle. Indossa un severo tailleur con la giacca e i pantaloni neri, spezzati da un top a righe bianche e nere, e un paio di stivali con un discreto tacco. Mi sento il brutto anatroccolo perfino di fronte a lei, stamattina, dato che sono in condizioni pietose. Avverto una fitta di gelosia nei suoi confronti, specialmente quando i suoi occhi azzurri vanno a incontrare quelli di Giacomo. Per lunghi, interminabili istanti, Cassie resta a guardare il MIO ragazzo, come se fosse un dolce alla panna. Lui le sorride gentilmente, mentre si presenta, stringendole la mano e ammaliandola con il suo fascino. È proprio irritante, quando si crogiola nell'ammirazione delle altre donne!

«Hai finito di fare il cascamorto?» lo rimprovero a denti stretti, fingendo di urtarlo.

«Sto solo cercando di essere gentile con una tua collega, o quello che è!» protesta lui, sorpreso.

«Oh, via! Ti piace quando le donne ammirano le tue grazie, ammettilo!» insisto, velenosa.

«No! Però mi piace quando sei gelosa!» sussurra in tono allusivo, avvicinando il suo viso al mio.

«Non fare lo spiritoso!» ribatto aspramente, scostandomi da lui.

«Stai scherzando, spero!» replica, cominciando a farsi serio.

«Niente affatto! Sono stufa delle tue arie da divo di Hollywood!» concludo, voltandogli le spalle, per andare a prendere altri vassoi.

Cassie ci guarda di sottecchi, ma resta in disparte ad aspettare che la tempesta sia passata.

«Ascoltami, Eli,» mormora Giacomo, prendendomi dolcemente per un braccio e costringendomi a guardarlo. «Non puoi dire sul serio. Sai quello che ho fatto e quello che sto facendo per te. Sei la donna più importante per me, le altre non contano, credevo che fosse scontato! Anche perché te lo ripeto almeno cento volte al giorno!»

Sorride, mentre cerca di scrutare nei miei occhi. In effetti, ho un po' esagerato, ma è difficile sopportare il fatto che tutte le ragazze sbavino dietro al mio uomo. Anche se dovrei essermi abituata. E, soprattutto, dovrei ormai sapere chi è che conta veramente per lui, per non avere più dubbi. Infatti, i suoi occhi azzurri si stanno sciogliendo nei miei.

«Mi hai preso il cuore il primo giorno che ti ho vista, quella volta sulla spiaggia di Riccione. Non era solo il tuo splendido corpo, ma il tuo sguardo fermo e limpido, i modi gentili e aperti, la spontaneità e sincerità disarmanti, e poi la tua risata! Dio, ho fatto di tutto, pur di sentirti ridere, perché diffondevi gioia intorno a te!» sussurra, accarezzandomi piano la guancia con il dorso della mano, e seguendo con lo sguardo i tratti del mio viso. «Allora, ho capito che tu eri la ragazza del mio destino, e che solo con te avrei potuto essere felice. Da quel momento, non ho fatto altro che combattere contro tutto e tutti, anche contro me stesso, pur di averti. E adesso che spero di esserci riuscito, il resto non conta affatto. Quindi, anche se le ragazze mi guardano, beh, pazienza! Non posso concedere loro più di un sorriso, qualche parola o una stretta di mano, perché il mio cuore, la mia anima, la mia vita appartengono solo a te!»

Si china su di me e appoggia le labbra sulle mie con una dolcezza tale, da far sciogliere perfino le pietre. Mi viene da piangere e mi scosto appena, per non cedere alle lacrime.

«Sono molto indaffarata e anche nervosa... Ho bruciato il riso e ho risposto male a Viola... È meglio che tu te ne vada, prima che dica cose che non voglio dire!» borbotto, adirata con me stessa.

«Devo incontrare un cliente a Londra, insieme a Tommaso, poi torneremo nel pomeriggio, prima della cerimonia,» mi informa avvilito.

«Bene. Preferisco rimanere sola, visto quanto sono intrattabile. Non voglio ferirti, pronunciando parole a sproposito, sulla scia della rabbia provocata dai miei fallimenti!» replico, concedendomi un po' di insana auto-commiserazione.

«Ma quali fallimenti! Sei solo stanca. Vedrai che domani tornerà tutto come prima!» ribatte, cingendomi in un abbraccio.

Sorride, mi bacia ancora con dolcezza, poi si allontana lentamente e continua a guardarmi, finché la porta si richiude alle sue spalle.

Appena scompare dalla vista, vengo assalita da un senso di vuoto, che mi fa sprofondare nel panico. Sto quasi per corrergli dietro per trattenerlo, ma riesco miracolosamente a mantenere il controllo e a restare al mio posto, perché il telefono mi salva.

È Roberto.

«Roby! Che bello sentirti!» esclamo con troppo entusiasmo.

«Che succede, Eli?» chiede subito, sinceramente preoccupato.

«Sto lavorando come un mulo e non ne posso più! Sai che sto cominciando a mostrare segni di squilibrio? C'è qualcosa che non va in me!» rispondo, tentando di sdrammatizzare.

«Se è per questo, anche in me ci deve essere qualcosa di sbagliato!» obietta con il suo abituale tono ironico. «Un tizio, oggi, a un funerale, voleva convincermi a fare una specie di società con lui, e non riuscivo a liberarmene!» aggiunge, ancora incredulo.

«Chi è? Gestisce un'altra azienda di pompe funebri?» domando incuriosita.

«No, si occupa di floricoltura e articoli da giardino. Mi ha spiegato che le nostre due attività sono strettamente collegate, in quanto i fiori e le piante servono per abbellire le tombe!» replica, scoppiando a ridere.

«Beh, non ha poi tutti i torti!» esclamo, tentando di restare seria. «Piuttosto, come va con il tuo nuovo 'collaboratore'?» domando in tono malizioso.

«Benissimo. Mi aiuta molto, specie di notte!» risponde, un po' troppo frettolosamente.

«Sei un porco!» sibilo, trattenendo una risata.

«Ma che hai capito? Siccome di giorno spesso deve studiare, mi aiuta quando devo lavorare di notte!» precisa con un risolino. «Comunque, bacia benissimo!» aggiunge tutto soddisfatto.

«Vedi che ho capito bene! Con te gli uomini non sono mai al sicuro, specie quelli carini!» lo rimprovero bonariamente.

«È per questo che sono tuo amico: hai un sacco di bei ragazzi intorno!» esclama divertito. «A proposito, va tutto bene?» chiede serio.

«Non lo so... Credo di sì!» rispondo con sincerità.

«Non fare niente di cui potresti pentirti. Pensaci bene, prima di prendere qualsiasi decisione. Magari aspetta quando tornerai a casa, così, cambiando aria, forse potrai valutare meglio i pro e i contro...» consiglia, con premura e affetto.

«Non credo che tornare a casa possa farmi cambiare idea. Sposerò Giacomo perché lo amo, non c'è nulla da aggiungere!» dichiaro convinta.

Lo sento inspirare rumorosamente.

«E che mi dici del matrimonio di oggi? Che cosa provi?» insiste, sempre più serio.

Sinceramente, mi fa paura, adesso che sta cercando di scandagliare la mia anima.

Arrossisco violentemente e apro bocca, ma non riesco a rispondere.

«Che cosa dovrei provare?» biascico, dopo aver impiegato un tempo interminabile per trovare una risposta adeguata. «A questo punto, sento solo la fatica e la stanchezza procurate dal lavoro. Tutto qui,» dichiaro in tono sbrigativo.

Roberto rimane in silenzio, e mi rendo conto di quanta amarezza, quanti sottintesi e quanti rimpianti ci siano nelle mie parole. Ma non voglio pensarci e non posso: devo seguire la tabella di marcia, e, se continuo a parlare al telefono, rischio di perdere terreno. Sono costretta a salutare in fretta Roberto, anche se lui sembra freddo e distante, come mai prima d'ora, così mi rimangono addosso una strana inquietudine e uno sgradevole senso di disagio.

Continuo a lavorare indefessa, e neanche mi accorgo che è già mezzogiorno. Finora, mi sono stati dati ordini in tono pacato, nessuno ha pronunciato più una parola oltre il necessario. Probabilmente, hanno intenzione di sopportarmi fino a domani, ormai, perché ancora sono utile. Inoltre, il mio umore nero li trattiene dall'infierire. Per di più, la cerimonia inizierà alle quattro, ma alle tre deve essere tutto pronto.

«Elisabetta, puoi seguire Cassie, e andare a controllare le apparecchiature e le disposizioni dei tavoli, dei fiori, delle decorazioni? Questi sono gli schemi,» spiega Margherita, porgendomi una manciata di fogli pieni di disegni. «Se hai dubbi, o se ci sono problemi, chiamami e vediamo di risolvere alla svelta,» sibila, con lo sguardo fisso su Cassie.

Ovviamente, il suo è un monito rivolto indirettamente a Pam.

Annuisco, e spiego che prima devo sistemare un vassoio, per portare a termine i miei compiti perfettamente in orario. Margherita non risponde, si limita a lanciarmi un'occhiata strana, indecifrabile, che fa aumentare l'ansia.

Chiudo il vassoio, lo appoggio vicino agli altri, ed esco con Cassie, cercando di apparire meno sconvolta di quanto lo sia veramente. Ma, appena arrivo nell'atrio e vedo la mia immagine riflessa negli specchi, scopro che la realtà supera la fantasia. Sono rossa e sudata, ciuffi disordinati di capelli cercano di uscire dal cappello, come tanti serpentelli agitati, mentre gli occhi sono arrossati e le pupille dilatate, per non parlare delle occhiaie che emergono dal trucco. La bocca serrata e l'espressione imbronciata fanno il resto.

Mentre cammino in silenzio accanto a Cassie, mi vergogno di me stessa, come non mi è mai capitato prima. Infatti, ho sempre ritenuto che l'aspetto esteriore sia un fattore irrilevante, ai fini della valutazione di una persona, e che debbano contare solo il carattere e il comportamento. Invece, adesso mi sento inadeguata, perché perfino una ragazza insignificante come Cassie riesce a rifulgere della propria bellezza. Ma io no. Un'altra al posto mio sarebbe diventata ancora più sexy con le guance arrossate, i morbidi riccioli ribelli, la bocca sensuale, lo sguardo languido. Ma io no. E non riesco a capire perché ora mi importi tanto, quando non ci avevo mai neanche pensato. Così come non capisco perché mi sono comportata in maniera così sgarbata e scostante, prima con Viola, e poi con Giacomo. Perfino Cassie non dice una parola: è come se avessi scritto in faccia "Stare alla larga".

Solo quando arriviamo nei pressi del giardino, antistante la chiesa, mi chiede se i tavoli sono sistemati come nel progetto. Prendo i fogli che mi ha dato Margherita e cerco di aprirli, ma si ostinano ad arrotolarsi. Sento di nuovo montare una rabbia esagerata, ma non posso controllarla. Faccio sventolare nervosamente le scartoffie per trovare ciò che mi interessa, quando la suoneria familiare dei Deep Purple mi fa trasalire.

«Sì, Andrea, fra dieci minuti scendi in giardino, per favore!» ordina Alessandro al fratello, facendomi trasalire, mentre mi cinge in un abbraccio, e mi avvolge con il suo inconfondibile profumo.

Vorrei scomparire, rendermi invisibile all'istante, ma, per quanto lo desideri, continuo a rimanere dove sono. Purtroppo. E il cuore impazzisce.

«Allora, Betty, tutto a posto?» chiede, appoggiando le labbra sulla mia fronte, come sempre.

«Per niente! Sono orribile! Mi hanno spedita di qua a controllare, ma, ti prego, non mi guardare!» protesto, cercando di coprirmi il viso con le mani.

Alessandro ride e mi prende le mani nelle sue, costringendomi proprio a guardarlo. È splendido, come sempre, e il suo volto è illuminato da una luce particolare, che lo rende ancora più affascinante. È innamorato ed è contento, perché sta per sposare la donna che ama. Questo pensiero dovrebbe rendermi felice. Invece, non sono proprio capace di farmene una ragione. Deve essere la sindrome di Peter Pan, che mi impedisce di accettare la realtà a ogni costo: è questa l'unica spiegazione possibile.

«Invece, sei meravigliosa!» ribatte, osservandomi attentamente e mettendomi a disagio.

Restiamo per un lungo istante con gli occhi negli occhi, finché non abbasso la testa e mi schiarisco la voce, per togliermi dall'imbarazzo.

«Sei il solito adulatore!» lo schernisco, facendogli linguaccia.

Sorride e mi stringe di nuovo a sé. Siamo un po' troppo vicini...

«Volevo ringraziarti per il regalo, ma non dovevi!» mormora, con la voce rotta dall'emozione.

«Ale, non è niente! Io...» provo a protestare.

«No, non è vero! Non ti ho neanche invitato, e ho riversato su di te una rabbia immotivata, che invece avrei dovuto rovesciare solo su me stesso. Perché sono io la causa di tutti i mali, ora come in passato. Perciò, ti chiedo scusa per il mio comportamento, e ti ringrazio per il pensiero squisito!» mi interrompe con determinazione.

«Non ti preoccupare! Anch'io ho fatto tanti sbagli... E in fondo ti ho regalato solo una pianta dentro un vaso, che rappresenta due cuori intrecciati!» mi schermisco, cercando di liberarmi dalla sua presa dolce e salda.

«Non è un semplice vaso, è molto costoso, e non dovevi spendere tanti soldi! Guarda quanto ti devi sacrificare e quanto devi lavorare, per guadagnarti da vivere! Non mi merito un regalo così prezioso!» protesta a disagio.

«Invece sì! Sei il mio migliore amico, il mio fratellone maggiore! Anzi, se avessi avuto più tempo, avrei cercato qualcosa di più originale...» replico con convinzione. «A proposito di fiori, devo controllare che sia tutto a posto, prima di tornare di corsa in cucina!» mi affretto ad aggiungere, staccandomi da lui.

«Beh, non è carino che la migliore amica dello sposo stia in cucina, durante la cerimonia, non credi?» chiede, cercando di scherzare, ma si vede che è sinceramente dispiaciuto.

«Perché no? È proprio lei, insieme alla wedding-planner, che deve supervisionare il perfetto svolgimento dell'evento!» rispondo con convinzione.

Effettivamente, non me la sentirei proprio di essere presente in chiesa. E non riesco a spiegarmi perché.

Cassie si schiarisce rumorosamente la voce, con impazienza, facendomi capire che si sta facendo tardi e non c'è tempo da perdere.

«Ok, dobbiamo andare. Allora... A dopo!» mormoro, abbozzando un sorriso imbarazzato.

Senza che me lo aspetti, mi attira a sé in un abbraccio dolce e forte insieme, e ho di nuovo la sensazione che voglia dirmi qualcos'altro. Solo che mi perdo tra le sue braccia e dimentico tutto il resto. Sarebbe così bello fermare quest'istante per sempre! Adesso non mi sento più irascibile o strana, sono di nuovo io, la piccola e pestifera Elisabetta, che viene puntualmente trascinata nelle situazioni più improbabili da Alessandro, l'eterno compagno di giochi. Sento le lacrime premere sugli occhi e non faccio in tempo a trattenerle, perché scivolano via veloci, come l'età spensierata della gioventù.

«Promettimi che sarai qui, almeno, prima che entri in chiesa!» mormora, quasi supplicandomi.

I suoi occhi scavano nei miei con un'intensità tale da farmi male.

«Non posso promettertelo, perché non dipende da me. Devo lavorare, lo sai!» protesto, asciugando le lacrime.

Mi prende la mano e la stringe forte, mentre mi bacia appena la guancia con una dolcezza infinita.

«Promettimelo!» sussurra di nuovo.

Mi sento sciogliere al suo tocco, al contatto delle sue labbra sulla mia pelle, al suo alito tra i miei capelli, al suo cuore che batte forte quanto il mio.

«Ok, ci proverò!» cedo alla fine, vinta dalla furia della tempesta, che mi imperversa dentro.

Si scosta da me con una lentezza quasi dolorosa, senza staccare gli occhi dai miei. Mi volto verso Cassie, cercando di scacciare pensieri, sensazioni ed emozioni. Se mi concentro solo sul lavoro, forse riuscirò a non impazzire.

«Volevo farti i miei complimenti, Elisabeth. Hai un ragazzo meraviglioso!» esclama Cassie con ammirazione.

La guardo per un istante, sforzandomi prima di metterla a fuoco, e poi di capire ciò che sta dicendo.

«Grazie,» rispondo in tono neutro.

«È lui il tuo migliore amico? Quello che ti ha spezzato il cuore?» chiede, indicando Alessandro con un cenno del capo.

«Come l'hai capito?» domando sorpresa.

Questa ragazza è una rivelazione!

«È evidente! Siete così legati e complici, che anche un cieco se ne accorgerebbe!» risponde, scrollando le spalle.

Quest'affermazione mi mette l'anima ancora più in subbuglio, anche se cerco di non darlo a vedere.

«"Spezzare il cuore" è un termine troppo drammatico, comunque, sì, hai ragione, è lui il ragazzo di cui ti avevo parlato!» rispondo, con l'intenzione di chiudere subito l'argomento.

«Beh, complimenti davvero! Sei passata da un bel tipo a un altro, anche se preferisco Giacomo. È così dolce, e terribilmente sexy!» ribatte, alzando gli occhi al cielo e mordendosi il labbro con espressione libidinosa.

Sembra impossibile che Giacomo riesca a provocare tempeste ormonali in ogni individuo di genere femminile!

«Alessandro forse è più sexy, ma è troppo sfuggente e tenebroso per i miei gusti!» aggiunge, con una smorfia di disappunto.

Mi volto verso Alessandro, come per valutare la veridicità dell'affermazione di Cassie, e all'improvviso mi manca il respiro. Adriana sta uscendo dal salone e si dirige verso di lui. Appena lo vede, sorride e si illumina, i suoi occhi sono pieni di gioia e di passione. Lui le va incontro, si avvicina e la sfiora con un bacio, le prende le mani e la guarda con una dolcezza infinita. Conosco quello sguardo, e non posso fare a meno di ricordare l'effetto che aveva su di me.

Adesso, però, lui ama un'altra, non sono più io l'oggetto dei suoi desideri, l'amica a cui confidare tutto, la donna che gli fa battere forte il cuore. Qualcosa che assomiglia molto alla gelosia si insinua nel mio cuore, mentre un nodo mi serra la gola. Per distogliere l'attenzione, mi sposto di colpo. Ma, nel muovermi, urto inavvertitamente contro una delle colonnine di marmo guarnite di fiori, che è stata sistemata per creare il viale d'ingresso alla chiesa. La colonna rovina rumorosamente a terra, mentre i fiori e il terriccio si spargono, insieme ai frammenti di marmo. Per di più, è stata colpita anche una preziosa anfora, che si è incrinata da cima a fondo.

Dire che sono mortificata è poca cosa. Non ho neanche il coraggio di alzare la testa, mentre sono in ginocchio a cercare inutilmente di far sparire il corpo del reato. Cassie si avvicina e cerca di aiutarmi, insieme a una delle assistenti del fioraio.

«Accidenti! E adesso dove la troviamo un'altra colonna uguale a questa? Mancano poche ore alla cerimonia!» sbotta il fioraio irritato, quando vede il disastro.

Biascico delle scuse e mi sento sempre peggio. Mi chiedo perché non sono ripartita subito, appena ho saputo che il matrimonio era di Alessandro. Cosa ci faccio qui? Perché continuo a farmi torturare dal passato? Grosse lacrime scendono sul viso e cadono sui fiori, impregnati di terriccio. Per un istante, penso stupidamente alle favole, e spero che le lacrime di sincero dolore possano cancellare l'incantesimo di eterna infelicità, gettato su di me da qualche strega malefica. Sorrido della mia stupidità, ma non ho il coraggio di alzarmi. Ho paura che Alessandro sia ancora lì con Adriana, e non voglio la loro compassione, né ho intenzione di gettare ombre sul loro idillio.

«Se n'è andato, se questo ti può consolare! E probabilmente non si è accorto di nulla!» mormora Cassie, guardandomi di sottecchi.

La ringrazio dal profondo del cuore, e mi rendo conto che lei può davvero capire come mi sento. Questa sorta di solidarietà tra imbranate mi solleva un poco. Per lo meno, mi dà la possibilità di ridarmi un contegno.

«La colonna si è frantumata in tre grossi pezzi, senza scheggiature. Con una buona colla per marmo si può sistemare. Per coprire le attaccature, ci metteremo più tulle!» borbotta il fioraio, grattandosi la testa con aria assorta.

«Per l'anfora, potremo fare la stessa cosa! Magari metterci sopra delle piante, con i tralci che ricadono ai lati...» propongo timidamente, scrutando la sua reazione.

«Sì, ci avevo già pensato! Avanti, ragazze, al lavoro!» replica, incitando le sue assistenti.

Così, finalmente, riesco a muovermi e a finire il giro di ricognizione con Cassie. Non parliamo d'altro che di lavoro, il minimo indispensabile, perché entrambe abbiamo altri pensieri per la testa.

Ritorno in cucina e riferisco a Margherita che è tutto sistemato. Mi guardo intorno, ma Viola non c'è. Comunque, preferisco non chiedere nulla, torno al mio posto e sto per rimettermi all'opera, quando Margherita mi chiama.

«Ehi! Ti basta un panino, farcito con quello che vuoi tu, oppure ci facciamo due spaghetti?» chiede con un sorriso.

Da dietro le sue spalle, Antoine mi suggerisce gli spaghetti, mimando il gesto di arrotolarli con la forchetta. Sorrido anch'io.

«Quello che va bene per voi, va bene anche per me!» rispondo un po' più distesa.

In quel momento, entra Viola che tiene in braccio Nicola. Quando mi vede, il piccolo allunga le braccia verso di me e comincia a strillare:

«Tia! Tia Betta! Cocco!»

Il furbetto sa che lo prendo in collo e lo faccio volare per aria, compromettendo ancora di più la mia schiena in rovina. Ma vale la pena sentirlo ridere, con quella sua risata argentina, piena di spensieratezza e di gioia pura.

«Eh, no! Ora stai con me, e racconti cosa hai fatto con quella tata stamattina!» protesta Viola, fulminandomi con lo sguardo.

A volte, nei confronti del piccolo diventa più possessiva lei - nonostante sia la zia – che Margherita. Nicola, comunque, si divincola, perché vuole venire da me, ma l'intervento provvidenziale di Antoine pone fine alla disputa sul nascere.

«Dì a tuo papà: vuoi spaghetti o *minestrinà*?» gli chiede, prendendolo dolcemente da Viola e mettendoselo sulle spalle.

«Ghetti! Ghetti!» urla Nicola, saltellando, come se cavalcasse un cavallino a dondolo.

Viola mi lancia un'occhiata divertita, e poi scoppiamo tutti a ridere. Ci concediamo mezz'ora di pausa, per mangiare un piatto di pasta e giocare con Nicola, mentre controlliamo cosa rimane ancora da fare. Poi, Margherita porta di nuovo il figlio di sopra con la baby-sitter, e, a malincuore, ci rituffiamo nel lavoro.

Mi convinco mentalmente che tra poche ore sarà tutto finito, e domani avrò un po' di tempo per riposarmi, prima di tornare a casa e ricominciare con la solita routine, dato che nessuno sembra intenzionato a licenziarmi per la scenata di poco fa... Ma non sarà tutto come prima: ci sarà da organizzare il mio matrimonio con Giacomo, e, anche se vogliamo una cerimonia semplice, avremo comunque tante cose da fare. Questo pensiero mi mette addosso una tale spossatezza, mista a un'ansia immotivata, da togliermi le poche restanti forze.

Così, mi costringo a smettere di pensare e mi concentro sui post-it che ho davanti. *"Duecento tartine con salsa di tartufo a Viola per guarnizione"*: ok, devo spalmare con la salsa duecento tartine, metterle sui vassoi, già preparati con la carta decorata, e passarle a Viola, che provvederà a guarnirle, come stabilito. Non sopporto l'odore del tartufo, e Viola lo sa, ma probabilmente questa è la sua risposta alla mia reazione di prima. Comunque, ce la posso fare, devo solo cercare di trattenere il respiro per non vomitare!

Pomeriggio

Stiamo facendo una montagna di tartine, vol-au-vent, bocconcini assortiti e pizzette. Le bignoline e i pasticcini mignon sono già tutti sistemati nei vassoi, pronti da portare sui tavoli. Alcuni camerieri del catering, che si occupa della cena, ci hanno lasciato i loro carrelli. Antoine sta finendo di decorare alcuni dolci, mentre Margherita controlla le mimose, che ha tolto qualche ora fa dal congelatore. La torta nuziale è pronta, Antoine la decorerà in tempo reale, davanti agli sposi e agli invitati, durante la cena.

Sono le tre, quando Pam manda Cassie a darci il via, così cominciamo a riempire i carrelli di vassoi e a sistemarli sui tavoli nel giardino. Splende un vivace sole primaverile, che illumina il parco con le decorazioni, facendolo sembrare un paesaggio del mondo delle fiabe. È tutto perfetto. I tecnici stanno finendo di sistemare gli altoparlanti all'esterno della chiesa, perché la cappella non è molto grande, e gli invitati potrebbero preferire rimanere fuori. La musica dell'organo si diffonde, insieme alle note dolci di un violino e al canto gioioso degli uccellini. I fiori emanano il loro delizioso profumo, e si distendono, eleganti, tra vasi raffinati e strascichi di tulle. C'è una pace degna dell'Eden, si respira l'aria dei grandi eventi, e la Felicità sembra danzare ovunque.

Camerieri e inservienti si affrettano, come tante formiche di un operoso formicaio. Pam, affiancata da Cassie, con il suo immancabile block notes, dirige tutti con la maestria e la perizia di un importante direttore d'orchestra, incutendo timore, ma, allo stesso tempo, infondendo sicurezza. Viola la guarda di traverso, mentre lei la ignora, completamente assorbita dal suo lavoro. Questo è il momento in cui si devono vedere i risultati di tutto quello che è stato fatto in questi mesi. E Pam ci tiene molto a fare bella figura con Tommaso.

Mentre sto tornando in cucina, a prendere altri vassoi, un ragazzo giovane, alto, con i capelli biondi e gli occhi azzurri, mi viene incontro e mi chiede con gentilezza, ma anche con una strana premura:

«Mi scusi, sa dirmi dove posso trovare Cassie, l'assistente della wedding-planner?»

«È di là nel giardino, vicino alla chiesa,» rispondo, indicando la direzione con la mano.

Prima che possa finire di parlare, il ragazzo inizia a correre, borbottando un 'grazie' di sfuggita. Nello stesso istante in cui mi stringo nelle spalle per la sorpresa, capisco chi è: Mark, l'ex fidanzato di Cassie! O mio Dio, che frittata! Non può andare di là e farle una scenata! Manca meno di un'ora al matrimonio, accidenti!

Lascio andare subito il carrello e mi getto all'inseguimento dell'intruso, chiamandolo per nome. Ma è troppo tardi. Appena arrivo sulla soglia del giardino, lui l'ha già raggiunta e cerca di attirare la sua attenzione, mentre Pam lo osserva, inorridita e pallida. Non so cosa fare.

Sto tentando di valutare in fretta se sia il caso di intervenire, quando la situazione precipita. Mark inizia a urlare, e Cassie lo spinge via, rossa in viso.

Ok, devo agire. Mi affretto nella loro direzione, intanto che Pam chiama gli inservienti, per far sbattere fuori quello "sconosciuto importuno".

«Non è uno sconosciuto! È il mio ex ragazzo!» ammette Cassie, diventando ancora più rossa.

«E cosa ci fa qui?» squittisce Pam, con gli occhi fuori dalle orbite.

«Devo riprendermi la mia ragazza!» risponde Mark, senza lasciarsi intimorire.

«Giovanotto, fra poco qui verrà celebrato un importante matrimonio, che stiamo preparando da mesi. Non le permetterò di rovinarlo per qualche sua assurda pretesa!» sibila Pam a denti stretti.

«Non ho intenzione di rovinare niente a nessuno. Voglio solo chiarire la situazione con Cassie!» insiste lui, nonostante l'espressione truce di Pam.

«Potrete farlo domani, o quando vorrete, ma non qui, e non ora!» ribatte lei piccata. «Ragazzi, portate questo giovane fuori da qui, per favore!» ordina poi agli inservienti.

Ma non appena due uomini robusti si avvicinano a lui, Mark si mette in ginocchio davanti a Cassie e la guarda negli occhi con passione, prendendole la mano. Subito, tutti si fermano e restano in silenzio.

«Cassie, non so che cosa sia successo e cosa ti abbiano detto di me, ma sappi che non è vero nulla. Ho cancellato il mio profilo su

Facebook, e ho allontanato certi amici e amiche che si divertivano alle nostre spalle. E siccome non hai mai risposto ai miei messaggi e alle mie chiamate, sono andato all'agenzia per cui lavori, e sono finalmente riuscito a farmi dire dove potevo trovarti.»

Fa una pausa e infila una mano in tasca. Oh-mio-Dio!

«Cassie, io ti amo sul serio e non potrei mai farti del male. So che anche tu mi ami, così...» Tira fuori una scatolina e la apre. Dentro c'è un piccolo solitario che trasuda Amore. «Non è l'anello che avrei voluto per te, ma ho fatto tanti sacrifici per comprarlo, e, soprattutto, per chiederti se mi vuoi sposare!»

La voce gli muore in gola per l'emozione, mentre aspetta con trepidazione la risposta.

Cassie si sta liquefacendo come neve al sole, e sono certa che è felice di essersi messa in ghingheri, data l'occasione. Mormora un debole sì, prima che Mark le infili l'anello al dito e l'abbracci, baciandola con trasporto.

Si leva un coro di commenti e di applausi, e anch'io mi sento invadere il cuore da un improvviso calore. Sono così carini, e sono davvero contenta per loro. Perfino Pam è rimasta sorpresa, anche se si affretta a togliersela di torno, per riprendere a lavorare.

«Avanti, Cassie! Basta con le smancerie! Avrai tempo per sbaciucchiare il tuo fidanzato!» borbotta, ritornando ai suoi appunti, anche se le sfugge un sorriso e ha gli occhi lucidi.

È inutile: nessuno, neanche la persona apparentemente più gelida, può rimanere insensibile agli effetti dell'Amore.

«Ho ripreso tutta la scena con il mio *I-Phone!*» esclama Tommaso, sbucando alle nostre spalle. «Se i ragazzi ti daranno il permesso, potrai usarlo come spot per la tua agenzia!» aggiunge, rivolto verso Pam.

«Vedremo! Adesso abbiamo altro a cui pensare!» replica lei, ostentando indifferenza.

Tommaso sta già abbracciando e baciando Viola, ma non vedo Giacomo. Eppure erano partiti insieme.

«Dov'è Giacomo?» chiedo, tentando di interrompere le loro effusioni.

Accidenti! Sembra che non si vedano da una settimana, invece che da poche ore!

«Arriverà tra poco,» risponde, staccandosi appena da Viola. «Devo andare a cambiarmi! Non posso partecipare alla cerimonia con i jeans!» aggiunge, senza accennare a muoversi.

«Sei perfetto anche così!» ribatte Viola in tono mieloso, guardandolo con adorazione, e cercando di nuovo le sue labbra.

Bleah! Sono davvero uno spettacolo nauseante! Mi chiedo se anche io e Giacomo ci comportiamo così, ma non mi sembra di essere tanto appiccicosa, per quanto ci sia una forte attrazione tra noi, e lui sia sempre dolcissimo e premuroso nei miei confronti.

Mi schiarisco rumorosamente la voce, e torno a riprendere il carrello dove l'avevo lasciato. Margherita sta sistemando nei frigoriferi tutti i vassoi che serviranno dopo la cerimonia, mentre mi indica gli ultimi rimasti, da portare fuori.

«Io e Antoine finiremo di riempire la mignon, che accompagnerà la frutta, al termine della cena. Tu e Viola, invece, resterete fuori, insieme agli altri camerieri,» ordina, in tono stranamente gentile.

«Ok. Sistemerò questi, poi tornerò, e indosserò la divisa pulita, prima di andare fuori a servire!» preciso con un sorriso.

Margherita annuisce senza guardarmi, scambia un'occhiata con Antoine, infine, si rivolge a me, in evidente imbarazzo.

«Tommaso mi ha detto che vuole chiedere a Viola di sposarla,» mormora, diventando più rossa del solito, mentre si asciuga le mani nel grembiule.

«Sì, ne ha parlato anche con me,» confermo, continuando a mettere i vassoi sul carrello.

«È incinta?» mi chiede tutto d'un fiato, trattenendo il respiro.

Accidenti! A questo non avevo pensato! Ma, anche se l'avessi fatto, non saprei cosa dire.

«Io non so niente,» rispondo, con sincera sorpresa.

Margherita sembra un pochino sollevata, ma non troppo.

«Perché pensi che Viola sia incinta?» domando a mia volta, incuriosita.

«Perché mi sembra tutto così affrettato... E poi, lui è ricco, e famoso, e bello... Insomma, il solito tipo che piace a Viola, e che puntualmente la ferisce!» replica con aria dubbiosa.

«Beh, affrettato non direi. Si frequentano da quasi un anno, ormai, anche se sono spesso lontani. Inoltre, proprio perché lui è ricco, bello e famoso non le proporrebbe mai di sposarlo, se non avesse intenzioni serie, non credi?» obietto convinta.

«Sì, in effetti è vero... Ma potrebbe essere un capriccio. Viola è sfuggente e inafferrabile, e lui stesso ha ammesso di non aver mai trovato una ragazza insensibile al suo fascino, prima d'ora. Riuscire a sposarla potrebbe essere come una sfida da vincere!» ammette preoccupata.

«Tommaso mi ha confessato che nessuna donna lo ha mai amato per quello che è, al di là del nome e dei soldi,» ribatto, stringendomi nelle spalle. «Viola gli ha fatto scoprire se stesso per la prima volta, l'ha messo davanti ai suoi pregi e ai suoi difetti, e gli ha offerto il suo amore come unica merce di scambio. Una merce che lui non conosceva, ma che si è rivelata essenziale per la sua esistenza. E, mentre Tom si stupiva di se stesso e di ciò che riusciva a provare, si è dovuto scontrare con la diffidenza e la mancanza di fiducia di Viola nei suoi confronti. Per questo le chiederà di sposarla: non solo perché la ama, ma perché vuole che lei sia certa del suo amore.»

Margherita mi guarda con gli occhi spalancati, come se stentasse a credere alle mie parole. Sorrido e lancio un'occhiata ad Antoine, che si liscia i baffi, per nascondere la commozione.

«E tu credi a Tommaso? Credi davvero che sia così? Viola non potrebbe sopportare un altro colpo. E nemmeno io!» mormora affranta.

«Tu come hai fatto a sapere che Antoine era quello giusto? Non hai avuto dei dubbi?» chiedo, mettendo l'ultimo vassoio sul carrello.

«Sì, qualche dubbio l'ho avuto, specie all'inizio. E a volte li ho anche ora, come poco fa, quando quella Pam gli sculettava intorno,» ammette rivolta verso il marito, che alza gli occhi al cielo, e poi la bacia dolcemente sulla fronte. «Però, il cuore mi ha sempre detto che lui è quello giusto, e anche se non ricambiasse il mio amore, io non potrei farci niente!» confessa a testa bassa, torcendosi le mani.

Antoine la costringe a guardarlo, con gli occhi che luccicano per l'emozione, poi, l'attira a sé e la bacia con tenerezza. Sembra che oggi Cupido si diverta a mettere in mostra gli effetti inebrianti di tutte le frecce che si diverte a scagliare, colpendo dritte al cuore persone di ogni genere, razza, età e carattere, senza distinzioni.

Mi volto, torno sui miei passi, e trovo Viola intenta a disporre le composizioni sui vassoi e sul tavolo, insieme al fioraio. Porto il carrello di nuovo in cucina, mi cambio in fretta e mi avvio, quando sento che il volume della musica viene alzato, e il chiacchiericcio della folla aumenta. Mi posiziono dietro al tavolo, accanto a quello dove c'è Viola, in mezzo a due ragazzi giovani e piuttosto nervosi.

«Tranquilli! Ci sono io a combinare disastri anche per voi!» mormoro, sorridendo, per incoraggiarli e sciogliere la tensione.

Mi lanciano un'occhiata preoccupata, e uno dei due abbozza un sorriso.

Una signora molto elegante chiede un bicchiere di prosecco, e il collega alla mia sinistra scatta e la serve in maniera ineccepibile, a parte il fatto che gli trema paurosamente la mano.

«Un prosecco anche per me, Betty, per favore!» ordina Alessandro, facendomi trasalire.

Non mi ero accorta del suo arrivo, e, quando alzo lo sguardo, oltre alla sorpresa, si aggiunge un'emozione così forte, da togliermi il respiro. Indossa uno smoking nero, impeccabile, con la camicia bianca e la cravatta nera di seta. I capelli sono modellati ad arte, ma restano sempre ribelli, la pelle abbronzata, gli occhi scuri e inquieti, che spiccano sul viso teso.

Prendo la bottiglia di vino, e mi accorgo con orrore che sto tremando più del ragazzo accanto a me. Verso con relativa calma il prosecco, e gli porgo il bicchiere.

All'improvviso, mi afferra la mano, facendo oscillare pericolosamente il liquido, e mi costringe a guardarlo. Sono praticamente in fiamme.

«Grazie per essere venuta qui, adesso!» mormora, con un sorriso pieno di affetto.

«Ehm... Veramente, mi ha mandato Margherita...» spiego, cercando di evitare toni polemici o aspri.

Non ho intenzione di innervosirlo con ripicche inutili.

«Ah, ok!» replica, ridendo e scuotendo la testa. «Avrei dovuto immaginare che non dipendeva da te. Allora devo ringraziare Margherita!» aggiunge più serio.

Non riesco a guardarlo. Lo stomaco va su e giù senza sosta, tanto che mi viene la nausea. Per non parlare del cuore, che sembra impazzito e seriamente intenzionato a uscire dal petto. Inspiro, per ossigenare quel che resta del mio povero cervello, ma ormai sono preda dell'istinto e delle passioni, e non riesco a dominarmi. Devo allontanarmi con una scusa, altrimenti non so che cosa potrei combinare. So soltanto che in questo momento sarei fortemente tentata di mandare tutto e tutti al diavolo, togliermi la divisa, guardare in faccia Alessandro, e dirgli veramente come stanno le cose.

Ma come stanno veramente le cose? Dovrei farmi ancora del male, e rispolverare quello che ho provato ad accantonare nelle segrete della mia anima, senza successo? Dovrei negare l'amicizia, per chiamarla con il suo vero nome, cioè Amore? Dovrei lasciar perdere tutte le scuse che ho accampato fino ad ora, nel vano tentativo di ignorare i miei veri sentimenti?

Alzo lo sguardo su di lui, e mi sento perduta. Conosco ogni più piccolo particolare di lui, saprei descrivere tutto, anche a occhi chiusi. Adoro il suo modo di gesticolare, mentre parla con la voce profonda e sensuale, mentre mi guarda dritta negli occhi, così intensamente, che non riesco a nascondergli nulla, tanto inibisce ogni mia difesa. Amo i suoi pregi, come la generosità, lo spirito di sacrificio, il senso di abnegazione e di solidarietà, il rispetto. E riesco ad apprezzare i suoi difetti, come l'egoismo, la superficialità, l'incostanza, lo spirito ribelle.

Per questo, vorrei girare intorno al tavolo per andare ad abbracciarlo, fino ad ubriacarmi del suo profumo. Poi, vorrei baciarlo e urlare al mondo intero quanto lo amo, lo abbia sempre amato, e sempre lo amerò, a dispetto di tutto ciò che è accaduto in passato, e di ciò che ci riserverà il futuro. Vorrei dirgli che il resto non conta, e che non posso accontentarmi di Giacomo, non posso approfittare dell'amore di un altro, per sostituire quello vero.

Senza rendermene conto, gli stringo forte la mano e lo attiro verso di me. Il suo sguardo si incupisce, e resta con il bicchiere sospeso sulle labbra.

«Alessandro, io...» mormoro con un filo di voce.

Deglutisco per farmi forza, sto tremando.

So che lui se ne sta accorgendo, e questo mi sprona ad andare avanti. Chiudo gli occhi un istante, prendo un bel respiro e poi... mi blocco! Come posso dare retta alla mia follia? Come posso essere così abietta ed egoista, da rovinare il giorno più bello della vita al mio migliore amico? Con quale diritto posso pretendere che lui ricambi il mio sentimento insano? E che succederebbe, se lui non mi volesse? Quest'ultima probabilità è quasi una certezza, dato che è in procinto di sposare un'altra donna, e non potrebbe farlo se non la amasse veramente. Perciò, oltre a calpestare la mia e la sua dignità, rovinerei le nostre vite e la nostra amicizia, stavolta in maniera irreparabile. Immagino con orrore la sua faccia inorridita e gelida, di fronte alle mie sciocche pretese, e mi convinco che non potrei sopportarlo, piuttosto preferirei morire. D'altronde, dovrei essere felice della sua felicità, anche se vederlo contento e innamorato mi lacera corpo, anima e mente.

«Che succede, Betty?» chiede in un soffio, posando il bicchiere sul tavolo, senza staccare gli occhi dai miei, né la mano dalla mia.

Se non fossi consapevole che la mia mente ormai è fuorviata dalla passione senza controllo, e se non conoscessi il mio amico come le mie tasche, mi sembrerebbe di leggere un'ombra di speranza sul suo viso, mentre lo sguardo si fa più intenso.

Chiudo gli occhi e deglutisco a fatica, per impedirmi almeno di piangere. Per la prima volta sono consapevole di essere sul punto di commettere un grosso − se non il più grosso − errore, ma, giunta a questo punto, non posso fare altrimenti, per evitargli altra sofferenza. Da oggi in poi, conierò una nuova massima di vita: devo imparare ad accettare la felicità degli altri, anche se io non sarò mai felice. Mi si stringe lo stomaco e il cuore, ma impongo a me stessa di agire, relegando i miei sentimenti in un angolo remoto, del tutto inaccessibile.

«Voglio che tu sia felice. Voglio che ogni giorno sia come il primo giorno, per te e per Adriana. Amatevi sempre di più e costruite una splendida famiglia. Siete fortunati... Non sprecate la vostra occasione!» mormoro tutto d'un fiato, guardandolo con gli occhi pieni delle lacrime che non riesco più a trattenere.

Mi auguro con tutta me stessa che lui attribuisca queste lacrime alla commozione per l'evento, non alla mia terribile presa di coscienza.

Mi attira a sé e mi stringe forte nel nostro ultimo abbraccio. Sì, perché lui resterà sempre il mio migliore amico, ma non sarà più la stessa cosa.

Rimango quasi soffocata dalla sua stretta, e, quando si stacca appena da me, scopro che anche lui ha gli occhi lucidi. D'istinto, scoppiamo a ridere e ci abbracciamo di nuovo. Per fortuna, la tensione si è stemperata, ma ora so che è davvero finita e ho l'inferno nel cuore.

Mi bacia sulla fronte, come sempre, mi accarezza dolcemente la guancia con la mano, e osserva il mio viso, come se volesse imprimersi nella mente ogni particolare.

«Grazie, Betty...» sussurra appena.

Di nuovo, il mio sguardo si fissa sulle sue labbra, e riesco a stento a trattenere il desiderio irrefrenabile di baciarlo. Sarebbe solo un tentativo meschino di dissuaderlo, un atto vile da parte mia, un gesto dettato dalla paura di perderlo. Eppure, devo fare uno sforzo immenso per arginare il fuoco che ho dentro.

Lentamente si stacca da me, mentre Andrea lo trascina da Pam per le ultime istruzioni.

Mi allontano, per andare in bagno a controllare il mio stato, quando, all'improvviso, una mano mi afferra il braccio e lo stringe fino a farmi male. Sono nel corridoio che porta alla cucina, e sono costretta a fermarmi. Mi volto, e, per un lungo istante, faccio fatica a riconoscerlo. Poi, il cuore fa un balzo, e ho un attacco di nausea, mentre la rabbia mi esplode dentro. Samuele è qui, in carne e ossa!

Gli getto un'occhiata sprezzante, e penso che sono stata davvero fortunata a perderlo. Non solo per la sua falsità e per la sua ipocrisia, ma anche perché, a trentacinque anni, è già quasi calvo, la pelle del viso sembra raggrinzita e incartapecorita dalle lampade, le pupille sono dilatate, come se avesse appena assunto sostanze stupefacenti, il fisico, un tempo palestrato, adesso appare molto appesantito.

«Cara Elisabetta, stavolta hai avuto una bella fortuna! Pensa se ti ritrovavi un compagno o un marito così decrepito, oltre che stronzo, dopo neanche tre anni!» dico a me stessa, con un certo compiacimento.

Bisogna sapersi accontentare delle piccole vittorie, e questa per me è una grande soddisfazione.

«Che cosa vuoi?» sibilo a denti stretti, con quello che assomiglia molto all'odio.

«Io e Debora ci dobbiamo sposare, ora, insieme al tuo amico. E tu ci devi aiutare,» risponde tranquillo, con la sua solita faccia tosta.

Non posso fare a meno di scoppiare a ridere.

«Guarda, tesoro, che io faccio la cameriera, non organizzo matrimoni. Al massimo, ti posso presentare la wedding-planner!» replico divertita.

Ma lui non sembra affatto contento, e la sua espressione diventa furibonda. Stringe ancora di più il mio braccio, e sussulto per il dolore.

«Lasciami, o mi metto ad urlare, e fra un'ora ti ritrovi su un aereo di ritorno verso casa!» lo minaccio stizzita.

«Devo sposare Debora, adesso!» insiste. «O mando all'aria il matrimonio del tuo amico!»

Ha un ghigno perfido, sul viso quasi mummificato, che lo rende una maschera orribile.

Alle sue spalle si materializza Debora, altrettanto avvizzita, con un sorriso idiota stampato in faccia. Indossa un tubino bianco, scarpe bianche e tiene in mano un cappellino, dei guanti e un velo di tulle, tutto bianco.

«La verginella si sposa in bianco!» la schernisco con una risatina.

«Ha parlato la santarellina! Io almeno me li sono portati a letto, quelli che mi corteggiavano. Tu ti divertivi a farli stare sulle spine, per poterli avere ai tuoi piedi!» ribatte in tono acido.

«Non si fa solo corteggiare, adesso. Non fa altro che passare dal letto del dottore a quello dell'ingegnere, non è vero?» aggiunge Samuele con disprezzo.

D'istinto, gli assesto un sonoro ceffone con la mano libera, e lui sta per reagire, ma si blocca, proprio mentre sta arrivando Viola.

Dapprima, anche lei non si accorge di nulla, poi, quando si ferma per chiedermi di certe tartine, alza lo sguardo e sgrana gli occhi, incredula.

«Che cosa ci fai tu, qui?» chiede, a bocca aperta per la sorpresa.

«Dovete aiutarci. Ci dobbiamo sposare subito, prima che arrivi Christian!» risponde lui con prepotenza.

«Ci sono migliaia di posti dove sposarsi. Perché proprio qui, e ora? Adesso sta per iniziare il matrimonio di Alessandro e Adriana!» protesta Viola, mentre la sua rabbia aumenta.

«Perché qui non ci chiede niente nessuno, e potremo sbrigare dopo la burocrazia, invece che prima della cerimonia! Tanto ci aiuterete voi!» replica con un sorrido perfido.

«Non ci penso neanche! Adesso chiamo gli uomini della sicurezza e...»

Ma Viola non fa in tempo a finire di parlare, perché Samuele tira fuori un tagliacarte e me lo punta addosso all'altezza dei fianchi. Sono colta dal panico, e vedo Viola impallidire. Il ricordo di Edward si fa più vivo che mai, ma stavolta non si tratta di un pericoloso criminale internazionale. Anche se può essere altrettanto pericoloso, Samuele è solo un vigliacco, e come tale va trattato.

«Cosa credi di fare con quello? Se mi ferisci, o anche mi uccidi, non uscirai da qui, se non in manette. E anche se tu facessi una sceneggiata, portandomi in chiesa sotto la minaccia di un tagliacarte, dopo trenta secondi ti ritroveresti con la faccia a terra, e le guardie del corpo ti riempirebbero di botte!» sibilo con un sorriso di sfida.

Non ho più paura né di lui, né di nessun altro, perché Alessandro si sta per sposare, e non permetterò a uno stronzo qualsiasi di rovinargli la festa.

«E se cominciassi a sparare sulla folla?» cinguetta Debora, tirando fuori una pistola da dentro il cappello.

«Faresti una figuraccia, mia cara, dato che è finta!» esclama in tono di scherno Christian, apparso alle nostre spalle, insieme a due energumeni.

Debora impallidisce, ma prova ugualmente a sparare, invano. Samuele cerca di stringermi, per portarmi via e usarmi come scudo, ma un'altra guardia del corpo si materializza accanto a noi, lo disarma con una mossa fulminea, e gli serra le mani dietro la schiena.

Succede tutto così in fretta, che ho appena il tempo per realizzare.

«Mi dispiace, non sono riuscito a fermarli prima, ma adesso non vi daranno più fastidio,» mormora Christian, trattenendo a stento la rabbia. «Quando ho capito che stavano venendo qui, mi sono messo in contatto con Tommaso, e lui mi ha assicurato che sarebbe stato tutto sotto controllo.»

Il colore torna sul viso di Viola.

«Tom sapeva...?» chiede incredula.

Christian annuisce e mi guarda con timore. Se non lo vedessi con i miei occhi, potrei pensare che...

«Sono stato uno stupido, Elisabetta. Mi sono fatto accecare dal risentimento e dal desiderio di vendetta. E poi, l'amore per questa donnaccia ha fatto il resto!» commenta con amarezza, indicando Debora. «Se vuoi, puoi tornare allo studio, e ti garantirò il mio appoggio e quello dei colleghi, anche in sede d'esame. È il minimo che possa fare, per farmi perdonare,» aggiunge in tono serio.

Quando finirà questo scherzo? Stanno forse girando un film, a mia insaputa, e io devo fare la parte dell'idiota?

«Non ti sto prendendo in giro. Hai fatto un ottimo lavoro, allo studio, e sei pronta per entrare. Non è sempre stato il tuo sogno?» chiede, con una certa impazienza.

La sua espressione seria mi dà la conferma che è tutto vero. Comunque, preferisco prendere tempo per capire dov'è l'imbroglio, se c'è. Ovviamente, non posso continuare a tenerlo sulle spine. Uno come lui si è umiliato anche troppo!

«Ti ringrazio, ma ci devo pensare. Ho preso degli impegni con l'altro studio e...» provo a temporeggiare.

«Bianchi verrà a lavorare con noi, quindi...» mi interrompe, con l'abituale sorriso da super uomo, sicuro di sé.

«...Quindi non ho scelta!» termino la frase al posto suo, stringendomi nelle spalle.

Senza che me lo aspetti, mi tende la mano, e io la prendo, come un automa.

«La prossima settimana ci incontreremo per parlare del nostro accordo. Quanto all'esame, dovrebbe esserci a breve, ma ci informeremo,» conclude deciso. «Benvenuta nel team, avvocato!» aggiunge poi, con incredibile cordialità.

«Grazie,» biascico stordita.

Qualcuno vuole essere così gentile da svegliarmi da questo sogno? Sì, perché sarebbe crudele continuare a illudere una povera ragazza indifesa! Mi pizzico forte un braccio, ma sono certa di essere sveglia. Ed è tutto vero! Oddio! E adesso che faccio? A chi lo dico? Ale! Lui deve essere il primo a sapere! Già, ma Ale sta per sposarsi, e solo ora mi ricordo che devo tornare al mio posto ai tavoli. Provo una fitta di delusione, che smorza subito l'entusiasmo, salito alle stelle.

«Che ne sarà di questi due?» chiede Viola, indicando Samuele e Debora, che si tengono abbracciati in un angolo, sotto lo sguardo severo delle guardie del corpo.

«Possono sposarsi e fare quello che vogliono, purché stiano alla larga. Non mi importa di quello che dirà la gente ad Arezzo. L'amore non si compra!» sbotta Christian, con ostentata indifferenza.

«Era questo che volevo farti capire, quella volta quando mi hai portata a casa tua!» non posso fare a meno di rivangare.

«Hai ragione. Ma allora ero ancora convinto che con i soldi si potesse ottenere tutto. Certe cose, invece, non hanno prezzo, l'ho capito solo ora!» replica con amarezza.

«Meglio tardi che mai!» aggiungo allegramente.

Sorride, e adesso che ha quest'aria così composta e i modi garbati, finalmente sembra un essere umano. Lo trovo perfino attraente. Comunque, evito di dirglielo: non vorrei che si montasse la testa, e, magari, cambiasse idea. In fondo, dovrò lavorare con lui, e so che non ha un carattere facile, quindi è meglio non dargli troppo vantaggio.

Con un cenno del capo, chiama una guardia e bisbiglia qualcosa. Poi, Samuele e Debora vengono trascinati verso l'uscita e scompaiono – mi auguro per sempre – dalla nostra vista. Anche Christian sta per uscire, ma Tommaso lo chiama in disparte, e lo invita a salire nel suo studio.

«Tom, la cerimonia sta per cominciare!» lo rimprovera Viola.

«Sto arrivando! Solo cinque minuti!» risponde lui, mandandole un bacio con la mano.

L'organo annuncia l'entrata in chiesa della sposa. Io e Viola ci affrettiamo per vedere Adriana, proprio quando esce nel giardino, accompagnata dal padre, accolta dall'applauso e dalla commozione generale. Indossa un abito di seta color avorio, che le scende morbido sul corpo esile, con una generosa scollatura, e un breve strascico, mentre il velo le copre il viso teso e pieno d'ansia. Il bouquet di rose bianche e gialle le trema nelle mani, l'andatura è lenta e incerta, si guarda nervosamente intorno. Solo quando vede Alessandro, che l'aspetta all'altare, insieme alla madre, pare illuminarsi e prendere vita, così anche il suo passo si fa più deciso. Gli invitati entrano in chiesa dietro di lei, e noi restiamo all'esterno a guardare. Viola ha lasciato i ragazzi ai tavoli per servire chi è rimasto fuori in giardino.

Le note potenti dell'organo rieccheggiano nell'aria, qualche istante prima che la voce di Don Pietro saluti gli sposi e la folla. Invece, accanto a me, Gianfranco sta fumando nervosamente una sigaretta.

«Perché non entri?» gli chiedo, avvicinandomi e prendendolo sotto braccio.

«Non ce la faccio...» risponde, aspirando avidamente una boccata, come se fosse ossigeno.

«Dovresti essere felice per lui, una volta tanto...» lo rimprovero bonariamente.

Si ferma un istante a guardarmi, con aria incerta, poi, getta via la sigaretta con un gesto deciso, e sospira.

«Sarei felice per lui, se sapessi che sta facendo la cosa giusta!» replica in tono polemico.

«Ale non è più un ragazzino. Adesso sa che cosa vuole, e ha l'età per sistemarsi. È riuscito a fare carriera, e ha trovato Adriana. Non puoi che essere orgoglioso di lui!» ribatto in tono altrettanto polemico.

«Io sono orgoglioso di lui, ma non voglio che ripeta i miei sbagli!» sibila a denti stretti.

Si passa una mano tra i capelli, esattamente come il figlio, poi mi trascina in disparte, in modo che nessuno ci senta. Intanto, dagli altoparlanti sentiamo la funzione che prosegue.

«Quando ero un adolescente, mi innamorai perdutamente di una donna bellissima, con morbidi capelli biondi, e limpidi occhi azzurri. Lei era tutto per me, ma io volevo anche diventare un medico importante. Partii per studiare, cercando di far durare la nostra relazione a distanza. Per un certo periodo, lei mi ha assecondò, e venne anche in giro per il mondo con me. Poi, trovò un lavoro e si sistemò, aspettando il mio ritorno. Ma io volevo sempre di più, non mi accontentavo di due lauree e due specializzazioni. Era come una droga, una sfida con me stesso, che ogni volta mi proponevo di vincere, dicendomi che era l'ultima. Invece, ne trovavo sempre altre, e non sapevo mai tirarmi indietro. Finché un giorno, quando tornai a casa dopo l'ennesima vittoria, lei mi confessò di aver trovato un altro uomo, che lei non avrebbe mai amato quanto amava me, ma che sapeva dargli la sicurezza e la stabilità di cui aveva bisogno. Ricordo ancora la sorpresa e il dolore che provai in quel momento. Dentro di me, sapevo di non poter dare la colpa a nessun altro, tranne che a me, e di non poterla biasimare, dopo avermi aspettato per anni. Invece, la rimproverai di essere crudele e infedele, le rinfacciai tutti i sacrifici che avevo fatto, per tenere viva la nostra relazione, e l'accusai di essere un'ingrata, mentre io stavo lavorando per noi e per il nostro futuro. Lei mi mandò via, piangendo, e non volle più vedermi. Solo un paio d'anni fa, quando ci siamo ritrovati a una festa, siamo riusciti a superare l'imbarazzo, dopo tanto tempo. E allora lei mi ha confessato che sarebbe stata disposta a perdonarmi, e a lasciare quello che poi è diventato suo marito, se solo le avessi chiesto di sposarla, e di seguirmi anche in capo al mondo. Ma io sono sempre stato accecato dall'egoismo, e non ho mai capito veramente quanto lei fosse importante per me, finché non l'ho perduta.»

Fa una breve pausa, mentre Don Pietro sta leggendo la pagina del Vangelo.

«Ha sposato quel Bianchi, che ha fatto carriera nelle forze speciali della DIA, seguendolo ovunque. Aldo ha sempre ammesso di aver raggiunto quel livello, grazie al supporto incondizionato di sua moglie!» aggiunge, in tono di amaro rimpianto.

Ci metto qualche istante prima di collegare gli eventi, poi, mi sento avvampare:

«Tu e la madre di Giacomo eravate...?» non riesco neanche a finire la domanda, tanta è la sorpresa.

Gianfranco annuisce, e prende un'altra sigaretta. La infila in bocca, e mette le mani davanti all'accendino, per proteggere la fiamma. Sono sinceramente shockata. Il destino si diverte a intrecciare la mia vita con quella delle stesse persone. Non sarà mica una sorta di maledizione, in cui io sono la predestinata, per mettere fine alla disputa tra le due famiglie? O per aumentare ancora di più la rivalità?

«Ho sposato Marina solo per ripicca, o forse perché speravo che ci fossero anche altre donne, capaci di farmi sentire come mi aveva fatto sentire lei. Invece, mi ero solo illuso, non potevo avere tutto dalla vita. Avevo perduto per sempre la mia occasione di essere felice. Avevo pagato a caro prezzo la mia presunzione e la mia arroganza. Se potessi tornare indietro, sarei ben lieto di rinunciare agli onori, pur di tenere tutto per me l'amore dell'unica donna, che io abbia mai amato!» conclude con gli occhi lucidi.

Non riesco a parlare. Mi tremano le gambe e non ci capisco più nulla. Com'è possibile che ci siano tanti scheletri, nascosti negli armadi? Come possiamo reggerne il peso?

«Alessandro ha fatto, e sta facendo, i miei stessi sbagli. Ho cercato di metterlo in guardia, ma non ha voluto ascoltarmi. E so io quali pene dovrà sopportare per tutta la vita! Il rimpianto e la voce della coscienza lo tormenteranno ogni giorno! Non avrà mai pace!» sbotta, con un tono disperato che non gli appartiene.

A un tratto, si volta verso di me, mi prende la mano, e mi guarda, con una luce strana negli occhi.

«Solo tu puoi salvarlo dal baratro. Ha paura di ferirti, si è convinto che è capace di infliggerti solo dolore, e preferisce lasciarti andare con Giacomo. Non ama Adriana, e non la amerà mai come ama te, Elisabetta, lo sai. Perché anche tu lo ami allo stesso modo. L'ho visto anche prima, quando vi siete abbracciati al tavolo del rinfresco. Ho visto come vi guardate, la complicità che c'è fra voi, l'attrazione, l'intesa... Ormai lo riconosco il vero Amore... Io me lo sono lasciato sfuggire. Per questo, non voglio che sfugga anche a voi. Ti prego, va' da lui, e ferma questa sceneggiata!» chiede, implorandomi.

Deglutisco, cercando di assimilare tutte queste informazioni, e di rimetterle in ordine. Intanto, Gianfranco mi spinge dolcemente verso l'entrata della chiesa.

«Non posso! Abbiamo deciso di comune accordo che è meglio così, per tutti e due! È finita ormai! Sono io che gli ho chiesto di lasciarmi andare!» mormoro, cercando di non farmi sentire da alcuni ospiti, lì accanto.

In questo preciso istante, finalmente, tutto è chiaro. Adesso capisco perché Alessandro, nelle ultime ore, è apparso così tranquillo. Ho creduto che si fosse rassegnato, e che i suoi sentimenti nei confronti di Adriana fossero così forti, da averlo aiutato a superare il passato. Invece, mi rendo conto che, per non farmi più soffrire, ha deciso di accettare la mia decisione. Infatti, alla sua festa di addio al celibato quando lui mi aveva chiesto più volte che cosa volessi, io gli avevo risposto di lasciarmi andare.

Oddio, che cosa ho fatto!

Mi prendo la testa tra le mani, e cerco di sistemare i miei pensieri. Insomma, prima eravamo amici, poi, più che amici, dopo ci siamo allontanati, e abbiamo preso strade diverse, ma, quando lui è tornato, io avevo un altro, e non gli bastava più l'amicizia. Infine, ciascuno di noi ha trovato un'altra persona, eppure non riusciamo ad amare come vorremmo. La nostra relazione è piena di equivoci, domande lasciate senza risposta, istinti soppressi e paura, tanta paura di guardare in faccia la realtà e rimettere in discussione le nostre vite, ma anche paura di far del male l'uno all'altra con la nostra irrequietezza. Siamo destinati a stare insieme, eppure non riusciamo a tirare avanti per più di cinque minuti. La nostra folle passione è come una dannazione, che ci perseguiterà per tutta la nostra misera vita, però, ormai, non c'è più tempo per i ripensamenti, altre persone sono coinvolte, e dobbiamo affidarci a loro, per provare almeno a sopravvivere. Per questo, anche se con la morte nel cuore, è giusto che ognuno vada per la propria strada.

Un nodo mi serra la gola, intanto che Gianfranco mi toglie il cappellino e mi passa una mano tra i capelli, per rimetterli in ordine. Poi, scioglie il grembiule e cerca di aprirmi la divisa. Getto un'occhiata implorante a Viola, che cerca di trattenere un sorriso. Allora è un complotto! Una cospirazione! E ora che ci penso, dov'è Giacomo? Hanno fatto sparire anche lui?

Nel momento in cui mi volto, lo vedo arrivare in fretta, mentre si fa largo tra i tavoli. In un istante, è accanto a me e mi avvolge con il suo rassicurante abbraccio.

«Scusa il ritardo, ma Tommaso mi ha lasciato da solo!» sussurra, baciandomi dolcemente la guancia.

Gianfranco non molla. Getta un'occhiata sprezzante a Giacomo, inarcando un sopracciglio con aria contrariata, poi mi prende il viso tra le mani, e mi costringe a guardarlo.

«Non c'è più tempo da perdere. Adesso o mai più!» mormora in tono imperioso.

Mi stacco appena da Giacomo, per non farmi sentire, e scuoto la testa.

«È troppo tardi. Non possiamo ricucire gli strappi che si sono creati tra di noi. Lo so che non amerò mai nessun altro come lui, ma certe scelte condizionano la nostra vita in maniera irreparabile, e non c'è altro da fare che arrendersi all'evidenza, cercando di andare avanti nel miglior modo possibile...» rispondo, con determinata rassegnazione.

Per un lungo istante, Gianfranco sembra sul punto di rimproverarmi, poi, la delusione e la sofferenza lo travolgono. Si allontana da me, voltandomi le spalle, e provo una fitta allo stomaco. Mi dispiace di dovergli provocare altro dolore, ma non posso cancellare tutto quello che ho costruito in questi mesi con un colpo di spugna, solo per provare a inseguire un sogno, per l'ennesima volta. D'altronde, una vocina insistente continua a sussurrare dentro di me:

«Che cosa sarebbe successo, se invece di chiedere ad Alessandro di lasciarti andare, gli avessi proposto di mollare tutto, per stare con te?»

Non posso e non voglio rispondere. Mi rifugio nell'abbraccio di Giacomo, che mi trascina in disparte e mi bacia con tenerezza.

Viola mi suggerisce di controllare i vassoi e di riordinarli, senza lasciare spazi vuoti. Mancano le tartine con il salmone e quelle con il caviale. Così, mi allontano a malincuore da Giacomo con i vassoi vuoti, e mi avvio verso la cucina, per andare a prendere quelli già pronti in frigo.

In quell'istante, dall'altoparlante, la voce di Don Pietro annuncia la liturgia del matrimonio vera e propria. Resto un istante in attesa, sulla soglia del giardino, mentre due bambini si divertono a giocare a nascondino tra le piante.

Non so perché, il cuore inizia a battere forte, così mi appoggio allo stipite della porta, chiudo gli occhi, e faccio un grosso respiro.

Dopo le formule di rito, segue un breve silenzio, poi, Adriana recita con la voce incrinata dall'emozione:

«Io, Adriana, prendo te, Alessandro, come mio sposo, e prometto di esserti fedele sempre, nella gioia e nel dolore, in salute e in malattia, e di amarti e onorarti tutti i giorni della mia vita!»

Un altro breve silenzio, mentre Adriana starà infilando la fede al dito del suo uomo.

Dopo qualche istante, la voce inconfondibile di Alessandro si diffonde nell'aria.

«Io, Alessandro, prendo te, Elisabetta, come mia sposa...»

Le sue parole rimbombano nel giardino come una cannonata. Segue un lungo silenzio, colmo di sorpresa e di imbarazzo. Un mormorio si leva tra la folla, e alcune signore escono dalla chiesa con una mano davanti alla bocca per lo shock.

Ci metto parecchio per capire che cosa è successo, e, soprattutto, per convincermi che è accaduto davvero. I vassoi diventano talmente pesanti, che non riesco più a sostenerli, mi sfuggono di mano e cadono a terra con un rumore infernale.

Tutti gli occhi sono puntati su di me, e sembrano accusarmi di qualche crimine orribile.

Viola resta immobile, ha un'espressione come di sollievo.

Gianfranco sfodera un sorriso trionfante, probabilmente è felice, perché crede che suo figlio sia salvo, adesso.

E Giacomo... Oddio! Almeno se fosse arrivato più tardi, si sarebbe risparmiato questa pugnalata al cuore! Mi guarda senza riuscire a muovere un passo, nei suoi meravigliosi occhi azzurri c'è rabbia, disperazione, dolore e paura. Sta aspettando un mio gesto, qualcosa che possa rassicurarlo. Dovrei correre tra le sue braccia e trascinarlo via, dimostrandogli che quello che è appena successo non conta e non cambierà nulla, perché io voglio lui. Ma non lo faccio, non gli vado incontro, non parlo. Mi limito a fissarlo, disperata e combattuta tra quello che ordina il cuore, e quello che suggerisce la ragione.

Riesco a stento a tenere a bada una gioia apparentemente immotivata, mentre la speranza rifiorisce come un germoglio a primavera, e all'improvviso tutto appare diverso. Come per magia, spariscono i dubbi, le paure, le incertezze, anche se l'euforia è smorzata dai sensi di colpa e dai rimorsi. Per lunghi, interminabili istanti, il tempo sembra fermarsi, e io resto sospesa nel vuoto.

È solo quando sento mormorare "che vergogna!", "ma chi è Elisabetta?", "oh, mio Dio, la cameriera!", "povera Adriana!", "che sciupa famiglie!" quando vedo la disapprovazione, il disgusto e il rimprovero dipinti nei volti delle persone, che prendo la mia decisione, l'unica possibile per tentare di salvare qualcosa da questa nave che affonda, anche se renderà tutti ancora più infelici.

Non riesco a fare altro che voltare le spalle e andarmene verso la cucina, scappando di corsa da tutto e da tutti, per resettare la mia vita e ricominciare da capo. Per l'ennesima volta. Per fortuna, avrò una carriera a cui dedicarmi anima e corpo, e, mentre corro nell'ampio cortile, con gli occhi offuscati dalle lacrime, giuro che non permetterò più a me stessa di soffrire in questo modo per qualcun altro.

D'altronde, non mi sembra neanche giusto dover rinunciare a qualcosa di unico, solo per compiacere la volontà di uno, o per mettere a tacere rimorsi e sensi di colpa. Eppure, non posso fare a meno di pensare a Giacomo, al dolore che continuo a infliggergli con il mio egoismo. Aveva ragione Alessandro: in fondo non siamo poi così diversi, io e lui.

Comunque, a scanso di equivoci, in questo preciso istante chiudo la porta del mio cuore, e getto la chiave dove nessuno la potrà mai trovare.

Appoggio sui banconi il grembiule e il cappello, poi mi sfilo dal dito l'anello che mi ha regalato Giacomo, e lo metto nella tasca dei pantaloni. Prendo la giacca e la borsa, esco senza fiato dalla porta laterale, e vado incontro a Jason, l'autista di Tommaso.

«Mi porti alla stazione della metropolitana, per favore!» gli chiedo tra i singhiozzi.

«Certo, signorina!» risponde, precipitandosi ad aprirmi lo sportello.

Mi guarda con seria preoccupazione, ma non ha il coraggio di chiedermi nulla.

Non appena si mette alla guida, squilla il suo telefono. So chi è che lo sta chiamando.

«La prego, non dica al signor Tommaso dove stiamo andando! Gli dica che mi sta portando all'aeroporto!» lo imploro.

L'autista mi osserva quasi con timore, poi risponde al telefono.

«Sì, signore. Mi ha chiesto di andare a Heathrow...» sussurra, fingendo di non volersi far sentire da me. «Ok, le farò sapere, signore!» conclude sbrigativo, terminando la chiamata.

«Grazie,» mormoro, sinceramente grata, non appena mi guarda dallo specchietto retrovisore.

Dopo un breve istante, mi porge un fazzolettino di carta. Comincia a diventare un'abitudine.

Il percorso non è troppo lungo, per fortuna. Saluto Jason in fretta, lasciandolo libero di raccontare la verità a Tommaso, al ritorno. Entro nella stazione affollata di South Kensington, e leggo sul tabellone che tra pochi minuti arriverà il primo treno, non importa per dove. Sono grata al popolo inglese per l'apatica indifferenza, con cui affronta la frenesia quotidiana, perché non potrei sopportare uno sguardo di commiserazione.

Il treno arriva puntale, e mi sistemo in una cabina quasi vuota, mentre tento invano di frenare le lacrime, che sembrano non doversi esaurire. Il cuore sta urlando parole velenose contro di me, perché sto gettando via la mia ultima opportunità di essere felice - quella stessa opportunità che sto aspettando da quasi tre anni, o forse, dovrei dire, da tutta la vita. Stavolta dovrei lasciar perdere i doveri, gli obblighi e le responsabilità, per pensare un po' a me stessa, ma non ci riesco. Le meravigliose parole, che sono uscite dalle labbra di Alessandro, pesano quanto la terribile espressione di dolore di Giacomo. La colpa è solo mia, e non mi resta che subire le conseguenze della mia scelleratezza.

Il treno sembra troppo lento, anche se non so dove stiamo andando, né che ore sono, dato che non ho un orologio, e ho spento il telefono, non appena sono salita in auto, alla villa. Distolgo lo sguardo, sforzandomi di distrarmi con qualcos'altro, ma nello scompartimento ci sono solo alcuni giovani che smanettano con i telefonini, e un paio di anziani che ronfano tranquillamente. Dio, come li invidio! Almeno loro riescono a rilassarsi e a essere senza pensieri, anche se, magari, alla mia età, potrebbero avere avuto problemi peggiori dei miei. Eppure, mi dà fastidio la loro beatitudine, quando io sto passando le pene dell'inferno.

Scendo alla stazione di Paddington, esco e attraverso la strada, prima di infilarmi di nuovo nel Tube. Il sole è ancora alto, la giornata è limpida, e spira finalmente una brezza tiepida, che annuncia l'arrivo della bella stagione. La luce e il calore si irradiano alla periferia di Londra, dove finiscono i villaggi pittoreschi della campagna e si arriva in città, con interi sobborghi popolari di costruzioni fitte e tutte uguali, distribuite in una sorta di intricato labirinto. Abitazioni di persone modeste, in cui immagino povertà e decoro, semplicità e amore. Forse in questo risiede il segreto della felicità, nel sapersi accontentare di poco, senza pretendere il massimo e anche di più, senza avere la mania del controllo.

Da un apparecchio pubblico, telefono all'aeroporto, ma mi comunicano che non ci sono posti disponibili, nei prossimi voli per l'Italia. Promettono di chiamarmi, se dovesse liberarsene uno prima di domattina. Ma non ho il coraggio di accendere lo smartphone. Così, mi resta il volo del pomeriggio, quello che avevo prenotato insieme a Viola. Devo rassegnarmi a rimanere qui, quando vorrei essere a casa mia. Non so cosa fare e dove andare. Non posso tornare al residence, perché è il primo luogo in cui mi verranno a cercare, dopo l'aeroporto, ed io non voglio vedere nessuno. Chi mi direbbe questo, chi consiglierebbe quello, chi farebbe leva sui sensi di colpa, chi sulle ragioni del cuore, insomma, ognuno vorrebbe dire la sua, anche se io non volessi ascoltare. Non ce la farei proprio a sopportare un tribunale d'inquisizione!

Così, mi concedo un giro per Londra, senza una méta precisa. Entro nelle viscere della metropolitana, ed emergo solo ogni tanto, per percorrere brevi tratti di strada a piedi. Mi ritrovo in Pall Mall, il maestoso viale che, da Buckingham Palace, porta a Trafalgar Square, e, per un breve istante, penso a come si sentano la Regina e la Principessa, là dentro quel palazzo così austero. Certamente, molto meglio di me adesso!

Decido di andare verso la zona più a est, in direzione del Tower Bridge, che, per ora, ho ammirato solo da lontano. Rientro in metropolitana e salgo sul treno che sta ripartendo, mentre la voce metallica continua a ripetere «*Mind the gap*», come se il vuoto della mia anima dipendesse dalla mia volontà!

Quando le porte si chiudono, mi accorgo di aver sbagliato binario e direzione: il treno sta andando dalla parte opposta! D'altronde, non ho un appuntamento, anzi, devo solo perdere tempo, e ho tutta la notte per farlo. Soltanto, un languorino allo stomaco mi ricorda che non mangio nulla dall'ora di pranzo. Così, scendo alla fermata successiva, ed esco per cercare un chiosco, dove compro un sandwich e una bottiglia d'acqua. Sarei tentata di aggiungere anche un'invitante ciambella, ricoperta di zucchero, ma la lascio in serbo per uno spuntino, più tardi. Mentre cammino tra la folla frettolosa, nel traffico caotico del sabato pomeriggio, alzo la testa e vedo il palazzo di Harrods. Non so neanche come ho fatto ad arrivare fin qui, forse il caso, forse l'inconscio, chi lo sa? Per un lungo istante, resto immobile a fissare l'edificio, da cui entrano ed escono in continuazione persone di ogni genere. Alla fine, decido di fare un giro. Non posso farmi condizionare dal ricordo dell'ultima volta che sono stata qui, pochi giorni fa, insieme a lui...

Gironzolo tra i banconi delle profumerie, ubriacandomi di profumi ed essenze. Accetto di testare campioni e annusare nuove fragranze, compro addirittura un nuovo smalto innovativo, che cambia colore a seconda della luce. In fondo al corridoio, salgo in un ascensore stipato fino all'inverosimile. Una signora, con un ingombrante cappello, mi infila continuamente la falda nell'occhio, mentre si muove parlando nel nuovo I-Phone, Un tipetto insulso sta improvvisando un balletto, sulle note della musica che ascolta nelle cuffie, senza capire che mi sta pestando i piedi e infilando i gomiti nelle costole. Per fortuna, al primo piano, qualcuno scende, e riesco a respirare. Per poco, perché salgono altre persone, e siamo di nuovo stipati. Stavolta, sono letteralmente schiacciata alla parete di fondo da un signore enorme, grondante di sudore, che, mortificato, si scusa più volte.

Dopo un tempo che pare interminabile, finalmente l'ascensore si ferma di nuovo, e vengo scaraventata fuori per effetto della pressione, come un tappo che schizza via da una bottiglia di spumante. Non provo neanche a rientrare, tanto un posto vale l'altro. Quando, però, mi accorgo di essere nel corridoio che conduce alla libreria, il cuore salta in gola, e il ricordo di Alessandro, che legge Petrarca, è troppo vivo e intenso per essere rimosso. Mi pare ancora di vederlo, tra gli scaffali, con i capelli scompigliati, il sorriso accattivante, lo sguardo intenso... L'odore agrodolce della carta stampata mi penetra nelle narici fino a stordirmi, e sono tentata di andarmene, quando sento qualcuno che legge dei brani della *Divina Commedia*. A una delle pareti, un cartellone annuncia un ciclo di letture dedicate alla letteratura italiana, a cura di un'altisonante società culturale. Un uomo sulla cinquantina, con i capelli brizzolati, il naso pronunciato, e due profondi occhi espressivi, adagiato su una specie di divanetto, accanto a una giovane ragazza, sta modulando la voce per declamare i versi aspri dell'*Inferno* dantesco. Intorno, sono sedute diverse persone, altre sono in piedi, in religioso silenzio, altre ancora si fermano qualche istante, incuriosite, prima di andarsene. Mi metto in disparte, in fondo alla folla di gente in piedi, appoggiandomi a uno scaffale di saggi, dopo essermi accertata della sua affidabilità. Ci mancherebbe che facessi rovesciare tutto, rovinando quest'atmosfera ovattata!

Mi concentro sui versi, e cerco di rammentare a quale canto appartengano, lasciando vagare la mente tra le pagine sbiadite dei ricordi scolastici, quando qualcuno alle nostre spalle si schiarisce rumorosamente la voce, e inizia a recitare un'opera completamente diversa, facendomi esplodere il cuore nel petto.

Son animali al mondo de sì altera
vista che 'ncontra 'l sol pur si difende;
altri, però che 'l gran lume gli offende,
non escon fuor se non verso la sera;

et altri, col desio folle che spera
gioir forse nel foco, perché splende,
provan l'altra vertù, quella che 'ncende:
lasso, e 'l mio loco è 'n questa ultima schera.

Ch'i' non son forte ad aspectar la luce
di questa donna, et non so farmi schermi
di luoghi tenebrosi, o d'ore tarde:

però con gli occhi lagrimosi e 'nfermi
mio destino a vederla mi conduce;
et so ben ch'i' vo dietro a quel che m'arde.

In piedi, a pochi passi da me, Alessandro sta leggendo l'inconfondibile sonetto 19 di Petrarca. Indossa ancora lo smoking, anche se al posto della giacca ha il suo giubbotto blu. È pallido e sconvolto, le mani che tengono il libro tremano appena, ma la voce è ferma, lo sguardo intenso mette a nudo la mia anima. Se non fossi appoggiata allo scaffale, sarei già crollata a terra per la sorpresa e l'emozione.

Per lunghi, interminabili istanti, non riesco a capire se io stia sognando, se questa sia un'allucinazione, o una proiezione della mia mente malata. Solo quando il suo profumo mi penetra nelle narici, mi convinco che è tutto vero. Lui è qui, è qui per me. Come nei versi del poeta, come una falena, ha scelto di andare incontro al suo destino, ha scelto me, la luce della sua vita, anche a costo di rimanere bruciato e morire. D'altronde, non può fare altro, perché il suo cuore ha finalmente preso il comando della sua esistenza.

«Guardi che stiamo recitando Dante, signore!» replica, stizzito, l'uomo dai capelli brizzolati, con un forte accento del Nord d'Italia.

Alessandro lo ignora, sembra non averlo neanche sentito, mentre i suoi occhi ardenti tengono prigionieri i miei. Appoggia il volume sullo scaffale, e resta immobile di fronte a me, ma neanch'io riesco a muovermi. Sento soltanto le lacrime che scendono sul viso, senza controllo. Intorno a noi, si crea un silenzio carico di attesa.

«Ieri l'altro mi hai chiesto di lasciarti andare, e l'ho fatto. Ci ho provato, ma non posso vivere senza di te!» confessa, con un filo di voce, scuotendo la testa.

Sono senza fiato e senza parole, per questa dichiarazione.

Poi, quando proprio non me lo aspetto, Alessandro si inginocchia davanti a me, e mi prende la mano, senza smettere di guardarmi. Sono scossa dai brividi, e comincio ad avere la vista appannata.

Tira fuori una scatola di velluto rosso, leggermente consunto, e la apre. So già cosa contiene: l'anello di sua nonna! Ricordo che, quando eravamo ancora ragazzini, la donna aveva lasciato ad Andrea una preziosa spilla di rubini e smeraldi. Ad Alessandro, invece, aveva destinato l'anello di fidanzamento, che le aveva donato il suo uomo prima di chiederla in sposa. Per un istante, rivedo il giorno in cui Alessandro era corso da me, per farmelo vedere.

«La nonna mi ha regalato questo!» aveva esclamato, mostrandomi l'elaborato gioiello, che luccicava alla luce del sole. «Ha detto che te lo metterò al dito, quando sarai riuscita a dominare il mio caratteraccio, perché sei l'unica in grado di farlo!» aveva aggiunto, arrossendo per l'imbarazzo.

Io ero diventata ancora più rossa di lui, e avevo distolto lo sguardo. Dopo un attimo di silenzio, ci eravamo osservati di sottecchi, ed eravamo scoppiati a ridere. Subito dopo, Ale aveva deciso di mettere il gioiello nella cassetta di sicurezza di famiglia. Da allora, non l'avevo più visto. Infatti, ora che ci penso, ad Adriana aveva regalato un altro anello, ma non le ha mai dato questo!

Perciò, ritrovarmelo davanti adesso, in tutto il suo splendore, e con tutti i ricordi – e le premonizioni – che porta con sé, mi provoca un'emozione troppo forte. Senza contare che Alessandro è ai miei piedi, e mi sta guardando con timore, ma anche con una passione ardente.

«Elisabetta, mi vuoi sposare?» chiede in un sussurro, con la voce strozzata dalla tensione.

Un vulcano di gioia mi esplode dentro, e perdo il controllo di me stessa. Neanche nei miei sogni più rosei avrei mai pensato che accadesse qualcosa del genere, anche se in fondo l'avevo sempre sperato!

«Sì! Sì che lo voglio!» mormoro, iniziando a ridere come una pazza.

Non sono mai stata così sicura di me come adesso. All'improvviso, non ci sono più dubbi, perplessità, tentennamenti, persino la mente si è arresa alle ragioni prepotenti del cuore, che mi fa amare quest'uomo più di me stessa.

Il tempo di infilarmi l'anello al dito, e poi ci gettiamo l'uno nelle braccia dell'altra. Finalmente mi sento al sicuro, inebriata dal suo profumo, che mi rende del tutto dipendente da lui.

«Ti amo tanto, Elisabetta!» mi sussurra nell'orecchio, giocando con i miei capelli.

L'ha detto! Dio mio, stavolta l'ha detto! Mi sciolgo quasi nel suo abbraccio, ancora incredula per tutte queste sorprese. Le farfalle svolazzano impazzite dentro di me.

«Mai quanto ti amo io, Alessandro!» rispondo con il cuore, con gli occhi socchiusi, mentre mi sembra di volare in un oceano di felicità inaspettata.

È come se fosse sempre stato così. Forse lo era, ma ci eravamo rifiutati di accettarlo fino a questo momento. Quindi, ora che finalmente è tutto a posto, fermate il tempo, fermate tutto, voglio restare qui, per tutti i secoli a venire!

Alessandro si scosta appena da me, per guardarmi negli occhi, poi appoggia l'indice sul mio mento, e avvicina la sua bocca alla mia. Sta per baciarmi, quando ci riscuotiamo all'improvviso, perché intorno a noi esplode un applauso con un tifo da stadio. Tutti ci guardano, ci incitano, contagiati dalla nostra felicità. Persino l'uomo che leggeva Dante sorride, osservandoci con una punta d'invidia.

«Ehi! Ma tu sei il dottore... Quel dottore che doveva sposarsi oggi con l'altra dottoressa, non è vero?» chiede timidamente una ragazzina lentigginosa, che spunta fuori da dietro un robusto signore.

«Già, sono proprio io, Alice!» risponde Alessandro con un sorriso, senza smettere di abbracciarmi. «Alice è una mia paziente, una delle più fortunate!» mi spiega in breve.

«Indossi ancora lo smoking!» ribatte la ragazzina, arrossendo confusa.

«Non ti sfugge niente, vero?» ride Ale, accarezzandole dolcemente la guancia, percorsa da una vistosa cicatrice.

Alice guarda lui e poi me, con l'aria di chi non ha intenzione di lasciar cadere il discorso. Alessandro sospira, si passa una mano tra i capelli, poi si china accanto a lei, e la guarda con affetto. Intorno a noi, nessuno si muove, e la lettura di Dante viene dimenticata: tutti vogliono sapere che cosa è successo.

Le prende le mani tra le sue e spiega:

«Vedi, piccola, spesso le cose sono complicate anche per gli adulti. A volte, pensiamo in modo sbagliato e non ci comportiamo bene, con noi stessi e con gli altri.»

«Come quando papà mi picchiava, non perché non mi voleva bene, ma perché era malato?» chiede Alice, con un'espressione di dolore sul viso, che non dovrebbe appartenere a una ragazzina della sua età.

Mi si stringe il cuore a vederla.

Alessandro annuisce.

«Proprio così. Gli adulti sbagliano più dei bambini, ma, essendo più grandi, combinano disastri più grandi. E io ho fatto un gran casino!» ammette con amarezza. «Questa è Elisabetta, la mia migliore amica. Siamo cresciuti insieme, le nostre famiglie sono unite da sempre. Ma credevamo di essere solo amici. A un certo punto, però, abbiamo scoperto che tra noi c'era molto più dell'amicizia, ma io cosa ho fatto? Ho rovinato tutto, e me ne sono andato, pensando solo alla carriera, per dimostrare, a me stesso e agli altri, che potevo farcela, senza l'aiuto di nessuno. Non ho messo in conto i miei sentimenti e quelli di Elisabetta. Pensavo di poter avere tutto sotto controllo. Così, quando sono tornato, avevo ottenuto ciò che desideravo, un posto prestigioso e il lavoro che sognavo, ma lei non ne voleva più sapere di me.»

Fa fatica a raccontare questa parte della sua vita, sospira e deglutisce.

«Perché non lo volevi più?» chiede Alice, guardandomi con tristezza.

Sospiro e metto una mano sulla fronte, socchiudendo gli occhi.

«Ero arrabbiata con lui, perché mi aveva lasciata sola per tanto tempo, perché la carriera era più importante di me, perché lui non c'era quando ne avevo bisogno, e non mi fidavo più di lui!» rispondo con un filo di voce.

«Ma allora potevi andare tu da lui, e cercare di fargli cambiare idea!» insiste Alice, come se fosse la constatazione più banale del mondo.

«Lo so, ci ho pensato tante volte. Però, mi bloccava il pensiero che, se gli avessi impedito di realizzare i suoi sogni, per stare con me, non sarebbe mai stato veramente felice, e, magari, si sarebbe stancato. Lui ha un carattere ribelle, è indomabile: non potevo illudermi che potesse cambiare per amor mio. Così, anch'io ho pensato alla carriera e al lavoro: in fondo, abbiamo agito tutti e due allo stesso modo. Oltre ai dubbi, poi c'era la paura di soffrire ancora, anzi, di infliggere dolore l'uno all'altra.» Faccio una pausa e riprendo fiato. «Comunque, visto dove siamo arrivati adesso, forse è stato meglio così. Magari, se non avessimo superato tutti questi ostacoli, non saremmo mai stati consapevoli di ciò che proviamo, e di ciò che conta sul serio.»

Il mio tono è pieno di rimpianto, ma anche di tenerezza.

«E non hai trovato un altro ragazzo?» mi chiede ancora Alice.

Il cuore fa un salto in gola, e riemergono, più prepotenti che mai, i sensi di colpa. D'istinto, la mano cerca l'anello di Giacomo dentro la tasca dei pantaloni, dove l'ho infilato quando me lo sono tolto.

«Sì, ho trovato un ragazzo meraviglioso, che mi ama senza riserve. E ho creduto di poterlo amare anch'io, fino a quando Alessandro non è rientrato nella mia vita!» rispondo con rassegnazione. «Anche se in realtà è sempre stato dentro di me!» aggiungo con ardore.

Ale si volta e mi sorride. I suoi occhi brillano con un'intensità tale, da travolgere entrambi.

«E ora, la tua fidanzata che farà? Chissà come sarà triste, poverina!» gli chiede Alice, con viva preoccupazione.

Un'ombra oscura il volto di Alessandro, mentre si morde il labbro con aria nervosa.

«Beh, sì...» ammette, in evidente imbarazzo. «Mi sento un verme, non solo per averla piantata all'altare, ma per averla chiamata Elisabetta! Non avrei dovuto spingermi fino a questo punto con lei! Non avrei dovuto illuderla, e approfittarmi dei suoi sentimenti nei miei confronti!»

«Questo è vero! Entrambi vi siete comportati come dei bambini, per fare dispetto l'uno all'altra! Così avete fatto del male a voi stessi e agli altri. Non era più semplice, se facevate quello che vi diceva il cuore?» sbotta Alice, con aria saccente, alzando gli occhi al cielo.

Alessandro ride e l'attira a sé in un abbraccio.

«Ti accorgerai che non è così semplice avere a che fare con l'amore, piccola impertinente!» la rimprovera bonariamente. «L'Amore non ammette il controllo!»

L'atmosfera finalmente si fa rilassata, e le persone smettono di restare immobili in ascolto.

«Se non avete altro da aggiungere, dovremmo continuare la nostra lettura di Dante,» dichiara l'uomo con i capelli brizzolati, in tono ironico. «E tanti auguri!» conclude, con l'aria di chi non ammette altre intrusioni.

Ci mettiamo rispettosamente in disparte, mentre tutti tornano a voltarsi verso di lui, che riprende la sua posa plastica sul divano, e ricomincia a leggere con la voce profonda. Poi, senza dare nell'occhio, salutiamo silenziosamente Alice, e ci avviamo verso l'uscita.

Quando siamo ormai nei corridoi, cominciamo a correre, ridendo e tenendoci per mano, come quando eravamo bambini. Arriviamo proprio mentre le porte dell'ascensore stanno per chiudersi. Alessandro le blocca con un braccio, e ci infiliamo dentro a fatica. Il vano è così stipato, che manca il respiro, e accanto a me sento il fastidioso odore di sudore di una signora piuttosto sciatta e spettinata. Ma non ho il tempo di lamentarmi, perché con una mossa felina Alessandro mi fa voltare verso di lui e mi stringe forte a sé. Prima che possa accorgermene, mi bacia, e non è un bacio fugace. È dolce, ma deciso, tenero, ma impellente. Mi sta rubando corpo, anima e mente, mi travolge come un fiume in piena. Non l'ho mai sentito così avido e determinato, neanche nei pochi giorni in cui eravamo stati insieme. Mi dimentico perfino dove siamo, finché un signore ci apostrofa con disprezzo:

«Che vergogna! Non potreste aspettare?»

Io mi ritiro, arrossendo per l'imbarazzo, e Alessandro si stacca appena da me.

«No, signore, abbiamo aspettato anche troppo!» risponde, con il suo sorriso disarmante.

L'uomo, irritato, bofonchia qualcosa al nostro indirizzo, mentre la signora spettinata sospira, con aria sognante, rivolta verso un'altra:

«Ah! Gli uomini italiani!»

Come se niente fosse, Alessandro ricomincia a baciarmi, finché non veniamo spinti fuori dalla calca, non appena l'ascensore si ferma al piano inferiore.

«Dove vuole andare la mia futura sposa?» chiede, strofinando il naso contro il mio.

«Non dove sono finite le altre promesse spose!» rispondo d'istinto, per fare una battuta.

Ma, nel momento stesso in cui pronuncio queste parole, vorrei non aver aperto bocca.

Alessandro si rabbuia per un attimo, poi il suo viso si distende.

«*Touché*! Me lo merito! Ma potrei dire lo stesso di te!» mormora divertito.

Il pensiero di Giacomo mi ferisce e mi fa stare male, tanto che un nodo mi serra la gola.

«Non sarà facile affrontare le conseguenze dei nostri sciagurati errori, ma ce la faremo. Risolveremo tutto insieme, come sempre, e ora più che mai, perché siamo finalmente consapevoli della potenza del nostro legame e dei nostri sentimenti! D'altronde, abbiamo cercato di mantenere il controllo, ma l'Amore ci ha sconfitti!» ammette, prendendomi il viso tra le mani, cercando di scacciare la sofferenza che mi attanaglia.

Non riesco a trattenere le lacrime, così le asciugo e tiro su col naso, annuendo come una bambina obbediente. Ale mi costringe a guardarlo, e finalmente nei suoi occhi ritrovo la forza per andare avanti. L'amore che provo per lui supera ogni cosa, e la certezza di averlo sempre al mio fianco farà la differenza nella mia vita, da ora in poi.

Mi prende la mano, e accarezza l'anello che mi ha donato poco fa.

«Ovunque si trovi, la nonna sarà contenta, adesso che i suoi piani si sono realizzati!» esclama, ridendo.

«Era una persona meravigliosa, tua nonna, e sapeva che eri un nipote meraviglioso!» aggiungo, perdendomi nei suoi occhi. «Ma come hai fatto a prendere l'anello?» non posso fare a meno di chiedere.

Mi guarda, con aria divertita, scuotendo la testa.

«È stato mio padre. Se l'è fatto portare ieri, da uno spedizioniere, direttamente dalla banca,» spiega con un sorriso.

«Cinque minuti prima che succedesse quello che è successo, mi voleva costringere a entrare in chiesa e a interrompere la cerimonia! Era convinto che tu stessi facendo i suoi stessi errori, e non voleva che tu soffrissi, come ha sofferto lui!» aggiungo, stringendogli più forte la mano.

Poi, mi ricordo delle parole pronunciate da Gianfranco la sera prima, e ne approfitto per togliermi la curiosità, una volta per tutte.

«Durante la discussione di ieri, tuo padre ha detto che due anni fa, appena era iniziata la nostra storia, volevi chiedermi di sposarti...» mormoro, lasciando il discorso volutamente in sospeso.

Alza gli occhi al cielo, e si passa le dita tra i capelli.

«Sì, è vero! Dopo la brutta storia dell'ultimo dell'anno, quando avevo avuto paura di perderti per sempre, avevo deciso di chiederti di sposarmi, prima di tornare negli Stati Uniti, perché volevo portarti con me, a costo di apparire egoista. Poi, però, la storia di Crystal e il litigio con il babbo mi hanno impedito di farlo. Non potevo costringerti a subire le conseguenze dei miei errori. Così, non mi è rimasto altro che sperare. E ora, finalmente, il giorno che ho tanto desiderato è arrivato!» spiega, mentre la voce perde il tono amaro, e diventa sollevato.

Restiamo in silenzio per lunghi istanti, parlando con lo sguardo, che da intenso si fa bruciante di passione. Come se fosse la prima volta, mi soffermo a contemplare il suo bel profilo, i capelli ribelli, il naso ben fatto, le labbra socchiuse, gli occhi neri e profondi, che non sono mai stati così limpidi, e brillano in maniera inequivocabile, mentre si riflettono nei miei.

«Io sono come la falena, non posso fare a meno di essere attratto dalla luce che emani, perché senza di te sarei condannato a vivere nel buio!» mormora, accarezzandomi piano i capelli.

«Ma la falena, se si avvicina troppo alla luce, rischia di bruciarsi e morire!» aggiungo, con un sorriso.

«Vale la pena rischiare di morire, soltanto per ammirare la tua luce e sentire il tuo calore!» sussurra, con la voce soffocata dalla passione.

Non ci rendiamo neanche conto di essere sul marciapiede fuori da Harrods, spinti dai passanti frettolosi, nel caos del traffico. Non ci accorgiamo neanche che si sono accese le luci, per illuminare un altro effervescente sabato sera londinese. D'altronde, tutto il mondo è qui tra le mie braccia, e stavolta so che sarà per sempre.

23 giugno 2012, Sabato

Oddio! Ho perso di nuovo Angela! Invece di stare qui ad aiutarmi, non fa altro che parlare al telefono! Va bene, ha ragione lei! Il 21 luglio si dovrà sposare, sta organizzando tutto da tempo, e io, poco più di un mese fa, le ho scombussolato i piani, annunciando il MIO MATRIMONIO!

Eh, già! Non sembra vero neanche a me. Non riesco più a contenere la felicità che trabocca nel mio cuore, da quando io e Alessandro siamo insieme. E, siccome lui è convinto che abbiamo perso fin troppo tempo, ha fissato subito la data delle nozze. Non ti puoi immaginare, caro Diario, quanto ho dovuto correre in questo periodo!

Appena rientrata da Londra, ho avuto una settimana d'inferno al locale, perché c'erano le Comunioni e le Cresime, e abbiamo dovuto preparare rinfreschi a non finire. Siamo rimasti a lavorare per giornate intere, mangiando un panino al volo, ed è stato estenuante. Mi alzavo la mattina stanca come la sera prima, e non riuscivo a rilassarmi un minuto.

Inoltre, ho incontrato Christian, che mi ha assicurato il posto allo studio, e mi ha comunicato la data dell'esame, il 30 luglio! Ho cercato di non farmi prendere dal panico, dato che, come al solito, solo a me possono capitare occasioni favolose, destinate inevitabilmente a scontrarsi con la mia vita incasinata, costringendomi così ad affrontare più impegni contemporaneamente.

Per fortuna, Arianna mi ha aiutato tantissimo, ha fissato gli appuntamenti con la parrucchiera e il negozio di bomboniere, ha stilato una bozza della lista di nozze, ha contattato il fioraio, la sarta e perfino Don Santi, il nostro parroco. Mi sono limitata a seguire la tabella di marcia come un automa, dato che Alessandro non poteva rimanere qui con me a lungo, per via del lavoro.

La nonna mi ha aiutato nella scelta del corredo, e mi ha regalato lenzuola e asciugamani, che lei stessa ha ricamato.

Perfino la mamma ha dato il suo contributo, come sempre a modo suo. Tanto per cominciare mi ha firmato un assegno da diecimila euro per le spese. Stavolta però, a differenza di mia sorella, l'ho affrontata a quattr'occhi, per farle sapere cosa voglio davvero da lei.

Ci siamo incontrate una sera, a cena, dalla nonna, e, davanti a un piatto di pasta fatta in casa, ho aperto il cuore senza scrupoli.

«Mamma, sei contenta?» ho chiesto, fingendo indifferenza.

«Certo, tesoro! Ma di cosa?» ha risposto con la solita sbadataggine, infilando in bocca una forchettata di pasta.

«Del mio matrimonio con Ale!» ho replicato, sbuffando e alzando gli occhi al cielo.

«Oh, Eli! Mi basta guardarti per essere contenta! Non ti ho mai vista così. Sprizzi gioia da tutti i pori!» ha risposto, sorridendo.

«All'inizio, però, non volevi!» l'ho incalzata.

«Beh, sì, è vero!» ha ammesso, dopo una breve pausa. «Alessandro è sempre stato il tuo migliore amico, ma anche un dongiovanni, e avevo paura che si volesse approfittare di te e farti soffrire!»

«E adesso?» ho chiesto, per stuzzicarla.

«Ho visto come ti guarda, come si comporta con te, e, anche se stento a crederci, è davvero cambiato!» ha dichiarato, bevendo un sorso d'acqua.

«Allora, verrai con me e la nonna a scegliere il vestito?» le ho domandato a bruciapelo.

Per un lungo istante, si è voltata a guardarmi, sorpresa, cercando di capire se stavo dicendo sul serio. Poi, è impallidita, ha deglutito, e infine si è fatta rossa rossa, come se stesse per prendere fuoco. Ho lanciato un'occhiata di sfuggita alla nonna, che sembrava sul punto di piangere per la commozione, mentre faceva correre lo sguardo da me alla mamma. Sapevo quello che stava provando mia madre: una voglia matta di dire di sì, frenata dal terrore di sentirsi inadeguata. Questo terrore ha sempre fatto soffrire me e mia sorella, perché abbiamo patito la sua mancanza ogni volta che si presentava l'occasione. Angela non ha mai indagato sulle cause delle sue assenze, ha solo creduto di non essere un tassello abbastanza importante, nell'intricato puzzle della vita della mamma. E, anche quando ha conosciuto le sue reali motivazioni, non l'ha mai perdonata. Io, invece, le ho voluto dare un'altra possibilità, perché so che ci vuole bene e che soffre quanto noi. Inoltre, è pur sempre nostra madre, e io ho bisogno di lei.

«Vuoi veramente che venga con te?» mi ha chiesto, con un filo di voce, e la paura nello sguardo.

«Perché te l'avrei chiesto, altrimenti?» ho ribattuto, come se avessi fatto la domanda più banale del mondo.

Ha annuito appena, e mi ha abbracciata, cogliendomi di sorpresa.

«Grazie, Libetta! Non sai quanto mi rendi felice!» ha sussurrato tra le lacrime.

Mi ha chiamata Libetta per la prima volta da non so quanti anni. Infatti, questo era diventato il mio nomignolo, perché, quando ero piccolissima e mi veniva chiesto come mi chiamavo, rispondevo proprio 'Libetta'.

Da quella sera, è come se la mamma volesse recuperare il tempo perduto e cercare in qualche modo di rimediare ai suoi errori. Ha cominciato a darsi da fare per il mio matrimonio, e anche per quello di mia sorella, che mi ha telefonato, preoccupata per questo improvviso cambiamento. Persino il babbo si è allarmato, perché nostra madre ha chiesto la sua collaborazione, senza usare gli abituali modi sgarbati.

Stavolta si è mobilitata addirittura Marina, non so se sulla scia dell'entusiasmo dell'amica, o per volontà propria. Alessandro la prende in giro, dicendole di non essere abituato a tante attenzioni.

«Forse il nuovo ruolo di suocera ti ha scrollato di dosso un po' di ghiaccio!» ha esclamato una sera, mentre eravamo a cena, dopo che lei aveva riempito il figlio di elogi.

Adesso, anche il rapporto tra Alessandro e Gianfranco sembra quasi un normale rapporto padre-figlio, per quanto non manchino le tensioni. D'altronde, si sa che due poli uguali si respingono!

Ma è successo qualcosa che mi ha reso ancora più felice: Andrea ha chiesto a Carla di andare a vivere con lui, insieme alla figlia Greta. E Carla ha accettato. Andrea è pazzo di lei, e ama la piccola come se fosse sua figlia. Stiamo spesso tutti insieme, dato che Alessandro ha finalmente deciso di ritornare nell'appartamento che aveva abbandonato qualche anno fa, dopo la lite col padre, e che è adiacente a quello di Andrea, nella proprietà di famiglia.

Comunque, sta succedendo veramente di tutto, ultimamente! Cupido deve essere impazzito! E io, ancora di più, se penso che mi sono lasciata convincere a sposarmi!

Ora sono qui, nella camera in cui, stanotte, ho dormito da single per l'ultima volta. Di là sento le voci della mamma e degli invitati. Ho un improvviso attacco isterico, rido e piango contemporaneamente, mentre Eleonora, la truccatrice, mi sta supplicando di calmarmi, per evitare di rovinare il suo lavoro.

Finalmente, entra Angela con il telefono in mano e la faccia tesa.

«Alessandro,» mormora senza fiato.

Per un lungo istante, mi sento mancare il pavimento sotto i piedi e ho un vuoto allo stomaco. Non è possibile! Non può essere! Non può averci ripensato anche stavolta! Non può mollarmi così! Il tempo si ferma, e un orribile senso di vuoto si impossessa delle mie facoltà mentali. Prendo il telefono, con le mani che tremano, e mi guardo allo specchio. I capelli a caschetto, perfettamente lisci, sono illuminati da una piccola rosa bianca, che pende da un fermaglio, sopra l'orecchio destro. La collana, con gli orecchini di perle, danno risalto alla scollatura a forma di cuore del vestito di seta color avorio, che cade morbido fino ai piedi, dove è leggermente svasato, a creare un breve strascico. Il trucco mi rende diversa, sofisticata, ma il lampo di terrore negli occhi è autentico.

«Sì?» sussurro appena.

«Ti ho mai detto quanto ti amo? È importante che tu lo sappia, prima di fare quello che stiamo per fare!» mormora Alessandro, con la voce sensuale e l'aria svagata di sempre.

Il cuore fa un balzo, e sono di nuovo inondata da una gioia, che rompe tutti gli argini.

«Prova a rinfrescarmi le idee!» lo provoco, mentre la mia bocca si apre in un sorriso.

«Ti amo, Elisabetta! Ti amo da impazzire! Se non ti sbrighi ad arrivare in chiesa, vengo a prenderti e ti porto via in braccio!» dichiara, in tono così deciso, da provocarmi un brivido di piacere.

«Sarebbe divertente! Ma non so se riusciresti a portarmi in braccio per quindici chilometri!» rido divertita.

«Non provocarmi! Lascia che ti ami e basta!» sussurra, con la voce strozzata dall'emozione.

«Lo farò volentieri, perché anch'io ti amo!» rispondo, con enfasi.

«Ok, ok! È tardi, ora! Avrete tutta la vita per fare i piccioncini! Adesso bisogna muoversi!» sbotta la mamma, entrando in camera come un tornado.

Mentre saluto Alessandro, lei si ferma un attimo a guardarmi e rimane senza fiato.

«Sei così bella!» non può fare a meno di esclamare.

«È anche merito tuo, non credi?» le chiedo, alzando gli occhi al cielo.

«E anche un po' mio, se non vi dispiace!» interviene il babbo, avvicinandosi per baciarmi.

«Non toccarla! Le sciupi il trucco!» lo rimprovera la mamma, trattenendolo quasi con violenza.

Il babbo si blocca e assume una strana espressione, tra lo stupito e il dispiaciuto, ma appare così buffo, che scoppiamo tutti a ridere. Perfino Angela. Per la prima volta da anni, con un cenno di tacita intesa, ci abbracciamo tutti e quattro, come una vera famiglia, lasciando finalmente i nostri veri sentimenti liberi di esprimersi.

«Andiamo!» dice, alla fine, il babbo, sopraffatto dall'emozione.

Così, esco dalla camera accolta da applausi, complimenti e incitamenti dei pochi amici e parenti invitati. Eh, sì, perché tutti hanno dovuto accettare la nostra volontà di organizzare una cerimonia per pochi intimi, senza il clamore dei grandi eventi, proprio come avevamo sempre desiderato.

Scendo le scale con il babbo, e ci accomodiamo nella lussuosa Mercedes, che Tommaso ci ha messo a disposizione, con l'autista. Le campane del Duomo suonano a festa, e mi salutano allegramente, quasi volessero celebrare i miei ultimi momenti di nubilato.

Durante il tragitto di pochi chilometri, che ci separa dalla chiesa, mio padre riesce a parlarmi con il cuore.

«Sono molto orgoglioso di te, per la tenacia con cui hai lottato per raggiungere gli obiettivi che ti eri prefissata. E sono felicissimo di scorgere sul viso della mia bambina la luce inconfondibile del vero Amore,» confessa a bassa voce, con un po' d'imbarazzo.

Mi sento arrossire per la sorpresa, e gli stringo forte la mano.

«Grazie, babbino!» mormoro con un filo di voce, cercando di tenere a freno le lacrime.

«Sai, tua madre non mi ha mai guardato come tu guardi Ale. Ma io ero innamorato, e mi ero illuso che lei potesse cambiare. L'amore ci rende diversi, disposti a tutto, pur di godere dei suoi benefici, e, a volte, ci trae in inganno,» ammette con una punta di amarezza. «Comunque, rifarei tutto da capo, visto il fior fiore di figliole che sono uscite fuori!» aggiunge, con un sorriso.

Ci abbracciamo teneramente, e mi lascio cullare dalle sue carezze, proprio come quando ero bambina. Finché l'auto si ferma lungo le rive dell'Arno, davanti alla piccola chiesa, in cui, sia io che Ale, siamo stati battezzati, abbiamo ricevuto la Prima Comunione e la Cresima, e siamo cresciuti, insieme al mitico Don Santi, che oggi celebrerà anche il nostro matrimonio.

Le campane suonano a festa, riecheggiando quelle del Duomo, ormai lontane. Appena scendo, vengo accolta subito dall'abbraccio di Roberto, che, per la prima volta, ha le lacrime agli occhi.

«Sei meravigliosa!» esclama, vinto dall'emozione.

Poi, aggiunge subito, nel mio orecchio:

«Ma io continuo a preferire il dottore! Quanto te lo invidio!»

Come sempre, riesce a farmi ridere, stemperando la tensione.

«Non dovresti invidiarlo, invece,» replico in tono malizioso. «Diventando mio marito, ti cede lo scettro di mio migliore amico. Non sei contento?»

«È vero! A questo non avevo pensato!» ribatte con entusiasmo. «Vai, adesso! Non farlo più aspettare!» sussurra, abbracciandomi forte.

Lascio la sua mano, per prendere il braccio di mio padre e avviarmi dentro la chiesa. Il sole fa capolino dalle piante, che ondeggiano pigre, alla brezza di questa estate luminosa, mentre le acque dell'Arno scorrono lente, a pochi metri da qui.

L'organo attacca la marcia nuziale, e, all'improvviso, sento l'ansia attanagliarmi lo stomaco. Stringo forte il bouquet, faccio un bel respiro e guardo il babbo, che è teso anche più di me. Passiamo accanto a Tania, che sorride, tenendo in braccio Damian, il mio piccolo fratellino. Poi, ci sono gli zii, e tra loro noto, con stupore, che perfino il chiassoso, esuberante zio Egisto resta in silenzio a guardarmi, emozionato.

Varco la soglia della piccola chiesa, che mi è familiare, tra le rose bianche e gialle, che adornano le panche e l'altare. Laggiù in fondo, davanti al piccolo tavolo rivestito di seta color avorio, e alle due sedie, in piedi, ad aspettarmi c'è Alessandro, il mio Alessandro. Impeccabile, come sempre, in uno smoking che gli sta a pennello, non mi toglie gli occhi di dosso, tanto che arrossisco come un'adolescente, e, per magia, tutta la tensione svanisce, per lasciare spazio a una gioia senza fine, mentre le farfalle svolazzano nello stomaco e ovunque intorno a me. Gli sorrido e lui fa altrettanto.

Alle sue spalle, c'è Andrea, insieme a Carla e alla piccola Greta. Passiamo accanto a Gianfranco, che mi fa l'occhiolino, mentre Marina, incredibile a dirsi, è quasi in lacrime. Mia madre sta cercando di allagare la chiesa, e trattiene a stento i singhiozzi. Scuoto la testa: è sempre la solita esagerata! Solo quando vedo la nonna, commossa, non riesco a frenare l'impulso di piangere, ma l'espressione severa di Viola mi rimette subito in riga. È accanto a Tommaso, e la felicità che traspare dalla sua anima la rende splendida. Accanto a lei, Caterina e Mario – che stasera, per l'occasione, hanno chiuso il locale, e sono elegantissimi! - insieme all'avvocato Grandi con la moglie, Arianna con Federico e la nonna Agnese, poi Margherita, Antoine e Nicola, che, quando mi vede, tenta di buttarsi su di me, ma la madre riesce a bloccarlo appena in tempo.

Quando, alla fine, arriviamo di fronte all'altare, Angela, accanto al suo Gabriel, mi osserva con tenerezza e un mare d'affetto. Il babbo prende la mia mano e la mette in quella di Alessandro, poi, mormora al suo indirizzo:

«Ti affido la mia bambina. Sono certo che saprai prendertene cura, meglio di quanto abbia fatto suo padre.»

Alessandro sorride.

«Farò tutto il possibile, ma non sarò mai alla tua altezza,» risponde con sincerità, spiazzando il babbo, che si limita a dargli una pacca sulla spalla, mentre deglutisce a fatica, per cercare di contenere l'emozione.

E ora io e Alessandro siamo l'uno di fronte all'altra, occhi negli occhi, ammaliati e storditi dalla potenza di quello che stiamo provando e facendo.

Nel silenzio generale, Don Santi si schiarisce rumorosamente la voce, per cercare di attirare la nostra attenzione e riportarci con i piedi per terra. Io e Ale ci teniamo per mano e ridiamo, come quando eravamo ragazzini e venivamo colti in flagrante per qualche marachella.

«Allora, voi due, se potreste degnarci della vostra attenzione per qualche minuto, cercheremo di fare in fretta, per non crearvi troppo disturbo!» esordisce Don Santi, prendendoci bonariamente in giro.

Tutto gli invitati ridono, e la tensione si stempera.

«Sapeste come sono felice di avervi visti nascere, crescere insieme, e arrivare sempre insieme fino a qui, oggi! È un'esperienza meravigliosa per me, e una grande fortuna, essere testimone di un Amore così grande, da superare ogni ostacolo,» aggiunge poi, sinceramente commosso.

Un groppo di felicità mi serra la gola, mentre Alessandro mi stringe forte la mano, e, per un istante, mi sembra di essere stata catapultata dentro un sogno. Io, vestita da sposa, davanti all'altare, insieme all'uomo di cui conosco ogni centimetro della pelle, ogni espressione, ogni pregio, ogni difetto. Lo osservo, inebriata, come sempre, dal suo profumo e dal potere magnetico che esercita su di me. E mi ritrovo a pensare che non avrebbe potuto essere altrimenti per noi, vittime beate del nostro destino.

Mentre Don Santi continua la celebrazione della liturgia, non riesco a smettere di sorridere. Sono così felice, da non essere capace di tenere a freno la gioia, che trabocca da tutta me stessa. Il fotografo sembra entusiasta, perché continua a scattare senza interruzione.

«Ehi! Non stai facendo un servizio di moda! Smettila di ridere come una scema!» sussurra Angela al mio orecchio.

Mi volto, e la guardo con aria divertita.

«Io non sto facendo niente! È tutta colpa sua!» mormoro, indicando Alessandro, che mi lancia una delle sue occhiate feline, come il gatto che ha appena acchiappato il topo.

Quando arriva il momento dello scambio delle promesse e degli anelli, nessun pensiero negativo si affaccia a oscurare la mia mente. Non mi sfiora neanche il dubbio che lui possa pronunciare un altro nome al posto del mio, o che abbia esitazioni, né tanto meno ne ho io. So quello che voglio, e lo voglio adesso e per sempre. A costo di sopportare qualsiasi cosa, di lottare con le unghie e con i denti, di rinunciare a tutto il resto. Per questo, sono più determinata che mai, quando pronuncio le fatidiche parole, che possono sembrare rituali, ma che sono vere una per una per il mio cuore.

«Io, Elisabetta, prendo te, Alessandro, come mio sposo, e prometto di esserti fedele sempre, nella gioia e nel dolore, in salute e in malattia, e di amarti e onorarti tutti i giorni della mia vita,» declamo con sicurezza, scolpendo ogni virgola nella mia anima.

Prendo l'anello, e lo infilo con dolcezza all'anulare di Alessandro, senza smettere di sorridere.

«Io, Alessandro, prendo te, Elisabetta, come mia sposa, e prometto di esserti fedele sempre, nella gioia e nel dolore, in salute e in malattia, e di amarti e onorarti tutti i giorni della mia vita,» enuncia Alessandro, con altrettanta decisione, senza distogliere gli occhi ardenti dai miei, intanto che mi mette la fede al dito.

I nostri sguardi si fanno più intensi, ed è un vero incendio di passione. Potremmo rischiare di affogare in quest'oceano di sentimenti così forti.

«Ehm, ehm!» Don Santi si schiarisce la voce, provocando di nuovo l'ilarità generale, e smorzando la tensione che si è venuta a creare.

Poi, si rivolge direttamente agli invitati, e chiede con un sorriso:
«Concediamo un bacio a questi due innamorati, che non riescono più a resistere, intanto che noi facciamo loro un bell'applauso?»

Mentre parte l'applauso, Alessandro si avvicina e mi bacia con dolcezza infinita, così che il mio stomaco sembra andare sulle montagne russe. In questo istante, rivedo tutti i nostri momenti insieme come amici, e l'inizio della nostra storia. Adesso ci sarà solo il futuro, il nostro futuro.

La festa prosegue tra canti, balli e una cena pantagruelica, con una torta impareggiabile. Infatti, Antoine ha superato se stesso, riproducendo la statua di Petrarca, e scrivendo con la cioccolata i versi del poeta.

È tarda notte, quando finalmente saliamo nella camera, che ci è stata riservata nella lussuosa villa, in cui abbiamo appena finito di festeggiare. Sono un po' alticcia, stavolta mi sono concessa qualche licenza, tanto sono certa di non potermi sbagliare. Anche se, ad essere sincera, quella fatidica e unica sbornia di quasi tre anni fa fu davvero galeotta. Chissà se io e Ale saremmo finiti a letto insieme, se non avessi bevuto?! Probabilmente sì, c'è sempre stata troppa chimica tra noi due, Però l'orgoglio ci avrebbe potuto bloccare…

Comunque, adesso non ho tempo per pensare, perché devo tenere a freno l'impazienza di mio marito. Siamo da soli in ascensore, e non smette di baciarmi con una foga tale, da farmi mancare il respiro, mentre le sue mani cercano di insinuarsi tra le pieghe del vestito. Mi lascio travolgere piacevolmente dalle sensazioni che suscita il suo corpo sul mio, finché l'ascensore si ferma e le porte si aprono. Ci diamo una sistemata e usciamo nel corridoio deserto, ridendo. Mi conduce per mano, intanto che inizia a togliersi la cravatta, per guadagnare tempo.

Appena arriviamo in camera, mi stringe alla parete e ricomincia a baciarmi con dolcezza, allacciando le mani alle mie. Il contatto con la fede mi fa sussultare e mi sorprende, ancora una volta. Mi sembra un sogno, e ho il terrore di svegliarmi e scoprire che non è vero. Lo allontano appena, sollevo la sua mano per osservare l'effetto meraviglioso della fede sulle sue dita lunghe e morbide. Anche la mia mano sinistra ha un aspetto diverso, ma non perché è meno ruvida del solito e con le unghie smaltate.

«Non sembra vero neanche a te, non è così?» chiede in un sussurro.

Annuisco, e sposto lo sguardo sul suo viso, accarezzando la pelle liscia perfettamente rasata, i capelli impomatati, ma sempre ribelli, e facendo passare l'indice sulle labbra socchiuse. Alzo gli occhi, e il mio cuore sussulta dinanzi alla luce del suo sguardo adorante.

«Ti amo!» mormoro, con la voce che mi detta il cuore.

«Anch'io ti amo!» risponde, sfiorandomi con un bacio.

«Ti rendi conto quanto ci abbiamo messo per prendere coscienza di tutto questo?» chiedo, appoggiando le mani sul suo torace e stringendomi forte a lui.

«Già! Abbiamo perso troppo tempo! Per questo dobbiamo recuperare!» risponde deciso.

Prima che me ne renda conto, mi prende tra le braccia, provocandomi un piacevole vuoto allo stomaco, e, mentre fingo di dibattermi, ridendo, mi trascina sul letto.

«E stavolta facciamo sul serio!» sussurra con ardore, mentre il fuoco della passione sfugge finalmente al nostro controllo.

EPILOGO

24 Giugno 2013 - UN ANNO DOPO (PIU' O MENO...)

Oddio! Devo fare presto!
Io e Alessandro dobbiamo incontrarci e non posso fare tardi.
Viola mi sta chiamando, ma adesso non posso rispondere.
Esco in fretta dal lussuoso ufficio, che occupo da gennaio, nella City di Londra.
Ebbene sì, ce l'ho fatta! La realtà è addirittura andata oltre i miei sogni più rosei!
Il 30 luglio dell'anno scorso ho superato l'esame, e sono stata ammessa all'albo: finalmente sono diventata ufficialmente un avvocato! In seguito, Christian, suo fratello Gianluca, Grandi, Mirko - il cugino di Giacomo - e alcuni nuovi soci stranieri, hanno deciso, di comune accordo, di ampliare l'attività, e di aprire nuove sedi a Francoforte, Parigi, Madrid e Londra. Ovviamente, anche se dovrò studiare ancora, il posto a Londra, per affiancare un affermato legale, è spettato a me, per motivi di famiglia. Dovrò pur stare accanto a mio marito, dato che è il primario del nuovissimo ospedale per le vittime della guerra e delle malattie, voluto e finanziato da Tommaso! Inoltre, lo studio si occupa anche della tutela legale dell'ospedale.

Io e Ale ci siamo comprati un discreto appartamento, nella zona di Mayfair, grazie a un amico del solito Tommaso, che ha un'importante agenzia immobiliare. Abbiamo fatto la spola tra Arezzo e Londra per qualche mese, dopo le nozze, ma non potevamo stare lontani a lungo, non più ormai, dopo quello che abbiamo passato! Ale continua a ripetermi che non possiamo permetterci di sprecare altro tempo, e che dobbiamo recuperare anche quello perduto. Così siamo sempre impegnati, ma continuamente in contatto.

E devo ammettere che, ogni giorno che passa, lo amo sempre di più. Non avrei mai creduto che il matrimonio fosse così inebriante! Forse perché siamo due eterni ragazzini, e ci comportiamo come due adolescenti alla prima cotta. Forse perché siamo cresciuti insieme, ci conosciamo alla perfezione, tra noi ci sono una complicità e un'intesa incredibili. Forse perché la vita ci ha insegnato a godere appieno della fortuna, quando ci viene concessa, e, tutto ciò che abbiamo passato, ci è servito da lezione, consolidando il nostro legame.

Per di più, la nostra felicità sembra contagiosa. Infatti, mio padre si è sposato con Tania, poco dopo le nozze di Angela con Gabriel. La mamma, invece, è andata a convivere con Pierluigi, e così anche Roberto con il suo Valerio, che si è appena laureato in medicina, ma si deve ancora specializzare, per diventare un medico legale - mi sembra un chiaro segnale che sono una coppia perfetta!

Margherita e Antoine stanno per avere un altro bambino, e stavolta sarà una femminuccia. Inutile dire che la gioia è di casa ormai in pasticceria, anche se io ho smesso di frequentarla qualche mese dopo il matrimonio. Infatti, il lavoro allo studio è diventato sempre più impegnativo, specialmente da quando è aumentato il giro d'affari. All'inizio, ho ridotto le presenze al locale durante la settimana, limitandomi poi al sabato e alla domenica, per poi abbandonare, dopo il trasferimento a Londra.

Nel frattempo, l'ondata di liete notizie è proseguita, e Cupido l'ha fatta ancora da padrone. Tommaso ha finalmente chiesto a Viola di sposarlo, mentre erano in vacanza alle Maldive, e lei è capitolata. Mancano pochi giorni alle nozze, e siamo tutti in fermento. In un primo momento, Tom le aveva proposto di aprire un nuovo locale a Londra, per trasferirsi qui. Ma Viola non se l'è sentita di ricominciare da sola, in un posto nuovo – anche se sarebbe stata affiancata da professionisti - né di costringere la sorella e il cognato a seguirla. Inoltre, se lei se ne fosse andata, la pasticceria di Arezzo avrebbe dovuto ridimensionarsi, e non voleva creare problemi ai suoi genitori, anche se Caterina e Mario avrebbero comunque accettato qualsiasi decisione della figlia, pur di vederla finalmente felice e sistemata. Così, dopo il matrimonio, Viola andrà a vivere nella superba villa di proprietà della famiglia di Tommaso, sulle maestose colline che dominano Arezzo, e potrà continuare a svolgere il suo lavoro. Inoltre, avrà quasi sempre accanto il marito, che, dal canto suo, ha iniziato a delegare anche al fratello una parte delle responsabilità dell'azienda, per avere più tempo per stare insieme alla donna che gli ha rubato il cuore.

Al mio posto, al locale, c'è Carla, che ha un contratto full-time a tempo indeterminato, e progetta di sposarsi un giorno con il suo Andrea. Accanto a lei, per ora solo nei giorni festivi, c'è una nuova ragazza, che, ironia della sorte, si chiama Elisa. Sta studiando per diventare una cantante, ed è stata appena selezionata per un importante provino presso una casa discografica. Chissà che quel posto da cameriera non porti davvero fortuna!

Ad essere sincera, qualche volta mi manca un po' la vecchia vita, soprattutto mi mancano i clienti con le loro chiacchiere, le loro manie, le abitudini, i pregi, i difetti, i vizi. A volte, addirittura, mi sembra ancora di sentire le urla di Margherita, i rimproveri di Viola, le parole sempre gentili di Antoine, rivedo le occhiatacce di Caterina e i sorrisi di Mario... Poi, però, ripenso alla fatica, ai sacrifici, ai giorni di festa trascorsi a lavorare più del solito, al sudore, alla frenesia, al sacrificio, e mi convinco che non posso aver studiato per oltre vent'anni solo per questo. Anche se, ho promesso a me stessa di ritornare dietro al bancone, prima o poi, per vedere che effetto fa.

La settimana scorsa, prima di ripartire da Arezzo – dove mi ero fermata qualche giorno per un'importante riunione allo studio – sono andata al locale per salutare, e ho incontrato Giacomo. Mentre cercavo disperatamente di decidere se scappare dalla pasticceria, o rimanere, me lo sono ritrovato davanti, più bello che mai, con gli occhiali scuri, i capelli biondi lisci e lunghi, la pelle abbronzata, la barba incolta, il profumo muschiato, il fisico atletico, che traspariva da una T-shirt bianca aderente e dai jeans a vita bassa. Per un attimo, sono rimasta senza fiato per la sorpresa, e non sapevo come comportarmi, né come lui avrebbe reagito.

Non l'avevo più visto da quel giorno a Chelsea, e ho ancora impresso nella mente il suo sguardo perso e disperato, prima che scappassi via dalla villa. Dopo qualche tempo, avevo consegnato ad Andrea l'anello, affinché glielo restituisse, nella speranza che potesse trovare una donna capace di cancellare il mio ricordo dalla sua mente e dal suo cuore – non solo per cercare di alleviare i miei sensi di colpa!

In seguito, avevo provato più volte a chiamarlo, ma non mi aveva mai risposto. Solo dopo qualche giorno mi aveva mandato un *sms*, sincero e dolce come sempre, senza odio né risentimento.

Non preoccuparti per me. Mi basta sapere che sei davvero felice. Buona fortuna, splendore!

Ho pianto per la mia stupidità, per avergli inflitto dolore, quando sapevo di non essere in grado di contraccambiarlo. Mi ero attaccata a lui, per cercare di salvare me stessa da un destino inevitabile, credendo di avere il controllo, illudendomi di poterlo rendere felice, invece, l'ho trascinato con me nell'abisso, per poi lasciarlo affogare da solo nel dolore. Anche se non mi ha perdonato, ha comunque capito che ho fatto il possibile per amarlo, ma non ci sono riuscita. Forse se Alessandro non fosse ripiombato brutalmente nella mia vita... Però, adesso sono certa che, anche se avessi sposato Giacomo, la nostra unione non sarebbe durata, perché non c'erano i presupposti per una relazione stabile e solida. Il matrimonio è un gioco di squadra, e si gioca in due: se uno non è all'altezza, tutto è inevitabilmente destinato a fallire.

Quando me lo sono ritrovato davanti, i sensi di colpa sono riemersi prepotenti come al solito, nonostante tutte le attenuanti e le scuse generiche. Dapprima, sembrava volesse ignorarmi, anche se non ha mostrato alcun rancore, né desiderio di rivalsa. Poi, ha assunto l'espressione dolce che gli appartiene, e ha sorriso. Nel locale affollato è piombato il silenzio. Ho creduto di prendere fuoco, per la vergogna e l'imbarazzo, non riuscivo a guardarlo in faccia.

«Ciao, Elisabetta!» ha mormorato, cercando di dissimulare l'emozione, togliendosi gli occhiali e paralizzandomi con l'azzurro intenso dei suoi occhi.

«Ciao!» ho biascicato, impacciata.

Ancora silenzio. Poi, ha chiesto un cornetto a Carla, che era agitata quasi quanto me.

«Ehi! Ma voi due non stavate insieme?» ha chiesto ad alta voce Riccardo, lo spiritosone.

«Sta' zitto, idiota!» ha sibilato Carla, fulminandolo con lo sguardo.

«No, non stavamo insieme. Siamo sempre stati solo amici!» ha risposto Giacomo, con un sorriso triste. «Stai molto bene! E ho saputo del lavoro da Mirko: congratulazioni! Te lo meriti!» ha aggiunto in tono sbrigativo, rivolto verso di me.

«Grazie!» ho mormorato, arrossendo, terribilmente a disagio.

C'è stato un lungo silenzio, e lui non ha smesso di guardarmi in maniera indecifrabile. Lo stomaco, intanto, si stringeva in una morsa, provocandomi un dolore quasi insopportabile.

«Ho accettato l'incarico di responsabile dell'ufficio tecnico a Honk Kong!» ha dichiarato con un filo di voce.

Ho annuito.

«Lo so. Me l'ha detto Andrea, che invece si è fatto trasferire nella sede di Firenze,» ho risposto a testa bassa.

«Beh, meno male che è andata così! Non avremmo potuto ottenere entrambi il trasferimento nella stessa sede!» ha replicato, in tono sferzante.

«Senti, Giacomo, io...» ho provato a difendermi.

Ma lui ha alzato una mano e mi ha bloccata, scuotendo la testa.

«È tutto ok. Non è colpa di nessuno. Le ragioni del cuore ci sono precluse!» ha mormorato con amarezza. «Col tempo, tutti impariamo ad accontentarci di quello che ci viene concesso, anche se avremmo voluto di più!»

Ho sospirato, trattenendo a stento le lacrime.

«Auguri, Elisabetta!» ha concluso, tendendomi la mano, con un sorriso triste, ma sincero.

«Grazie! Anche a te!» ho risposto, abbandonandomi alla sua stretta.

I suoi occhi azzurri e limpidi hanno indugiato ancora un attimo nei miei, facendo riemergere dolci ricordi. Poi, ha messo i soldi sul bancone, ha salutato Carla, e, prima che me ne rendessi conto, è uscito per sempre dal locale e dalla mia vita.

Lo stesso destino è toccato ad Adriana, che aveva subìto un terribile shock, dopo essere stata lasciata all'altare in quel modo. Appena si è ripresa, per non essere costretta a lavorare insieme ad Alessandro, ha accettato un importante incarico da parte di *"Medici Senza Frontiere"*, ed è andata direttamente nei campi di guerra, nei villaggi colpiti da malattie e carestie, e dove ce n'è bisogno. Lei, però, a differenza di Giacomo, non ha mai avuto intenzione di parlare, vedere o mandare anche un solo messaggio ad Alessandro. Ognuno affronta il dolore a modo suo, e non può essere giudicato per questo. Io ne so qualcosa.

Nonostante qualche spina nel cuore – d'altronde gli sbagli si pagano! - la mia vita adesso sembra aver preso la piega giusta. Ho tutto quello che ho sempre desiderato e anche di più: il lavoro di avvocato in uno studio prestigioso, i viaggi – io e Ale abbiamo assistito perfino al favoloso concerto dei Maroon 5! - il caos di una città meravigliosa come Londra, una splendida casa, e un marito sempre presente.

Anche adesso, mi viene incontro nei pressi del Tower Bridge, perché abbiamo un appuntamento. Riconosco tra la folla il fisico prestante, esaltato da una polo blu - su cui spicca l'immancabile collana con il pendente a forma di cupido - e dai jeans scuri, il passo deciso, i capelli scompigliati, la fede che luccica nella mano, mentre stringe l'immancabile BlackBerry. Una ragazza gli passa accanto e gli lancia un'occhiata felina, che lui semplicemente ignora, perché, appena mi vede da lontano, si toglie gli occhiali da sole, e il suo sguardo, da serio, si fa subito più dolce, il suo viso si illumina. Il cuore fa un salto nello stomaco, e le familiari farfalle svolazzano allegre dentro di me, riempiendomi di gioia, anche se sono un po' tesa.

Ale mi bacia con tenerezza e mi prende per mano, provocandomi la solita scossa elettrica in tutto il corpo. Sembra incredibile che, ogni volta, il suo sguardo, il suo tocco e i suoi baci mi facciano lo stesso effetto, come la prima volta.

«Tutto ok?» chiede con premura, scrutandomi, per accertarsi del mio stato.

«Non metterti a fare il dottore con me, e andiamo!» protesto, ridendo.

Prendiamo un taxi, e arriviamo davanti al lussuoso studio di un suo amico e collega.

Avverto un forte senso di nausea per l'agitazione, quando mi distendo sul lettino, e neanche ascolto le chiacchiere di Alessandro con l'altro medico. Chiudo gli occhi e mi abbandono al chiaroscuro della stanza, intanto che la mano di Ale non smette di stringere la mia. Il liquido vischioso e freddo, che scivola sulla pancia, mi fa rabbrividire, poi, sento dei rumori confusi provenire dall'ecografo, e apro gli occhi. Sullo schermo sono ben visibili due piccoli fagiolini, sistemati in due palloncini attaccati insieme.

«Congratulazioni, ragazzi! Sono due gemelli!» sentenzia allegramente il medico, dando una pacca sulla spalla di Ale, che si volta verso di me, mi accarezza la pancia, e mi riempie di baci.

«Stavolta abbiamo davvero esagerato!» sussurra, ebbro di felicità.

«Senza controllo, proprio come vogliamo noi!» rispondo, mentre il mio sguardo si perde negli occhi ardenti di mio marito.

«Senza controllo, per sempre!» mormora, stringendomi forte a sé.

Eh, sì, caro Diario. Adesso mi toccherà il lavoro più difficile, quello della mamma. Ma non sono spaventata, perché il mio Ale sarà sempre con me. O meglio, con noi!

Ringraziamenti

Giunta alla fine della storia di Elisabetta, vorrei ringraziare al solito la mia squadra, composta da **Antonella Cedro** e **Alessandro Bianchini**.

Ringrazio i **Maroon 5**, che, con la loro musica, mi hanno suggerito sensazioni e atmosfere.

Ringrazio **tutti gli amici e le amiche**, che mi hanno sostenuta e incoraggiata, senza farmi sentire una perditempo.

Ringrazio **la mia famiglia e i miei cuccioli**, che sanno darmi la forza e la grinta per andare avanti sempre con la marcia giusta.

Ringrazio **Alberto**, perché nessun personaggio maschile dei miei romanzi potrà mai essere alla sua altezza.

Infine ringrazio voi, **lettrici e lettori**, in particolare quelli che mi scrivono per condividere con me le loro emozioni e opinioni, e ancora più in particolare Roberta, Laura, AnnaPaola, Paola, Nino, Tami. Siete voi la mia forza!

www.laurabondi.com
laura.bondi.ga@gmail.com

I miei Romanzi:

Il Diario di una Cameriera
Il Diario di una Cameriera… a Parigi
Il Diario di una Cameriera… La Trilogia
Il posto segreto del cuore
Cofanetto Rosa
Incubo a Dubai
The Waitress Diary

Made in the USA
Middletown, DE
09 December 2018